蘇州文獻叢書第四輯

王衛平 主編

獨學廬文稿

上

【清】石韞玉 撰
董粉和 點校

圖書在版編目(CIP)數據

獨學廬文稿 / 王衛平主編；（清）石韞玉撰；董粉和點校. —上海：上海古籍出版社，2020.9
（蘇州文獻叢書. 第四輯）
ISBN 978-7-5325-9728-4

Ⅰ.①獨… Ⅱ.①王… ②石… ③董… Ⅲ.①古典詩歌-詩集-中國-清代②古典散文-散文集-中國-清代 Ⅳ.①I214.92

中國版本圖書館 CIP 數據核字(2020)第 159969 號

蘇州文獻叢書第四輯
獨學廬文稿
（全二册）

［清］石韞玉　撰
董粉和　點校
上海古籍出版社出版發行
（上海瑞金二路 272 號　郵政編碼 200020）
　（1）網址：www.guji.com.cn
　（2）E-mail：guji1@guji.com.cn
　（3）易文網網址：www.ewen.co
上海惠敦印務科技有限公司印刷
開本 890×1240　1/32　印張 30.75　插頁 7　字數 744,000
2020 年 9 月第 1 版　2020 年 9 月第 1 次印刷
ISBN 978-7-5325-9728-4
I·3505　定價：128.00 元
如有質量問題，請與承印公司聯繫

《蘇州文獻叢書》編纂工作委員會

主 任 委 員　　盛　蕾　王鴻聲
副主任委員　　繆學爲　陳　嶸
委　　　員　　徐春宏　朱建强　金德政　陳瑞近　王衛平
　　　　　　　　母小勇　馬衛中　朱小田　王稼句　黃阿明
主　　　編　　王衛平

總 序

王衛平　羅時進

　　吳之地域，自古形成，至今已有數千乃至萬年歷史。這一歷史的浩瀚川流，混茫遠接，涵演淵深，太湖文化於茲含孕；這片天賜的豐沃土壤，一望無際，滿目森茂，江南文明緣此成長；而憑陵高峻，俯瞰川原之古往今來，所映現的又不止是吳地之文化與文明，而是中華民族發展史，人類社會進步史的縮影。

　　初民遠逝，先賢杳渺。我們無法真正站在歷史的源頭，透過世代的時序去說明什麽，也無法站在其中任一驛站，撫摩當時的現場去顯示什麽。但憑藉前人留給我們的豐富遺産，對吳地的歷史事件、過程、走向、結果都可以做某種程度的考證，做力所能及的還原，而視今探古，唯物以求，也能進行一定意義上的總結。吳文化，正是人們對吳地古往今來一切物質和精神現象的概括、提煉、呈現。她是吳地在漫長的歷史過程中的"人文化成"，即"文"作爲一種存在意識和方式"化"入生産、生活、生命而形成的物質和精神的發展成果。

　　考察吳地"人文化成"的過程，當着眼於地、人、文三者的互動共生的關係。"仰以觀於天文，俯以察於地理"，這在吳文化研究中是非常必要的。自然地理環境在吳地的歷史發展中具有極爲重要的意義，是人才與文化産生的土壤。正如陳去病云："端委化俗文明開，延陵觀樂中原回。四科言氏尚文學，宗風肇起孿胚胎。加以太湖三萬六千頃，澄泓渟蓄何雄恢。朝鍾夕毓孕靈秀，天然降茲追屈攀宋之奇才。"①穆彰阿亦謂："蓋聞文章之事關乎其人之學之養，而其所由極盛而不已者，則非盡其人之學之養爲之，而山川風氣爲之也。江南乃古名勝之區，其分野則上映乎斗牛，其疆域則旁接乎閩越，而又襟長江而帶大河，挺奇峰而出秀巘，故其靈異之氣往往鍾於人而發於文章。"②正是清明靈秀的地理環境作用於人，方促進了"詩書之澤"、"文獻之邦"的形成，使得唐宋以來，尤其是明清時期，吳地出現了海内千百年從未產生，其他地域環境中也難以復現的人文盛景。這裏不妨看一看嘉靖年間陸師道在《袁永之文集序》中對明代吳中文苑巨匠騰躍景況的描述：

　　吳自季札、言游而降，代多文士。其在前古，南鏐東箭，地不絕產，家不乏珍，宗工巨人，蓋更僕不能悉數也。至於我朝受命，郡重扶馮，王化所先，英奇瑰傑之才，應運而出，尤特盛於天下。洪武初，高、楊四雋，領袖藝苑。永宣間，王、陳諸公，矩矱詞林。至於英孝之際，徐武功、吳文定、王文恪三公者出，任當鈞冶，主握文柄，天下操觚之士，向風景服，靡然而從之。時則有李太僕貞伯、沈處士啓南、祝通判希哲、楊儀制君謙、都少卿元敬、文待詔徵仲、唐解元伯虎、徐博士昌穀、蔡孔目九逵先後繼起，聲景比附，名實彰流，金玉相宣，黼黻並麗，吳下文獻於斯爲盛，彬彬乎不可尚已。正德、嘉靖以來，諸公稍稍凋謝，而後來之秀，則有黃貢士勉之、王太學履吉、陸給事浚明、皇甫僉事子安，皆刻意述作，力追先哲，而袁君永之，實頡頏其間。③

這是一份"文壇點將錄"，然而才開到明嘉靖中期，已是繁不勝舉

---

① 《陳去病詩文集》卷一《浩歌堂詩鈔》，社會科學文獻出版社，2009年。
② 潘世恩《潘氏科名草》，光緒三年吳縣潘氏燕翼堂刻本。
③ 《袁永之集》，明嘉靖二十六年姑蘇袁氏家刊本。

了,後來之英哲宗師復有多少？綜觀歷代,豈能盡數！這是值得吳中,即今天蘇州驕傲的成就。對於吳中這一人文盛況,我們應當從吳文化的層面上加以研究。

這一研究具有十分重要的意義。吳文化具有歷史的屬性,也有現實的價值。廣袤的吳地,現代的發展與成就,與其過往悠悠的步履迹脉相連。今日萬物生命之根系,存在於歷史的土壤中;當下事物運動之動能,亦由歷史而累積。因此回望吳文化,不但可以建立一種文化自信,也能從傳統中爲人們今天所從事的事業,尋求到借鑒與經驗。除此之外尚應看到,吳文化是地域文化,具有鮮明的地方性特點。這種地方性特點,正包含了豐富的地方經驗,她不但是方言音聲、風俗習慣、社會公序等形成的條件,也是在文化層面上與其他地域進行比較、映照的根據。從這一意義上說,研究吳文化,就不僅僅具有某種地方性意義了。她是對吳文化寶庫的建構,也是對民族文化寶庫的豐富。

吳文化研究,可以從不同路徑進行,而最基礎性的工作,當推文獻整理。1918年冬,吳江一批有識之士認識到地方文獻保護的重要,由柳亞子和薛鳳昌發起,成立了"吳江文獻保存會"(又稱"松陵文獻保存會"),其《吳江文獻保存會書目序》曰:

> 吾吳江地鍾具區之秀,大雅之才,前後相望,振藻揚芬,已非一日。下逮明清,人文尤富,周、袁、沈、葉、朱、徐、吳、潘,風雅相繼,著書滿家,紛紛乎蓋極一時之盛。且也一大家之出,同時必有多數知名之士追隨其間,相與賞奇析疑,更唱迭和;而隔世之後,其風流餘韻,又足使後來之彦聞風興起,沾其膏馥,而雅道於以弗替。用是詞人才子,名溢於縹囊,飛文染翰,卷盈乎緗帙,斯故我鄉里之光也。[①]

[①] 張明觀、黄振業編《柳亞子集外詩文輯存》,上海人民出版社,2011年,第289頁。

松陵一地之文獻尚且如此，蘇州一府文獻之富就更爲洋洋可觀了。"文獻無徵，後生之責。夫責固有之，情更應爾"，因此，我們有必要對吳中文獻做有計劃的整理和研究，在現代學術理念指導下，建構與蘇州文化、經濟、社會發展相適應的文獻庫，作爲儲存吳文獻、發展吳文化的平臺。

兩年前，經江蘇省哲學社會科學領導小組批准，我們蘇州大學建立了江蘇省吳文化研究基地。這是一個面向環太湖地區，面向江南，全面研究吳文化的科研機構。我們擬將吳文化之文獻作爲研究重點之一，而蘇州是吳文化的核心地區，自然希望利用在地研究的條件，首先從蘇州文獻整理入手。蘇州市委、市政府高度重視地方文化建設，對地方文獻整理具有自覺的文化意識，非常支持這項工作，特別設立了專門項目，於是便有了這套蘇州文獻整理研究的系列。

文獻，是一個廣義的概念，古人以經史子集劃分四部，而每一部又有衆多類別。這些類別的著作在蘇州文獻中無不具備，由於各方面條件的限制，我們難以窺其全貌，畢功一役，故叢書擬擇其精華，逐步整理面世。而在選擇中尤其注意有代表性，且到目前爲止尚未見整理的著作。古籍整理是一項學術性很强的工作，我們希望盡可能遵循學術規範，精益求精，但一定會不同程度地存在問題，尚望各方面人士給予批評指正，使我們的整理工作不斷走向完善。

（作者王衛平爲江蘇省吳文化研究基地主任，羅時進爲江蘇省吳文化研究基地首席專家）

前　言

　　石韞玉(1756—1837)，字執如，號琢堂、竹堂、竹堂居士、竹翁、歸真子、緑春詞客、西磧山人，又號花韵庵主人，亦稱獨學老人，清江南蘇州府吳縣人。生於清高宗乾隆二十一年(1756)，卒於清宣宗道光十七年(1837)，享年八十二歲。

一

　　石韞玉原籍丹陽，曾祖石政在明末清初的戰亂中逃到蘇州，借居城南一吴姓人家，後娶吴氏女爲妻，居於飲馬橋；祖父石邦楨遷居廟堂巷，父石熙載始移居金獅巷(石韞玉文稿中稱該巷爲經史巷)，西鄰爲清中期著名學者、書法家何焯故宅。

　　石熙載與繼室徐氏生下三個兒子，皆早夭，後來，徐氏夢到石邦楨授以白璧，"已而有娠"，即生，遂名以韞玉。"少穎悟過人，讀書卓犖有特識"。十八歲，補吳縣博士弟子員，乾隆四十四年中舉，乾隆五十五年(1790)，三十五歲的石韞玉考中進士。眭駿在《石韞玉年譜》中説："是年，爲高宗八旬恩科會試，榜發，中第十四名。主考爲内閣大學士王杰、吏部侍郎朱珪、内閣學士鄒奕孝；同考官爲翰林院編修甘立猷。殿試，讀卷官初擬第四，高宗親拔擢爲第一，授翰林院修撰。"陶澍《恩賞翰林院編修前山東按察使石公墓志銘》中也有記載："庚戌，成進士。殿試，進呈第二甲一名，純皇帝特拔置第一甲一名，授翰林院修撰。"能够考取狀元，石韞玉十分高興。因爲在京任職，隨後他把家人也接到了北京。當時他居住在宣武門東,他將這所住房進行了整治,在這裏也建起了自己的藏書處,即獨學廬。石韞玉在《獨學廬并序》中自稱:"余年三十五,以進士及第,供奉翰林,卜居京師宣武門東,顏其所居之室曰獨學廬。"後來,石韞玉到各地去任職,先是典試福建,充當鄉試正考官;接着提督湖南學政;嘉慶元年(1796),充日講起居注官,後入值上書房;不久出任重慶知府,兼護川東道,前後七年,"寬明敏斷,有循績";嘉慶十年(1805)陞任陝西潼商道,掌管潼關稅務;不久又擢陞爲山東按察使,兼署山東布政使;後因事被彈劾革職,重回翰林院任編修。嘉慶十二年(1807),石韞玉因足疾辭官回到家鄉蘇州,結束了自己十八年的仕宦生涯。

石韞玉爲官,應該說是一心爲國爲民的。他能瞭解和關心、體恤百姓疾苦,樂於濟貧賑灾。他在重慶任上就曾收養因戰亂而失散的婦女兒童數千人,并設法令他們骨肉團圓。在陝西潼商道任上,時值山陝一帶鬧灾荒,山西灾情更重,米價暴漲,每石竟高達白銀十七兩。石韞玉毅然開官倉平糶,賑濟山西灾民,有人勸他停糶,石韞玉慨然作答:"晋人亦朝廷赤子,吾不能生令飢餒!"此舉救活了不少山西飢民的生命。

蘇州在清朝出了不少狀元,但其中文武雙全的極少,即使略懂軍事也多限於坐而論道,没有幾個真正上過戰爭前綫的。石韞玉和一般的文官不同,他具有良好的軍事才能。在任重慶知府時,適逢白蓮教教徒進攻重慶,石韞玉下令嚴防死守,還親自領兵出城作戰并取得了勝利,隨即創辦團練,招募勇士,"習技勇,分班訓練,更番休息",一旦有警,立即可至,使重慶得以保全。當時的經略大臣勒保十分賞識他的軍事才干,將他調到軍營協助軍務。在此期間,他"出入萬山中,晝則上馬追捕,暮則坐廬理牘",提出了不少建議并得到采納,如力主修築長壽縣城,軍事上采取堅壁清野、分兵合圍等戰術,親自製定《守砦方略》十二則,檄行川東、川北。清軍采取了這些戰術後,白蓮教勢力逐漸瓦解。石韞玉也因鎮壓白蓮教有功,被清廷賞戴花翎。

石韞玉爲官十八載,一直清廉自守,"隨身衣食仰給於官,不別治生以長尺寸",歸鄉後無"寸田尺宅"。他在中狀元那年因爲"移妻入都,治裝無資",把金獅巷老宅典當給中表兄弟黃丕烈,後來黃丕烈把宅子還給了他,但他直到多年以後才慢慢還清欠債。他辭官歸里後老屋已經"蕪穢不蔽風雨",不得不把家安置在所任教的浙江紫陽書院山麓,直到嘉慶十七年(1812)才"藉朋舊草堂之資,銖積而寸累",重修老屋後回舊居居住。

石韞玉"爲人和易博達,生平磊落自喜,不爲谿刻之舉,不立崖岸。與人交,切切焉以道義相始終,侍其坐者,能使人鄙吝都消"(劉鳳誥《存悔齋集》卷十一《石竹堂畫像記》)。"先生外和而内介,善誘人者也。如入芝蘭之室,久而與之化矣"(潘曾沂《東津館文集》卷三《石琢堂先生別傳》)。雖然自己并不富有,但石韞玉却有豁達之心、慈悲心腸,經常扶危濟困,曾對童年好友、落魄的《浮生六記》作者、自己的幕僚沈復關懷備至。有時甚至用自己微薄的潤筆之資來資助窮困的人。回鄉後更是有忠厚長者之風,從不以勢欺人,"鄉中有善舉,必出爲領袖,始終無倦"(《墓志銘》)。道光初年,他在太湖之濱營造祖墓,對面正好有陶冶作坊,按風水先生的説法這就衝了風水,對石家不利。有人勸説他動用關係讓對面的作坊搬走,以他當時的權勢,此事并不難辦到,但石韞玉拒絕了。面對族人的壓力,他堅稱"損人利己,吾不忍爲"。祖墳修好後,石韞玉在墓地上書一對聯曰:"有地在心,不求風水好;無田亦祭,只要子孫賢。"這副對聯,既有對風水之事的獨到見解,也包含有對子孫後代的訓誡。此事的處理不僅使"合族安之",而且也得到了當時人們的高度稱讚,其盛德爲一時"所推重"。同時,他熱心於蘇州公益事業。道光三年(1823),蘇州一帶遭受嚴重水灾,他力請政府免除米税，通商販以應急，并勸助賑濟。道光七年(1827)他和嘉慶七年(1802)連中"三元"(解元、會元、狀元)的吳廷琛等士紳於滄浪亭倡修五百名賢祠，并親筆撰定像贊，至今仍在。道光十一年(1831)，淮北遭災，大批難民流落蘇州，他力勸當政者先收容留養，然後分批資助回鄉。道光十四年(1834)蘇州再遭水災，他不顧年老體弱，再次募勸賑濟。其他如建學宮、善堂、義局、修橋樑、修寺觀等公益事業，他都"必竭力成之"。他性格和善，平易近人，深受蘇州人的尊敬和愛戴，堪稱"鄉賢"典範，在其去世後不少百姓都痛哭失聲。

邵忠、李瑾所編《吳中名賢傳贊》中說："嘉慶十二年引疾歸。居家，主紫陽書院二十年，文風丕振，育弟子衆多。辛巳聘修《蘇州府志》，援古迄今，義例賅備；圖表志傳，有條不紊，輯成一百六十卷，與乾隆《蘇州府志》并稱善志。"辭官後的石韞玉先後主持杭州紫陽書院、江寧尊經書院及蘇州紫陽書院，尤其是在蘇州紫陽書院達二十多年，學子無數，文風大振，爲當時蘇州的教育事業作出了不小貢獻。

清人梁恭辰在《北東園筆錄初編》中記載他曾親見石韞玉"年近八十而精神矍鑠，健談豪飲常如五十許人"。可見其精力之充沛，體格之健壯。

二

石韞玉幼年家況貧寒，十四歲時，就到親戚黃丕烈家去上私塾，當時黃家有兩櫥書，他在課餘就去讀這些書，用了四年的時間把這兩櫥書都讀完了。後來，他能考取狀元，功勞應當首先歸於黃家。正因爲他讀了這兩櫥書，才打下了扎實的學問功底。當他去南京參加鄉試時，又買了一部《史記》，這部書讓他讀得如癡如醉，此後，他的藏書漸漸多了起來。到考中狀元之時，已經讀過了七千卷書，數量非常巨大。考中狀元後，他有了正式工作，有了固定收入，開始大量買書，在二十年的時間内，他買了四萬多卷書。這段經歷，在他所撰的《凌波閣藏書目録序》中記載："余家本寒微，先世藏書甚少。憶十四歲附學於中表黄氏之塾，主人有書二櫝，余於常課既畢之後，每竊一燈，私取其書翻閲之，如是者四年，櫝中書讀之殆遍。既於甲午歲赴省試，在金陵市中購得《史記》一部，歸而讀之，大喜，每夕擁衾側卧，燃一燈於几，丹黄在手，樂而忘疲，往往達旦。其後年漸長，蓄書亦漸多，每得一書，必手加點勘。嘗游州郡幕府，每出門必携書一篋，刀筆之暇，借以消日，歲終則歸而易之。迨進士及第之年，則已讀書七千卷矣……其後稍稍購求，二十年來又得此四萬餘卷，凡此皆節衣食之費而置之者也。"

有了這麽多書，石韞玉在京師把藏書樓命名爲"獨學廬"，並請乾隆帝皇十一子成親王永瑆題寫匾額。致仕後，嘉慶十七年（1812）又在蘇州建有藏書樓三間，樓坐東向西，取其朝暮有日色入樓中，而無朽蠹之患，仍名爲"獨學廬"，又有"五柳園"、"花韻庵"、"晚香樓"、"凌波閣"等名。又編撰《凌波閣藏書目録》和《獨學樓題跋》，前者將圖書分爲十大類，著録家藏一千二百餘種，後者是其金石碑刻和書畫題跋。藏書印有"平江石氏圖書"、"吴中石氏凌波閣藏書"、"石韞玉印"、"琢堂校藏"、"凌波閣藏書印"、"觀我生"等。

對於藏書之事，石韞玉有自己獨特的感悟。他認爲雖然古人曾説過"積金與子孫，子孫未必能享；積書與子孫，子孫未必能讀"，但是相比之下積書還是比積金好，因爲"積金既多，賢者損其智，愚者益其過"，而"積書者，子孫即不能讀，亦不至損其智，益其過，而爲之累也。且一時子孫不能讀，守之以俟能讀者，亦未必終無其人也"。因此他熱心於藏書，對後代的要求就是"子孫能讀固佳，即不能讀，慎毋視土苴而棄焉，是則余之厚望也夫"。道光二年（1822）春節，他撰《壬午除夕示兒孫》詩，内有"清俸聚書三萬卷，子孫能守即稱賢"之句,告誡兒孫要好好守護好他的藏書。他認爲,過去蘇州一帶的錢氏絳雲樓及徐氏傳是樓等著名藏書樓,不及百年而其書"皆消歸烏有",而寧波范氏天一閣的藏書自明代以來,歷經數百年仍能"巋然獨存",其原因在於范氏藏書有法,即"子弟雖多,產可析而書不可析;鍵其户,必子孫群集然後啓;雖有顯者不借"。可能石韞玉對其藏書借鑒了范氏之法,他的藏書没有流傳下來,大概是毁於太平天國佔據蘇州之時的炮火。

另外,此前在北京期間,石韞玉買了大量的書籍,前往四川任職時,家屬没有一同前往。正是這個時段,他的大部分藏書被一位名叫吴壽的僕人偷出去賣掉了,石韞玉自撰的《凌波閣藏書目録序》記載:"及出守蜀中時,方兵戈載道,子身獨往,家人留止都門,乃有奴子吴壽者,略識字,輒竊予架上書鬻諸琉璃廠書肆。書賈遇余點勘之書,則倍其直以收之,於是余所讀舊書略盡。余生平惟此一事所爲嘆息痛恨者也。"關於此事,劉聲木在《萇楚齋續筆》卷七中也有記載:"吴縣石琢堂方伯韞玉,其平日評點之書多半散出,恒於琉璃廠書肆中遇之。初不以爲意",直到後來他讀到了石韞玉的《凌波閣藏書目録序》,才明白是怎麽回事。也就是説石韞玉在北京所買、所批之書絶大部分都已經没有了,這對於一個愛書之人是實在無法忍受的,也是他回到蘇州要重新藏書、重建獨學廬的一個重要原因。

石韞玉辭官回蘇州後,在原何焯的故居基礎上又建了一處居所,《吴中名賢傳贊》記載:"宅居蘇州經史巷,父購何焯'賫硯齋'以築。居南水池曰'柳陰',池上五古柳,合抱參天,故名'五柳園'。"石韞玉本爲蘇州人,返蘇後爲何不住自己的舊宅又重建新房?石韞玉在《城南老屋記》中自稱:"乾隆庚戌,余以進士通籍官京師,將移妻子入都,治裝無資,不得已質宅於中表黄氏。歷十有六年,嘉慶乙丑,余以重慶守入覲,因告歸省墳墓,黄氏表弟紹武歸余宅,而未能償其直也。"石韞玉説這段話的時間是嘉慶十年,直到了嘉慶十七年,他才又住進了這處老宅,并且陸續還清了所借黃家之款:"……乘其隙稍稍修治故宅,且漸償黃氏之直,復拓旁屋附益之。又五年,歲在壬申,始歸帑於先世之舊居。"

石韞玉跟黃丕烈家的關係頗爲密切,黃丕烈的藏書愛好必然也會影響到他。

以狀元身份榮膺藏書家之名的,在中國古代很少,石韞玉即爲其中之一。爲了保護好自己辛苦搜集的書籍不再散佚,如前所述,他修築了三間藏書樓,取名凌波閣,此樓設計十分精巧,完全符合藏書的相應要求。首先其位置在石韞玉所居花間草堂之西的滌山潭上,有水可以防火;其次坐西朝東,既可以避開正午南面强光對藏書的暴曬,又可以通過東西窗户使"朝暮有日色入樓中",很好地解决了采光問題,并且因爲朝暮日光温差較小,也抑制了害蟲的孳生,"無朽蠹之患"。藏書樓建成後他把自己的藏書放在二十個大書櫥中,排爲六行,兩兩相對,從此以後,他多年苦心搜集的書終於有了安定的歸宿,他自己常常感嘆:"於虖! 余之有是書也,談何容易!"

石韞玉的藏書目録雖没有流傳下來,而他的藏書分類方法可以從《凌波閣藏書目録序》中知道:"書凡分十類:曰經、曰史、曰子、曰專集、曰總集、曰叢書、曰類書、曰地志、曰詞曲小説、曰釋道二藏,貯爲二十厨,排爲六行,兩兩相對,標其類於厨之闌,索其書檢之即是。而法書、名畫、金石文字亦附於其中。"可見石韞玉在藏書及圖書分類上費了不少的心思,并有所創新。

石韞玉精於校勘,史載他"每得一書,必手加點勘",常常和二三同人一起參校,"辨異同,校得失",他所校之書被當時琉璃廠的書肆視爲奇貨。後來他也曾到揚州書局參與了《全唐文》的校勘。他還利用自己的藏書編纂了不少重要文獻并爲之刊刻流傳,如其

7

所輯印的《明八家文選》，就是"取家藏數公之集，擇其言之尤雅者"編纂而成。另外他還曾"就家塾所藏國初諸老專集、總集，擇其尤雅訓者"編爲《國朝文英》，並"付諸梨棗"，刻版刊印。

石韞玉除了自藏之外，他也參加與書史相關的公益活動。如嘉慶十四年二月十九日，浙江巡撫阮元邀請一幫朋友到杭州靈隱寺去吃素食，後阮元提議在此寺設立一個藏書之所，這就是著名的"靈隱書藏"。當時石韞玉也在場，他對阮元的提議大爲贊賞，爲此寫了三首詩——《觀阮芸臺中丞靈隱書藏賦此奉簡三首》，其第二首爲："開府文章許與燕，清才盛事領時賢。鄴侯架插籤三萬，崔氏書鈔紙八千。講藝曾窺石渠秘，談經嘗借竹林襌。風流再作西湖長，共説當今玉局仙。"

三

石韞玉不僅喜歡藏書，且工書畫篆刻，尤擅隸書。李放《皇清書史》説他"工隸書，鐵筆古雅"，他自己也有"我生愛鐵筆，制作追皇古。帝羲臣頡不可攀，降從八體尋規矩"之語。乾隆五十八年(1793)，時年三十七歲、剛中狀元三年的石韞玉，突發奇想，把人們耳熟能詳的《蘭亭序》三百二十四個字，打亂順序，顛倒其文，重新組合，成就了一篇新序文，世稱《顛倒蘭亭序》，并鈎摹上石，立碑於紹興蘭亭，流傳頗廣。

石韞玉工詩，其詩"破除唐、宋門户，風發泉涌，援筆立成"(《恩賞翰林院編修前山東按察使石公墓志銘》)，爲後人所推崇。他自己則説："詩格宗尚陶、謝、王、孟。"嘉慶十九年(1814)三月初四，詩人、石韞玉進士同年摯友張問陶(船山)病逝於蘇州，石韞玉於次年十月編成《船山詩草》二十卷及《船山詩草選》，刊行吴中。石韞玉《刻〈船山詩草〉成書後》云："文園遺稿嘆叢殘，手爲删存次第刊。名世半千知己少，寓言十九解人難。留侯慕道辭官早，賈島能詩當佛看。料理一編親告奠,百年心事此時完。"穿越生死之友誼,令人感動萬分! 船山作詩主性靈,與袁枚、蔣士銓齊名。石韞玉與之相交莫逆,多唱和之作。

石韞玉跟黃丕烈的關係頗爲密切,二人在蘇州期間經常共同參加詩社,并且二人之間也多有詩詞唱和。如嘉慶二十二年(1817),黃丕烈得了位曾孫,石韞玉專門寫了首《黃紹武表弟得曾孫詩以賀之》:"憶昨耆英集,惟君最少年。桐枝方濯濯,瓜瓞又綿綿。熊夢先徵瑞,鴻文卜象賢。金貂人共祝,衣鉢我能傳。譽著黃童後,齡希絳老前。今朝湯餅會,珥筆頌華筵。"那時,黃丕烈已經建起了"百宋一廛",同時他們還共同組織了"問梅詩社",此社舉辦了一百多集,其中的第十一集就是在"百宋一廛"内所舉辦者。期間,石韞玉應和了大量的詩作。如前面所提及的《是日復翁登予家凌波閣和前詩見贈迭韵答之》即其一。

石韞玉的著述,涉及多種文體,詩文最爲著名,思想内容深刻,能够很好地體現乾嘉道時期文化背景下的創作特色,有相當高的藝術成就,同時也有重要的文學價值與研究意義。石韞玉考中狀元後,交遊廣泛,有其表弟黃丕烈、好友沈復、沈起鳳,同年進士張問陶,以及後學孫星衍、舒位、陶澍、阮元等人,這些人都是當時有名的學者、文人和官宦。因此在石韞玉的詩文作品中,我們既可以看到游賞玩樂、借古觀今,也能讀出其對友人的贊賞珍視,同時還能感覺其具有濟世惜民的情懷。

石韞玉的詩歌作品風格獨特,題材廣泛,就其形式而言,有五言古詩、七言古詩、五言律詩、七言律詩及絶句等,諸體兼備;藝術上來説,風格多樣,繼承前人又有所創新,在當時詩壇影響很大。舒位《乾嘉詩壇點將録》中將其列爲步軍協理頭領二十六員之一的金錢豹子,俞樾也説:石韞玉"詩亦風格遒上,有盛唐人遺音。自道光中葉至咸豐之季,海内多故,運會少衰,詩文體格,亦流於俶儻,數十年中,未見有與抗行者"(《春在堂雜文續編》卷三《石琢堂先生〈竹堂文類〉序》,光緒二十五年刻本),説明石韞玉作爲乾、嘉、道時期著名的詩人,其詩歌在歷史上有一定影響。我們通過對其詩歌創作過程的考察,可以把握其人生經歷和心態,進一步瞭解乾、嘉、道時期詩學的發展與變化。他身處乾嘉盛世,亦看到嘉道轉衰的迹象。他狀元及第,多交顯達,又出自貧寒家庭,於是,吟嘆中集富貴氣象與寒士愁苦於一體,頗能體現當時詩壇的精神取向。

石韞玉兼擅古文,"爲文貫串古今,尤長於經世之學",他自己説"余則誦習歐陽子之文",其文也是體裁各异,幾乎涉及各種文體,有賦、頌、牘、解、釋、説、記、序、跋、書、文、傳、論、贊、疏、碑、墓志銘、表、行狀、叙略、奏摺等,其文包含方方面面的内容。對交友的欣喜,對親人的關切,對逝者的哀悼,對自然的喜愛,對典籍的考證等等。

石韞玉的詩文可以爲研究石韞玉其他文學作品和乾嘉時期文學風貌奠定基礎。對石韞玉其人及其文學創作,同時代的學者已有評論,如陶澍《恩賞翰林院編修前山東按察使石公墓志銘》:"公閎覽遠識,所爲文貫穿古今,尤長於經世之學。詩則破除唐、宋門户,風發泉涌,援筆立成。"吴翌鳳《獨學廬三稿序》説:"執如以第一人仕於朝,典試於閩,視學於楚,制藝之工,夫人知之矣。而其古文紆徐贍遠,超出塵表。王念豐謂之曰:'爲文不言法,隨意自曲折。露蟬飽清虚,挺挺一支筆。'余以其言爲然。"(《與稽齋叢稿》,《獨學廬三稿序》,嘉慶七年刻本)。翁廣平《與石琢堂殿撰書》也説:"今先生之文,固非後學所能窺測。竊以爲源本經術,而以八家之機格變化出之,至議論之閎肆,有言人所不能言者。"(《聽鶯居文鈔》卷二十五,《與石琢堂殿撰書》,民國年間抄本)。此外,法式善、黄丕烈、俞樾、梁章鉅、王芑孫、沈復、舒位等也都曾在文集中對石韞玉其人及其文學創作進行了極高的評價。

石韞玉生前陸續刊行了自己的詩文稿，即我們今天所能見到的《獨學廬詩文集》，已收入《續修四庫全書》，這是所能見到保存石韞玉詩文比較完整的版本。

石韞玉以經世之才見長，像他這樣頗具文名與時譽的吳中士大夫，迄今爲止，對其生平著作進行全面研究的尚乏其人。但不可否認石韞玉在清代詩壇、文壇仍然具有重要性。建國後，石韞玉的研究長期處於空白狀態，各類文學史裏基本没有提及他及其文學作品。即使涉及石韞玉的書籍也僅是對其詩文和戲曲進行簡單收録和簡短的評價。

進入二十世紀九十年代後，有學者開始對石韞玉展開關注。趙景深、張增元在《方志著録元明清戲曲家傳略》（中華書局，1987年）中選録有關石韞玉的方志，郭英德在《明清傳奇綜録》（河北教育出版社，1997年）中對石韞玉的生平及創作進行了考證，李嘉球《蘇州狀元》（蘇州大學出版社，1999年）中的《吳縣石韞玉的文化藝術成就》一文考察了石韞玉主要的文學創作和文化活動，其後再版的《蘇州狀元》（上海社會科學院出版社，2003年）中的《清廉謹正的石韞玉》一文又增補資料，對其政治活動和文學成就進行了關注。

進入新世紀，學界對石韞玉的關注逐漸多了起來，出現了兩本關於石韞玉研究的專著：一是臺灣石永昌（石韞玉族孫）寫的《蘇州狀元石韞玉》一書（文史哲出版社，2001年）；二是復旦大學圖書館古籍部研究員眭駿編纂的《石韞玉年譜》（光明日報出版社，2009年）。

四

石韞玉著作宏富，僅集部書便有《獨學廬詩文集》、《獨學文存》、《獨學廬外集》詩稿二十七卷、文稿二十一卷，《讀論質疑》一卷，《尺牘偶存》二卷，《微波詞》四卷。此外還有《竹堂類稿》十六卷,《花韵庵詩餘》、《花韵庵詞餘》各一卷,《花間九奏》九卷(九個短劇,分別爲《伏生授經》、《羅敷采桑》、《桃葉渡江》、《桃源漁父》、《梅妃作賦》、《樂天開閣》、《賈島祭詩》、《琴操參禪》及《對山救友》,皆爲純粹的文人劇)、《紅樓夢》(傳奇十折)、《多識録》九卷、《袁文箋正》十六卷、補注一卷,并曾輯《全唐文》、《明八家文選》等。

最能代表石韞玉詩文成就的是《獨學廬詩文稿》。陶澍《恩賞翰林院編修前山東按察使石公墓志銘》説:石公"撰述甚富,所刊《獨學廬詩文稿》若干卷,爲海内所稱"。這部著作,基本代表了石韞玉的文學水平,包含有:《獨學廬初稿》,乾隆六十年(1795)長沙使院刻本。其中詩八卷,分別爲《雲留舊草》一卷、《江湖集》三卷、《玉堂集》一卷、《劍浦歸槎録》一卷、《湘中吟》二卷,包含其早期居家至任職湖南學政時期詩作;文三卷,初稿後附有《漢書刊誤》一卷、《讀左危言》一卷。《獨學廬二稿》,嘉慶十年重慶官舍刻本。其中詩三卷,分別爲《玉堂後集》、《鵑聲集》、《學易齋吟草》;文三卷,詞二卷,後附《花間樂府》一卷、《獨學廬外集》一卷及《守渝公牘》。《獨學廬三稿》,嘉慶二十年刻本。其中詩《晚香樓集》六卷,文五卷,詞二卷。《獨學廬四稿》,道光五年刻本。詩《池上集》四卷,文五卷,詞一卷。《獨學廬五稿》,道光十二年刻本。詩《燕居集》六卷,文三卷,補遺一卷。在這部詩文稿中,詩作部分除石韞玉最初居家時所作《雲留舊草》外,其餘皆有編年。

蘇州市挖掘蘇州歷史上的文獻資料,對吳中文獻進行有計劃的整理和研究工作,建構與蘇州文化、經濟、社會發展相適應的文獻庫,作爲儲存吳文獻、發展吳文化的平臺,這是一件大好事,必將推動吳文化研究走向一個更高的水平。石韞玉的《獨學廬文稿》被選入進行點校整理,對於石韞玉的研究、蘇州地方文化的研究乃至乾嘉道時期文學史的研究都可以説是一件好事。今從《續修四庫全書》中輯出石韞玉的《獨學廬文稿》(包含有《獨學廬初稿》、《獨學廬二稿》、《獨學廬三稿》、《獨學廬四稿》、《獨學廬五稿》、《獨學廬餘稿》、《獨學廬文稿附錄》詩稿二十七卷文稿二十一卷）及《獨學廬尺牘偶存》二卷，進行點校，《獨學廬詩文稿》中的附錄及詞不在此中。

原刻本訛誤難免，凡誤字參以相關文獻改正，原誤字仍保留於文中，加（　），正字或補字加〔　〕，不出校記。原刻本行文中有闕字者，今替用□標識。

限於學力，書中錯誤和不足之處定有不少，還望專家學者批評指正。

目 録

總序 ……………………………………… 王衛平 羅時進 1
前言 ……………………………………………………… 1

獨學廬初稿

獨學廬初稿詩卷一
雲留舊草　古今體詩一百三首

琴操六章……………………………………………… 3
庭中有嘉樹…………………………………………… 4
晚晴…………………………………………………… 4
周瑜手植柏歌………………………………………… 5
演禽言四章…………………………………………… 5
碧桃書塾與張補梧趙開仲張景謀王惕甫沈桐威芷生伯仲
　分課得如字………………………………………… 6
蘇門六子詩…………………………………………… 6
過程氏逸園訪主人在山先生………………………… 8
游畢尚書靈巖別墅,奉和壁間石刻錢辛楣先生詩韻…… 8
梅花…………………………………………………… 8
紫陽山春望…………………………………………… 8
游小有天園,登琴臺觀司馬溫公摩厓隸書…………… 8
秋暮登虎邱…………………………………………… 9
真孃墓………………………………………………… 9

1

生公講臺	9
劉仙史墓	9
梅花樓	10
憨憨泉	10
養鶴澗	10
劍池	10
千頃雲	11
小吴軒	11
試劍石	11
和清遠道士詩	12
山塘種花人歌	12
爲荆人題鄧尉探梅小影	12
過楊琴六村居	13
讀鐵簫道人詩册書後	13
虎邱寺	13
三忠祠	13
夜宿秋坪家	14
曉發練湖二首	14
劉石庵先生家藏文衡山畫山水歌	14
新製碧桃牋,題五絶句其上,效王鐵夫體	14
齋前五君咏	15
西磧山人歌	16
苦熱	16
黄山看雲圖爲休寧汪生賦	16
崇明張景謀秀才廬舍爲潮水漂壞,走筆慰之	17
題家雲根自寫春江覓畫像	17
題甬里先賢畫册	18

蔣香谷寒江釣雪畫像	18
崑山縣齋作	18
白杜鵑花	18
撒帳歌 有序	19
送王念豐、沈芷生赴省試	19
聞芷生鄉舉第一志喜	19
秋晚登道山亭	19
題周佳士漁村小隱畫卷	20
滄浪亭	20
靜觀吟	20
題陳無擇自寫真	20
白沙泉	21
過程山人逸園隱居	21
瘦馬行	21
迎神謳	21
山塘觀競渡作	22
松坪玩月圖爲王東卿賦	22
寄賀王惕甫	23
息影	23
自題東吳菰蘆中像	23
彭芝庭尚書挽詞	23
支硎佛寺	23
石湖	24
憶梅詞	24
訪澗上草堂	24
西磧山祭先人墓	24
焚芝歎傷芷生而作也	24

3

獨學廬初稿詩卷二
江湖集上　古今體詩八十八首

京江 ………………………………………………… 26
夜宿瓜渚 ……………………………………………… 26
露筋祠題壁 …………………………………………… 26
淮陰侯祠 ……………………………………………… 26
項羽墓 ………………………………………………… 27
泰山 …………………………………………………… 27
渡易水 ………………………………………………… 27
將入都門望西山積雪 ………………………………… 27
松筠精舍_{楊椒山先生故宅。} ……………………………… 28
觀明楊椒山先生諫馬市及劾嚴嵩二疏遺稿 ……… 28
豐臺芍藥 ……………………………………………… 28
雲麾使楊澤山索鐫石章，作長歌報之 ……………… 28
即席賦贈王郎 ………………………………………… 29
止酒 …………………………………………………… 29
游子吟 ………………………………………………… 29
與顧林橋夜話 ………………………………………… 30
冰嬉 …………………………………………………… 30
歲宴懷趙二開仲 ……………………………………… 30
送溫潤齋之官粵西 …………………………………… 30
客夜書懷四首 ………………………………………… 31
得家人書 ……………………………………………… 31
留別壽亭 ……………………………………………… 31
天津道中 ……………………………………………… 31
南旺守閘逢江寧端木孝廉，遂同行 ………………… 31
渡江 …………………………………………………… 32

4

舟過金山不及登	32
瓜渚放舟至郭璞墓,飲中泠泉,述事二十韻	32
舟行雜詩	32
鹿城縣齋	33
對玉山獨坐有作	34
沈郎曲	34
春夜懷人絕句	34
送杜含真秀才北歸	37
暮春歸里	37
晚春即事	37
陳星堂秀才問導引之術,賦六絕句寄之	38
聞芷生入浙應竇東皋學使之聘奉寄	38
對雨有懷諸子	38
夜坐	38
寄王念豐	39
中秋夜宴贈朱裔三秀才	39
顧湘碧有書自成都來,喜而有作,即以奉報	39
戲答王念豐	39
放舟吳淞	40

獨學廬初稿詩卷三
江湖集中　古今體詩六十四首

古別離	41
纜舟攝山渡	41
舟過采石磯	41
謁劉夢得先生祠堂	41
得林毓奇孝廉凶問	42

亞父城歌 …………………………………………… 42
韓崟歌 ……………………………………………… 42
萍舫 ………………………………………………… 43
鄭初白參軍見和前詩叠韻奉酬 …………………… 43
夜坐萍舫 …………………………………………… 43
答錢塘孫丈友蓮即次見贈元韻 …………………… 43
仲冬之月八日自和州歸里 ………………………… 43
守風花籃套 ………………………………………… 44
石尤歌 ……………………………………………… 44
風止喜而有作 ……………………………………… 44
自花籃套放舟 ……………………………………… 44
暮宿龍江關 ………………………………………… 44
重過燕子磯 ………………………………………… 45
游永濟寺觀石刻吳道子觀音像 …………………… 45
舟過棲霞山，風利不得泊，不果登也 …………… 45
陟蘇公艤舟亭 ……………………………………… 45
悼景書常秀才 ……………………………………… 46
紙織山水幛 ………………………………………… 46
游金山江心寺 ……………………………………… 46
八公山 ……………………………………………… 46
題陸丈雨亭小影 …………………………………… 47
賦得看花多上水心亭次汝和二丈韻 ……………… 47
浣紗祠 ……………………………………………… 47
喜得王念豐秀才北來書 …………………………… 47
次汝和刺史醉翁亭之作 …………………………… 47
桃花塢訪張籍故居 ………………………………… 48
苦竹寺 ……………………………………………… 48

6

秋懷 …… 48
對雨 …… 48
登和州城樓同鄭初白賦并簡汝和刺史 …… 48
八月十五夜汝和二丈在姑孰寄詩見懷賦此奉報 …… 48
放舟牛渚 …… 49
白石山 …… 49
香社寺用王大成韻 …… 49
病起 …… 49
烏江過項王廟作詩吊之 …… 49
蒼山 …… 50
太白樓 …… 50
奉和鄭初白參軍送春之作 …… 50
和州郡齋夜飲，即席簡史器涵秀才 …… 50
余將自和至歙，州尉劉君琛開筵飲餞，即席留別 …… 50
夜渡蕪湖關 …… 50
新嶺 …… 51
績溪投宿野人家 …… 51
題宋汝和太守竹梧清嘯畫真 …… 51
將偕計入都留別汝和太守 …… 51
新安山中 …… 51
嚴州道中 …… 52
七里瀧謁嚴先生祠堂 …… 52

獨學廬初稿詩卷四
江湖集下　古今體詩五十五首
丁未孟春之月，偕計將行，陳容園三丈賦詩送別，即次
　元韻奉報 …… 53

即目	53
聞王生文浩補博士弟子志喜	53
對酒	54
下第有感	54
書松筠精舍壁間	54
出都	54
趙北口	54
感荆軻舊事	54
至濟寧登舟	55
行路難	55
夜宿臺兒莊	55
五月十五夜月蝕，古之言月蝕者紛如聚訟，詩以辨之	55
觀放水燈者	56
南浦	56
江路	56
焦山訪瘞鶴銘	56
喜達里門	56
登徐州城樓	57
九月十九日登黄樓有作 有引	57
青陵臺	57
寄惕甫	57
夜過峰山四閘	58
曹紫垣秀才扶鸞得前身庚嶺一高僧之句，因繪爲像索題，賦此	58
夜坐聞雁懷林橋秀才	58
登徐州放鶴亭	58
放鶴招鶴歌	58

有懷	59
述夢	59
圯橋	59
邳州	59
燕子樓	60
赤松詞	60
商山采芝曲	60
歌風臺	60
歲暮寄林橋秀才	61
偕芝圃太守自宿遷歸郡	61
逍遥堂述事	61
過泰安留簡郡守宋汝和二丈	62
岱廟	62
宿三家店	62
初夏偕韓丈旭亭、宋西樵孝廉及崇寧院璽上人游西山潭柘諸寺，即事成咏	62
題女史許素心梅竹畫册	63
晚涼洗馬圖爲洗戢山主簿題	63
庚戌元旦	63

獨學廬初稿詩卷五
玉堂集　古今體詩六十六首

聞喜	64
初入翰林	65
送同年李許齋之官浙江	65
寄家人	65
柳陰垂釣圖爲平湖王丈題	66

9

俞東川選士攜示徐霞客像，走筆題之 ········· 66
迎家人入都 ················· 67
家人至叠前韻 ················ 67
家人言經史里故宅質人，詩以志感 ······· 67
移居 ···················· 67
花下含飴圖爲平湖沈丈題 ············ 67
歲寒三友圖爲潘古堂題 ············· 68
題女史曹墨琴臨蘭亭及磚塔銘縮本 ······· 68
杜薇先生齋頭賞菊，即席賦呈 ········· 68
簡船山吉士 ·················· 68
船山以詩見遺，奉答四絶 ············ 69
簪花仕女圖爲嚴小萊題 ············· 69
九九消寒圖館課。 ················ 69
送同年張船山吉士乞假歸蜀 ·········· 69
陶然亭宴集奉次時帆前輩元韻 ········· 70
題李季史青城採藥圖遺像 ············ 70
題時帆前輩山寺説詩圖 ············· 70
題秦小峴侍讀横山丙舍圖 ············ 71
漢陽朱孝女詩 ················ 71
江亭雅集圖和伊秋曹墨卿韻 ·········· 71
答時帆前輩 ·················· 72
時帆前輩促微詩話，走筆作五言三十韻報之 ·· 72
寄題何氏拄笏石即用主人平巖詩韻 ······ 72
題吳江李秀才深柳讀書堂遺照 ········· 73
題馬山子孝廉獨立圖 ·············· 73
鐵卿先生作草書見贈，走筆奉謝并乞書獨學廬額 ·· 73
錢小彭客秋聯咏圖 ··············· 74

10

送彭參軍出都 …………………………………… 74
黃潤園索句圖 …………………………………… 74
寒林雅集圖 ……………………………………… 74
法源寺看花和秋坪韻 …………………………… 75
崇效寺看花和李滄雲給事韻 …………………… 75
和李滄雲給事游極樂寺用朱竹垞詩韻 ………… 75
游萬壽寺謁蓮機上人,因看殿後古松,茶話竟日,歸而有作 …… 75
拙庵上人紅杏青松圖 …………………………… 76
秀野舟廬藤花盛開,置酒小飲,秋坪即席賦詩,戲和其韻 …… 76
顧太淑人壽詩 …………………………………… 76
李小雲明府招飲,即席和滄雲給事韻 ………… 76
茅裳清嘯圖爲鄭初白參軍賦 …………………… 77

獨學廬初稿詩卷六
劍浦歸槎錄　古今體詩一百十四首

奉命出典閩試 …………………………………… 78
新城客館留簡王立亭明府 ……………………… 78
鄆城途次遇雨漫成三十韻 ……………………… 78
賦得既雨已秋 …………………………………… 79
旅舍見槐花盛開,感而有作 …………………… 79
德州道中書逆旅壁間 …………………………… 79
蒙陰懷古 ………………………………………… 80
沂州懷古 ………………………………………… 80
蘭山道中逢立秋日 ……………………………… 81
即目 ……………………………………………… 81
郯城懷古 ………………………………………… 81
宿遷城南二十五里,道旁有茶庵,顏曰且停亭,亡友林孝廉煜奇筆也。詢之主僧,知辛丑歲孝廉公車過此而作。
　　駐馬裵回,爲之愴然 ································· 82
渡江 ··· 82
金焦篇 ··· 82
舟過家門 ··· 83
是日至吴江,寄簡故鄉親友 ··························· 83
論書絶句 ··· 83
枕上口占 ··· 86
錢塘櫂歌 ··· 86
舟過富陽 ··· 87
食筍 ··· 87
七里瀧 ··· 87
謁嚴先生祠 ··· 87
釣臺 ··· 87
瀔水驛 ··· 88
宿衢州馮氏漱石亭 ····································· 88
山行雜詩 ··· 88
仙霞嶺 ··· 88
浦蘇亭中丞以鮮龍眼見遺,作七言長歌報之 ············· 89
西施舌蚌屬。 ··· 89
闈中遇中秋,邀分校諸公夜飲衡鑒堂,即席賦此 ······· 89
漳州太守全秋濤以木蘭㲼蹕圖寄示,即題七言一律奉報 ··· 89
爲魁將軍題小影卷八首,即次卷中自題元韻 ··········· 90
魁將軍以家藏女史許素心畫册見示索題,即疊册中許自
　　題詩韻三首 ····································· 90
自閩歸題古田旅舍壁間 ······························· 91
夜坐延平山館 ··· 91

12

歸途雜詩 …………………………………………… 91
仙霞嶺轎中口號 ………………………………… 91
留題衢州行館 …………………………………… 92
夜過七里瀧 ……………………………………… 92
自閩還京,道出鄉里,略與親友相見。旋奉提學湖南之命,
　遂由京口,溯江而上,述事紀恩,恭成一律 …… 92
舟中遇冬至,王東卿作九九消寒圖,同人分賦,得消字
　七絕三首 ……………………………………… 92
江上候風,纜舟江心寺,知客僧蘊華上人汲中泠泉二斛
　相餉,兼索拙書,於是登樓上品泉揮翰,留連移晷,漫成
　一律 …………………………………………… 93
皖城謁余忠宣公祠墓公名闕,元末守皖,死陳友諒之難。 …… 93
朱石君先生邀游大觀亭時公方撫皖。 ………………… 93
翌日,偕方謝山、王東卿、沈白華、陳星堂、王裕經諸子
　再遊 …………………………………………… 93
潯陽登琵琶亭懷白樂天先生,亭旁有海天寺,主僧揖山
　上人留客茶話,因貽一律 ……………………… 94
和琵琶亭壁間王夢樓前輩懷白樂天先生之作 …… 94
揖山上人索題楹帖,為書雲山供養三生福,鴻雪因緣半日
　閒二語,別後足成一律寄之 …………………… 94
江上 ……………………………………………… 94
赤壁懷古 ………………………………………… 94
江行即景 ………………………………………… 95
雨中至黃鶴樓 …………………………………… 95
夜宿蒲圻萬年庵,和壁間吳荊山前輩詩刻元韻 …… 95
岳陽樓 …………………………………………… 95

13

獨學廬初稿詩卷七

湘中吟卷一　古今體詩八十卷

乘舟至湘春門 …………………………………………… 96
岣嶁碑歌 ………………………………………………… 96
除夕和方次宣秀才韻 …………………………………… 97
東卿作屏山六幅見貽，皆此行江山最勝之處，因占六絕句
　報之 …………………………………………………… 97
湘陰道中即景 …………………………………………… 97
岳州校士畢，偕幕中賓客宴坐岳陽樓，即席作 ……… 98
方謝山以岳陽樓宴集詩見示，即韻奉酬 ……………… 98
錢武肅王鐵券歌有序 …………………………………… 98
仙梅 ……………………………………………………… 99
岳州試院晚春即事 ……………………………………… 99
放舟洞庭湖 ……………………………………………… 100
湘陰舟中作 ……………………………………………… 100
自岳州歸省 ……………………………………………… 100
移蕉 ……………………………………………………… 100
植竹 ……………………………………………………… 100
種蓮 ……………………………………………………… 101
藝蘭 ……………………………………………………… 101
對雨 ……………………………………………………… 101
紅梅花 …………………………………………………… 101
白桃花 …………………………………………………… 101
餞春 ……………………………………………………… 102
撫院西偏有園曰又一村，中丞杜薌先生爲圖見示，因題
　四律 …………………………………………………… 102
初夏即事 ………………………………………………… 103

沅江舟次	103
荳花山居圖爲方次宣秀才賦	103
南瓜	104
爲荆婦題扇頭二喬觀兵書圖	104
苦熱	104
長沙課士以秋蟬命題,擬賦二首	104
衡陽道中作	105
校士衡陽經南嶽之麓而未登,賦此自嘲	105
題谷士畹所畫司花仕女圖	105
讀亡友張補梧絢春堂詩草,偶書其後	105
回雁峰	106
耒陽山中	106
山行放歌	106
三吾懷古	107
余既作三吾懷古詩,不盡林壑之勝,再分題各賦短章,以識其迹	108
讀明御史陳忠潔公年譜書後公名純德,零陵人。崇禎末,官福建道監察御史、提督北直學政,殉甲申之難。順治十二年,查辦明末殉難諸臣,謚忠潔。	110
湘水	110
祁陽	111
永州道中	111
十一月十五日自永州之祁陽,踏月至縣,漏下二十刻矣	111
夜宿文明書院	111
永州淡山巖石有山谷詩刻,追次其韻兼效其體	111
蘭生曲	112

15

燈下讀同年張檢討船山詩集書後 ……… 112
除夕次同福韻 ……… 113

獨學廬初稿詩卷八
湘中吟下　古今體詩八十三首

桃源行 ……… 114
辰龍關 ……… 114
入辰州界遇雨 ……… 114
新綠,以方春和時四字分韻 辰州課士題。 ……… 115
陳桂堂太守以盆蘭見貽,賦謝 ……… 115
答桂堂前輩 ……… 115
龍泉山四咏和桂堂太守韻 ……… 116
鯨音閣 ……… 116
虎溪書院謁陽明先生祠堂 ……… 116
將之永順,辰州官吏飲餞於龍泉山墅,賦此留別 ……… 117
鳳皇灘 ……… 117
牛路河 ……… 117
慶十一協府惠紅毛酒 ……… 117
夜至虎視坪 ……… 118
會溪銅柱歌 ……… 118
自永順回,再過龍泉山,叠前韻 ……… 119
辰溪道中 ……… 119
自靖州回三過龍泉山,又叠前韻 ……… 119
咒觥歸趙歌 ……… 119
觀長沙城北鐵柱文 ……… 120
黃子久長江萬里圖 ……… 120
悲秋六十韻 ……… 120

銀床轆轤曲	121
哀湘曲	122
錫嶺	122
郴州	122
桂陽州作	122
曉度桂木嶺	123
舟中夜坐口號	123
衡陽道中作	123
舟中遇長至節	123
合江亭	123
除夕	123
乙卯元旦	124
昭山	124
吳枚庵借書圖	124
湘江送別圖賦，送韓二觀察對還吳	124
戲和顧籍山廣文名鴻志，華亭人。	124
僧寺午飯	125
艤舟君山，山僧以茶笋相餉，因索拙書，賦此應之	125
湘妃祠	125
梅生	125
嵇文恭公挽章	126
古劍篇	126
消夏雜詩	126
瀟湘八景詩	127
守和惕甫	129
讀韓二觀察桂舲詩草書後	130
筆牀	130

硯屏 …… 130

　　茶船 …… 130

　　花囊 …… 130

　　西溪老人畫竹歌 …… 131

獨學廬初稿文卷一

賦 …… 132

　　涇清渭濁賦 …… 132

　　塞宴四事賦 …… 133

　　西番蓮賦 …… 134

　　巢燕賦 …… 134

頌 …… 135

　　辟雍大禮頌并序 …… 135

　　恭慶皇上八旬萬壽頌謹序 …… 137

　　刻石經於辟雍頌有序 …… 139

論辨 …… 139

　　春秋論 …… 139

　　論唐中宗不當復辟 …… 140

　　公羊穀梁辨 …… 141

　　璿璣玉衡辨 …… 143

　　伊尹放太甲於桐辨 …… 144

　　稽顙不拜辨 …… 145

　　石鼓文辨 …… 147

　　附錄諸家之説，異同既多，附録于後，以備參考。 …… 149

獨學廬初稿文卷二

解 ······ 152
    七日來復解 ······ 152

釋 ······ 153
    釋葬 ······ 153

説 ······ 153
    古不慶生日説 ······ 153
    魁星説 ······ 154
    長子叙民字説 ······ 155
    蒸梨不熟説 ······ 156

記 ······ 156
    藝稻記 ······ 156
    萍舫記 ······ 157
    辰州虎谿書院記 ······ 157
    治平磚記 ······ 158
    日本國花籃記 ······ 159
    香泉游記 ······ 159
    采石磯游記 ······ 160
    西山游記 ······ 161

序 ······ 163
    嶺西雜録序 ······ 163
    沈氏算學序 ······ 163
    煮石山房集序 ······ 165
    槖餘集序 ······ 166
    無町畦詩集序 ······ 166
    潘古堂詩序 ······ 167
    情懺詞序 ······ 168

三十六峰草堂詩序 ………………………………… 169
　　王念豐制義序 ……………………………………… 169
　　辛壬試藝序 ………………………………………… 170
　　姑蘇石氏宗譜序 …………………………………… 171
　　福建鄉試錄序 ……………………………………… 172
　　呂西圃孝行圖卷後序 ……………………………… 174
　　鬥蟋蟀序 …………………………………………… 175

獨學廬初稿文卷三

跋 …………………………………………………………… 176
　　甲子紀元譜跋 ……………………………………… 176
　　王念豐重次千字文跋 ……………………………… 176
　　王念豐協府雜咏跋 ………………………………… 177
　　管夫人楷書回文卷跋 ……………………………… 178
　　吳園次藝圃詩册跋 ………………………………… 178
書 …………………………………………………………… 179
　　與友論喪服書 ……………………………………… 179
　　與方次宣書 ………………………………………… 181
　　與張青城書 ………………………………………… 182
　　與景書常書 ………………………………………… 182
　　與王念豐論文書 …………………………………… 183
雜著 ………………………………………………………… 184
　　讀鶡子 ……………………………………………… 184
　　讀於陵子 …………………………………………… 185
　　讀《齊風》 ………………………………………… 185
　　福建鄉試策問五道 ………………………………… 186
　　和州重修東嶽廟文 ………………………………… 188

王文恪公像讚 …………………………………… 189
月下老人讚 ……………………………………… 189
顧鴻千椿萱棣鄂小影題辭 ……………………… 189
雪鴻詩社引 ……………………………………… 190
會溪銅柱述 ……………………………………… 190

哀詞 194
葛尚虞哀詞 ……………………………………… 194

祭文 195
祭彭鏡瀾學士文 ………………………………… 195
祭封太翁文 ……………………………………… 196

獨學廬二稿

獨學廬二稿詩卷一
玉堂後集　古今體詩一百十一首
過岳麓書院，和諸生送別詩韻，兼簡羅慎齋前輩 …… 199
漢陽旅次 ………………………………………… 199
郾城曉發 ………………………………………… 199
經陳太邱故里 …………………………………… 200
新鄭曉發 ………………………………………… 200
涉淇水口占 ……………………………………… 200
邯鄲 ……………………………………………… 200
卜居聽鐘山房 …………………………………… 200
梧門圖爲時帆祭酒作 …………………………… 201
題嚴棣華羊裘獨釣圖 …………………………… 201
題張船山補梅書屋畫卷 ………………………… 201
詠瓶中芍藥 ……………………………………… 201
瓶中換芍藥疊前韻 ……………………………… 201

蓮花寺讀書圖爲宋曉巖上舍作 …… 201
題陸訒齋歸田讀書圖 …… 202
讀蔣立崖四丈出塞草書後 …… 202
初夏偕壽庭、船山同遊法源寺 …… 202
船山見和叠前韻答之 …… 203
壽庭見和再叠前韻答之 …… 203
翌日復蒙壽庭酬和三叠前韻 …… 203
南唐官硯歌和冶亭先生韻 …… 203
集稧帖字成五言律十章 …… 204
遊金尚書別墅 …… 204
雨窗比部招飲適園，即席分韻得梅字 …… 205
過法源寺 …… 205
桐 …… 205
竹 …… 205
老屋 …… 205
題燕文貴摹王摩詰江干雪霽畫卷 …… 205
調冰 …… 206
習静 …… 206
文從簡梅花畫卷 …… 206
立秋日，時帆祭酒招遊極樂寺。置酒東亭，宴飲彌日，
　歸而有作 …… 206
沈石田畫虎卷 …… 207
王石谷山水畫幀 …… 207
題畫册絕句十首 …… 207
題山水畫册 …… 209
七夕，吴壽庭銓曹、周廉堂司成、葛愛陶少府同過聽鐘
　山房小飲，次壽庭即席見贈韻 …… 209

翌日集廉堂齋中和壽庭韻 …………………………… 210

曹定軒侍御招飲紫雲山房,翌日賦謝 …………… 210

秋日偶成 ……………………………………………… 210

宋節婦婉仙味雪樓圖 ………………………………… 211

九月十九日集周載軒前葦齋中作展重陽會,次何蘭
　士韻 ……………………………………………… 211

韓禹三比部四十壽言 ………………………………… 211

趙松雪天馬圖 ………………………………………… 212

九日酬張船山檢討 …………………………………… 212

二月十三日,聖駕臨幸太學恭紀 …………………… 212

奉命入直上書房恭紀 ………………………………… 212

奉題定親王清漣晚泛圖應教 ………………………… 212

澄懷園即事 …………………………………………… 213

春日直廬紀事 ………………………………………… 213

郊外書所見 …………………………………………… 214

晚過大樹庵 …………………………………………… 214

園居雜詩 ……………………………………………… 214

奉和成親王積水潭詩韻 ……………………………… 214

奉和成親王極樂寺詩韻 ……………………………… 214

奉和成親王澄懷園詩韻 ……………………………… 214

燕蘭曲簡沈侍御舫西 ………………………………… 215

漫興 …………………………………………………… 215

十七貝勒招遊萃芳園 ………………………………… 215

送同年李石農觀察浙東 ……………………………… 216

二鐵詩應成親王教 …………………………………… 216

端午紀恩詩 …………………………………………… 217

奉題儀世子松下讀書圖集文選 ……………………… 217

題聽秋、桂舲昆仲聽雨圖	217
奉賜福壽字乳餅恭紀	218
奉賜哈密瓜恭紀	218
十月二十九日作	218

獨學廬二稿詩卷二
鵑聲集　古今體詩一百三十首

燕燕	219
元旦清風鎮早發	219
肥水	219
永濟道中	219
將渡黃河寄簡都門親友	220
寶雞作	220
入棧作時方有賊警	220
夜宿馬道	220
褒城驛	220
七盤嶺記事	221
西溪	221
舟泊叙州	221
南川盛尹負米圖	221
題十美圖	222
試院作	222
試畢示諸生	223
郡齋偶成	223
客貽雙菊漫成	223
咏文旦十六韻	223
秋日述懷	224

合州查賑歸有作 …………………………………… 224
湘琴自丹稜來見訪，喜而有作 …………………… 224
和杜陵諸將五首元韻 ……………………………… 224
述夢 ………………………………………………… 225
放言 ………………………………………………… 225
讀漢書 ……………………………………………… 226
溪山獨釣圖 ………………………………………… 226
徐文長玉印歌 ……………………………………… 226
奉和楊荔裳方伯試院述懷之作 …………………… 227
寄懷方有堂太守 …………………………………… 227
葺妙雲精舍既成，戲題一律 ……………………… 227
春日對酒有懷吳生兼山 …………………………… 228
溫湯峽 ……………………………………………… 228
初春與英已亭司馬、譚子受別駕同過蒙子園看梅，并訪
　主人張玉屏檢討 ………………………………… 228
奉題趙損之先生丙舍授詩圖遺像卷 ……………… 228
桂門關營次作 ……………………………………… 229
軍營雜述 …………………………………………… 229
即事雜咏 …………………………………………… 229
溪山雪霽圖爲錢蘅香刺史賦 ……………………… 231
題俞敬先主簿細雨騎驢入劍門圖 ………………… 232
秋日偕方有堂太守放舟白帝城，即事懷古 ……… 232
巫山道中 …………………………………………… 232
甘后墓在夔州府後山。 ……………………………… 232
雲陽謁張桓侯祠 …………………………………… 232
雲陽道中榜人不戒舟爲灘石所敗，詩以志事 …… 233
偶過綏定城南西聖寺 ……………………………… 233

陳解元伊言自夔門寄詩見懷，依韻奉酬，并蔚有堂觀察 ……… 233
白沙河途次墜馬受傷，詩以志之 ……………………………… 233
正月十三日旋郡作 ……………………………………………… 234
癸亥花朝，爲么姬二十初度，戲成四律寄之 ………………… 234
西聖寺僧房牡丹初開，同人携酒賞之 ………………………… 234
陳笠帆觀察奉諱北歸，賦詩送別 ……………………………… 235
暮春書懷 ………………………………………………………… 235
聞三月初二日考試翰詹，寄懷同館諸子 ……………………… 235
排悶 ……………………………………………………………… 236
夔府留別方有堂 ………………………………………………… 236
龔稼堂刺史罷官南歸，將就廣文之職，詩以送之 …………… 236
書譚子受別駕扇頭，即和楊荔裳方伯贈詩元韻 ……………… 236
醉後爲李郎題扇 ………………………………………………… 237
有堂觀察于役裏塘，賦詩寄示，依韻奉酬。時觀察有陳情
 之請，故詩及之 …………………………………………… 237
即席調周秋塍刺史兼寄笠帆同年 ……………………………… 237
漫成 ……………………………………………………………… 237
有堂觀察陳情得請，賦詩寄示，次韻奉酬 …………………… 238
和答法時帆學士 ………………………………………………… 238
送鄭静山觀察之官建昌 ………………………………………… 238
惆悵詞 …………………………………………………………… 238

獨學廬二稿詩卷三
學易齋吟草　古今體詩九十八首
自題藏器圖 ……………………………………………………… 239
沈硯畦四十初度占兩絕壽之 …………………………………… 239
題傅青主水墨花卉畫册 ………………………………………… 239

題趙蘆洲太守雪裏從軍圖	240
題洪石農畫册	240
臘月八日奉陪嚴筠亭觀察探梅蒙子園，與主人張玉屏檢討茶話，至暮而歸，偶成二絕句	240
岸上舟圖爲馬軼凡作	241
望峨圖爲王雲浦刺史題	241
梁間燕	241
瞿塘	241
巫山十二峰歌	242
兵書峽	242
靈風觀在巫山。	242
乙丑元旦	243
峽中作	243
青灘	244
出峽	244
人日舟中作	244
元夜舟中獨酌成詩	244
江鳥	245
獨酌	245
雨泊	245
感遇	245
夜宿吕堰驛，追訪王聽夫事，因述以詩	245
楊柳	247
朱仙鎮吊宋將軍岳武穆	247
汴梁懷古	247
重過邯鄲，叠乙卯舊作韻	248
座師王文端公挽辭三十韻	248

松蘿店壁間有雲南選士劉春林題句，愛其卓犖，和者數十人，雖工拙不齊，皆斐然可觀，不覺見獵心喜，隨筆成咏，積十二首 …… 248
入都作 …… 249
蘆雁圖卷爲曹定軒給事作 …… 249
望雨 …… 249
初夏游西山岫雲寺 …… 249
夜宿延清閣 …… 250
留題朗月上人方丈 …… 250
初出都門，見田家望雨未得，感而有作 …… 250
平原懷古 …… 250
徐州感事作 …… 250
楊莊阻淺 …… 251
到家示兒輩 …… 251
自封生壙畢，作詩志意 …… 252
爲朱愚溪題西湖話雨圖，并懷張蒔塘明府 …… 252
題蔣立崖四丈天遠雲歸圖 …… 252
游梁溪秦氏寄暢園 …… 252
仙巖春曉圖爲陳巢雲賦 …… 253
九月初舟過毘陵，適遇稺存同年六十初度，賦詩爲壽 …… 253
登舟將發，適陳桂堂同年自松江來，歡聚累夕，承以詩饒百叠詩册見示，因次卷中元韻四首却寄 …… 253
梅花嶺過史閣部墓，追和亡友李介夫編修詩韻四首 …… 254
舟過金山寺，同福與其婦唱和成咏，因次其韻 …… 254
趙二開仲相送至京口，別後却寄，次同福韻 …… 254
武昌感舊作 …… 255
雪中登黃鶴樓 …… 255

雪滿江皋,篷底悶坐,漢陽太守紀香谷以酒肴見遺,走筆
　　成詩 ································· 255
　書故相劉文清公手書詩卷後 ············· 255

獨學廬二稿文卷上
四六文 ···································· 257
　擬車駕臨幸太學釋奠先師孔子文 ········· 257
　擬遜嬪沈氏祭文 ·························· 257
　擬册封固山貝子奕綸文 ··················· 258
　擬鎮國公永珊初次祭文 ··················· 258
　擬嘉勇郡王福康安入賢良祠文 ············ 258
　江南山陽等州縣緩征錢糧謝恩劄子 ······· 259
　江南淮徐二府州縣賑濟并借籽種謝恩劄子 · 259
　江南徐州府屬州縣加賑謝恩劄子 ········· 260
　歇學廬初稿自序 ·························· 260
　暮春修禊序 重次蘭亭字。············ 261
　送郭編修給假還鄉葬親序 ················· 262
　送吳侍讀歸養序 ·························· 262
　送惠泉酒爲俞太孺人介壽啓 ·············· 263
　接引佛讚 并序 ···························· 263
　清故湘鄉縣丞吳君墓志銘 ················· 264
　王春波瀟湘雲水圖卷題辭 ················· 265
　譚子受吹簫乞食圖題詞 ··················· 266

獨學廬二稿文卷中
疏 ··· 267
　征邪教疏 嘉慶三年考試翰詹題。············· 267

書 ……… 268
　上成親王書 ……… 268
　與姜中丞第一書 ……… 269
　與姜中丞第二書 ……… 271
　與姜中丞書 ……… 272
　與同年李明府錫書論河圖洛書書 ……… 274
記 ……… 276
　祁陽廖氏宗祠記 ……… 276
　小西厓記 ……… 277
　長壽縣新城記 ……… 277
　東川書院科甲題名記 ……… 278
序 ……… 279
　蘭谷詩鈔序 ……… 279
　湖湘采風錄序 ……… 279
　幼學翼序 ……… 281
　沈氏群峰集序 ……… 281
　養雲樓詩序 ……… 283
　高滄橋先生遺稿序 ……… 284
　試帖偶鈔序 ……… 284
　詩龕銘并序 ……… 285
　詩冢銘并序 ……… 286
　送王惕甫之華亭校官序 ……… 287
傳 ……… 289
　雪香翁家傳 ……… 289
祭文 ……… 290
　祭張耐舫太守文 ……… 290
　祭楊荔裳方伯文 ……… 290

獨學廬二稿文卷下

跋 …………………………………………………… 292
 周宣王石鼓文跋 …………………………… 292
 漢隸西狹頌跋 ……………………………… 293
 漢樓壽碑跋 ………………………………… 293
 太學蘭亭序跋 ……………………………… 293
 焦山瘞鶴銘跋 ……………………………… 294
 又 …………………………………………… 294
 又 …………………………………………… 294
 北魏張猛龍碑跋 …………………………… 294
 北魏李仲璇碑跋 …………………………… 295
 北魏懷令李超墓志銘跋 …………………… 295
 北魏楊大眼造像記跋 ……………………… 295
 隋姚恭公碑跋 ……………………………… 295
 唐九成宮醴泉銘跋 ………………………… 296
 唐尉遲敬德碑跋 …………………………… 296
 唐同州聖教序跋 …………………………… 296
 唐都尉李文墓志銘跋 ……………………… 296
 唐阿史那忠碑跋 …………………………… 297
 安刻孫過庭書譜跋 ………………………… 297
 唐明堂令于大猷碑跋 ……………………… 297
 唐周公祠碑跋 ……………………………… 297
 唐雲麾將軍李思訓碑跋 …………………… 298
 又 …………………………………………… 298
 又 …………………………………………… 298
 唐高福墓志跋 ……………………………… 299
 唐元宗青城山常道觀手敕跋 ……………… 299

31

又	299
唐思恒律師墓志銘跋	299
唐麓山寺碑跋	299
唐蘇靈芝鐵像碑跋	300
唐大智禪師碑跋	300
大智禪師碑陰跋	300
唐莒國公唐儉碑跋	300
唐雲麾將軍李秀殘碑跋	301
唐中岳永泰寺碑跋	301
唐千福寺多寶塔碑跋	302
唐懷素草書千文跋	302
唐懷素律公帖跋	302
唐無憂王寺真身塔碑跋	302
唐吳季子祠堂記跋	302
又	303
又	303
唐景教流行碑跋	303
唐武侯新廟碑跋	304
唐靈慶公神堂碑陰記跋	304
唐大字陁羅尼經幢跋	304
遺教經不完本跋	304
唐西域舅甥碑跋	304
經幢殘字跋	305
袁正己正書摩利經跋	305
長沙鐵柱文跋	306
又	306
黃庭堅浯溪摩崖詩刻跋	306

元趙承旨書孫真人碑跋 …… 307
乾隆五十六年進士題名碑跋 …… 307
戲鴻堂法書跋 …… 307
快雪堂帖跋 …… 307
錢選花卉草蟲圖跋 …… 308
文衡山虎邱圖詩卷跋 …… 308
仇十洲漢宮圖跋 …… 308
董香光行書寶硯誥卷跋 …… 309
董香光山水詩畫卷跋 …… 309
董香光行草佘山詩卷跋 …… 309
董文敏行書百字令卷跋 …… 309
王百穀詩卷跋 …… 310
城南雅遊圖跋 …… 310

獨學廬三稿

獨學廬三稿詩卷一
晚香樓集一　古今體詩一百三首
七盤關感舊 …… 313
襃城驛疊己未舊作韻 …… 313
潼關官舍題壁 …… 313
喜吴生兼山來詩以贈之 …… 313
讀史有感二十絶句 …… 314
古北口 …… 315
恭與中秋節内宴紀恩詩 …… 315
九松山寺和壁間諸公倡和韻 …… 316
薊州旅店題壁 …… 316
偶成 …… 316

蘿莊圖爲蔣伯生少尹賦	316
咏水仙	316
丁卯正月十七日，偕孫淵如、張萼樓兩觀察訪趵突泉之勝，	
追和趙松雪詩韻	317
春日過田家	317
木蘭從軍圖四首	317
丁卯六月，緣事受替，將入都門。孫淵如觀察餞我於匯	
泉僧舍，即席賦別，並訂南歸之約	317
至都後淵如和前詩見寄，再叠韻答之	318
寄周素夫運判三叠前韻	318
借居松筠庵四叠前韻	318
引疾南歸五叠前韻	318
到家六叠前韻	318
寄答蔣伯生少尹和章七叠前韻	319
翁覃溪先生命題法源八咏詩畫册	319
書梧門前輩畫扇三首	319
韓桂舲司寇五十初度，叠丁巳壽言元韻奉祝	319
題法時帆先生玉延秋館圖	320
題宋香巖雙松書屋圖	320
題張友樵竹笑蘭言圖	320
題陳潔夫道士畫真二首	321
題故侍御孫頤谷先生深柳勘書像卷	321
寄懷餘杭令張蒔塘明府	321
游理安寺訪寒石上人二首	321
湖上四首	322
韜光庵主屬題夢禪居士觀海圖二首	322
題孫觀察景曾江湖高枕圖二首	322

題陳蓮夫進士倣王石谷山水爲楊補帆作	323
支硎山吾與庵圖卷爲寒石上人題	323
消寒雜咏九首	323
題雪竹畫幛	324
嘉興楞嚴寺贈會一上人	324
畫鷹	325
偶成	325
趙訓導開仲,余老友也,今年七十,賦懷人感舊之詩一百四十章,中有見懷之作,未及寄而歸道山矣。其孤録示遺草,覽之嘅然,因和四律寄哀	325
奉和翁覃溪先生雲林寺題壁詩	326
和韓昌黎城南詩,題陸耳山先生遺草	326
空谷	326
人日雪	327
春日過淨慈寺	327
理安寺題壁	327
世事	327
山居漫與二首	327
寒食	328
題王藝芸遺像	328
題胡秋白小檀欒室讀書圖	328
戊辰述夢	328
陳竹崖觀察鑑舟圖	329
西湖泛月圖爲董瑞峰太守作,時太守將入都,即以送別	329
雙旌謡	329

獨學廬三稿詩卷二
晚香樓集二　古今體詩九十七首

觀阮芸臺中丞靈隱書藏，賦此奉簡三首 …………… 331
題汪氏六息齋印稿 …………… 331
讀任昌運廣文香杜草書跋二首 …………… 332
六如詩 …………… 332
鳳凰山館圖爲楊補帆題 …………… 333
客饋金鯽魚，以盆蓄之，而志以詩 …………… 334
柴門臨水稻花香圖卷爲何秋濤題 …………… 334
更生居士挽辭 …………… 334
山行口號 …………… 335
題蔣于野水竹莊圖 …………… 335
題懶愚和尚面壁圖 …………… 335
初夏 …………… 336
對雨二首 …………… 336
齊北瀛編修惠琉球竹箋，楊補帆爲我作翠微圖詩以謝之 …… 336
蔣生炯約遊大滌洞天，余不果赴。其歸也，言石壁題名
　有宋人與余同姓名者，因賦詩寄之 …………… 336
敘永周司馬六十壽言 …………… 337
簡山陰蔣光弼明府，即以贈別 …………… 337
無題四首 …………… 337
讀半山集書後二首 …………… 338
畫屏四詠 …………… 338
秋懷雜感十七首 …………… 339
蘭溪舟中 …………… 341
曉達鳳山門 …………… 341
生日漫成十二首 …………… 341

36

孤雁二首 ………………………………………………… 343
落葉三首 ………………………………………………… 343
周廉堂少宰使院觀劇有感二首 ………………………… 343
讀李墨莊員外詩卷書後四首 …………………………… 344
題楊補帆仿王石谷吳江秋色圖卷二首 ………………… 344
孟冬之晦大雪，寒石上人折柬相招，山樓信宿，即事成篇
　二首 …………………………………………………… 344
煮雪 ……………………………………………………… 345
賞雪 ……………………………………………………… 345
詠雪 ……………………………………………………… 345
泛雪 ……………………………………………………… 345
夜宿理安方丈呈寒石大師 ……………………………… 345
聞劉金門遣戍黑龍江，賦詩奉寄，兼懷邱芝房六丈二首 … 346
僧舍探梅 ………………………………………………… 346
題莅香小影兼調伯冶二首 ……………………………… 346
韓桂舲中丞過杭見訪率賦，并懷張菊溪尚書 ………… 346
圭峰圖爲顧景岳太守作 ………………………………… 347
己巳除夕 ………………………………………………… 347

獨學廬三稿詩卷三

晚香樓集三　古今體詩八十七首

庚午元旦 ………………………………………………… 348
項秋子邀至甘逋村看桃花，舟中即席分韻得雨字 …… 348
靈隱話雨圖爲顧星橋作 ………………………………… 348
送夢芝隨高中丞之皖 …………………………………… 349
陳古華太守五十學書圖 ………………………………… 349
題滕澍蒼課孫圖 ………………………………………… 350

寄居孫氏一榭園，奉懷主人淵如觀察	350
拜于忠肅公墓	350
題杜素芬憐影圖，即和卷中自題詩韻	350
明周忠毅公玉印，爲廉堂少宰賦	350
題沈三白琉球觀海圖	351
韓雲溪登岱圖	351
石門顧仲歐山人以詩見投，次韻奉報	351
初春大雪，賈竹坪分司攜酒至吴山三茅觀招飲。楊子補帆繪圖紀事，漫題五絶句	351
夜卧聽雨	352
石屋洞訪聖庵上人，和壁間寒石大師詩韻	352
金華觀鬥牛歌	352
爲韻卿書扇	352
臘月十九日東坡生辰，項秋子招集同人祀於西湖蘇公祠，賦詩紀事	353
白門感舊四首	353
雲自在圖爲澹雲和尚題五首	354
和林和靖小隱之作	354
春郊踏青過結草庵	354
答友	355
采石山和林處士韻	355
太白樓	355
林和靖有深居雜興詩十章，愛其閒適，依韻和之	355
游石屋洞，留贈聖庵上人。時上人方讀《啓世經》	356
中秋與澄谷上人同訪天平山白雲泉之勝，黄子紹武即事成咏，偶步其韻三首	357
曹友梅山水畫卷爲沈綺雲題 綺雲，友梅之女婿。	357

二鳥 ……………………………………………… 357
寒石上人歸吴中吾與庵，賦此奉寄 …………… 357
陳笠颿同年移任江西布政使，賦此送别 ……… 358
咏小忽雷 ………………………………………… 358
題長江放櫂圖爲陳生兆元作 …………………… 358
壬申花朝，與方葆巖尚書、孫淵如觀察、吴夢花文學同登
　清凉山江光一綫閣茶話，走筆成篇 ………… 359
金陵隱仙庵有古梅一株，相傳齊梁舊物也。春分始花，
　即事成咏 ……………………………………… 359
題師竹道人載鶴圖 ……………………………… 359
瀆川春泛圖爲馮秭生題四首 …………………… 360
夜游白雲泉圖爲觀性上人作 …………………… 360
題比邱尼韻香空山聽雨圖四首 ………………… 360
錢清蓮總戎畫像四首 …………………………… 361
送尹蕉園方伯入都述職 ………………………… 361
王西莊先生桐涇草堂圖卷四首 ………………… 361
金梅尹畫像 ……………………………………… 362
戲作藏頭詩 ……………………………………… 362
和答黄紹武表弟，兼訂消寒之會二首 ………… 362
沈古心松間對酒遺像 …………………………… 362
壬申除夕 ………………………………………… 363

獨學廬三稿詩卷四

晚香樓集四　古今體詩七十二首

癸酉元旦 ………………………………………… 364
花朝試筆二首 …………………………………… 364
寒石和尚七十壽言 ……………………………… 364

和寒石和尚七十自壽詩 ································ 365
舟中口號二首 ······································ 365
奉題明虞部郎葉天寥先生戴笠像卷 ·················· 365
癸酉上巳，廖復堂轉運招集題襟館修禊，與吳穀人、
　洪桐生、江易堂、貴中孚、張船山諸君子分韻得聊字 ······ 365
感春四首 ··· 366
題吳枚庵畫像 ····································· 366
食瓜偶成 ··· 366
孤竹圖爲王生秋濤題 ······························· 367
裴夫人壽言 故中丞宗錫之室。 ····························· 367
六月寒 ·· 367
題江水月道士畫真卷 ······························· 367
和李長吉惱公詩五十韻 ····························· 368
蒼聖祠 ·· 369
山居十五詠 ······································· 369
賦得春來遍是桃花水，和菊溪相公憶武陵舊游之作，與
　吳生兼山同賦 ·································· 372
喜同年張船山太守卜居吳門 ························ 372
答張蒔塘大尹 ····································· 373
飲酒莫愁湖上，醉中走筆成篇 ······················ 373
揚州遇沈星槎秀才賦贈 ····························· 373
隨園看牡丹，追懷簡齋先生二首 ···················· 374
秋日遊西山，和黃蕘圃韻八首 ······················ 374
題子婦慧文三十學書圖卷 有序 ······················· 376
六梅閣觀梅圖爲穹窿道士作二首 ···················· 376
題孫淵如畫真 ····································· 376
楊樹堂聽松圖 ····································· 377

閒步小園口號	377
暮秋感事五首	377
穹窿道士王秋谷一邱一壑圖	378
松桂讀書圖爲同年王珠潭大尹題	378
客舍偶成二首	378
題周勗齋載菊圖卷四首	378
送周廉堂大司空入都	379

獨學廬三稿詩卷五

晚香樓集五　古今體詩一百一首

晚香樓守歲作	380
菊溪相公遣人饋歲，賦詩寄謝二首	380
送陸婿卓夫人都赴春官之試四首	380
讀蔣心餘、彭湘涵、郭頻伽詞草，各繫一詩	381
初春至鳳巢訪會一上人，雪中呵凍，録成二十四韻	381
春中得朱晉階中丞陝中消息，書以志事	382
默堂小飲既醉，秉燭夜歸	382
樂餘老人八十壽詩	382
和寒石大師	382
寒石師新得怪松一株，植於披雲堂前，名之曰"曲壽"，即莊生所云"不材之木"以天年終之意，賦詩見示，依韻奉酬	382
小園即事二首	383
春日招兼山小飲，以詩代簡	383
紙鳶二首	383
假館孫氏五松園，和唐陶山太守題壁詩韻三首	383
門有車馬客行，送張古餘太守入都	384
謝客	384

小遊仙詞八首	384
夜宴即事	385
初夏歸家	385
江上	385
庭前牡丹盛開	385
對雨	386
館娃宮四首	386
悼船山同年三首	386
題船山遺墨	387
杏花白燕圖爲蔣伯生大尹題二首	387
楊雪湖先生遺像先生名秋，字碩父，畢稼軒之客也。	387
將赴維楊，舟次和子鐵、秋陶、小松聯句之作四首	387
諸子繼作，叠前韻和之	388
邗上贈龔平甫即題畫像	388
廖復堂轉運新築歸鶴亭，賦詩落之	388
食車螯作	388
題孔夫人畫像二首	389
重九日偕張蒔塘入鳳巢，訪會一上人	389
贈柏庵沙彌	389
倪高士竹石圖	389
重過鳳山小隱	390
夜坐吟	390
秋燕	390
張友樵六十壽言	390
猛虎行	390
秋興八首和少陵韻	391
和菊溪相公瓜步舟中之作二首	392

京口舟中感事，偶成四首 ………………………… 392
讀彭甘亭廢畦、斷橋二詩，感而賦之 …………… 392
枕上口占 …………………………………………… 393
書逋日積，賦此自嘲 ……………………………… 393
揚州作二首 ………………………………………… 393
寄懷么姬 …………………………………………… 393
抱膝吟八首 ………………………………………… 393
袁浦除夜作 ………………………………………… 394

獨學廬三稿詩卷六

晚香樓集六　古今體詩九十二首

乙亥元旦 …………………………………………… 395
題天池生畫雪裏芭蕉圖 …………………………… 395
春陰 ………………………………………………… 395
春日訪澄公，用東坡贈參寥師詩韻 ……………… 395
翌日同往祭船山太守，賦詩述事，和紹武韻 …… 396
會一上人圓寂于鳳巢，賦詩哀之 ………………… 396
題趙開仲雪江垂釣圖卷 …………………………… 396
暮春 ………………………………………………… 396
夢中和人作 ………………………………………… 397
題五嶼讀書圖 ……………………………………… 397
雨中悶坐 …………………………………………… 397
春日重過一榭園 …………………………………… 398
江行作 ……………………………………………… 398
登窺園閣呈淵如先生 ……………………………… 398
秦淮上巳 …………………………………………… 398
燕子磯 ……………………………………………… 399

43

晚泊紗帽洲	399
假館休園	399
湖上	399
繡毬花	400
觀繩伎作	400
休園八咏	400
讀劉文清公集有書齋偶成四律，寄情高遠，依韻和之	402
秋日與姚皖薑、沈雪樓兩孝廉，王秋濤、陳小松兩茂才 　暨陸婿卓夫同游興教寺，漫題方丈	402
將之江寧，自江都泛舟至儀徵，即景成篇	402
客夜	403
刻船山詩鈔畢，題詩於後	403
方尚書挽詞 尚書名維甸，歷官浙閩總督，謚勤襄。	403
追和船山太守自題惜馬圖詩	404
自江寧放舟還維揚，即事成篇	404
和休園主人自題詩韻	404
王東卿山水畫幀	404
邗上送兼山北上	405
即事成咏	405
舟至澣墅，雨阻不得歸	405
六十自壽	405
韓聽秋以天台藤杖見貽，賦詩奉謝	406
蔣堯農自山東來，賦詩爲壽，依韻奉酬	406
初冬至天平山看紅葉，因訪澄性上人	407
雲泉精舍題壁	407
蔣伯生大令浚玉女池，獲秦碑殘字，拓本見貽，走筆作 　長歌紀之	407

詠史	407
觀戲有感	408
桐城兩賢行	408
挽同年伊墨卿	409
吳曇繡挽詞	409
陶雲汀給諫寄示皇華草,漫成二律	410
孫淵如五畝園圖	410
將去金陵,留別夏生文茵	410
老態漸生,口占自嘲	411
爲馬星璿題照	411

獨學廬三稿文卷一

論 ········ 412
  辨惑論 ········ 412
  出母論 ········ 413

解 ········ 414
  慈母如母解 ········ 414

記 ········ 415
  湯溪縣學尊經閣記 ········ 415
  重修義烏縣忠孝義祠記 ········ 416
  澍墅文廟記 ········ 417
  丹陽麥舟橋記 ········ 418
  崇真道士畫像記 ········ 418
  翠微樓記 ········ 419
  城南老屋記 ········ 420
  菩提庵西院興修記 ········ 421
  靈隱游記 ········ 422

銘 ……………………………………………………………… 423
　獨學廬銘并序 ………………………………………… 423
説 ……………………………………………………………… 424
　潘朝京字説 …………………………………………… 424

獨學廬三稿文卷二

序 ……………………………………………………………… 426
　明王忠文公集序 ……………………………………… 426
　趙開仲乳初軒詩序 …………………………………… 427
　吴耦棠道易集詩序 …………………………………… 429
　遂高堂詩集序 ………………………………………… 430
　二波軒詩序 …………………………………………… 431
　倚杖吟序 ……………………………………………… 431
　丹陽石氏宗譜序 ……………………………………… 433
　程氏易簡方論序 ……………………………………… 433
　本事方釋義序 ………………………………………… 434
　清河家乘序 …………………………………………… 436
　顧氏書法小結構序 …………………………………… 436
　寒石和尚語録序 ……………………………………… 437
　琢三勤禪師語録序 …………………………………… 438
　郊絅庵先生制藝序 …………………………………… 439
　陳句山文序 …………………………………………… 440
　紫陽課藝序 …………………………………………… 441
後序 …………………………………………………………… 442
　海塘擥要後序 ………………………………………… 442
　群雅集後序 …………………………………………… 443

獨學廬三稿文卷三

贊 ··· 445

 明濮州知州鄭公遺像_{公諱滿，字守謙。} ·················· 445

 改七薌白描羅漢贊 ·· 445

 董文敏畫像贊 ··· 445

 錢清蓮總戎畫像贊 ··· 446

 王秋濤畫像贊 ··· 446

 寒石大師像贊 ··· 446

 竹堂居士像贊 ··· 447

頌 ··· 447

 寧波阿育王祠佛舍利塔頌_{有序} ························· 447

書事 ·· 448

 書威勤公平苗事 ··· 448

 書張尚書平定海寇事 ·· 449

疏 ··· 451

 募置雲林寺經藏疏 ··· 451

劄子 ·· 452

 代兩江總督總河會議黃河改道劄子 ···················· 452

 代江浙督撫議覆海運劄子 ··································· 454

獨學廬三稿文卷四

跋 ··· 458

 碣石門秦刻跋 ··· 458

 讀《賈誼傳》書後 ··· 459

 讀諸葛武侯隆中對 ··· 460

 乾隆庚戌進士題名碑第二跋 ································ 461

 蘇東坡草書醉翁亭記跋 ······································· 461

47

唐順銘跋 …………………………………… 462
西域舅甥碑跋 …………………………… 463
黃山谷此君軒詩刻跋 …………………… 464
韋南康紀功碑跋 ………………………… 464
宋米元章書崇國公趙世恬墓志銘跋 …… 465
十七帖跋 ………………………………… 465
錢舜舉蜡飲圖卷跋 ……………………… 466
米元章行書卷跋 ………………………… 466
燕文貴江干雪霽圖跋 …………………… 467
趙文敏壽春堂記跋 ……………………… 467
唐六如琵琶行畫册跋 …………………… 467
仇實父村社圖跋 ………………………… 468
宋忠烈公鄉試卷跋 ……………………… 468
王石谷吳江秋色畫卷跋 ………………… 469
文彥可梅花卷跋 ………………………… 469
劉文清公書卷跋 ………………………… 470
又 ………………………………………… 470
又 ………………………………………… 470
又 ………………………………………… 470
又 ………………………………………… 471
箬庵禪師同住規約跋 …………………… 471
寄塵和尚小札跋 ………………………… 472

獨學廬三稿文卷五

傳 ………………………………………… 473
　葉小鸞傳 ………………………………… 473
　王巡檢傳 ………………………………… 475

陳封君家傳 …… 477
鐵雲山人傳 …… 478
江尊師傳 …… 479

碑 …… 480
重修法相寺碑 …… 480

表 …… 481
處士陳君墓表 …… 481

銘 …… 481
山東糧儲道宋公墓志銘并序 …… 481
劉蓉峰墓志銘并序 …… 485
杭州同知席公墓志銘并序 …… 486
贈奉直大夫周公墓志銘并序 …… 487
何元長墓志銘并序 …… 488

獨學廬四稿

獨學廬四稿詩卷一
池上集一　古今體詩八十九首

習靜圖 …… 495
秋夜讀書圖爲丁尊江題 …… 495
寒石和尚圓寂於吾與庵，詩以挽之 …… 495
卷勺園圖 …… 496
張耆山主簿乞假寧親，賦詩留別，和以餞之 …… 496
觀妙齋靈芝圖爲穹窿道士琴軒題 …… 496
城南開元寺藏經磚閣 …… 497
畫梅卷爲復翁作 …… 497
丙子生朝作 …… 497
夜夢澄谷上人以畫幅索題，展之畫秋葵二枝，爲題一絶句，

49

醒乃筆之 ··· 497
尤春樊舍人招作東坡生日，即事成咏 ··········· 497
趙北嵐遺像名增，山東萊陽人。 ····························· 498
秋林讀書圖爲徐擷芸題 ··· 498
池上 ·· 498
鰲鶴 ·· 498
蟹蝶 ·· 499
贈李小雲刺史 ·· 499
題瞿菊亭明府家藏范忠貞公畫壁詩草 ················ 499
呂湘漁山居課子圖 ·· 499
潘息緣舍人兩子同入膠庠，賦詩紀事，次韻賀之 ··· 499
自題十真 ·· 500
過王椒畦息齋，壁間有福兒詩，俯同其韻 ········ 501
題畫 ·· 501
丁丑元日 ·· 501
和吳巢松編修題閒雲出岫圖詩，即奉餞北行，仍邀黃紹武
　表弟同作 ·· 502
元夕風雪，對酒有作，叠歲朝詩韻 ························ 502
復翁以元夕詩見示，依格和之 ································ 502
吳孝女詩 ·· 503
黃紹武表弟得曾孫，詩以賀之 ································ 503
菊亭譜曲圖爲瞿明府題 ··· 503
題宋味菘閉户讀書圖 ··· 503
李嵩山運使臺灣運穀圖 ··· 504
題顧亭林先生遺像卷 ··· 504
和答朱少仙廣文 ·· 504
爲周九廉訪題春帆圖 ··· 505

自題杖鄉圖	505
題黃蕘圃祭書圖	505
張雲藻司馬作餐菊之宴，即席分韻得落字	505
過王氏廢園	506
蓮榭圖爲芳生題	506
穹窿道士李補樵六十壽言	506
心誠上人以石刻蓮池大師詩墨本見惠，即次元韵	506
楊貞女詩	506
蘇公生日，集尤春樊舍人齋中	507
吴巢松編修屬題閒雲出岫圖	507
蘇公生辰，春樊舍人既集同人賦詩，令子榕疇用蘇集禁體雪詩韵賦七言古詩一篇，走筆和之	507
丁丑除夕口占	508
爲張少農題訪古圖	508
讀史有感	508
游陸氏園，和陳琳簫女史詩韵四首	509
春日遣懷	509
歲云暮矣，瓶菊猶存，盆梅亦放，戲題兩絶句，以志其事	509
訪吴玉松太守新居	509
枕上口占	510

獨學廬四稿詩卷二

池上集二　古今體詩一百一首

戊寅七月，送書院諸生秋試	511
題松江太守宋如林含飴弄孫圖	511
顧節母詩	511
瓶中花	512

劉金門以編修奉召入都寄詩送之	512
自題小影	512
德清縣齋示福兒	512
九日登高同蓮孫韻	512
題柳州太守徐寅哉遺像	513
庭前種菊有一本而百二十花者,移陳坐右,錫之以詩	513
池上偶成四絕句	513
題韓尚書壽山丙舍圖	514
題梅妃像	514
壽榕皋潘一丈	514
送韓桂舲尚書入都	514
韓尚書攜示蔣香杜都門見懷詩,依韻成篇却寄	514
己卯元旦	515
沈桐威燈謎遺草	515
德清春日作	515
舟行書所見	516
偶成	516
即事	516
咏綫穿牡丹	516
尋梅招鶴圖爲雪齋和尚題	516
夏五過虎邱山塘吳玉松同年,歸途入報恩寺訪雪齋上人	517
寄謝都門故人	517
讀王惕甫遺集書後	517
周笠梅花美人圖	517
長江萬里圖爲穹窿道士李補樵作	518
海鹽朱虹舫庶子以檇李十枚見餉,詩以謝之	518

尤西堂有家在江南楊柳村之句,梅耦長爲之圖,一時

和者十二人,偶書成長卷,追和二絕於尾,并邀春樊舍人同作	518
題瓶菊圖寄王梅鄰明府	519
秋夜獨坐花間草堂	519
園菊初開	519
芙蓉	519
對月口號	519
習静	519
種菊圖	520
送董琴涵編修入都	520
雪中送炭圖	520
觀放紙鳶	520
歲暮書懷	520
和歸佩珊女史歲暮雜咏八絕句	521
尤春樊舍人作東坡生日之會,賦呈四絕句	522
庚辰元旦	523
寄吾與庵主心誠上人	523
黃復翁見示與潘榕皋舍人暨歸珮珊女史叠韻唱酬之作,見獵心喜,戲和其韻	523
聞復翁入山探梅,再叠前韻奉簡	523
珮珊見和東坡生日之作,三叠前韻奉酬	523
春游四叠前韻	524
飲周春樊廉使齋中,五叠前韻	524
奉薦三松老人六叠前韻	524
珮珊和前詩見投,多獎飾之語,依韻報之,七叠、八叠前韻	524
珮珊之婿李生學璜與婦各以詩篇見贈,再答計十二叠前韻	524

再和珮珊十四叠前韻 ………………………………………… 525
和尤春樊舍人詠雪之作,十五叠前韻 ……………………… 525
寄題移石山居,即爲師竹道人壽,十六叠前韻 …………… 525
乘舟出閶門十七叠前韻 ……………………………………… 525
題李小雲刺史粵東詩草十八叠前韻 ………………………… 526
題周朂齋司馬樸園集十九叠前韻 …………………………… 526
喜沈星槎學博歸自揚州二十叠前韻 ………………………… 526
崑山過王椒畦山居二十一叠前韻 …………………………… 526
半繭園題壁二十二叠前韻 …………………………………… 526
斗壇訪却凡上人二十三叠前韻 ……………………………… 526
題寄上人松下閉關圖二十四叠前韻 ………………………… 527
和答三松老人二十六叠前韻 ………………………………… 527
暮春邀潘理齋員外、尤春樊舍人同餞朱虹舫庶子入都,
　春樊即席成詩,因和其韻 ………………………………… 527
天風海濤圖爲朱南臺司馬題 ………………………………… 527

獨學廬四稿詩卷三

池上集三　古今體詩一百十三首

奉和三松老人自焦山放船登北固山,用東坡焦山詩韻 …… 528
曝衣有感 ……………………………………………………… 528
中秋夜對月作 ………………………………………………… 528
詠瓶中桂 ……………………………………………………… 529
爲錢梅溪題寫經樓圖卷 ……………………………………… 529
九日漫成 ……………………………………………………… 529
題吳小亭雪夜校書圖册 ……………………………………… 529
題故兗州太守魏朮樵同年采朮圖 …………………………… 530
和歸佩珊女史九日之作,與三松老人同賦 ………………… 530

題沈西雕大尹載酒訪詩圖卷	530
有懷秦易堂先生	531
山居十咏寄題吾與庵	531
爲黃紹武題月明秋思圖卷	533
咏晚香玉	533
和潘榕皋幽栖二律	533
和黃復翁悶坐二律叠前韻	533
偶成	533
題金陵捧花樓圖	534
瑶臺清影圖爲車秋舲題	534
題魚幼微詩集後	534
冬日書懷	534
看奕寮題壁	534
和復翁除夕之作	535
辛巳元旦作,是歲爲道光元年	535
題偃松畫幛	535
池上柳	535
精忠柏圖卷爲范葦舲司獄賦	535
咏餽元寶戲同蒔塘作	536

余偶得佛手柑十枚,致之復翁,復翁又致之三松老人。

復翁繪爲傳柑圖,因繫一詩	536
和復翁述夢之作叠韻三絶句	536
題宋悦研少宰潞河送別圖册	536
和周昺齋員外賞菊之作	537
題徐香巖歸田行樂圖	537
題陳百泉太守試硯圖卷	537
除夕喜雪	538

壬午新正邀潘芝軒、吳棣華、吳藹人三狀元荒齋小集，
　即事成篇 ·· 538
又和芝軒尚書韻 ··· 538
余秋室、潘榕皋兩先生今歲皆重赴鹿鳴佳宴，詩以志賀 ··· 538
約玉松同年小集，先期詩至，即次元韻 ······························· 539
黃復翁新刻珞琭子三命消息賦成，作詩見示，戲成長句
　簡之 ·· 539
復翁以菜心見餉，賦詩奉謝 ··· 539
西泠春泛圖爲復翁題 ·· 539
道光壬午，重過吾與庵訪心誠上人。和三松老人題山閣
　看雲圖詩韻 ··· 540
沈生寶禾以蓴菜見餉，戲成二絶句 ······································ 540
客有以鸚鵡見餉者，感而賦此 ··· 540
自題花間樂府 ··· 541
和答吳兼山通守 ··· 542
福兒俸滿入覲，道出吳門，詩以送之 ·································· 542
壬午除夕示兒孫 ··· 542
癸未元夕叠前韻 ··· 543
尤春樊、黃甕圃、彭雅泉三子相招結問梅詩社，初集春樊
　齋中，即和其韻 ··· 543
詠積善西院玉蘭叠前韻 ·· 543
春分日對雪 ··· 543
二月十六日，黃復翁在白蓮涇積善庵舉問梅詩社 ··············· 543
四月初八日，與彭雅泉、尤春樊、黃復翁有入山訪僧之約，
　至期雨甚，不果行。遂小集花間草堂，以賞雨茆屋四字
　分韻得屋字，成五言十二韻 ·· 544
送陸婿入蜀 ··· 544

春日園林	544
彭雅泉太守邀集敏訥堂，即和其韻	545
黃復翁家藏船山太守寒山獨樹圖，偶題一絕句	545
題魏春松侍御讀書人家畫卷	545
秋日書懷	545
紅蓼	546
秋社日集尤春樊舍人齋中賞桂，與彭雅泉、黃堯圃同作，即訂後會	546
寒雨	546
秋懷詩和復翁	547
和復翁柳下花間之作	547

獨學廬四稿詩卷四

池上集四　古今體詩九十六首

春日和沈生寶禾詩韻	548
和答尤生崧鎮叠前韻，并簡春樊舍人	548
春樊舍人見和前詩叠韻奉酬	549
和春樊舍人亦園感舊之作，四叠前韻。園爲西堂先生故居	549
復翁知予有五柳園春日詩，和章見贈，因叠韻奉酬	549
無隱庵和顧孜庵詩韻	550
匣劍和尤春樊舍人	550
孤山謁林和靖祠堂	550
湯文正從祀文廟賦詩紀事	550
九日招復翁、春樊、葦間集五柳園	550
是日，復翁登予家淩波閣，和前詩見贈，叠韻答之	551
吳玉松同年邀至虎邱賞菊	551

57

春樊、蕘圃、葦間共集吳玉松太守知魚樂軒，予因事未赴，
　　而分韻徵詩，賦五言一章 ………………………………… 551
靜怡室小集和葦間韻 ……………………………………… 551
和王簣山廉訪紫陽書院即景示諸生詩韻 ………………… 552
簣山廉訪再疊書院即景之作見示，和答 ………………… 552
簣山廉訪瘞鶴焦山之麓，賦詩述事，奉和二律 ………… 552
題蕭曼叔海墨樓圖 ………………………………………… 552
和沈生寶禾除夕送窮之作 ………………………………… 552
甲申元旦，和子婦慧文詩韻 ……………………………… 553
西山掃墓，路過畢尚書墳，有感而作 …………………… 553
黃孝子向堅劍川山水畫軸 ………………………………… 553
送十一兒入山志感 ………………………………………… 553
舟行書所見 ………………………………………………… 554
與趙巽夫同過鶯脰湖作，即和趙韻 ……………………… 554
三月既盡，園中牡丹盛開，集同社諸友小飲花間草堂，
　　即席成咏 ……………………………………………… 554
游吳氏園 …………………………………………………… 554
送春和十兒韻 ……………………………………………… 555
和王簣山廉訪登周蓼洲先生讀書樓之作 樓在小雲棲僧舍。 … 555
立夏日集葦間太守齋中餞春 ……………………………… 555
擷芳亭看娑羅花，和榕皋丈韻 …………………………… 555
夏至後三日，集同社諸子於五柳園，即事成篇 ………… 556
和答張襄女士即題錦槎軒詩稿 …………………………… 556
題席挹峰竹中人畫卷 ……………………………………… 556
滄浪亭圖爲梁茝林觀察作 ………………………………… 556
夜至理安寺投宿 …………………………………………… 557
自理安寺出山渡江 ………………………………………… 557

游蘭亭	557
芥舟小集和復翁作	557
乙酉元旦叠前韻	557
奉送王善舟明府之泰州新任,即和留別詩韻	558
彭葦間太守邀泛石湖,即事成詩	558
雪霽書懷	558
春寒即事	559
邀春樊、蕘圃、葦間三子同賞牡丹作	559
同學諸子攜尊過賞牡丹,即事成篇	559
題艾香吳孝廉遺照	559
秋庭樂意圖爲凌芝巖題	559
海剛峰書册爲徐師竹題	560
初夏,張蒔塘明府招集,分韻得天字	560
新得竹垞先生曝書亭遺硯,賦二絶句	560
觀黄忠端公手書孝經	560
六月十二日,復翁招集同人爲山谷先生壽,走筆述事	561
吳江吳秀才以令祖古漁先生梅屋課孫圖遺像索題,感舊懷賢,率成長句	561
咏園中三醉芙蓉	561
小園即事	561
八月潮日,彭咏我孝廉邀至石湖舉行詩社,即事成篇	562
和答姚春木即題其南垞草堂詩集後	562
題澹雲和尚八十歲像	562
徐孝子廬墓圖	562
題文衡山玉蘭畫軸	563
題惲南田風竹畫軸	563
憶昔	563

管生蘭滋以其舅船山太守畫梅屬題,漫成一絕句 …………… 563
七十自壽 ……………………………………………………………… 563
九日草堂叠菊成山,邀同人作東籬之會,分韻得傑字 ………… 564
天平山觀紅葉作 …………………………………………………… 564
望雪 …………………………………………………………………… 564
春朝集彭咏萩孝廉齋中,咏迎春花 ……………………………… 565
虀香曲 ………………………………………………………………… 565

獨學廬四稿文卷一

論
鹽法論 ………………………………………………………… 566
辨惑論二 ……………………………………………………… 567

記
金壇縣重修儒學記 …………………………………………… 568
吳縣木瀆鎮義學記 …………………………………………… 570
新學禮器記 …………………………………………………… 570
重修圓妙觀三清殿記 ………………………………………… 571
先世祠堂記 …………………………………………………… 572
常熟石氏祠堂記 ……………………………………………… 573
靜寄閣記 ……………………………………………………… 574
張氏義莊記 …………………………………………………… 575
嘉興楞嚴寺經坊記 …………………………………………… 575
吾與庵鐘樓記 ………………………………………………… 576
吾與庵後記 …………………………………………………… 577
洞庭東山席氏先世圖譜記 …………………………………… 578
百老圖記 ……………………………………………………… 578
南巒訓練圖記 ………………………………………………… 579

南園授經圖記 …………………………………… 580
道光三年賑饑記 ………………………………… 581
收葬無主之棺記 ………………………………… 581
關帝廟玉印記 …………………………………… 582
重修福濟觀純陽呂祖師大殿記代巡撫陳公作。 …… 582
餘姚縣重修學宮記代長子同福作。 ……………… 583

獨學廬四稿文卷二
文二 ……………………………………………… 585
　張氏四書集解序 ……………………………… 585
　三國志辨微序 ………………………………… 585
　吳懶庵經史論序 ……………………………… 586
　經史管窺序 …………………………………… 587
　墨海金壺序 …………………………………… 588
　關聖帝君聖迹圖志序 ………………………… 589
　孝行錄序 ……………………………………… 590
　林和靖詩序 …………………………………… 591
　明周忠介公文集序 …………………………… 592
　周介生文集序 ………………………………… 593
　袁文箋正序言 ………………………………… 594
　謝東墅先生食味雜咏詩後序 ………………… 595
　謝東墅先生六書正說序 ……………………… 596
　凌波閣藏書目錄序 …………………………… 597
　洪氏集驗方序 ………………………………… 598
　功過格序 ……………………………………… 599
　重刻太上感應篇圖經序 ……………………… 600
　醫藥局徵信錄序 ……………………………… 600

61

獨學廬四稿文卷三

文三
- 松陵詩徵序 …………………………………… 602
- 孫淵如詩序 …………………………………… 602
- 彭瑶圃侍御詩序 ……………………………… 603
- 王芥山詩序 …………………………………… 604
- 董午橋遺草序 ………………………………… 605
- 戊戌吟草序 …………………………………… 606
- 顧德草詩序 …………………………………… 607
- 醉薌仙館詩序 ………………………………… 607
- 養默山房詩序 ………………………………… 608
- 卷勺彙編序 …………………………………… 609
- 雪齋詩草序 …………………………………… 610
- 張會元文稿序 ………………………………… 610
- 蘿山文稿序 …………………………………… 611
- 芹香課藝序 …………………………………… 612
- 天崇文英序 …………………………………… 613
- 院課存真序 …………………………………… 613
- 國朝文英序 …………………………………… 614
- 國朝文英二集序 ……………………………… 615
- 崑新志序 ……………………………………… 615
- 借秋亭試帖序 ………………………………… 616

獨學廬四稿文卷四

書
- 與龔琜人孝廉書 ……………………………… 618

頌 ··· 619
　理安課經圖頌爲了圓上人作 ················· 619
贊 ··· 619
　三教圖贊 ······································ 619
　畫屏贊 ·· 620
　明董念修先生畫象贊 ······················· 620
　祝枝山沈氏良惠堂銘贊有文待詔跋。 ········· 620
　明周忠介公遺像贊 ·························· 621
　參寥子像贊 ·································· 621
　蔣元庭侍郎觀我圖贊 ······················· 621
　徐太淑人繡軸贊 ···························· 621
　澄谷風公倚杖圖贊 ·························· 622
　嘯溪和尚畫像贊 ···························· 622
銘 ··· 622
　福雲泉銘并序 ······························· 622
　康郎木筆筒銘 ······························· 622
　竹擱臂銘 ······································ 623
　淄川石硯銘 ·································· 623
　端石硯銘 ······································ 623
　緑石硯銘 ······································ 623
　天然硯銘 ······································ 623
　又 ··· 623
　端石硯銘 ······································ 623
　石子硯銘 ······································ 624
　草檄硯銘 ······································ 624
　紫石小硯銘 ·································· 624
　圓硯銘 ·· 624

63

端石竹節硯銘 ································· 624
　十兒定婚之硯銘 ······························· 624
　第九女錦雯學書硯銘 ·························· 624
　澄泥大硯櫝銘 ·································· 624
　孫女綺春學書硯銘 ····························· 625
　朱竹垞先生遺硯銘 ····························· 625
　端溪石硯銘 ····································· 625
跋 ·· 625
　讀周禮 ··· 625
　許氏説文解字跋 ······························· 626
　讀韓文公集書後 ······························· 626
　明趙文毅公文集跋 ····························· 627
　翁氏吾妻鏡補跋 ······························· 627
　聽鶯閣文稿跋 ·································· 628
　跋王簣山家藏劉珏驄馬南巡圖卷 ········· 629
　木蘭秋獮圖跋 ·································· 629
　乾隆癸丑同館圖跋 ····························· 630
　七峰振秀圖跋 ·································· 630
　王二樵寶鼎精舍圖記跋 ······················ 631
　題嘉興戴松門家藏郭泰碑後 ················ 631
　溫佶碑跋 ·· 631
　七姬墓志跋 ····································· 632
　楞嚴經跋 ·· 633

獨學廬四稿文卷五

傳 ·· 634
　秋清居士家傳 ·································· 634

孫太宜人家傳 ………………………………………… 635
  江烈婦家傳 …………………………………………… 636

碑 ………………………………………………………… 637
  德清縣城隍廟碑 ……………………………………… 637

墓志銘 …………………………………………………… 638
  周蓼疇墓志銘 ………………………………………… 638
  浦江縣知縣岳君墓志銘并序 ………………………… 639
  吳枚庵墓志銘并序 …………………………………… 640
  嚴少峰墓志銘并序 …………………………………… 641
  内閣學士錢公墓志銘 ………………………………… 643
  徐孝子墓表 …………………………………………… 644
  四川叙永直隸同知周君墓志銘并序 ………………… 645
  俞太孺人墓志銘并序 ………………………………… 646
  徐石軒同知墓志銘 …………………………………… 647
  十一郎壙志 …………………………………………… 647

祭文 ……………………………………………………… 648
  王惕甫祭文 …………………………………………… 648

獨學廬五稿

獨學廬五稿詩卷一
燕居集一　古今體詩八十二首
  丙戌三月赴浙江方伯繼公之約留贈 ………………… 651
  山陰縣署作 …………………………………………… 651
  和吳兼山通守澹遠樓之作 …………………………… 651
  游吼山作 ……………………………………………… 652
  訪徐文長青藤書屋舊迹 ……………………………… 653
  登快閣 ………………………………………………… 653

虎邱山塘觀競渡有感作	653
新修白公祠成，同人賦詩落之	653
自題適佳舫	654
彭詠莪孝廉歸自京師，作此貽之	654
分咏張蒔塘園中花，得紫薇	654
咏庭前甘露花	654
女史汪允莊明詩選題詞	654
望雨	655
漫興	655
分題仇十洲漢宮春曉圖仿王建宮詞	655
秋九月同人入山放生，潘芝軒尚書作詩紀事，因和之	656
咏葦間太守齋中獅子石供	656
吳巢松學使没於濟南，計至志感	657
菊塔	657
韓桂舲司寇歸自京師，賦此奉簡，即訂展重陽之會	657
題宋賢衛益齋先生墓志	657
漢長生無極瓦硯爲梁茝林廉訪賦	658
集張蒔塘小書畫舫	658
題鶴壽山堂圖卷，即用舊題山堂詩韻	658
食鰻鯗	658
汲雅山房消寒初集，分題得竹雨	659
題馬湘蘭畫蘭竹卷	659
集汲雅山房送臘，分韻得開字	659
歲暮感懷	659
題貝吉雲金石刻畫齋圖卷	659
丁亥正月初九日，集春樊舍人延月舫，是日立春，分韻得朝字，賦七律一首	660

題韓桂舲司寇小寒碧圖卷 ………………………………… 660
集張蒔塘大令大滌山房,題洞霄宫圖 …………………… 660
題王魚門風雨聯吟圖卷 …………………………………… 661
集同社諸子消寒,分賦席間食品 ………………………… 661
花朝雨中至塔影園探梅 …………………………………… 661
送萬浣筠司馬歸江西 ……………………………………… 661
咏庭前梧桐 ………………………………………………… 662
蘭馨圖爲楊静巖舍人題 …………………………………… 662
忠仁祠 ……………………………………………………… 662
四時讀書圖爲何竹香大令題 ……………………………… 663
桂舲司寇家藏晝錦堂古銅印,即席分韻得韓字印刻"宋司徒兼
　侍中魏國公晝錦堂記傳於家"十六字。………………… 663
客至 ………………………………………………………… 663
對花獨酌 …………………………………………………… 663
春雨寒甚,春樊舍人作詩見示,依韻和之 ………………… 664
元和何竹香大令以鰣魚見餉,賦詩奉謝 ………………… 664
鐙窗梧竹圖爲梁茝林方伯題 ……………………………… 664
春波洗硯圖爲星溪徐協鎮題 ……………………………… 664
偶晴和春樊 ………………………………………………… 665
翌日又雨 …………………………………………………… 665
喜晴二首和春樊 …………………………………………… 665
和春樊清和遣興之作 ……………………………………… 665
遣嫁么女漫成 ……………………………………………… 665

獨學廬五稿詩卷二

燕居集二　古今體詩七十五首
　初夏同社諸君子集五柳園,以新畫獨學廬圖分韻合題,

得門字五言十二韻	666
幽居	666
端午日偶成	667
同社諸子虎邱山塘觀競渡，以一樓山對酒人青句分韻得一字五言十八韻	667
夏日苦熱	667
草堂即事	667
自笑	668
流水禪居放生作，同會者十人	668
小園閒寫	668
尤生扇頭見故友張船山遺墨，感而有作	668
閏端陽	668
滄浪亭圖爲梁茞林方伯題	669
曉起書所見	669
夏日口號	669
韓氏聽秋、桂舲、春泉兄弟三人皆夫婦齊眉，每月會食一次，并繪爲圖，因賦一律	669
菊	669
秋夜讀書	670
送孫子鳴婿暨少女歸金陵	670
送董琴涵太守入都赴選	670
咏瓶中梅花	670
題水繪園圖卷	670
和梁茞林方伯滄浪亭之作	670
汲雅山房對雪即席成咏，呈同社諸公	671
題張友樵一丈黄棉窩	671
雪霽喜而有作	671

道光戊子人日同社諸子集五柳園 …………………… 671
十四日集吳棣華廉訪池上草堂，疊前韻 …………… 672
元宵後一日，陶雲汀中丞開宴平政堂，即席賦詩，與同人
　疊其韻 ……………………………………………… 672
喜聞官兵平定回疆 …………………………………… 672
市中得尤西堂先生遺硯，詩以志感 ………………… 673
和三松老人游吾與庵之作 …………………………… 673
題徐謝山刺史香雪海丙舍讀書圖 …………………… 673
喜晴 …………………………………………………… 673
題十兒聽蕉圖册 ……………………………………… 674
甘露花 ………………………………………………… 674
雨不絕 ………………………………………………… 674
初夏朱蘭友贊善招同人滄浪修禊 …………………… 674
梁高士祠即簡茝林方伯 ……………………………… 674
齒牙動搖作 …………………………………………… 674
池上偶成 ……………………………………………… 675
寄題松江吳氏怡園，即簡怡庵廣文 ………………… 675
吳淞圖爲陶雲汀中丞題 ……………………………… 675
奉和三松潘文重宴瓊林之作 ………………………… 676
潘公輔舍人在滄浪亭作放生會，是日雨甚，余未至，作此
　奉詒 ………………………………………………… 676
小山叢桂圖爲梁茝林方伯題 ………………………… 676
偕吳兼山通守泛舟碧浪湖 …………………………… 676
秋暮遊湖州道場山 …………………………………… 677
弁山白雀寺 …………………………………………… 677
五老圖卷爲陶雲汀中丞題。中丞嘗作五老之會，因繪
　爲圖。圖中潘文奕雋、吳太守雲、韓司寇崶皆在賓席，

69

僕亦附焉 …… 677
潘氏鳳池園放生作，贈主人公輔舍人 …… 678
王椒畦寄詩見懷，依韻奉答 …… 678
虞山春望圖爲陶雲汀中丞題 …… 678
臘八粥 …… 679
題女史汪允莊自然好學齋詩集即和其自題詩韻 …… 679
題張書林八閩持節圖 …… 679
冬日漫成 …… 679
感事 …… 679
韓桂舲司寇齋中作東坡生日，倒押去年詩韻 …… 680

獨學廬五稿詩卷三

燕居集三　古今體詩七十五首

人日集五柳園，分韻得人字 …… 681
和答王椒畦 …… 681
題潘榕皋虞山秋眺圖，即用卷中和唐人常建詩韻 …… 681
集潘理齋齋中作消寒會，分韻得鐙字 …… 682
張蒔塘大令挽詞 …… 682
春日閒居雜興 …… 682
和三松老人紀恩詩 …… 682
彭葦間太守招集汲雅山館得東字 …… 683
吳棣華廉使招集池上草堂話雨，分韻得二字 …… 683
漫興 …… 683
四月八日西湖泛舟，和陳生小松韻 …… 683
游雲樓 …… 684
和尤春樊舍人七十自壽詩 …… 684
桂舲司寇小寒碧齋詩課，題唐人王、孟、韋、柳四賢象 …… 684

孤山謁林和靖祠堂	685
題問梅詩社圖有序	685
玉帶還山圖爲梁茞林方伯題	686
新築金粟亭成詩以落之	686
吳棣華廉使招飲於白公祠,即餞高苻堂觀察之衡州,次桂舲司寇詩韵	686
尚衣文公屬題觀瀑圖	687
詠香斗	687
賦得鴻雁來四首	687
秋九月至錢塘子舍作	688
生日至虎跑泉僧舍避囂,漫成一律	688
是日偕吳生兼山、大兒同福飯於淨慈方丈	688
經故相章文簡公經雅山莊	688
游表忠觀	688
題蔣青荃鷗天閣	689
題王蓬心永州八景圖册	689
同人集五柳園賞菊	689
憶秦淮水榭	689
題明嘉定州朱公家傳後	689
題楊維斗先生社集知單	690
冬至前六日,韓桂翁招作消寒會,先示以詩,次韵奉答	690
久旱得雨志喜	690
冬至後二日集汲雅山館	690
王椒畦博士作畫卷并詩見寄,依韵答之	691
消寒分韵得冬字	691
和答廉使葆公	691
滄浪亭圖卷爲顧湘洲題	691

題王齊翰取耳圖	692
延月舫慶東坡生日,和春樊主人韻	692
題婁子柔畫東坡笠屐圖,即和幀首周紫芝詩韻	692
題禹之鼎卜居圖,即次其自題詩韻	692
己丑除夕	693
庚寅元旦	693
人日集吳棣華廉使池上草堂	693
題陳小雲遺集,集爲尊閫汪宜人手定	693
立春日吳鑑庵招飲,賦詩奉謝,并簡令弟棣華	694
庭前種梅	694
花間口號	694
韓桂舲司寇招集還讀齋賞梅,即以盆梅二字分韻得七律二首	694
初春偕同人至城西積善院觀梅,即癸未初結問梅詩社地也,因叠舊作韻	694
小雲棲	695

獨學廬五稿詩卷四
燕居集四　古今體詩四十九首

園中海棠盛開有感而作	696
鍾伯敬一門畫册,爲梁茝林方伯題	696
漫成	696
題吳拙存道士倚石吟草	697
題王生壽康還讀圖	697
題韓司寇種梅圖	697
池上草堂社集,各賦六言二章	697
鄒小山百花圖卷爲顧湘洲題	698

小園即事 …… 698

題張迪民遺像卷 …… 698

韓蘄王碑 …… 698

顧野王祠堂 …… 699

與桂舲司寇訂問梅詩社第一百集之約 …… 699

題蔣文肅公百果畫卷 …… 699

春愁 …… 699

日及花 …… 700

懷米山房圖爲張秋舫孝廉題 …… 700

甘露花邀同社諸公賦 …… 700

中流自在圖爲顧侍萱孝廉題 …… 700

題梁茝林方伯庚申雅集圖卷 …… 700

詩會分得老少年 …… 701

題張船山畫鍾馗送子圖 …… 701

題同年齊雲翹觀察看奕圖 …… 701

吳生靜軒招飲萍香榭留題一律 …… 701

舟中書所見 …… 701

夜過平波臺在平望鎮。 …… 702

五峰觀瀑圖爲陸子範大令題 …… 702

送陳芝楣轉運之官粵東 …… 702

和法螺僧奕山之作 …… 702

初冬集彭葦閒太守一卷石齋，分韻得寄字 …… 702

桂舲二兄招集種梅書屋，咏園中鶴，得化字 …… 703

題程竹厂光禄蓮社問因圖 …… 703

題沈蘋洲陽關意外圖 …… 703

池上草堂詩會以冬暖爲題得日字。 …… 704

題蘇文忠公草書醉翁亭記卷 …… 705

73

喜雪	705
題顧山瓢刺史遺像	705

獨學廬五稿詩卷五

燕居集五　古今體詩六十七首

辛卯元旦作	707
題梁茞林方伯練湖三圖	707
題梁茞林方伯淞泖扁舟圖	707
清明後一日,集養真齋分韵得都字	708
辛卯上巳,集滄浪亭修禊,分韻得如字	708
彭葦間太守招集網師園,分韻得微字	708
和兼山扇頭詩韵	708
題祝竹溪司馬廣陵觀潮圖	709
張迪民僧裝小像	709
寄題朱野雲涵秋閣,并謝見一圖之賜	709
和答女婿孫子鳴	709
逸園觀龍燈,與棣華、兼山同作	709
人日同人集五柳園	710
和兼山春日漫興之作	710
感事	710
吳棣華六十壽	710
和兼山咏地鈴	711
朱蘭友贊善招集水雲四抱之軒,分韵得水字	711
兼山招集逸園,作詩見示,依韵答之	711
四月二日邀謝山、棣華、兼山小集五柳園賞牡丹, 　　即席賦呈	711
題韓司寇亡姬掃地焚香圖	712

題兼山逸園并賀得孫之喜 …………………………………… 712
四月十九日,彭咏莪舍人招集網師園 ………………… 712
題梁茞林方伯目送歸鴻圖 ………………………………… 712
朱碧山銀槎歌和桂舲司寇詩韻 …………………………… 713
題王氏少耕草堂圖册 ……………………………………… 713
太倉汪生餉水蜜盤桃,賦此寄謝 ………………………… 713
兼山招集同人於逸園作賞花之會,漫成長句紀事,
　效柏梁體 ………………………………………………… 714
贈彭咏莪舍人 ……………………………………………… 714
秋中喜雨作 ………………………………………………… 714
秋聲舫與兼山話舊 ………………………………………… 714
季秋四日,同人集池上草堂餞彭咏莪舍人,分韻得小字 … 715
題沈硯畦太守招鶴圖 ……………………………………… 715
題韓司寇種梅第三圖 ……………………………………… 715
生日自壽 …………………………………………………… 715
十月四日集同人作東籬會 ………………………………… 716
題王臨溪明經出處語默四圖 ……………………………… 716
重九日虎邱登高,和彭咏莪舍人詩韵 …………………… 717
東坡生日集五柳園 ………………………………………… 717
借園集同人作消寒會 ……………………………………… 717
題韓桂舲家藏古研 ………………………………………… 717
和潘芝軒尚書消寒四咏 …………………………………… 718
題宋汝和丈畫册遺迹 ……………………………………… 718

獨學廬五稿詩卷六

燕居集六　古今體詩五十四首
　癸巳元旦作 …………………………………………… 721

春窗遣興	721
題故方伯廣公盛世良圖册名廣玉。	721
爲曲阜孔秀珊題青天騎白龍圖	722
朱蘭友招集滄浪亭觀魚處，即事成咏	722
秋分已過，池蓮復生一花，感而賦此	722
道光癸巳秋，重游泮宫作	723
逸園賞雪即席偶成	723
尤生榕疇招集延月舫作東坡生日	723
治平寺追和徐俟齋先生詩韻	724
即事志感	724
人日招桂舲司寇、棣花廉使、蘭友宫贊暨吴生兼山、尤生榕疇集花閒草堂	724
叠前韻答兼山	724
和棣花人日詩韻	725
韓桂舲司寇挽章	725
春日病咳作	725
晚香樓前牡丹今歲止吐一花，贈之以詩	725
典裘自嘲	725
初夏坐虎邱白公祠水榭偶成	726
咏瓶中蠟梅	726
觀象棋作	726
潘芝軒相公以紀恩之作索和，即次元韻奉報	726
潘功甫舍人以藏雲二字古銅印見貽，詩以報謝	727
紀異	727
九日	727
冬日對雪悶坐	727
獨坐晚香樓偶成	728

湖田煙雨圖爲藍小詹刺史題	728
和吴棣華廉使人日之作	728
定慧禪院蘇文忠公新祠落成感賦	728
徐謝山挽詞	729
題盛芳亭花間補讀圖	729
和答顧東生少尹	729
題太室山人岳陽樓圖卷	729
和梁茝林方伯應召入都之作	729
韓聽秋挽詞	730
重題芳生蓮榭圖叠前韻	730
爲毘陵蘇曉山題尊鄉奉母圖	730
八十生辰作	730
再叠前韻	731
三叠前韻	731
四叠前韻	732
王貞女詩	732
定慧寺蘇公新祠，臘月十九日集同人致祭，詩以紀事。是年公八百歲。	733

獨學廬五稿文卷一

重修吴縣學記	734
重修山陰縣學記	735
修建山陰茅山閘記	736
潘氏義田記	737
楊氏祭田記	737
重修顧仲瑛墓記	738
顧氏祠堂記	739

77

張節婦祠堂記 740
同善局碑記 741
張太宜人節孝事實記 742
重修開元寺記 743
營泉寺記 744
無隱庵記 745
重修大雲庵記 745
慈溪清道觀記 746
臨頓新居圖記 747
守渝記 748

獨學廬五稿詩卷二

顧氏賜硯齋叢書序 749
吴郡文編序 749
明八家文選序 750
存悔齋集序 751
尚友堂詩鈔序 752
廣居樓詩集序 753
續東皋詩存序 754
借秋亭詩草序 755
汪允莊詩鈔序 755
顧仲山遺稿序 756
江鐵君制義序 757
古泉精舍圖序 758
潘公輔區田說序 759
尚友圖贊序 760
諸葛孔明 760

王逸少	761
陶淵明	761
王摩詰	761
陸敬輿	761
白樂天	761
歐陽永叔	761
蘇子瞻	762
黃魯直	762
趙子昂	762
王伯安	762
沈啓南	762
文徵仲	762
顧寧人	763
韓元少	763
朱錫鬯	763
宋觀察年譜序	763
衛景武公碑跋	764
明韓襄毅公遊西苑記跋	764
熊經略東園詩卷跋	765
黃石齋字卷跋	765
惠氏四先生畫像册跋	766
潘功甫區田圖跋	766
吳蠡濤平苗奏稿跋	766
岳忠武手札跋	767
勤儉箴跋	767

獨學廬五稿文卷三

募開放生池疏	768

山東按察使張公家傳 … 768
農部潘君家傳 … 770
節婦張宜人傳 … 770
女史湯蘭仙小傳 … 771
大悲菩薩頌 … 772
顏魯公畫象贊 … 772
王文成畫象贊 … 772
蔣忠烈公像贊 … 772
葉樗庵像贊 … 773
張友樵像贊 … 773
竹庵和尚畫象頌 … 773
宣和硯銘硯爲涿州馮氏快雪堂故物 … 774
方竹丈銘 … 774
顧竹坡誄 … 774
故宮保劉公墓志銘有序 … 774
俞封君墓表 … 777
沈處士墓表 … 778
張君墓志銘并序 … 779
威勤公事略 … 780
餘杭縣張君事狀 … 784

補遺 … 787

阿育王傳序 … 787
憶秋館詩序 … 788

獨學廬餘稿

嫡庶論 … 791

河漕論	792
夫婦有別解	793
與潘公子論文書	794
桂馨閣記	796
金氏頤園記	797
靈巖山崇報寺舍利壇記	798
觀世音菩薩銅像靈應記	799
玉涵堂詩序	799
藍小詹詩序	800
汪節安詩序	801
松月山莊詩鈔序	801
復社姓名錄序	802
江陰石氏族譜序	803
蓮因集序	803
金氏楷體正蒙序	804
重刻詩韻含英序	805
吳郡名賢補遺序	806
圓妙觀志序	806
沈氏四種傳奇序	807
張迪民詩集後序	808
方親母陳夫人壽叙	808
婁江送行圖序	809
吳中畫派册題詞	811
朱節婦割股記跋	811
智永千字文跋	812
倪貞簡先生傳	812
王椒畦家傳	813

韓聽秋家傳	814
王南章家傳	815
述夢	816

獨學廬文稿附錄

序	821
奏謝息訟安民墨刻	821
奏謝全史詩函	822
謝賞金盒玉帶頭摺	822
謝賞平苗戰圖摺	823
擬平邪教摺	823
籌辦善後章程摺	827
清查軍功摺	831
奏報長壽縣士民捐修城工摺	832
奏海口工程	833
辦理團練摺	835

獨學廬尺牘偶存

卷上	841
上王偉人相國	841
上朱石君相國	842
上彭雲眉相國	842
上董蔗林相國	843
上鐵冶亭漕督	843
復汪薰亭閣學	844
上甘西園給諫	844

又	845
上制府魁公	846
上威勤公	847
又	847
又	848
又	848
又	849
又	849
又	850
又	851
又	851
又	852
又	852
又	853
又	853
上威勤公勒相國書	854
上參贊將軍德侯	854
上四川主試錢次軒給諫	855
上四川主試楊秋曹健	855
上錢次軒學使	856
上林西崖方伯稟	856
又	856
上先方伯	857
上楊荔裳方伯	857
上省城軍需局	858
又	859
上董觀橋廉訪	859

上胡晴溪學士 ……………………………… 860
上陝西方葆巖中丞 ……………………… 860
上湖北章桐門方伯 ……………………… 861

卷下 …………………………………… 862
致壯烈伯許公 …………………………… 862
又 ………………………………………… 862
復建昌鎮總兵張公 ……………………… 863
上姚一如觀察 …………………………… 863
又 ………………………………………… 864
又 ………………………………………… 864
又 ………………………………………… 864
又 ………………………………………… 865
又 ………………………………………… 865
復姚二尹 ………………………………… 866
復川東嚴筠亭觀察賀翎 ………………… 866
又 ………………………………………… 866
致嚴八世兄 ……………………………… 867
上建昌劉觀察 …………………………… 867
復陳笠颿觀察 …………………………… 867
致方有堂太守 …………………………… 868
又 ………………………………………… 868
又 ………………………………………… 868
上川北李觀察 …………………………… 869
致成都太守趙少鈍 ……………………… 869
又 ………………………………………… 870
復曹霞城司馬 …………………………… 871

與夔府周太守 …………………………………… 871
致嘉定太守宋雲墅 …………………………… 871
致江北李司馬 ………………………………… 872
復重慶通守英已亭 …………………………… 872
又 ……………………………………………… 873
與涪州曾刺史 ………………………………… 873
復龔稼堂刺史 ………………………………… 873
又 ……………………………………………… 874
復大營曹錢二牧令 …………………………… 874
致錢衡薌刺史 ………………………………… 875
復沈硯畦大令 ………………………………… 875
又 ……………………………………………… 875
又 ……………………………………………… 876
致隆昌盛大令 ………………………………… 876
致長壽余令 …………………………………… 877
又 ……………………………………………… 877
復彭縣令汪同年 ……………………………… 877
復新繁令陸古山 ……………………………… 878
復曹舍人 ……………………………………… 878

竹堂居士像

贊

　　璇機一星，光華戴斗。蔚爲文章，其傳不朽。談兵虎帳，視草蘭臺。先生曰否，非我本來。淵淵其心，溫溫其貌。富貴如雲，付之一笑。平生結習，凡百掃除。所未忘者，一卷之書。受業沈秉鈺謹贊。

獨學廬初稿

獨學廬初稿詩卷一

雲留舊草　古今體詩一百三首

琴操六章

鳳皇來儀

鳳皇兮于飛，翺翔兮雲逵。聖人治兮垂衣，攬德輝兮來歸。抱文章兮自奇，紛五色兮陸離。明堂開兮受釐，世康樂兮人熙。羽其用兮爲儀，威光耀兮四裔。

幽　蘭

幽蘭兮無言，叢生兮空谷。衆草縟兮爭榮，汝何爲乎幽獨。嗟春風兮不來，傷美人兮遲暮，抱余情兮信芳，終不改乎初度。

白　雪

皇天仁愛兮惠我烝民，曰寒而寒兮萬里同雲。千巖積素兮六合生春，非珠非玉兮稼穡維珍。父老喜兮簫鼓陳，報田祖兮享蜡神。歲豐樂兮民和親，臚萬福兮頌一人。

高 山 流 水

山不言高,水不言深。四海雖大,知心幾人?周公握髮,禮羅庶士。平原信陵,士爲之死。峩峩岱宗,上有喬松。蒼鱗赤甲,如虬如龍。小草耿介,叢生其下。含貞抱獨,蕭然在野。女雖無媒,亦醜塊垣。士雖無聞,亦樂邱園。盱衡六宇,言求其侶。悠悠我心,抗懷邃古。

綠 水

猗春水之方生兮,渙百畝之方塘。滋洲中之杜若兮,蘸陌上之垂楊。嗟江深而漢廣兮,彼美人其一方。將褰裳而從子兮,歎欲濟以無梁。

桂 之 樹

桂之樹兮連蜷,繁陰翳兮山巔。酌天漿兮如醴,仙人服兮駐顏。海之外兮三山,訪壺嶠兮求仙。溯滄波兮渺無,外靈槎逝兮歸何年。

庭 中 有 嘉 樹

庭中有嘉樹,亭亭挺勁姿。故葉未曾脱,新綠生間之。微風動其柯,深淺相參差。清陰密如幄,凝碧當檐楣。主人惜此樹,頗勝他花枝。花開有時謝,此樹長華滋。

晚 晴

風吹濕雲散,夕陽在修竹。竹色綠于染,濃陰罨茅屋。偶逢磥石坐,且就餘光讀。孤雁挾雲飛,衆鳥爭巢宿。壯士惜遲暮,野人愛幽獨。

周瑜手植柏歌

吴趨萬井相蟬聯,中有蔚藍古洞天。城市之中搆林壑,繞植花木疏清泉。太乙壇西有古柏,森森翠蓋撑檐前。孫吳都督手所植,秋霜春雨經千年。其身兩人不能抱,高枝曲屈排蒼烟。蒼龍蟠空鱗甲動,欲飛不飛勢蜿蜒。昔公天生梁棟器,樹功誰敢先著鞭。帳下名材亦林立,唯杞與梓楠與楩。赤壁一戰收衆力,摧枯拉朽無違邅。乃知樹人如樹木,是唯良材節乃堅。豈曰卷曲臃腫者,不材之木天始全。將軍大樹今已矣,此樹婆娑今尚傳。

演禽言四章

布　穀

布穀布穀,新秧滿田緑,春耕夏耘秋不熟。催租人來廩無粟,城中歌舞村中哭。

泥　滑　滑

泥滑滑,泥深没骭不可拔。東隣婦采桑,西隣婦采茶。緑蓑遮雨箬纏髮,雨後春山花亂發。勾欄鋪地紅氍毹,金縷作鞋錦作韈。不知春山路,何況春泥滑。

不　如　歸　去

不如歸去,春山欲暮。濛濛白楊花,中有旅人墓。墓木高十尋,子孫不知處。

行不得也哥哥

行不得也哥哥，今人平地生風波。虎豹觸網鷹觸羅，爪牙雖利將誰何？綠林有豪客，霍霍刀新磨。哥哥哥哥，傷子實多。

碧桃書塾與張補梧趙開仲張景謀王惕甫沈桐威芷生伯仲分課得如字

鼠銜薑，魚蠹書，書生結習老不除。語言不已作文字，每逢書史獵且漁。偶爲詩篇餘技耳，抗志亦復追黃初。鄴中曹劉雄七子，今其名字輝璠璵。吾儕希風古作者，群公承蓋吾扶輿。群雅有材一百五，英華秀氣争含咀。文章溯流斷姚姒，其餘經訓咸菑畬。月鍛季鍊法古法，以文相會毋煩疏。淋漓元氣渺無侶，真花辟錦囊中儲。座客既滿尊酒設，秋菘春韭臚園蔬。詩雖不成議無訐，金谷舊説毋妄據。絮羹歠醓禮數略，爐香茗椀塵心袪。酒人酒政苦齷齪，詩人詩品傷齟齬。我詩無式酒無量，意取真率誰睢盱。良禽擇木士擇友，世人交結徒苞苴。豈知風雅乃存道，當筵投報紛瓊琚。今宵東南雲五色，太史應奏承明廬。經緯天地仗文事，聖人求士連茹茹。勿嗤明經但青紫，高文典册需相如。

蘇門六子詩

張邦弼補梧

翩翩張孝廉，馳譽風雅場。胡爲二十年，辱在諸生行。家無錙銖蓄，賓客時滿堂。狹巷擁車騎，長筵羅酒漿。偶説出世法，妙諦參空桑。如游蒼蔔林，鼻觀無餘香。我願同所歸，稽首楞嚴王。

沈起鳳薲漁

江南有詞人，自號紅心客。篇篇新樂府，畫遍旗亭壁。天生風雅才，寓意《霓裳》拍。雖工《鬱輪》調，恥入岐王宅。言泉波瀾壯，藝苑町畦闢。偶然說經義，盡掃諸生籍。紛綸出奇解，奪我五花席。

趙基藥亭

鴨漪有亭長，枕藉經史中。落筆生珠璣，萬紙無雷同。室中藏嬋娟，校書天性工。扁舟坐若仙，雙笑凌春風。家居青灘上，涸迹漁釣叢。賦詩述風俗，餘技寄雕蟲。有子讀父書，雛鳳聲離離。

景茇秋浦

琴川有公子，家住梅花里。梅花伊前身，詩格清如此。《金剛》一卷經，持誦蕭齋裏。橫空花雨來，香色皆塵爾。與子三歲別，別緒不可理。願言溯洄之，伊人隔秋水。

王芑孫鐵夫

鐵夫真鐵漢，其詩亦鐵體。博物通《齊諧》，談天習《周髀》。讀書擷其艷，鉛華必净洗。獻賦承明廬，姓名達丹陛。遨游公卿間，分庭與抗禮。屢陳孺子榻，常設穆生醴。黃金出贈人，歸食鹽與薺。道逢輕薄子，抗顏相訶詆。逢我結客場，布衣如昆弟。

沈清瑞芷生

騷人愛香草，芷者蘭之侶。以之方伊人，芬芳固其所。吳興有才子，清才天所與。聰明若冰雪，咳唾無凡語。五經義紛綸，組織

出機杼。誰歟識佳士，當代有燕許。_{芷生早出石庵尚書之門。}

過程氏逸園訪主人在山先生

古樹碧雲暮，空山黃葉秋。名園三面水，孤客一登樓。松下琴絲潤，蘆中釣竹收。主人觴咏盛，秉燭繼賡酬。

游畢尚書靈巖別墅，奉和壁間石刻錢辛楣先生詩韻

靈巖山色翠如屏，雲補荆扉竹補亭。古迹直尋三代上，仙禽宜傍九皋聽。初春院落梅花白，既雨峰巒石骨青。始信主人能好客，門前日日繫吳舲。

梅　　花

南方草木盈千萬，此是東風第一花。如許清芬宜獨秀，生成皓質本無瑕。崢嶸自信冰霜節，淡泊平分水月華。若使和羹初願遂，應看春色遍天涯。

紫陽山春望

越角吳根襟帶遥，大觀亭址勢樵嶢。雲封鷲嶺飛來石，風捲錢塘射後潮。疊嶂四圍張翠幛，嚴城百雉接青霄。山人漫說丁仙迹，藥鼎丹爐也寂寥。

游小有天園，登琴臺觀司馬溫公摩厓隸書

昔聞琴臺名，今訪琴臺迹。臺上彈琴者爲誰？歲久唯存一片石。襄陽老人楷法工，大書深刻山之額。千載猶如新發硎，一波一

磔森戈戟。摩厓古隸更奇妙,玉環飛燕參肥瘠。相傳司馬溫公書,千金一字驚心魄。上書《家人》之卦詞,後以《中庸》補其隙。嶄然筆力照眼新,榮光燭天夜奕奕。始知呵護有鬼神,木客山魈皆辟易。不然魯壁周冢書,藏之秘密猶狼藉。此字何人與護持,至今完似趙城璧。彼夫《劇秦》文章《詛楚》字,流傳徒令人指摘。何如此碑尊聖謨,千秋萬歲輝巖穴。

秋暮登虎邱

去郭不數里,忽然見巖壑。遙天一峰秀,寒野群木落。良辰結儔侶,共赴林泉約。跨澗渡危梁,凌崖登飛閣。探雲巖際行,落日池上酌。古寺伏馴虎,空林鳴野鶴,興闌尋歸路,冠蓋影交錯。近閱辨燈火,聯袂入城郭。寄語塵中人,及時早行樂。

真孃墓

三字豐碑樹墓門,落花和雨殉香魂。掃眉才子知何處,一髮青山鏡裏痕。

生公講臺

曾説真如法,今存開士居。天花飄講席,山鬼嘯林梢。護法非無虎,聽經亦有魚。荒臺方丈地,幾度劫灰餘。

劉仙史墓

仙史名碧環,故中丞慕公天顔之妾,公撫吴時死,瘞使院後圃,後官知之,改葬虎邱山側,題曰"劉仙史之墓"。

纖纖山月照嬋娟,身閉泉臺近百年。葬玉埋香誰是主,使君歸後更無天。

血漬羅衣化碧斑,誰教玉盌出人間。墓田尚有題名碣,家世彭城字碧環。

鴛鴦塚樹帶斜陽,一角青山瘞女郎。山北山南芳草碧,香魂終古配真孃。

梅花樓

花裏結琳宇,回欄四面空。游人山翠裏,春夢雪香中。紙帳偏宜月,瑶臺不避風。蕭疏修竹下,吟望獨支筇。

憨憨泉

粵稽餉餉師,生在梁武年。卓錫此山住,鑿石逢清泉。泉生石中無泥滓,一勺之多常瀰瀰。海湧山中海涌泉,此淵然者毋乃是。世間泉石爭嘉名,此泉獨以憨憨行。惟恐當世知其清,清福天所吝,清才人所嗔。師憨泉亦憨,以憨全其真。

養鶴澗

曲澗通清泉,道人養鶴處。空山秋月明,鶴與人俱去。

劍池

劍者一人敵,帝王不爲寶。胡爲闔閭殉墓中,遂使秦人坐幽討。鑿成雙厓若壁立,其深千尺不可考。清泉一泓渟石中,淵然不著纖蘋藻。厓間藤蘿生紫花,凌空影向波心倒。其巔架石爲飛梁,輔以朱欄鉤了鳥。轆轤雙綆垂銀床,軍持上下無昏曉。孤桐百尺旁無枝,綠雲冪䍥晴檐繞。雲泉風颭字如斗,謖謖松風出林杪。我聞平津之劍化爲龍,此劍豈肯埋荒草？祖龍求之等刻舟,當時有無事亦渺。而今劍亡人亦亡,楚弓得失誰終保。唯有山中入定僧,聽水聽風秋夢好。

千頃雲

　　黃山雲海天下奇,此山豈欲伯仲之。濛濛雲氣不知處,姑以千頃約其辭。山中有古德,生在咸淳時。乃從山頂築丈室,四圍山色憑欄宜。大山小山屈指不可數,唯有空翠凝檐楣。室無可名名以雲,妙義蓋本蘇公詩。我聞雲爲天地之靈氣,忽生忽滅無定姿。倏然白衣變蒼狗,千態萬狀窮端倪。空空太空初無迹,豐隆幻弄等兒嬉。雲雖千頃實烏有,以雲名軒將奚爲?山中人曰:"嘻!強作解事真小兒,此雲乃我山中物,不持贈人但自怡,世人且不及浮雲,浮雲萬古長如斯。"

小吳軒

　　飛樓躡崔巍,全吳瞭如掌。一城踞其中,群山色蒼莽。平疇開稻花,空潭撒魚網。吳都魚米鄉,此福齊民享。曲磴深翠中,良辰每孤往。

試劍石

　　盤石大如象,一劍中分之。山人但稱試劍石,不知試劍者爲誰。豈是干將、莫邪之所鑄?精金百鍊柔如荑。丈夫剪髮婦剪爪,鑄成寶劍雙雄雌。爾時欲試更無物,以剛克剛惟石宜。手起劍落手不知,其鋒犀利嗟神奇。陸制虎豹,水剚蛟螭。山鬼夜嘯,猩猩晝啼。秦客視之忽下拜,連城聲價如風馳。嗚呼!此劍宜乎僇讎越,斬佞豁,胡爲黨邪醜、正枋倒持?坐使靈胥伏劍死,廿年終覆黃池師。嗚呼!瑩冰凝霜之器不可得,青青石骨今不移。摩厓三字勢完好,紹聖之歲升卿題。試劍石在劍已亡,猶令行人相視生噓唏。

和清遠道士詩

　　虎邱山有石，刻清遠道士詩，顏魯公書。其詩謂生殷、周，歷秦、漢，大都寓言也。

　　清遠何許人？其言若河漢。不作三山游，而此邱中竄。豈伊滑稽流，不恭與世玩。踪迹托既詭，詩篇與亦漫。偶尋放鶴臺，獨坐釣魚岸。千花林氣香，一雨泉聲亂。古塔浮雲中，幽匡夕陽半。巖壑歷今古，游人幾聚散。日月雙輪馳，匆匆變昏旦。生天悼康樂，歸隱憫張翰。山林與朝市，泯沒均所歎。世豈有神仙，毋乃虛詞贊。

山塘種花人歌

　　江南三月花如烟，藝花人家花裏眠。翠竹織籬門一扇，紅裙入市花雙鬟。山家築舍環山寺，一角青山藏寺裏。試劍陂前石髮青，談經臺下巖花紫。花田種花號花農，春蘭秋菊羅千叢。黃瓷斗中沙的皪，白石盆裏山玲瓏。山農購花尚奇種，種種奇花盛篋籠。貝多羅樹傳天竺，優鉢曇花出蠻洞。司花有女賣花郎，千錢一花花價昂。錫花乞得先生册，醫花世傳不死方。雙雙夫婦花房宿，修成花史花陰讀。松下新泥種菊秧，月中艷服栽鶯粟。花下老人號花隱，愛花直以花爲命。譜藥年年改舊名，藝蘭月月頒新令。桃花水暖泛清波，載花之舟輕如梭。山日未上張青蓋，湖雨欲來披綠簑。城中富人好遊冶，年年載酒行花下。青衫白帕少年郎，看花不是種花者。

爲荆人題鄧尉探梅小影

　　世間若個可方渠，清勝梅花瘦不如。容我致君初願了，携卿香雪結茆廬。

過楊琴六村居

信步不知遠，緣溪獨杖藜。人家臨水住，瓜架壓檐齊。枯樹走松鼠，荒村啼竹雞。城南有處士，疏放等山嵇。

讀鐵簫道人詩册書後

我愛鐵簫子，移家住翠微。襟情如菊淡，藻思亦泉飛。雲水雙蓬鬢，風塵一布衣。袖中詩萬首，歌苦怨知希。

虎　邱　寺

古塔出林杪，高峰結梵宮。花飛經藏雨，木落劍池風。紅日隱檐底，青山藏寺中。下方城郭晚，蒼靄滿秋空。

三　忠　祠

文　天　祥

柴市悲風起夕曛，西湖花月總消魂。兩朝養士留人傑，一旅勤王答主恩。豈願黃冠歸故里，直思赤手定中原。成仁取義平生志，臨死方知不食言。

謝　枋　得

柱史猶存却聘文，高風亮節謝徵君。山中薇蕨皆周粟，江上熊羆已晉軍。青草終教埋碧血，黃扉奚事貴元纁。九京只合從陶令，終古雙傳處士墳。

陸秀夫

草草堂廉一舸中,寸心猶冀中興功。神京地脉厓山盡,列代王靈昺子終。義不帝秦甘蹈海,天如祚晉肯飄風。君從社稷臣從主,千載崇祠牓大忠。

夜宿秋坪家

忽聞荒戍柝,漸歇小樓笙。明月四更起,遥山一桁清。高談忘燭燼,露坐覺衣輕。努力江湖計,相携過此生。

曉發練湖二首

凌晨候雲氣,林杪日光銜。野港時逢籪,河梁不礙帆。葦杭何窄窄,山石太巖巖。江海曾經後,烟波總大凡。

明湖一鏡圓,有客刺吴船。菱葉秋烟上,蘆花曉月邊。遥村微辨樹,極浦遠連天。偶借風帆力,虛舟坐若仙。

劉石庵先生家藏文衡山畫山水歌

宣和書畫散無蹤,妙手近數衡山翁。皴山點樹古法工,尺綃寸紙琬□同。銀牋叠雪墨采融,南王北董兼所宗。盤回鳥道開鼉叢,徑路絕處風雲通。當年收羅歸禁中,臨軒展卷天霽容。淋漓妙墨春雲濃,賡颺上繼唐虞風。諸臣宴坐重華宮,內官捧出紫泥封。口宣帝敕錫汝墉,藏之什襲黃羅重。君臣相悦古所崇,中外倚公帝眷隆。寓意知水仁山中,豈惟邱壑娛心胸。

新製碧桃牋,題五絕句其上,效王鐵夫體

緗青縹碧乳冰瓷,尺一澄心畫折枝。文起中央周四角,葉當花

對代烏絲。

阿柔慧性是天生，頃刻江花腕下成。豈有浣溪詩句好，蠻牋虛負薛濤名。

蘊將春色入毫端，信手淋漓墨未乾。急就成章先奪錦，夜深簾外露生寒。

言薄曹劉愧未工，建安名士雪天鴻。琉璃研匣珊瑚筆，併入文房肆考中。

香草騷人擎蕙蓀，生天靈運孕靈根。如何丈室維摩詰，直恁桃花作飯噴。

齋前五君詠

石曰介如君

石者山之骨，天地結靈氣。崢嶸一卷多，乃具崑崙勢。中有珪璋材，待人琢成器。琮瑛璜琥璧，僉曰國之瑞。其餘雖碌碌，良工不忍棄。煉之補天庭，光華五色織。

水曰澹明君

止水無波瀾，激之則流駛。清水無淤泥，撓之則濁起。萬物凶乎動，其機有如此。靜者心淵然，何地容渣滓。

竹曰有斐君

震爲蒼筤竹，初生纖如錐。春雷一聲鳴，旦暮陰離褷。綠條翠靈柯，環吾讀書簃。良夜清風來，如聞吹參差。摩天不少屈，凌霜不少衰。竹中有佳人，其節彷彿之。

蘭曰香君

美人愛香草，繞屋樹蘭蕙。春風茁其芽，芳菲襲衣袂。修莖孤玉立，仙露聯珠綴。谷中有衆草，凌晨手與薙。寄語采蘭人，不祥當被禊。

鶴曰九皋君

鶴本鸞鳳群，胡爲邱壑中。雖生凌霄翼，未逢閶闔風。盂水斗糧稏，飲啄凡鳥同。千年息毛羽，對客甘氊毹。主人心惻然，放還蓬萊宮。仙子拂拭之，軒軒凌蒼穹。縞衣耀霜雪，孤頂丹砂紅。回身謝主人，天地如樊籠。

西磧山人歌

春雲靄靄生春山，山人結屋雲山間。雲與山人作儔侶，山人踪迹如雲閒。山人愛山兼愛竹，屋外三竿兩竿綠。春雷一聲籜龍驚，繞屋檀欒抽碧玉。西溪流水聲浪浪，溪上綠陰無夕陽。山人睡起不知處，一簾清影疑瀟湘。山人無事終歲讀，架上有書七千軸。食有杞菊無膏粱，衣有薜荔無紈縠。一壺酒，一張琴，入林不密山不深。門前落葉秋不掃，山人蹤迹無人尋。

苦　熱

天地如洪鑪，萬物任所投。堅剛如干鏌，百煉繞指柔。人生非金石，當此難久留。願言御高風，遐舉雲霄頭。迴看環海波，萬里滄滄流。長嘯凌虛空，泠然天地秋。

黃山看雲圖爲休寧汪生賦

我聞黃山三十有六峰，峰頭雲氣秋蓬蓬。軒轅煉丹此山住，圖經刻畫仙靈踪。諸峰峨峨雲靄靄,蒼然一峰峙雲外。幻作千峰萬峰影,誰歟妙筆工圖繪。匡廬之秀雁宕奇,黃山兼此復過之。摩天夏日勢無兩,雲梯百級尤嶇崎。峰峰擁雲雲擁翠,乳竇霞城處處是。桃花蓮花峰更奇,花裏神仙恣游戲。神仙仿佛排雲來,雲中露出金銀臺。珠函玉壺事恍惚,龍潭石筍形崔巍。名山真箇生名士,天以烟霞錫之子。直教放眼雲霄外,豈肯置身邱壑裏。我生非無山水緣,濟勝難似登青天。白草黃沙燕趙地,筋力徒爾勞羈鞿。今年倦游息煩殢,夜夜碧溪夢欸乃。終謀泉石療膏肓,携子天都看雲海。

崇明張景謀秀才廬舍爲潮水漂壞,走筆慰之

我聞柱史言,飄風不終朝。此義未圓滿,積疑誰與消。大塊散噫氣,林壑群怒號。鬱久勢必宣,調調復刁刁。六月月既望,迎秋出西郊。崇朝秋氣達,六合鼓商飈。東南古澤國,昏旦候汐潮。風水猛相激,滂湃湧波濤。海乃百谷王,四瀆無不朝。岷江萬里來,湯湯達金焦。海門扼其要,高廖雙嶕嶢。黿鼉蹋波游,鯨鯢挾浪驕。芒芒平洋沙,百雉建麗譙。陽侯肆其威,胥母揚其鑣。城南有處士,廬舍遭漂搖。杜陵古賢者,秋風敗屋茅。室家且綢繆,勿爾音嘵嘵。況乎夸亭潮,佳讖傳吳謠。或者徵瑞應,君將奪錦標。

題家雲根自寫春江覓畫像

雲郎工畫兼工詩,誰爲其師源與維。模山範水性成癖,詩寫不盡畫繼之。吳中巖壑秀且奇,嵐浮暖翠風生漪。胚胎化工作粉本;皴山點樹無不宜。孤舟獨往春江湄,筆牀硯匣相追隨。雲烟過眼即烏有,兔起鶻落猶嫌遲。宣和畫院諸小兒,墨守故紙無靈思。後有作者倪與米,各闢門户歧中歧。雲郎力掃舊町畦,求之

17

造化皆成師。偶開素卷作小影，十水五石消丸麋。我聞吳頭楚尾山九疑，大孤小孤雲委蛇。我欲尋詩子覓畫，我將與子平分烟霞泉石之奇姿。

題甪里先賢畫册

曖曖城東南，有村曰甪里。居人聚萬家，襟帶吳淞水。里中耆舊名，唐以前尚矣。粵稽唐以來，作者天隨始。荒廬杞菊中，泛宅烟波裏。其後繁有徒，風流相繼起。遐思古之人，左圖右則史。圖以傳其真，史以傳其是。搜羅屬後賢，稱揚重先美。曠古懷賢喆，述德尊祖禰。旁及緇黃流，一一存端委。窮達事殊途，後先道同揆。裝池煥緗帙，臚列登髳几。輝映雖一隅，流傳必千紀。此鄉文獻徵，諸賢長不死。後之視今人，想望有如此。

蔣香谷寒江釣雪畫像

幽栖三徑裏，浪迹五湖間。骨與梅同瘦，心隨鶴共閑。烟波江上艇，風雪畫中山。仿佛羊裘客，高踪不可攀。

崑山縣齋作

綠盡江南瑶草叢，東皇歸去太匆匆。偶尋花墅偏逢雨，初脱貂衣尚畏風。隔院鍾鳴僧寺近，當階花落訟庭空。奚童問我春消息，春在禽聲樹色中。

白 杜 鵑 花

瓊英一樹擁簪牙，珠玉爲心感歲華。昨夜似聞啼杜宇，此生修已到梅花。

撒帳歌有序

漢人京房制撒帳之儀，吳人婚者襲爲故事，但歌詞俚俗、不稱嘉禮，爰樔其舊譜，補以新文。陳子元吉，臘月八日合巹，寄呈吉席，以申頌言。

今夕何夕，吉日良辰。錦茵十襲，華燭雙銀。垂垂斗帳覆紅雲，中有亭亭雙璧人。犀錢玉菓盤中陳，聽我撒帳歌詞新。撒帳東，雙星生長蕊珠宮。圓璫方繡飄香風，雜佩贈之聲丁冬。撒帳西，鬱金堂上燕雙栖。雜花生樹群鶯啼，郎君名字輝金泥。撒帳南，同心羅帶結紅藍，天上麒麟銜玉函，坳中香草花宜男。撒帳北，嬋娟當貯黃金屋。柳枝桃葉房中曲，一生緣分三生福。撒帳上，博山爐內雙烟颺。鈿影釵光燈洸漾，良宵容易紗窗亮。撒帳下，笙簫響徹鴛鴦瓦。花香月色千金價，迢迢蓮漏壺中瀉。

送王念豐、沈芷生赴省試

驊騮道路逐風開，藉藉江南兩秀才。璩院定看三戰捷，星軺遙望九天來。王褒妙譽騰金馬，沈約清詞付玉臺。却喜眼中人未老，龍門百尺浪如雷。

聞芷生鄉舉第一志喜

銀榜秋懸耀路衢，官書一夜入姑蘇。金甌得士能如此，玉尺量才信不誣。誰說文章憎命達，試觀科舉負人無。醴泉芝草神仙種，佇聽聲華滿大都。

秋晚登道山亭

蒼蒼山日落，拾級上危亭。初月林梢白，秋天雁外青。曾聞賢執政，於此讀遺經。千載登臨客，臨風跂典型。

題周佳士漁村小隱畫卷

偶有烟波興，扁舟學釣徒。生涯一簑笠，踪迹半江湖。白雪新詩本，青山古畫圖。機心君自少，寧計得魚無。

滄　浪　亭

地踞吳趨勝，人因子美傳。湖山偏近市，風月不論錢。草暗憐蟲語，沙明羨鷺拳。何如漁父意，清濁總隨緣。

静　觀　吟

買園種橘千樹，閉户讀書十年。放鶴青山缺處，懷人紅豆花前。

門外鳥啼花落，厨中酒熟茶香。自號緑春詞客，端居白石山房。

抱膝自吟《梁父》，扶筇獨上蘇臺。我被白雲留住，客隨黃鶴歸來。

載酒吳王墓下，探梅鄧尉山頭。揮麈何妨説鬼，擁書不羨封侯。

采藥自尋丹訣，銜杯欲問青天。傲骨亦儒亦俠，齋心非佛非仙。

掃室焚香讀《易》，乘舟酌酒吟《騷》。帖藏南宫《寶晉》，詩學東坡《和陶》。

題陳無擇自寫真

幂屧風流翰墨緣，畫師詞客一身專。高情不兒尋常士，自寫璚枝世上傳。

白　沙　泉

有泉有泉曰白沙，出于西迹山之麓。湖中之水齧山根，茲泉汨沒嘆泥漉。湖之水濁泉水清，濁者萬頃清一掬。人心雖欲分涇渭，其勢不敵誰肯服。今年天旱湖水縮，泉水忽見波如縠。酌之泠然沁人脾，惜不曾逢盧與陸。湖山有美沈淪多，通人肯執山經讀。先人邱墓此山中，留我秋深薦寒菊。

過程山人逸園隱居

繞山植花木，幽徑無人聲。忽聞樵斧響，知有人經行。松下遇磐石，雨餘苔蘚生。久行筋力倦，暫息良怡情。山花滿路香，欲采亡其名。獨坐苦無侶，漫欸山人荊。山人禮數生，拱手作送迎。時或問塵事，少見多所驚。坐對不知久，茅舍聞雞鳴。

瘦　馬　行

養馬長苦瘦，養女長苦醜。駿馬一匹千緡錢，富人金多易嬋娟。吳趨女兒歲三五，剪趾修眉態楚楚。千錢放客窺春妍，萬錢行酒長筵前。爺孃論財不論耦，嫁作邯鄲賈人婦。邯鄲賈人斯養材，鴉挾彩鳳鳩爲媒。吁嗟兔絲心，願托高樹枝。引身附蓬麻，轇轕終奚爲。

迎　神　謳

粵人好鬼，楚人好巫。吳人迎神，觀者塞途。朱斿旆旆圖豺貙，弓刀千騎擁武夫。黃羅爲幟九曲枋，二四健者舁綵輿。美男兩行洗馬驅，絳唇綠鬢嬌如姝。此隊行裝最俏僻，短後之衣雙窄袪。

亦有鹵簿行康衢,辟人于道聲傳呼。金字如斗署僞爵,王侯將相信筆書。輝煌滿路旂旆旗,綵絲金縷蟠鑺瑜。提携傀儡若兒戲,詭云朝覲之元都。傾城士女如風馳,交鈿接舃出里閭。金錢壽神曰天餉,倒篋不惜千緡輸。問神正直聰明無,遭此戲弄不少詛。毋乃淫昏之鬼乎,偶憑土木殃群愚。

山塘觀競渡作

榜人擊鼓清江湄,造舟爲龍五色施。廣約丈許哀徙之,繽紛綵結旌旛旗。船舷兩行弄潮兒,波心潑剌跳珠璣。水窗四面鑲玻瓈,艙中簫管吹參差。龍鱗片片撐之而,鬖鬖綵縷鬚與髭。汲水入腹噴以頤,唾咳亂落生瀾漪。當中繡緻蟠蛟螭,猩猩血染哆囉呢。娉婷對立雙雛姬,蟬雲覆額香風披。錦衣玉兒出世姿,歌喉一串探牟尼。一舟出港千舟隨,錦標爭奪得者誰?乘船如馬爭驅馳,衣香人影風中吹。江上落日遊人疲,龍舟歸去如山移。欲歸不歸蓮漏遲,明燈萬盞星交輝。游人夜在船中宿,酒賽真珠饌賽玉。明朝歸家典春服,三百青銅一斗粟。

松坪玩月圖爲王東卿賦

松風如濤月如水,伊人趺坐松陰裏。風月原無常主人,伊人標格清如此。我身既悟清静因,此聲此色皆塵爾。不然明明一輪月,望何爲生晦何死?廣寒之府何清虛,瓊樓玉宇渺何里?娥竊何藥能奔之,桂何如樹靈根徙。吳剛何怨日斧之,西河所學是何旨。修者八萬三千戶,其功何終復何始?蘆灰環月月何暈,籠月入袖是何技?蜯蛤盈胎魚減腦,是何靈物能同揆?纖阿望舒御月行,彼何氏子承何指?何朒何朓復何蝕,兔何如獸蟾何豸?佛言大地山河影,參之諸説何者是?君如玩月玩不足,我臚舊聞令君喜。古今積疑誰與破，且將畫理參禪理。

寄賀王惕甫

王郎輦下賦新詩，想見明光謁帝時。經進文章千手録，秀才名字九重知。皇心獨識凌雲氣，執友翻增話雨思。杞梓楩楠成自晚，出山休嘆十年遲。

高文典册媲相如，曾在梁園賦《子虛》。特敕尚書頒筆札，頓教韋布廁簪裾。諸公相士懸冰鑑，聖主崇儒建石渠。卻憶碧桃舊儔侣，幾人寂寞守窮廬。

息　影

息影衡茆下，門無剥啄聲。祇緣行役苦，漸覺宦情輕。詩思山爭瘦，琴心鶴共清。著書常閉户，鄉曲不知名。

自題東吴菰蘆中像

抱膝吟《梁父》，游心向太虚。形能若槁木，迹未出茅廬。邱壑人無恙，（簞）〔箪〕瓢樂有餘。盛顔難再得，相對惜居諸。

彭芝庭尚書挽詞

尚書閥閱冠中吴，位望如公舉世無。齒德並尊何况爵，佛仙同貫不妨儒。英靈應返三台座，風度猶存《九老圖》。願仗瓣香酬教澤，絳紗幃下舊生徒。

支硎佛寺

路出寒山麓，嶣嶤古刹遥。慈雲生竹墅，法雨灑松寮。林鳥語相答，巖花香亂飄。吳人多佞佛，處處繫蘭橈。

石　　湖

水閣巢新燕，湖田放野鳧。僧居翠微寺，人入輞川圖。夜月清如許，疏烟淡欲無。我懷范參政，故宅沒平蕪。

憶　梅　詞

細雨疏烟釀薄寒，美花偏著醜枝端。山人不識瑤臺種，一例南方草木看。

一片仙雲墮地明，敲門瞥見縞衣輕。卻思玉體橫陳夜，臥聽啁啾翠羽聲。

石壁銅坑翠岫聯，花如蒼葡水雲邊。諸天天女開香市，偏近維摩丈室前。

松花點石長新苔，四面青山放鶴臺。誰與梅花結儔侶，香南雪北有人來。

訪澗上草堂

笠澤山山雪，靈巖樹樹雲。昔聞高士躅，今見草堂存。曲徑通芳草，閒門閉夕曛。舊家零落盡，無地奠蘭蓀。

西磧山祭先人墓

蒼茫銅井道，地接五湖濱。野屋多臨水，危橋不渡人。菱歌聞隔浦，漁火起前津。欲守先人墓，他年此卜鄰。

焚芝歎傷芷生而作也

龍門之桐高千尋兮，下有靈根紫芝生兮。一跗九莖狀輪囷兮，含章在中有輝光兮。異文秀質舉世以爲祥兮，芳聲既騰錫貢明堂兮。衆草非伍唯蕙爲友兮，非棟非梁植諸囿兮。凌霜抱雪久將朽兮，萋萋空谷蕭艾爲群兮。荒煙翳鬱炎熇蒸兮，樵蘇不察野火焚兮。朝榮夕萎生何爲兮，作歌告哀我心孔悲兮。

獨學廬初稿詩卷二

江湖集上　古今體詩八十八首

京　　江

烟火孤城曙，風濤萬馬奔。山中雲有候，江上雪無痕。吳楚憑天塹，金焦衛海門。登臨無限意，尊酒向誰論。

夜宿瓜渚

月出南徐樹，雲生北固山。孤舟宿江渚，春色滿人寰。且對故鄉酒，肯爲游子顔。京華遠行客，塵土滿衣斑。

露筋祠題壁

芍藥爲房薜荔帷，蒼蒼山木女郎祠。漁洋一老稱詩史，誰信明璫翠羽詞。

淮陰侯祠

一飯千金報稱難，風塵受侮笑無端。明知富貴皆懸餌，甘逐王侯裂彈丸。禍亂削平終伏劍，功名倉卒便登壇。少年志氣吞秦楚，肯守淮陰舊釣竿。

項　羽　墓

　　鼎可扛，山可拔，天命不可爭，爭城爭地空轇轕。昔者君王兵起時，洶洶秦漢何雄雌。歆邯敗亡子嬰僇，關中號令如風馳。咸陽屠，阿房火，父老苦秦猶虎狼，以暴易暴如何可？楚軍鴻溝東，漢軍鴻溝西。君王手執生殺權，坐失事機將誰訑？鴻門驚風吹大纛，漢家君臣俎上肉。壯士空迴坐中劍，將軍頻舉腰間玉。君王胸藏百萬兵，七十餘戰良狰獰。八千子弟渡江水，空殉君王同日死。吁嗟哉！楚滅秦，漢滅楚，垓下震天擊鼛皷。獨不見：君王楚歌妾楚舞，英雄兒女皆黃土。

泰　　山

　　渡河千里無凹凸，忽遇岱宗橫巘巕。中嶺平分齊魯雲，高峰猶積羲皇雪。此去川原足清曠，況挾風霜更高潔。大石嶄嶄小齒齒，勞薪觸石聲如鬻。千盤鳥道凌雲霞，萬間佛宇藏巖穴。壺嶠多歸掌握中，龜蒙退就兒孫列。吾聞卭郲之坂路九折，王郎畏險迴車轍。古云孝子不登高，望鄉惟見雲明滅。

渡　易　水

　　杖策邁燕趙，行旌西北指。驅車易水湄，易水清無滓。纖鱗戲波中，香草紛蘭芷。爽鑑毛髮餘，寒沁心脾裏。游子別故鄉，登山復臨水。揚舲江之皋，挂席河之涘。平沙杳無人，不知幾千里。凌晨止川上，一洗風塵矣。我生際清時，束髮親書史。臨流賦新詩，不學悲歌士。

將入都門望西山積雪

　　登山知山峻，入山知山深。山外覽山勢，彌見山嶙峋。天地清淑氣，磅礴無古今。秀靈鍾西北，名岳世所欽。綿亘數百里，突起高千尋。岡迴勢蜿蟺，壁立形崎嶔。叢箐猛虎伏，隔崦悲猿鳴。大塊孕萬有，空谷足衆音。中峰高且寒，不與人登臨。飄風望秋發，羲暉當晝沈。積雪經歲年，仿佛臚璆琳。連山叠瓊岳，群木開瑤林。忽然絢金碧，梵宇藏山陰。寶幢光燦燦，香樹陰森森。曰余遊京華，不忘邱壑心。烟霞易軒冕，羨彼山阿人。

松筠精舍 楊椒山先生故宅。

宣武城南路，椒山有故廬。松筠直臣節，花雨梵王居。昔讀忠良傳，曾陳痛哭書。至今觀諫草，想見立朝初。

觀明楊椒山先生諫馬市及劾嚴嵩二疏遺稿

抗疏中朝兩犯顏，墨華狼藉血痕斑。當時未達聖明聽，此義常存天地間。痛哭萬言憂馬市，指陳十罪斥鈐山。所嗟昏主安燭寵，狐鼠盈庭不辨奸。

豐臺芍藥

春從天上來，衆卉争芬芳。兹花餞餘春，斐尾名相當。密葉聯翠袿，交枝鬥紅妝。積雨坼香苞，清露滴花房。况植帝王都，雨露先他方。青門賣花翁，朱顔鬢絲蒼。凌晨入城市，芳菲滿筠筐。植之金瓶中，置之髹几旁。錫以近侍名，富貴隨花王。

雲麾使楊澤山索鐫石章，作長歌報之

我生愛鐵筆，制作追皇古。帝羲臣頡不可攀，降從八體尋規矩。殘字共寶鴻都經，闕文莫補岐陽皷。岣嶁豐碑點畫奇，後人訓詁譌魚魯。雲麾將軍風雅材，書畫取法宣和譜。出石索鐫蝌蚪文，

琳琅如入瑤之圃。君家升庵嗜書學，旁搜彝鼎臚籯簏。一編索隱隱未索，典型雖在人爭侮。草元亭裏風流存，群英時與揮談麈。我願從君問奇字，君無數典忘其祖。

即席賦贈王郎

琅琊子弟舊知名，藉甚聲華舉座傾。美玉良金無不可，醴泉芝草偶然生。文林繡虎陳思麗，仙路雲車衛玠清。若許忘年結耐久，有如此酒願同盟。

止　酒

聖人疏甘酒，仙人厭狂藥。肥甘腐我腸，而況貪杯杓。萬事貴知足，人身非谿壑。胡爲金玉相，坐令成糟粕。我年十四五，英姿抗褎鄂。當筵鬥酒兵，一呼十人卻。衆客皆號呶，主人儘脫略。飲如吸百川，禮豈拘三爵。偶逢花月晨，席地天爲幕。靜聽黃鸝鳴，一杯破寂寞。他鄉遇友生，促膝相酬酢。歡然道平生，密語雜諧謔。一切酒中趣，當境殊不惡。豈知醉鄉裏，麴生乃爲虐。始也酒入唇，陶然頗自樂。逡巡入酩酊，觥籌漸交錯。雙眸眩生花，四體失所托。心旌忽搖搖，言泉尚謂謂。淳于一石醉，平原十日酌。頹然玉山倒，四海馳魂魄。既醉亦已醒，累日猶作惡。股肱或不仁，肺腑自焦灼。世上沈湎人，傷生若鋒鍔。我有千金寶，胡爲坐銷鑠。戒律持不嚴，狂瀾終復作。繼今斷涓滴，言出如山岳。有酒如鴆毒，有杯如鼎鑊。玉池生清水，終朝長不涸。

游　子　吟

日落風起，群鳥亂飛。陟彼崇邱，遙望故扉。浮雲如蓋，暴我庭闈。京華雖樂，不如南歸。溪有荇藻，山有蕨薇。薄言采之，可

29

以療飢。家有板輿，勝于驂騑。金貂爛然，不如茱衣。平沙迢迢，密雪霏霏。嗟哉遊子，境與心違。

與顧林橋夜話

北風吹行雲，應向江南去。游子望故鄉，故鄉不知處。出門柳未青，雨雪今如絮。薄寒侵人衣，敝裘不在御。京華多貴人，鴻騫鳳亦鶱。雞狗爭勝場，文章馳妙譽，嗟予枯槁人，儒俠兩無與。執著畫寒灰，擁爐夜深語。

冰　　嬉

北風吹水成琉璃，寒生天上濯龍池。南海北海兩鏡披，金鰲玉蝀中間之。丹脣皓齒邯鄲兒，後執弓矢前摩旗。身衣繡衣蟠蛟螭，帽檐覆額元貂皮。遠游文履五色絲，承以鍊鐵銑如錐。疾行冰上爭驅馳，縱橫周折無不宜。枯楊夾岸風參差，錦棚綵毬飛帶垂。射夫絕技穿楊枝，再發再中無高卑。五華隊合雲逶迤，當中御幄行遲遲。雙龍夾輔撐之而，金鎗豹尾相追隨。天顏喜兮近臣知，作歌不讓《卷阿》詞。

歲宴懷趙二開仲

吳江楓葉落，其上有潛夫。佳日花盈座，良宵月滿湖。貧猶支鶴俸，閒自課魚租。故舊悲零落，知公健在無？

送溫潤齋之官粵西

桂林秦故郡，別駕漢良家。驛路矜千騎，詩材富八叉。綠榕官舍樹，紅豆訟庭花。努力循良業，公才本國華。

客夜書懷四首

寥落悲秋客，栖栖燕趙間。故鄉千里月，歸夢萬重山。扶病親年暮，居貧婦力艱。殷勤臨別意，惟有望刀環。

偶念求榮禄，輕裝別故園。辭家雙舃遠，長物一氈存。落第文章賤，高門隸僕尊。裹回燕趙市，何處吊平原？

急景飛騰過，難求繫日繩。宦情緣病淡，鄉思入秋增。華臚三年艾，修名六月鵬。周京人似海，樗散自無能。

長安居不易，兒女意難忘。砧杵千家月，關河一夜霜。懷鄉惟有夢，縮地竟無方。目送南飛雁，吳淞烟水長。

得家人書

荳圃作花蠶繭拆，竹林抽笋燕雛新。開緘多少關心事，不獨平安報遠人。

留別壽亭

一尊燕市酒，雙槳越溪船。且踐歸山夢，渾忘感遇篇。姓名存一刺，雞黍約三年。望我南行路，吳淞烟水邊。

天津道中

寥落津門道，孤帆溯遠天。白雲千嶺雪，綠樹萬家烟。密網澄魚浦，輕花落麥田。分明故鄉景，偏傍旅人船。

南旺守閘逢江寧端木孝廉，遂同行

秋風秋水妙瀠洄，畫舸中流自在開。紅藕花間雙槳出，綠楊烟外一村來。他鄉把臂成新雨，此夕論心倒舊醅。同是春明放歸客，良宵人月兩徘徊。

渡　江

孤舟出瓜渚，江水帶殘春。燕趙初歸客，金焦似故人。壯心驚歲月，高浪接星辰。自擊中流楫，悲歌渡此津。

舟過金山不及登

靈岫鬱崔嵬，禪關面水開。巖中雙樹出，天際一帆來。古佛焚香坐，行人鬥茗回。引舟風力惡，未許近蓬萊。

瓜渚放舟至郭璞墓，飲中泠泉，述事二十韻

嵯峨江上山，地脈岷峰來。江心一峰峙，排出金銀臺。其下結靈秀，藁葬神仙骸。神仙偶游戲，羽化忘胚胎。豈有後艱慮，亂石茸崔嵬。平生註《山海》，六合恣徘徊。而此卜窀穸，解脫真仙才。蘧廬有天地，安用土一抔？叶扁舟挨旋渦，繫纜青山隈。孤墳渺碑碣，蒼莽生蒿萊。泠泠中泠水，第一古所推。俗子汲几水，舊說翻疑猜。山人製奇器，其器如尊罍。腹可受升斗，雙紐蟠靈虺。銅丸鎮其中，設機以閉開。放舟溯中流，一勺波瀠洄。百丈引修綆，龍窟探源回。芬芳沁肺腑，不數瓊漿杯。世不有盧陸，此味誰知哉。

舟　行　雜　詩

水漬魚磯生綠苔，疏林日暖棗花開。野人門外無行迹，時有香風撲面來。

鏧鏧擊鈸釣魚師，短槳輕蓬渡水遲。四月鱘鰉初上水，柁樓日落飯香時。

渡頭誰問孝廉船,秋水如藍一棹烟。無恙布帆天上坐,此來原自五雲邊。

荒剎無僧畫掩關,粉墻雨漬土花斑。綠槐陰下不知暑,鸂鶒一雙飛往還。

酒旗風颭杏花村,野店人稀掩蓽門。鵓鳩一聲山雨足,板橋綠到舊潮痕。

村前村後鷓鴣啼,雨灑秋山滑滑泥。彷彿青溪舊游路,衣香鞭影夕陽西。

紫藤花放壓檐端,倚水紅橋鎖碧瀾。試問淮陰垂釣處,溪山爭似子陵灘。

春風賭酒劉伶巷,秋日題詩蔣帝祠。此夜丁香關外月,兩人倚棹說相思。時與顧西金同舟。

他鄉愛聽故鄉音,水調吳歌度隔林。同是江南未歸客,扣舷相對一長吟。

江靜沙明一鑑開,風紋帆影雨瀠洄。夜涼水檻人無寐,坐起推蓬待月來。

江潮活活擁沙堤,水榭風簾黛影低。重過揚州尋舊夢,臨流城郭綠楊齊。

七里平山泛畫橈,沼村吹徹賣餳簫。行人只問天寧寺,誰訪淮東廿四橋?

旗槍碾碎小龍團,茗椀茶鐺畫舫安。試汲中泠泉下水,江心蒼翠一峰寒。

鹿 城 縣 齋

□年釣游地,十載復來此。山城若彈丸,青山塞城裏。歲晏人事稀,蕭齋清若水。疏林鳥爭巢,虛窗雪鳴紙。松花滿地黃,藤葉

33

緣牆紫。枯坐斗室中，捲簾時隱几。夜帶衣裳眠，晨先烏鵲起。未鹽付僮僕，平安報妻子。天地如吾廬，何處非鄉里。

對玉山獨坐有作

山色入簾來，坐中眉宇綠。忽聽樵唱發，有人住空谷。孤峰若蹲獅，石色潔如玉。梵宇踞其巔，環山植群木。鳥爭高樹巢，僧結懸崖屋。濃烟生樹中，山舍晨炊熟。

沈 郎 曲

錦衣玉貌已傾城，况復秦臺引鳳聲。三叠《霓裳》聽不厭，春寒吹笛到天明。

行近屏風影瘦生，瓊枝相對燭花明。紫雲碧玉今銷歇，左右風懷盡付卿。

撲朔雌雄客漫猜，纖纖紅袖自擎杯。嬋娟寫入丹青裏，錯道雙鬟索句來。

此處留儂夜寂寥，司空見慣也魂消。他年携爾長安去，日日薰衣從早朝。

春夜懷人絕句

惟時客鹿城官署，被酒夜坐，忽懷諸子，走筆成詩，丙夜而畢，得十四首。偶爾緣情，無關大雅，旁涉方外，兼及香奩，事雜言龐，略無倫次，題曰"春夜懷人"云爾。

補 梧

燕子磯頭水拍天，春風重泛孝廉船。秣陵馬上看山色，屈指匆匆又五年。

秋　浦

琴川公子九仙才，春夜然脂序玉臺。手爪新人如故否，秦中同跨鳳凰來。

湘　碧

雪後峨眉畫不如，夫君消息寄雙魚。不知可踐三年約，重草長安乞未書。

南　溪

杏花開後雨濛濛，春到江南瑤草叢。聞說虞山甚窈窕，仗君收拾錦囊中。

藥　亭

美人家住青灘上，摭拾新聞付竹枝。當時話雨澄江侶，若个風流似鴨漪。近聞自號鴨漪亭長。

林　橋

說劍評詩斗室中，聚常草草散匆匆。齋前紅豆花開落，夜夜青溪夢阿鴻。

芷　生

明月瓊花早擅名，芷生童年賦《廣陵詩》，有云"瓊花有恨無雙蒂，明月多情賸二分"，吳中傳誦之。祇緣情懺轉多情。習成眉匠香奴事，相伴瑤人過一生。芷生婦即字瑤人。

鐵　　夫

藉藉江湖鐵體多，眼中如此秀才何？似聞綺語今除却，十二時中作甚麼。

條　　山

綠春三十和人多，天壤王郎鬢欲皤。堪笑書生忙不了，畫輪先後玉山阿。

星　　堂

花南水北小茆亭，中有幽人讀道經。新注《黃庭》曾乞與，此時丹火想純青。

謝　　山

後有方生昔謝侯，永嘉山水發清謳。蕭齋讀爾新詩卷，萬壑千巖勝臥遊。

月　　渚

願作詞人不羨仙，真君身住蔚藍天。閣中記否長吟客，曾賦周瑜古柏篇。

素　　琴

學書今見衛夫人，三歲懷中錦字新。遥想竹烟梅雪裏，年年寂莫度嬌春。

壽 亭

長白山人衛霍儔，自傷弱冠不封侯。頻年騎馬華林道，賦就《長楊》《羽獵》否。

送杜含真秀才北歸

富今才子杜樊川，瀟灑詞仙又酒仙。邂逅馬鞍山色裏，評詩說劍住經年。

二月江南瑤草肥，暖風吹綠上征衣。番番花信催將遍，正是春歸客亦歸。

孤帆一葉挂江汀，齊魯春深不辨青。此水東南君北去，相思遙望海雲停。

櫻桃熟後燕飛初，滿紙新詩錦不如。兩地月明千里隔，蚕緘消息寄雙魚。

暮春歸里

故園春識主人回，柳色花香撲面來。燕子經年仍舊至，鼠姑遲我未曾開。隣翁款户貽新笋，少婦當筵倒宿醅。自笑暫歸渾似客，山中雞犬尚相猜。

晚春即事

繞屋梨花雪壓廬，一春無事閉門居。生成落魄非關酒，豈待窮愁始著書。少婦羅幃歌獨鹿，故人錦字寄雙魚。文章結習真如癖，知入膏肓不肯除。

陳星堂秀才問導引之術，賦六絶句寄之

後天不老仗黃婆，元氣氤氳葆太和。更向坎離尋妙訣，嬰兒姹女日相摩。

七字《黃庭》絶妙詞，玉池清水自生肥。静中灌溉横津裏，自有芳蘭竟體時。

寂守丹爐閉兩扉，素雲不逐紫烟飛。直教銀海澄如練，始識希夷妙入微。

曾學仙人戲五禽，熊經虎伏但隨心。長生豈假刀圭力，萬竅玲瓏病不侵。

天生五氣總如蘭，誰説神仙辟穀難。秋露春霞有真味，解人呼吸勝靈丹。

元元原是道之根，習静能窺衆妙門。辨取長生長不死，垂簾熟讀五千言。

聞芷生入浙應竇東皋學使之聘奉寄

碧幢旆旆駐江汀，鏁院花深晝户扃。兩浙中分衣帶水，三台旁見玉衡星。西泠烟月新詩本，北地文章舊典型。知否馬鞍山色裏，有人春夜賦雲停。

對雨有懷諸子

茆屋四更雨，山城六月寒。涼風生木末，空翠積檐端。飲酒識佳趣，讀書懷古懽。故人秣陵道，泥濘滿征鞍。

夜　　坐

縣僻無車馬，官齋秋氣清。開門對山色，隔崦有琴聲。樹擁歸

雲暗，巖當滿月明。西風叢桂發，忽動故園情。

寄王念豐

束髮親風雅，逢君意氣投。名山惟一士，壯志必千秋。技豈雕蟲誤，才應倚馬求。蕭齋當落月，遙望仲宣樓。

世事秋雲薄，鄉心夜雨長。恨無繩繫日，漸覺鬢生霜。人海風濤險，情田藝植荒。丈夫三十壯，窮達兩茫茫。

□年矜小技，壯始厭浮名。才氣歸馴雅，知交近□成。萬山雲競出，千樹月同明。此意誰能悟，魚箋報友生。

中秋夜宴贈朱喬三秀才

悲哉秋氣滿林泉，底事人間沸管絃。大塊與人皆是客，先生於我竟忘年。登山共駐青油壁，對月同吟白玉錢。暫假詩篇鳴慷慨，淋漓醉墨灑尊前。

顧湘碧有書自成都來，喜而有作，即以奉報

禊也倜儻才軼倫，北走燕趙枉走秦。我因射策至都下，相逢遂展平生親。豐臺三月花如茵，詩牌酒盞消芳辰。我今南歸君入蜀，棧雲峨雪傷我神。客貽錦江雙錦鱗，故人尺書墨瀋新。故人無恙在天際，春風強飯言諄諄。清時郊藪羅鳳麟，草茅一士無沈淪。元亭諸客皆臺省，君胡落拓奔風塵。我知君非長貧者，明年遲君魏闕下。

戲答王念豐

念豐書來，甚夸其新婦墨琴詩筆之工，故戲之。

天將福分付書生，一紙新詩與定情。藉藉江湖誇鐵體，而今兼

説墨琴名。

琉璃硯匣珊瑚筆，春色淋漓十指尖。此後碧桃詩社裏，又添佳句入香奩。

他鄉秋盡雁聲中，墨琴句。七字吟成織錦同。若遇琴川景公子，兩家手爪問誰工。

曾經居士證聲聞，丈室親題妙鬘雲。忽有散花天女至，禪心重逐絮紛紜。

放 舟 吴 淞

漁莊蟹舍櫂歌聲，帆飽西風一葉輕。疏雨自催秋木落，斷雲微漏夕陽明。顧依蘆荻移家住，漫説江湖破浪行。此去吴淞三百里，有田決計便歸耕。

獨學廬初稿詩卷三

江湖集中　古今體詩六十四首

古別離

寒犬深巷吠,行人中夜起。束裝戒僕夫,丁寧語妻子。一解錦被雙鴛鴦,良人遊遠方。羅帳掩秋月,金爐消夕香。二解妾是園中柳,君是風中絮。柳色經秋衰,絮飛不知處。三解集狐不成裘,斧冰不成糜。歲暮他人歸,良人將何之。四解幽室焚蘭膏,清尊陳綺席。今宵同夢人,明朝遠行客。五解

纜舟攝山渡

擊柝人居,古戍載花。舟繫平橋,破屋寒燈。隱隱孤蓬,暮雨瀟瀟。

舟過采石磯

淼淼秋江水,凌晨一葦杭。亂山環采石,初日出扶桑。烟樹今詩境,風沙古戰場。古來形勝地,襟帶接和陽。

謁劉夢得先生祠堂

祠在和州官廨後圃,古陋室之遺也。

41

詩體元和變，先生近古風。高情山水外，慧業佛仙中。早歲才名誤，多愁著述工。士窮知節義，誰似柳河東。

得林毓奇孝廉凶問

天道福善人，顏淵竟夭死。造物何所私，修短偶然耳。良士不蒙福，古今類如此。此理不可知，欲問向誰是。

美玉無纖瑕，之子生廉讓。束身名教中，抗志青雲上。粹然百行備，蔚爲儒宗望。行年未四十，嗒爾遭天喪。富貴如浮雲，夭壽亦空相。所嗟典型亡，令我增悽愴。

鍾王去人遠，書學久荒蕪。後生不識字，率爾思操觚。老生病兔守，俗學嗤鴉塗。斯人起後塵，超越追前趨。六書資變化，八法勤規橅。匠心苦經營，波磔鋒稜殊。此事今遂廢，拊膺生長吁。

亞父城歌

項氏起江東，一嘯聚萬夫。五年卒敗亡，天乎抑人乎？秦人失鹿金甌碎，山東諸侯起海岱。楚師長驅入函關，英風百進無一退。偉哉亞父人中豪，楚臣碌碌誰能逮。築城歷陽踞形勝，襟帶長江環腹背。右控天門左瓜步，秣陵蔚薈遙相對。古來人傑地始靈，父老至今思遺愛。一墮陳平反間中，坐使雄封棄如甶。瑣瑣君臣誼不終，長城自壞何其誖。君不見，鴻門酒酣士操戈，舉玦舞劍謀孔多。有臣如此不能用，安得豪傑歸網羅。

韓岳歌

趙家南渡金甌殘，誰爲千城岳與韓。背嵬軍士獷如虎，敵人聞之心膽寒。咄哉咸陽主和議，坐使中原垂手棄。鄂王既死蘄王歸，諸軍解甲歸田里。清涼居士山中居，兩宮不歸汴社墟。背嵬人散卣亦亡，沈淪江水千年餘。江上漁師夜舉網，卣乎卣乎出重浪。非瓶非罍不知名，腰腹彭亨耳四向。歷陽刺史博古家，珍之一日三摩挲。青絲爲繩紫檀座，春風還供洛陽花。

萍舫

蕭齋匼匝纜方丈，俛仰真如一葉舟。猶喜詩篇恣嘯傲，始知塵世有滄洲。

鄭初白參軍見和前詩疊韻奉酬

壯志蹉跎成小草，浮生飄泊等虛舟。五湖三畝營歸計，花繞衡門月滿洲。

夜坐萍舫

霜落庭皋木葉紅，流光驚嘆隙駒同。衣長似歲偏宜月，屋小如船不畏風。客舍衾裯閒睡鴨，故園烟樹送賓鴻。自傷卑賤依人住，踪迹頻年類轉蓬。

答錢塘孫丈友蓮即次見贈元韻

清風瀟灑挹蘭襟，叔度澂波千頃深。貌古尚存先進禮，歲寒始識後雕心。共驚藻思翔文囿，獨抱元機寓易林。此夕和陽江上月，與君相對一吳唫。

仲冬之月八日自和州歸里

崢嶸歲將暮，旅人懷故鄉。耿耿夜不寐，晨起戒嚴裝。籃輿出郭門，初日照城隍。遙望江南岸，烟際山蒼蒼。誰言江水深？一葦

43

亦可杭。扁舟疾于矢，風急孤帆張。驚濤不足惜，但惜歸路長。

守風花籃套

歲晏群動息，征人勞不已。江路候風行，霜天辨星起。嚴風穿窗中，密雪入蓬底。遥夜耿不寐，重衾如潑水。登舟已五夕，計程未百里。歸途阻且長，行邁憂靡靡。

石尤歌

石尤石尤，爾將令人勿遠游，奈何阻我江上之歸舟。江風獵獵吹不已，懸旌搖搖西北指。江風西北吹，江水東南流。儂家遥在胥水頭，歸塗阻且修。對面之舟疾于矢，行者歡喜守者愁。石尤風不休，令我生煩憂。

風止喜而有作

東山日初上，大江風浪平。榜人有喜色，擊楫中流行。烟消三山出，風高一帆輕。天寒水歸壑，江流淺且清。鄰舟發櫂歌，忽聞吳語聲。嗟我懷歸客，彌動故鄉情。

自花籃套放舟

清風江上來，江水皺如縠。波動群魚行，沙明孤鷺宿。依山辨戍樓，臨水逢漁屋。皎皎已殘雪，蒼蒼未落木。嗟予浪遊人，蹤迹何碌碌？扁舟載席帽，故徑荒松菊。豈無懷土情，饑來驅我酷。努力歸山計，考槃矢邁軸。

暮宿龍江關

朝發采石渚，暮宿秣陵渡。秣陵非吾土，所喜舊遊路。明明秦淮月,光華爛如故。故人今不在,天邊碧雲暮。迢迢驛路塵,歷歷旗亭樹。孤雁雲中翔,行人江上住。恨無雙飛翼,坐使歸期誤。

重過燕子磯

江山對歸客,恍與故人同。昔遇緣萍水,今逢證雪鴻。荒林黃落後,古寺翠微中。兩度登臨處,浮生任轉蓬。

游永濟寺觀石刻吳道子觀音像

修竹一叢碧,中有齊梁寺。丹楹蓋碧瓦,寮宇凌寒翠。峭石嵌豐碑,吳生工繪事。念彼觀音力,肖出慈悲意。粵稽龍華會,諸佛參密諦。菩薩發宏願,普度人間世。現身說諸法,皆不可思議。偶化女人身,遂傳千萬襈。鬢髮委如雲,瓔珞垂肩臂。種種莊嚴相,毫端蘊靈異。我來參法像,更讀摩厓字。懸崖撒手言,妙證菩提義。長生長不死,雖學不可至。區區書畫禪,乃成不朽藝。

舟過棲霞山,風利不得泊,不果登也

我有山水癖,而無山水緣。探幽非無興,動為他務牽。放舟龍潭道,遙望棲霞山。大江環其麓,佛宇巢其巔。霜林葉未脫,丹翠相新鮮。山石皴瘦透,皴法畫不傳。谷鳥翔且鳴,巖阿真悄然。可望不可接,疑若登青天。作歌告山靈,問我緣何慳?

陟蘇公艤舟亭

艤舟亭子古城彎,四面窗寮碧水環。漠漠蒼苔微辨徑,疏疏翠竹不遮山。游人裹屐烟霞裏,才子聲名天地間。今我依然乘一葦,片帆新涉大江還。

悼景書常秀才

嗟哉景生胡不辰，盛年客死秦川濱。尋常雖死猶可説，嗟君獨遭凶短折。憶君別我吳門道，當時分手殊草草。謂君與我皆少年，更爲後會旦夕間。豈知一別七寒暑，疇昔風流散如雨。甲辰得子秦中箋，清言累幅文盈千。讀之歡喜忘寢食，宛如對子之顏色。此後三年音信稀，忽聞凶問驚魂飛。初聞疑信尚參半，道路傳言猶誕謾。繼逢趙子關仲。言之詳，方知信矣非荒唐。君死吾不知月日，但聞旅櫬歸幽室。君之魂魄無不之，君其聽我招魂辭。

紙織山水幛

閩人削紙細于髮，陸離五色如雜組。織成山水禽獸形，變化烟雲析毛羽。繁花瑣碎交枝蔓，采縷葳蕤施藻斧。初疑繡段美人貽，或言雲錦天孫補。妥帖應教金斗熨，光明不藉冰蠶吐。嗟哉人巧奪天工，繪事雖工不足數。

游金山江心寺

我過金山十五度，而後乃今始一登。既登山頂心未已，直造浮圖第一層。江風浪浪吹我襟，江水激石驚雷霆。岷峰發源幾千里，耿耿大荒如玉繩。東望扶桑日初出，紫霞千重高捧日。殘星欲滅猶未滅，青天去人不盈尺。山中白雲招我歸，謂我浪游計非得。我非奔走于四方，安能親見此奇特？

八公山

皎皎月臨古渡，蒼蒼樹雜寒烟。我對江山似客，誰言雞犬能仙？

題陸丈雨亭小影

河畔生青草，門前蔭白楊。伊人住濠濮，佳境等柴桑。自得琹書樂，偏宜水木鄉。芳踪懷甫里，杞菊未全荒。

賦得看花多上水心亭次汝和二丈韻

劉禹錫守和州，時郡人張籍寄詩有"看花多上水心亭"之句，今州署西圃建有水心亭。

清時仙吏樂閒吟，拊景懷人寄託深。收取群芳歸墨戲，常携隻鶴伴琴心。當年主客皆騷雅，吾黨風流無古今。七字鐫成蝌蚪印，雕蟲餘習不能禁。刺史嘗以題語索鐫石章。

浣紗祠

《越絕書》載伍子胥奔吳，托食于瀨水之女，今祠在和州城西隅。

誰識蘆中士，遭逢會有期。關弓迴楚使，鞭墓暴吳師。兒女憐才意，英雄失路時。古今無限恨，獨吊浣紗祠。

喜得王念豐秀才北來書

風雅久凋謝，斯人餘典型。祇緣交落落，彌復惜惺惺。斗室常生白，囊書未殺青。雙魚江上至，相望賦雲停。

次汝和刺史醉翁亭之作

路轉峰迴迴入雲，登臨不厭馬蹄勤。孤亭遠挹諸山秀，片石長留曠代文。無恙林泉成勝迹,有情禽鳥語斜曛。醉翁遺貌鬚眉古,願祝心香一瓣焚。

桃花塢訪張籍故居

不識文昌宅,桃花深處居。樹懸千歲實,室擁百城書。才子聲名重,勞人歲月虛。至今春色裏,想像舊蓬廬。

苦　竹　寺

苦竹寺前雨霽,海棠洞口雲存。巢燕三春引子,蟄龍一夕生孫。

秋　　懷

草木已黃落,山川空鬱蟠。薄雲凝暝色,疏雨釀秋寒。久客登臨倦,依人去住難。故園今夜月,誰與卷簾看。

對　　雨

良辰成獨往,客夢不宜秋。落木雨中急,長江天外流。歲荒多訟獄,客久廢書郵。自愧依人住,真如不繫舟。

登和州城樓同鄭初白賦并簡汝和刺史

設險雄開郡,行仁速置郵。風流歸幕府,嘯咏上岑樓。山色一窗靜,蟲聲四壁秋。登高能賦客,佳日愛勾留。

八月十五夜汝和二丈在姑孰寄詩見懷賦此奉報

大江潮滿雁飛遲,珍重詩筒寄所思。兩地月明相望夜,二分秋色可中時。青蓮才調人中雋,采石山容畫裏奇。憑仗錦囊收拾盡,携歸重補橐餘詞。

放舟牛渚

孤蓬渡牛渚,風緩片帆遲。月出圓如璧,江行曲似之。天光魚共樂,雪意鳥先知。獨有忘機客,中流自咏詩。

白石山

秘室千年在,荒迹入翠岑。草蘸巖石爛,雲護洞天深。才子登臨地,仙人導引心。欲尋無處問,獨往費沈吟。

香社寺用王大成韻

寺爲昭明太子讀書之所,一名昭明禪院。

路出香泉左,幽林護佛居。花環紺宇密,詩籠碧紗虛。文選樓何在,河梁社亦墟。梁高祖據圖讖有"竭河梁"之語,故建號曰"梁"。獨留梵王舍,屹立劫灰餘。

病　起

門前烏桕著霜紅,秋盡淮南木葉空。明月一城山色裏,故鄉千里雁聲中。兼旬病卧疏行藥,經歲離憂任轉蓬。遥憶滄浪溪上宅,蕭蕭松菊又西風。

烏江過項王廟作詩吊之

錦衣歸里意何癡?諸將逋逃總不知。垓下無尸裹馬革,帳中有泪泣蛾眉。功成破釜沈舟日,計拙分茅裂土時。留得烏江江上廟,年年同賽插花祠。

蒼　山

蒼山毓靈秀,終古鬱蒼蒼。芳草路旁碧,茶烟林外香。龍湫春雨潤,丹竈白雲荒。聞道希夷子,棲真托此鄉。

太　白　樓

采石江之滸,岑樓接太清。行人恣嘯傲,才子著聲名。詩抱建安骨,山團姑孰城。素懷香一瓣,稽首祝前榮。

奉和鄭初白參軍送春之作

壯士悲遲暮,羈人怨別離。同爲遠行客,況值晚春時。積雨滋新翠,餘芳謝故枝。寂寥江上住,花事未曾知。

和州郡齋夜飲,即席簡史器涵秀才

寒夜長如歲,幽齋小似船。茶鐺烹雀舌,香鼎爇龍涎。嗜奕真成癖,工詩妙入元。銜杯親製譜,古調托朱弦。

余將自和至歙,州尉劉君琛開筵飲餞,即席留別

厭厭夜飲酒如泉,忘却當歌是別筵。北海樽開諸客集,西江詩妙幾人傳?醉中作草頻稱聖,燈下看花盡若仙。此去未能知後會,相思常到皖江邊。

夜渡蕪湖關

孤舟載明月,秋夜渡蕪湖。客夢猶懷楚,歸心已入吳。懸燈關

吏散，擊楫榜人呼。三歲江南北，浮蹤逐雁鳧。

新　　嶺

籃輿行蹇蹇，楓葉落紛紛。山路隨溪轉，人聲隔崦聞。千峰迎曉日，一徑入秋雲。陟嶺方窮勝，躋攀不厭勤。

績溪投宿野人家

落日滿高原，秋山繞縣門。僧歸紅葉寺，犬吠白雲村。屋外雞豚聚，園中芋栗屯。野人相問訊，蠻語類禽言。

題宋汝和太守竹梧清嘯畫真

萍舫同吟雨，香泉共濯纓。追陪談往事，騷雅證初盟。裴屐人中雋，園林物外情。竹風兼眾妙，梧日著雙清。鴻爪非無迹，鳶肩自有評。黃堂今治績，紅杏舊才名。雲海歸詩境，江皋起頌聲。幸從爲政暇，碁酒叙平生。

將偕計入都留別汝和太守

三歲依蓉府，忘年結契深。梅花貽妙墨，蘭草寫同心。公自懸秦鏡，儂因奏蜀琴。祇傷卑賤日，無以報雙金。

新 安 山 中

千山萬山當路，十里五里逢亭。人家遠依碧落，籃輿直入青冥。

激水轉輪成碓，懸厓結廬類巢。糞田自燒稻葉，補檐重覆松毛。

51

青綠周遮菜圃，丹黃糅雜楓林。嶺上夕陽歸犢，溪頭灌木鳴禽。

篷底周遭山色，枕邊斷續灘聲。一舸安床支竈，雙童淪茗調羹。

月明故鄉千里，風送歸人一帆。白雪漸侵吟鬢，紅塵不浣征衫。

村落攢三聚五，峰巒累萬盈千。石棧行行擔簦，林梥處處炊烟。

山下泉源萬斛，雲中鳥道千盤。四更行人未歇，九月披裘尚寒。

山路古松落子，野田晚稻生孫。白雲自迷樵徑，紅樹深藏寺門。

嚴州道中

憶別臨安十四年，茲游奇絕勝于前。雪中山色嚴陵道，雨後灘聲歙浦船。石棧松杉能蔽日，霜林橙橘不論錢。千巖萬壑東西浙，重補平生未了緣。

七里瀧謁嚴先生祠堂

龍戰昆陽野，鴻飛富春渚。寧知天子尊，但重故人語。與王自聖神，諸將多英武。藉使投竿來，雖勞亦何補？何如歸山中，相與無相與。高懷輕黃屋，矧乃圭與組。

淙淙七里灘，上有古釣臺。臺高百餘丈，山勢鬱崔嵬。咄哉羊裘翁，生袍濟世才。故人作天子，召之不肯來。姓名畏人知，遁迹荒江隈。漢京草昧初，經綸屯雲雷。先生尚其志，百奪不可回。東都重氣節，試思誰所培。行藏不在迹，安用軒冕爲。

獨學廬初稿詩卷四

江湖集下　古今體詩五十五首

丁未孟春之月，偕計將行，陳容園三丈賦詩送別，即次元韻奉報

丈人詩法追黃初，含毫四顧心躊躕。菑畬一經貽孫子，瓶罍不謀旦夕儲。雙枝玉樹生庭除，畫師摩詰文相如。紀群兩世締交久，神密不妨形迹疏。郎君今年賦《子虛》，姓名上達承明廬。平生言行重鄉里，文章小技乃其餘。聖人在上求賢儒，春風早盼泥金書。直教晝省傳三語，始信文園富五車。

即　目

舊綠雜新綠，濃淡生奇姿。襯之以白雲，旁出枯樹枝。野屋八九椽，半瓦半茅茨。林罅露遠山，淡沱纖于眉。自從摩詰死，此意誰能知。

聞王生文浩補博士弟子志喜

後海通經術，聲名僑肸倫。文孫純祖武，家學有傳人。鳳試雲中翼，桐餘爨下身。相期各努力，燈火夜重親。

對　酒

樽酒對芳辰，蕭條獨愴神。夢隨江水遠，詩逐歲華新。歸燕懷貪主，繁花近麗人。客心多感慨，寧止爲傷春。

下第有感

偃蹇真如上竹魚，橐駝腫背話非虛。少年悔讀長沙傳，豈獨《南華》是僻書。予文中用賈誼"遥曾擊而去之"語，遂爲同考官所斥。

書松筠精舍壁間

吴市吹簫客，燕臺射策時。醉猶能跨馬，病不廢吟詩。習靜分僧榻，行齋寓佛祠。長安居未易，歸卟尚稽遲。

出　都

既雨山容潤，將歸客病蘇。有懷惜往日，無泪哭窮途。感舊兼存歿，居安聽菀枯。先人敝廬在，松菊忍荒蕪。

趙北口

河梁百尺臥如虹，趙北燕南氣象雄。督亢舊山殘照裏，桑乾新水大荒中。勞人歲月馳驅過，壯士襟期慷慨同。媿我頻年兹跋涉，常將錙銖對秋風。

感荆軻舊事

蕭蕭易水波濤急，聞說荆卿去不歸。燕太子亡嗟自取，樊將軍死願終違。更無宿草埋殘骼，但見平沙帶落暉。猶有悲歌慷慨客，臨風懷古泪沾衣。

至濟寧登舟

鞍馬苦煩殆，不如舟楫行。夕陽墟市散，秋水閘門平。瓜熟堪充茗，魚鮮可作羹。柁樓明月近，相對一樽傾。

行路難

四座客勿喧，聽我高歌行路難。一解我生好行役，束髮游幽燕。幽燕三千里，游者動經年。二解出門春水生，入門秋月明。春秋暗中換，何以成令名？三解皇天雨不止，泥深沒我馬。馬畏泥塗不肯行，行人信宿郵亭下。四解浩浩江河，非舟不渡。迴風生瀾，阻我歸路。五解藏金于橐，謂無人知。綠林豪客，睥睨路歧。六解綏綏山中狐，變化成美女。炫服倚市門，願言結佳侶。七解人言故鄉好，我非樂此間關道。終歲饑來驅我行，千山萬水垂垂老。八解

夜宿臺兒莊

凉風起高樹，纖月印澄波。天意清秋近，河聲静夜多。戍樓傳鼓角，隣舫載笙歌。一水東南界，吾生幾度過。

五月十五夜月蝕，古之言月蝕者紛如聚訟，詩以辨之

雙丸出沒有常度，每當三五遙相望。青天萬里無隔閡，譬諸寶鏡交清光。清光有時蝕，亦屬天運之尋常。其事初不關灾祥，不然何以天官家推測，曾不差毫芒。乃知月蝕非真蝕，乃山河大地之影，由然隔于中央，如鏡在匣光斯藏。如曰天變乃至此，何以持籌

布竿，可以測量。彼夫班生《五行志》，徒以私意窺蒼蒼，是未可與談陰陽。

觀放水燈者

長淮映月清若空，秋光萬頃磨青銅。神人九淵鞭燭龍，火珠迸出鱗甲紅。繁星千點散穹窿，寶珠一串牟尼同。玻瓈碧色蛟人宮，木難火齊霞千重。蓮花朵朵瑤池中，波光搖曳天無風。觀者坐久斗柄東，華鐙明滅玩不窮，城頭夜鼓聲鼕鼕。

南　浦

南浦生秋爽，西山帶夕霏。扁舟潮共下，孤客雁同歸。雨後湖菱熟，霜前籪蟹肥。江鄉無限好，應悔遠遊非。

江　路

江路暮潮生，孤舟徹夜行。一聲歌欸乃，雙槳擊空明。水枕常無寐，風帆不計程。歸心急如矢，先夢閶闉城。

焦山訪瘞鶴銘

偶過避風館，言尋《瘞鶴銘》。臨摹傳翠墨，訶護仗神靈。月湧江潮白，雲封石骨青。直思三日宿，寧忍遽揚舲。

喜達里門

他鄉雖好不如歸，喜趁晨光叩故扉。萬卷藏書成敝帚，十年應舉尚初衣。自憐道路風塵老，漸覺親朋慰藉稀。差勝洛陽蘇季子，閨中猶有婦停機。

登徐州城樓

石佛雲中寺,銅官雪後山。城樓在蒼莽,河水自潺湲。舊井丹無迹,空亭鶴不還。從來形勝地,幽訪未曾聞。

九月十九日登黃樓有作有引

樓在徐州城東隅,中祀蘇文忠、文定兩公像。考《郡志》:"熙寧十年七月乙丑,河決澶淵,泛濫千里。八月戊戌,水至彭城下。時文忠爲郡守,率民捍禦,郡人以全。水既退,築樓城。上塈以黃土,取土克水之義,名曰'黃樓'。"乾隆五十二年九月十九日,余偕客登樓,瞻謁兩蘇先生像。周覽河山,慨然有風景不殊之感,爰賦七言一章。是日,古人所謂展重陽節也

萬壑秋濤萬壑風,升高望遠意何窮?二蘇清節重天下,九曲黃河行地中。才子聲華終古在,異鄉感慨幾人同。雲龍山色蒼茫裏,徙倚危欄落日紅。

青陵臺

青陵古道夕陽斜,鬱鬱荒臺隱暮霞。連理樹枯鴛鳥死,春風惟有白楊花。

寄惕甫

山林鍾鼎兩因循,蠖屈龍伸總未真。馬齒蹉跎如過客,嫁衣辛苦爲他人。此生不信江河老,吾道常隨日月新。我滯淮南君塞北,茫茫百感向誰陳。

夜過峰山四閘

路出峰山麓，蒼茫夜色昏。微雲常礙月，疏樹不成村。馬迹穿林杪，河聲迸閘門。文襄遺愛遠，興誦至今存。

曹紫垣秀才扶鸞得前身庚嶺一高僧之句，因繪爲像索題，賦此

鐵石心腸冰雪姿，一邱一壑自栖遲。已除聲色香猶在，偶述神仙俗未知。花是幾生修得到，人於此處再來時。儒門不省輪迴説，姑妄言之妄聽之。

夜坐聞雁懷林橋秀才

明月皎如畫，流光揚太清。空齋坐寂寥，忽聞鳴雁聲。雁聲何離離，群侶相和鳴。雁飛携其侶，游子長孤征。耿耿夜無寐，静言懷友生。霜降水歸壑，黃河瀏兮清。方舟不可濟，豈無念子情。

登徐州放鶴亭

乘馬出郭門，蒼然見山色。迴峰聯宛委，孤亭表奇特。行行度翠微，步步升盤級。憩息坐亭皋，豁然開胸臆。我懷蘇長公，四顧尋舊刻。舊刻渺無存，歲久風雨蝕。今皇重文學，稽古補其闕。天藻壽琬琰，巋然亭中植。嗟彼元祐朝，黨人受羅織。孰如我皇恩，逮及宋臣軾。

放鶴招鶴歌

鶴鳴兮九皋，將翺將翔兮雲霄。南山南兮北山北，鶴其去兮逍遥。緇袂兮縞衣，遥曾擊兮孤飛。雲溶溶兮碧落，山蒼蒼兮翠微。

翠微兮碧落，千巖兮萬壑。鶴之游兮不歸，山中人兮寂寞。

鶴兮歸來，爾毋遠舉乎冥冥。彼罡風之浩浩兮。爾之去兮零丁。鶴兮歸來，爾毋游乎大荒。渺平沙之無垠兮，曾不如乎莽蒼。嗟山深而林密兮，又草香而泉潔。歸來歸來兮，山中有千年之秘室。

有　懷

青草綿綿道，黃河浩浩波。丁年千里別，子夜四時歌。贈我玉條脫，酬君金叵羅。青溪明月裏，應憶古歡多。

述　夢

夜夢有所遇，岸然一耆耉。蒼顏古衣冠，謂是亭林叟。僕乃前致詞，殷勤通姓名。豈圖後死者，乃得見先生。先生乃言曰：子有著述無？知巧守其拙，知慧守其愚。僕出所著書，一卷不盈寸。願從有道者，一一相質證。先生喟然言，道若大路然。後生尋墜緒，何以通幽元。老馬頗識塗，與子剖真詮。學以正者崇，事以信者傳。子勿喜新奇，而勦荒唐說。子勿侈喬皇，而爲綺靡筆。斯文天未喪，微言久不絕。言不足載道，徒爾虛車飾。

圯　橋

稽古黃石公，著書成一家。欲授無其人，世士如泥沙。留侯方亡命，銳氣待時動。公乃三挫之，小忍成大勇。莽莽穀城山，空谷多悲風。秦亡楚亦滅，神州歸沛公。區區報韓心，始計終成空。

邳　州

蕭蕭青陵樹，曖曖黃石山。彈丸下邳城，介在兗徐間。新城百雉何崢嶸，舊城淪入河之水。城郭爲沼人爲魚，維良有司拯其死。浩浩洪流流不止，西望崑崙幾萬里。決之瀹之乃良策，安有隄防可千襈。

燕　子　樓

燕燕尾涎涎，雙雙棲玉樓。翩翩張公子，俶儻多風流。美人常怨別，明月常悲闕。妾貌嬌如花，妾心潔如雪。妾死且不避，零丁安足論。良會難再期，盛顏非久存。孤館閉嬋娟，甘心就泯沒。相逢地下時，不改舊顏色。

赤　松　詞

君不見，荊軻匕首張良椎，秦王不死天所資。亡秦者胡二世耳，山東豪傑群興師。當時諸侯漢最賢，舍漢不歸將何之？漢王天授非人力，赤符自應炎精期。飛鳥既盡韓彭醢，功高之臣累卵危。昔日曾籌坐上箸，今朝甘作囊中錐。世間那有赤松子？姑妄言之醉禁闈。蚤知雲笈長生術，肯作圯橋亡命兒。

商山采芝曲

蕭蕭鳴驂，陟彼崔嵬。山中之人，飲露餐芝。餐芝飲露忘其饑，伊古夷齊曾采薇。世不我知命也奇，朝秦暮楚將誰依？漢皇有天下，四海畏其威。誠欲廢太子，羽翼奚以為？異哉四皓不臣漢，不臣於父臣於兒。宮中敕使徵遺逸，遺逸已來帝不知。

歌　風　臺

阿房一炬延三月，咸陽千里流膏血。真人挺生芒碭間，驅馳六合烟塵滅。山東諸侯爭雌雄，鴻溝畫地分西東。文有良平武信越，翊贊中外能和衷。高皇將將真神武，軍中士卒如熊虎。明修棧道度陳倉，東滅田齊西滅楚。齊楚既滅四海清，三章之法安興情。論功不忘楚三户,定禮還徵魯兩生。憶昔義旗泗上起,帝心乃眷興王地。父老多邀舊里恩,公侯堪作長城倚。大風起兮雲飛揚,對酒當歌聲慨慷。直教萬歲千秋後,魂魄依依懷故鄉。求賢不憚三薰沐,帷幄運籌多啓沃。帶礪長存世世盟,枌榆永聽家家復。普天之下率土濱,兩漢相傳四百春。赤符運謝炎精熄,二十五陵飛劫塵。於戲！五年三嬗如晨莫,囏難王業更風雨。誰謂大言少成事,人心歸兮天心許。終古荒臺在廢郊,蒼茫野草燒痕焦。摩挲斷碣辨殘字,秋風蕭瑟秋旻高。

歲暮寄林橋秀才

歲寒群動息,而我復農征。旭日三竿上,沙堤十里平。龍媒冰上渡,鶴氅雪中行。辛苦依人況,馳箋報友生。

偕芝圃太守自宿遷歸郡

古寺鴉聲滿,荒村犬吠驕。冰堅能渡馬,地冷自生硝。歲晚農懸耟,山行客坐轎。都君威德在,蔀屋起歌謠。

逍遙堂述事

黎園弟子爭芳妍,中有粲者妙若仙。二十不足十五餘,雙雲覆額容嬋娟。撞鐘擊鼓開長筵,中堂華燈鑠九蓮。血色氍毹軟鋪地,清歌一曲聲聞天。登場蒼鶻鬚鬖鬖,參軍學語聲縣蠻。英雄兒女各有態,座客聽之無間言。曲終行酒四座間,似曾相識秦淮邊。偶談舊事頗了了,賤子當此又破禪。青溪故人散如烟,或者珥筆升雲天。我居荒城苦岑寂,忽然遇子緣非慳。胸中塊壘積十年,澆以淳酒鯨吸川。當筵醉倒客勿笑,人生行樂胡拘牽。明朝送子登歸船,我將贈子瑤華篇。子歸吳門長聲價,纏頭不數黃金錢。

過泰安留簡郡守宋汝和二丈

一別三年久,思君日鬱陶。吏如夫子少,山見岱宗高。五袴真同樂,雙旌又獨勞。入疆知政教,路不拾錐刀。

岱　　廟

七十二君封禪地,巖巖氣象至今雄。飛龍翔鳳烟霞上,漢柏唐槐雨露中。聖主時巡仍二月,嶽神舊爵本三公。勞人未遂攀躋願,瞻拜堂皇已肅廱。

宿 三 家 店

三年重到舊黃壚,樹裏春燈一點孤。馴犬不驚生客至,病奴翻倩主人扶。桃符葦索迎新歲,燕闕秦關證舊圖。遙憶閶闠城外路,良宵燈月滿交衢。

初夏偕韓丈旭亭、宋西樵孝廉及崇寧院璽上人游西山潭柘諸寺,即事成咏

泉石吾成癖,茲晨愜勝游。素心三益聚,清夢十年酬。土潤農宜稻,山寒夏亦裘。始知人海外,別自有丹邱。

桑乾河上路,此渡信無端。活水源源至,危橋步步難。沙痕金屑雜,山影翠峰攢。十丈紅塵軟,從茲隔岸看。

犖確重岡道,崎嶇不可登。籃輿能代馬,席帽竟同僧。虛谷鳴樵斧,疏林露佛燈。幽尋逢勝境,意氣亦飛騰。

一徑入深翠,穿林復度溪。人游暮春後,山在夕陽西。花引娟娟蝶,禽啼滑滑泥。萬峰環抱處,中有古招提。

喜達招提境,禪關夜不扃。石壇留虎迹,松樹作龍形。僧定風

旛動，山深草木靈。前朝碑碣在，拂蘚讀殘銘。

九峰環佛刹，世界一蓮花。依舊生朱草，曾經駐翠華。磚留公主迹，山護梵王家。獨有登臨客，高吟對落霞。

龍華西域會，佛事本無遮。霖雨滋新笋，香風散菱花。放生馴野鹿，説偈致靈蛇。爭似維摩詰，無言悟法華。

寶珠峰萬仞，其上有龍湫。茗取蒙山試，魚疑丙穴游。亭高豐草潤，崖石古藤虯。欲辨璇源味，親傾碧玉甌。

飛泉漱鳴王，晝夜繞階墀。洗藥良庚宅，流杯上巳時。蕭齋小于舫，花徑曲如之。左右多修竹，濃陰覆綠漪。

三宿三摩地，癡心愛已生。石泉常霔霄，風木自凄清。庭樹真無數，山花不識名。静中天地籟，都作海潮聲。

題女史許素心梅竹畫册

婦貞女孝古人榮，餘事還馳藝苑名。畫品入神詩入聖，梅花同瘦竹同清。蔡家絶學無孫子，蘇氏奇才有弟兄。留取鏤冰辭一帙，八閩風與二南賡。

晚涼洗馬圖爲洗蕺山主簿題

歲歲春明道上行，逢人爭説沈郎名。自矜磊落權奇骨，兼寓風流旖旎情。過眼雲烟陳迹在，置身邱壑世緣輕。天將福分歸才子，駿馬名姬伴一生。

庚戌元旦

素衣如雪洛塵輕，六度金門射策行。偶感歲華歌坎坎，又逢星紀慶庚庚。萬年雲日人多壽，一統車書道太平。誰識江南老庾信，至今蕭瑟尚書生。

獨學廬初稿詩卷五

玉堂集　古今體詩六十六首

聞　喜

杏林槐市十年中，先後蒙恩慶榜同。欲報高深持底事，願將多壽祝皇躬。

犧畫箕疇貫古今，八徵念切聖人心。今歲，皇上聖壽八旬。時取《洪範》庶徵義鐫"八徵耄念之寶"。乾隆更法天行健，策士先咨大寶箴。

王後盧前定價難，十人先覲五雲端。君恩特敕魁天下，韞玉試卷讀卷大臣初擬第四，仰荷聖恩時擢第一。御筆親題墨未乾。

震耳鳴梢響碧空，氤氳香氣殿當中。句臚甲第繙清語，三聽傳宣尚未通。

龍飛占協大人祥，臚傳次日，諸進士禮部赴宴，堂西北懸飛龍畫軸，設咨案謝恩。舞蹈班聯宰相行。錫山嵇拙修相公以雍正庚戌登第，今歲恩賜重赴瓊林。九十七人同與宴，宮花獨佔一枝芳。

曾遇仙人夜降乩，妄言妄聽等兒嬉。而今始識榮枯事，早定男兒墮地時。己亥春，于役澄江，客有能扶鸞之術者，叩之，乩作三魁字，其後，余鄉試第十三、會試第十四、殿試第一，皆如左券云。

卅載癡雲乍出山，游魚上竹不知艱。平生自有行藏術，豈在尋常科第間。

初 入 翰 林

十年人海任沈浮，鬚鬢鬇然志始酬。對策名傳金殿上，朝參班近玉螭頭。長安米貴居非易，中秘書多讀未周。唯有致君堯舜願，江湖廊廟總先憂。

送同年李許齋之官浙江

酌酒與君別，送君出國門。人生離合偶然事，臨歧何必言消魂。吾聞古之富人贈人財，貧者無財贈以言。賤子竊附于斯義，蒭蕘之獻詞非煩。知縣七品官，于爵未爲尊。朝廷特矜重，此意當討論。國家建官九品十九級，上自公孤，下及里胥與監門。無非因人以成事，其職專一道易惇。孰如知縣知一縣，分以土地，付以群元元。宛宛赤子在襁褓，一衣一食，皆須慈母恩。僕遊江湖近十稔，目擊利病，約略窮根源。簿書委積歸幕府，號令出自令史庖與閽。一人聰明偶不照，四境以內生煩冤。官人坐享清宴福，居則燕寢行熊轓。娛情恣聲色，樂志營林園。風流溺文史，會計謀泉源。數者雖分賢不肖，其於曠職同一原。眼中之人惟吾子，古人典型今尚存。讀書但識忠孝字，奚必三蒼五雅常瀾翻？浙水東西半山縣，居民風俗猶廉敦。鄉村父老畏官府，匍匐訟庭舌自捫。雖有隱微不能達，豪鰲一謬冤覆盆。賢侯聽訟如家人，臨軒顏色常溫溫。耕夫織婦之疾苦，但所能爲，勿惜手爲援。更有一語備君采，儉以養廉，古訓不可諼。布衣蔬食亦佳話，何必貂褕被體，方丈恣炮燔？愛君不覺語鄭重，諍乃士友君可原。

寄 家 人

知卿憔悴減容輝，親寫泥金寄故扉。幾許壯心消馬櫪，當時別淚滿牛衣。吳江楓冷雙魚遠，燕市花濃一騎飛。楊柳依依無恙在，封侯夫婿未全非。

柳陰垂釣圖爲平湖王丈題

君知魚樂我知君，偶向濠梁證舊聞。彷彿鴛鴦湖上路，四圍山色一川雲。

春風吹動綠楊枝，烟雨江南寄所思。卻羨滄浪老漁父，濯纓濯足總天倪。

俞東川選士攜示徐霞客像，走筆題之

僕于世俗少所可，酸鹹嗜好輒相左。不恨我不見古人，嘗恨古人不見我。萍水都緣前世因，雪鴻直證他生果。萍因雪果有誰知，燃薪既盡傳其火。世人但知現在身，安知過去凡幾塵？水之逝者不可歸，今花非復前年春。古今善游稱此人，此人與我平生親。松姿鶴骨畫中貌，對之宛然逢故人。昔聞其言今識面，曰假非假真非真。天之蒼蒼無所極，絪縕二氣相埏埴。其初無始後無終，斯理至今人不識。昔君識我我爲誰，我今對君君不知。黃金鑄君金易毀，買絲繡君亦已癡。作歌告君酹君酒，如在天台題壁時。

乾隆己亥，僕于役暨陽，客有善扶鸞之術者，有仙降於箕，署名霞客，呼余故人，叩其夙因，則曰：君蘇臺酒狂也，平生任俠，與世寡合，侘傺以終。猶憶天台石梁，曾共題壁，飄若鸞鶴。既因家累，中道分攜。今吾已證仙班，而故人猶是拖泥帶水，言之可爲浩歎云云。夫神仙之說，荒唐不經。然人稟陰陽之氣以生，聚而散，散而聚，不必盡自輪迴來，而謂竟無輪迴，亦非通人之論。若箕所云，在可信不可信之間。其後十二年，僕奉職都門，忽覩斯卷，追觸往事，如逢故人，爲之慨然。爰走筆作歌題之，然三世之說，儒者弗言，偶然寄托之辭，觀者仍不必盡信可耳。

迎家人入都

北風自急雁飛遲，燕樹吳雲繫所思。山上藨蕪今宛在，垞中芍藥昔將離。三千道遠卿能否？七十人稀我半之。我不遑歸卿不至，青天碧海意誰知？

家人至叠前韻

仙槎將至尚遲遲，執手聽然慰所思。九曲柔腸常宛轉，三年病骨自支離。人生似夢原難說，官冷如冰亦聽之。兒女一家皆健在，平安先報故鄉知。

家人言經史里故宅質人，詩以志感

滄浪西北去，瀟灑是吾廬。松竹先人植，園林太史居。余所居爲何義門前輩故宅。引泉三徑曲，延月四窗虛。屋自牽蘿補，花曾闢地鋤。林端來野鶴，蓮葉蔭池魚。小榭舟相似，遥山畫不如。士貧家食少，客久夢歸疏。爭及鄰家叟，桑麻守故閭。

移　　居

偶爾棲遲亦卜鄰，廿椽茅屋背城闉。畫梁燕似初歸客，幽徑花如待字人。朋得盍簪真可樂，俸能舉火未爲貧。門庭近市還如水，忘却槐街十丈塵。

花下含飴圖爲平湖沈丈題

朱顔綠髮未成翁，親被蘭臺快意風。千里雲山吳越近，一舟琴鶴祖孫同。詩傳妙味酸鹹外，花結神交澹泊中。更望先生十年後，杖朝重與慶呼嵩。

歲寒三友圖爲潘古堂題

蕭蕭草廬，左松右竹。中有幽人，讀書硯北。竹生鳳吹，松作龍文。歲寒良友，如此兩君。豈惟歲寒，春秋佳日。雨晦風晴，無之不適。載爲轉語，敬祝先生。與松同壽，與竹同清。

題女史曹墨琴臨蘭亭及磚塔銘縮本

神龍定武化秋烟，縮本曾經玉枕鐫。千載尚留香一瓣，奪將神妙寄豪顛。

尚有龍跳虎臥風，誰云姿媚俗書同。更將餘慧臨磚塔，總入瑯琊家乘中。

曹娥墨妙冠當時，王子同舟木有枝。朝士至今誇不了，他鄉秋盡雁聲詩。墨琴爲王惕甫婦，嘗有"他鄉秋盡雁聲中"之句，膾炙于時。

杜薌先生齋頭賞菊，即席賦呈

霜華新到菊花叢，槃几瓷盆位置工。恰喜素心三益聚，偶逢佳興一尊同。燈圍瘦影蕭疏裏，詩結神交淡泊中。留取餘香榮晚節，肯教容易過秋風。

坐對群芳搖落辰，秋花艷絕勝於春。生成有品非關傲，淡到無言亦可人。曾在山中耐霜雪，纔離籬下便精神。主翁別抱栽培意，珍護幽姿迥出塵。

簡船山吉士

風雅西川士，沖懷萬物函。苦吟花共瘦，慧性佛同龕。妙墨中郎並,清才小宋參。近來詩益富,投贈滿東南。

船山以詩見遺,奉答四絕

遂寧太史以詩鳴,小草何嫌換舊名。試看峩嵋山下水,出山不減在山清。船山釋褐後詩曰"出山小草"。

靜掩荊關鎮日眠,偏能踏月去朝天。醉中騎馬長安市,錯被人呼李謫仙。

冰雪聰明鐵石心,詩名遠播到雞林。太平黼黻將誰屬?司馬高文冠古今。

言佛言仙不礙儒,眼中人物似君無。更聞一語堪千古,科第功名是兩塗。船山有"不知科第是功名"之句。

簪花仕女圖爲嚴小萊題

驚鴻憐雪偶留痕,薰盡沈香不肯溫。猶有掃眉才子在,可曾招得美人魂。

九九消寒圖館課。

寒燠相乘除,日從南至始。揲筴生一陽,吹律得半子。冬者歲之餘,日月窮次紀。分陰少當惜,寸晷增亦喜。美哉消寒圖,沿自都人士。璃枝恣詰屈,冰蕚工橅擬。數及九九窮,功從一一起。位置耦妃奇,點染表徹裏。一日不可無,幾生修到此。聰明寄冰雪,輿臺視桃李。一枝本清和,五出漸積累。當其功成時,四海皆春矣。

送同年張船山吉士乞假歸蜀

懷賢惜別不勝情,草草離筵餞子行。拔幟同登真幸事,著書自樂豈求名？文章命達千人見，君父恩深一第榮。報答聖明從此始，莫將詩酒誤平生。

陶然亭宴集奉次時帆前輩元韻

官閒人事少，佳日共銜杯。一世知心幾，三生識面纔。雲山如有約，車笠總無猜。但得朋簪盍，何妨不速來。

秋色江亭好，吾曹會率真。山蔬芳可茹，庭樹古生鱗。舉酒屬佳客，抗懷思古人。相期歲寒侶，莫負此心筠。

平野山容瘦，小庭花氣濃。登臨心不已，觸詠歲相逢。黃葉無窮樹，青林幾度鐘。歸途人影亂，薄醉亦扶筇。

友朋吾性命，相對各依然。懶未除詩癖，貧猶種秫田。閑庭秋似水，舊雨夢如烟。回首同登日，匆匆十二年。

題李季史青城採藥圖遺像

嵯峩青城山，上有不死草。神農未曾識，仙者服之以成道。蒼蒼巖下松，歲久化為龍。攜鑱劚茯苓，雲深迷其踪。金丹未成仙者死，蓬萊清淺桑陰穉。蜀山青兮蜀水碧，此中聞有仙人宅。山虛水深不見人，欲往尋之路無迹。峩嵋飛雪融為川，蒼崖石斷雲鈎連。君行採藥求神仙，山中踏遍芒鞋穿。昔之童子今華顛，嗟君往兮歸何年。

題時帆前輩山寺說詩圖

俛仰天地間，觸處皆妙義。拈之以為詩，會心非擇地。先生今作者，汲古窮其邃。家藏詩一龕，群雅實薈萃。學詩如學佛，以靜生其慧。靜中視群動，一一若神契。說詩如說法，瀾翻出新意。一言造元微，其餘可吐棄。偶為山寺遊，繪圖識其事。唐賢三昧法，有此不傳秘。我聞第一乘，妙在不思議。不從緣覺入，不假聲聞致。乃至無語言，何況及文字？萬物于我心，有染皆成累。不如盡掃除，默守靈臺思。真詩不在詩，詩在無詩際。

題秦小峴侍讀橫山丙舍圖

山勢繚而曲，柴門檜柏深。誅茅才子宅，誓墓古人心。庭不容旋馬，林多反哺禽。薜蘿無限好，可許易朝襟。

強與鶴相和，亦知鷗不馴。言從大夫後，夢繞故山春。有酒朋簪盍，無田祭器新。伊人方韍佩，且結畫中因。

漢陽朱孝女詩

風人賦《鵲巢》，所托有微意。女居父母家，原屬寄生地。先聖去人遠，斯道日凋墜。嫁殤以爲貞，孝者乃不字。不字雖不可，然亦人所難。婦人外所生，動作秦越觀。吁嗟《蝃蝀》詩，媮俗良可歎。漢皋有靜女，愛親出天性。與親誓相守，婉孌謝媒聘。親在承其歡，親歿致其敬。掃室祀二人，焚香習禪靜。鄉人繪爲圖，左椿右則萱。椿萱有時悴，女心終不諼。瑣瑣巾幗儔，有此異行存。所司告于朝，綽楔旌其門。閨門風化始，柱下職討論。作歌告方來，此亦邦之媛。

江亭雅集圖和伊秋曹墨卿韻

絮飛萍著各西東，偶爾相逢向此中。袞袞群公多舊雨，蕭蕭雙鬢易秋風。蒹葭在水霜華白，琥珀浮尊玉色紅。畫手詩腸誰最勝？伊人高致永和同。

秋到平林黃葉飛，白雲出岫不知歸。一時主客皆丹轂，十載風塵自素衣。寒樹蕭疏初月上，夕陽明滅遠山微。尺綃貌取江亭景，蘆荻騷騷帶水圍。

答時帆前輩

新詩如錦滿奚囊,澹蕩真疑古漫郎。吟到梅花寒亦可,夢隨蕉葉幻何妨?十年同舉初傾蓋,五字長城獨擅場。莫道引舟風力惡,蓬萊清淺近栽桑。

如此風流信我師,非徒儒雅冠當時。槧鉛自訂千秋業,文獻將存一代詩。_{先生方有詩話之輯。}舊雨半成鴻爪雪,新霜初到菊花枝。懷賢感逝無窮意,留俟揚雲後世知。

時帆前輩促微詩話,走筆作五言三十韻報之

衆木生在山,操斤需國工。飛鴻逝無影,餘雪留其蹤。古今有文獻,吾道繫窮通。誰扶大雅輪,坐使壇坫崇。我思當代彥,第一漁洋翁。斯文爲己任,提唱開宗風。譬諸衆樂合,八音協笙鏞。又如水歸海,洪纖悉包容。著作高等身,健筆摩秋穹。上述杜下編,掌故星羅胸。下及鄉曲士,接引撝謙沖。唐賢貽三昧,闡幽發其蒙。感舊錄遺詩,落落臚群公。後生執一卷,尚友百歲中。知人論其世,試念誰之功。邇來士氣靡,風雅失所宗。偶生一二士,仿佛鳴秋蟲。自鳴亦自已,疇能與折衷。有客叩我門,下馬氣如虹。清言霏玉屑,纚纚不可窮。搜羅集百家,藏之棟已充。淵懷尚欲然,采及菲與葑。惛惛昭德音,惠我瑤華同。一別忽浹旬,欲往性苦慵。恨不設郵騎,晨夕傳詩筒。新詩絡繹來,如入萬卉叢。豈無青雲志,托君爲附庸。但恐錙銖塵,無以益岱嵩。懷槧述舊聞,諷誦如瞍矇。朱絃奏希聲,所幸聽者聰。

寄題何氏拄笏石即用主人平巖詩韻

扶輿靈氣鍾于石,纔向昌平捆載還。一片瑋奇如拄笏,萬牛薄

笨可移山。直超醒酒皺雲上，合置清泉修竹間。幸遇主人能好事，徵詩刻字不教閒。

題吳江李秀才深柳讀書堂遺照

垂楊垂柳繞江村，蕭瑟虛堂畫本存。著作等身長不死，雲烟過眼了無痕。試尋屐印苔生砌，依舊禽聲樹掩門。頌橘騷蘭何限意，幾曾招得楚人魂。

題馬山子孝廉獨立圖

抑塞奇材重萬牛，白雲出岫尚遲留。纔經燕市槐花落，却憶淮山桂樹秋。儒雅可師風近古，蒼茫獨立意無儔。鳶肩火色飛騰相，先向圖中識馬周。

鐵卿先生作草書見贈，走筆奉謝并乞書獨學廬額

鍾王妙迹天下無，後生意造人人殊。但從石本索髣髴，千撫萬拓異瘠腴。此事蓋已觚不觚，有唐作者歐褚虞，刻畫晉人如守株。繼以顏柳之楷顛素草，龍文虎脊争馳驅。各出奇妙破古法，當其懸解歸同途。其中魯公尤橫絕，力開竇穾平崎嶇，《争坐》一帖薈萃妙，陶鑄二蔡黄米蘇。鷗波一家特超越，宗唐祖晉窮毫銖。尚恨今人不如古，天馬欲補心踟躕。甘將草聖尊鮮于。吾師墨妙羲獻徒，採擷精液遺其麤。臨池忽奮蒼鼠鬚，淋漓大筆滿紙濡，飛龍夭矯翔天衢。東雲一鱗西一爪，變化出没力破拘。雙管疾掃分生枯，秘密直摘驪領珠。嗟乎妙哉百世模。百朋錫我生懽愉，錦綈十襲珍璠璵。懸之素壁日相對，手不能追心與摹。緣此更生無厭想，饕餮不惜如貪夫。宣南新闢獨學廬，非公書榜德恐孤。願公擘窠更作此，

長使麗藻輝菰蘆。

錢小彭客秋聯咏圖

燕樹吳雲兩地心，蕭騷秋氣滿園林。晨星零落囊中草，舊雨淒涼漢上襟。別夢久虛孺子榻，悲歌欲碎雍門琴。獨餘風雅能存道，畫意詩情迹可尋。

送彭參軍出都

高軒過我氣如虹，談笑驚看四座雄。席上藏鈎樽蟻碧，燈前舞蔗蠟珠紅。簪裾北闕承新寵，衣鉢西江繼古風。此去相思深似海，好憑雙鯉寄詩筒。

黃潤園索句圖

冰雪聰明粲齒牙，不將裘馬鬥繁華。消人歲月囊中草，傾國風姿座上花。北地交游才子社，西江宗派大方家。蓬萊采采司空品，信手拈來亦可嘉。

寒林雅集圖

時帆前輩招集詩龕，僕以先慈諱日未赴。是日，會者十人，客有能畫者，繪爲《寒林雅集圖》，惕甫作記，稺存爲之序。他日，時帆以圖索詩，因題兩絕句，即以詩龕二字分韻。

風人遇事托于詩，詩不能窮畫補之。絳燭共傾陶令酒，紫囊爭賭謝公棊。

松竹蕭疏共一龕，騷騷黃葉滿荒庵。歲寒朋舊無多輩，都入先生玉麈談。

法源寺看花和秋坪韻

性耽禪寂此頻過，苔蝕殘碑手自摩。竹院逢僧供杓茗，花關謝客護庭莎。閒吟春色歸豪楮，靜看生機放雀螺。朱芾緇衣皆幻相，世間清福問誰多。

漫將他我論根塵，兔走烏飛疾轉輪。萬葉分宗皆自佛，千花異豔總同春。到門大抵雕龍客，入座猶多怖鴿人。會得維摩無語意，絮飄萍化盡前因。

崇效寺看花和李滄雲給事韻

古寺花爭發，新詩墨未乾。閒雲留客住，修竹許人看。石爛碑銘闕，苔深屐印攢。不知歸路晚，初月掛銀盤。

和李滄雲給事游極樂寺用朱竹垞詩韻

詩人久奪二蘇席，吟風嘯月無虛日。茲番示我春遊詩，詩壇佛剎兩生色。險韻真能青出藍，靈機應見虛生白。憶昨看花曾駐馬，逢僧修竹長松下。乘興題詩素壁間，墨花狼藉今應乾。今春習靜蓬廬下，息交絕游常閉關。靜中之樂勝于動，如此蕭閒百歲難。及時可樂且行樂，兔走烏飛不解還。

游萬壽寺謁蓮機上人，因看殿後古松，茶話竟日，歸而有作

步出西郭門，草綠侵人衣。尋春不知遠，梵宇凌翠微。山門晝不扃，禽鳥心忘機。入門參古德，不慈亦不威。瀾翻出千偈，辨者無能違。忽聞海濤聲，空際蒼龍飛。如觀張藻畫，雙管生枯揮。慈雲結爲蔭，慧日揚其輝。試參生枯理，生是枯豈非。此理不可究，

清言玉屑霏。

拙庵上人紅杏青松圖

紅杏青松舊虎溪,上人隻履久歸西。雲烟過眼全無迹,賦就新詩不忍題。

杏花開落非關雨,松樹生枯豈爲風。此理問公公不答,火中蓮蕋四時紅。

秀野舟廬藤花盛開,置酒小飲,秋坪即席賦詩,戲和其韻

騷人妙句豔于霞,誰與殷勤護碧紗。舉座聽歌皆擊節,分曹射覆互藏花。金尊勸酒心先醉,紈扇徵書債尚賒。知否傾城難再得,夜歸同載短轅車。

顧太淑人壽詩

庚曜輝南極,壬符慶北堂。自天齡載錫,當日案相莊。書格簪花好,詩才咏絮強。青荷開鏡組,黃竹鏒鍼箱。主饋蘋齋肅,傳經荻訓良。擬倫唯道韞,將母有長康。豸繡官箴肅,魚軒帝寵光。含飴芝繞膝,舞采錦同行。萱茂春常在,籌增筭未央。瑤箋裁吉頌,遥寄侑椒觴。

李小雲明府招飲,即席和滄雲給事韻

清風不擇物,吹萬皆成籟。吾曹聚散緣,每出不期會。李侯世所賢,與我昔傾蓋。千里隔魚書,十年證縞帶。良辰集簪裾,高宴臚炙膾。偶開北海尊,暫緩南國斾。客占德星聚,主賦停雲靄。酒多飲不貲,韻險賡無奈。給事倡新篇,落筆如椽大。深心盟金石,

妙語謝雕繪。譬諸萬卉中，蒼然見松檜。儒者贈人言，實勝金與貝。我聞古賢侯，訟庭撤鉗釱。焚香坐燕寢，科頭對林薈。身托兵衛間，心游簿書外。牧民如牧馬，不過去其害。解衣怖縈獨，持斧報豪忕。嗟今俗吏治，滔滔若奔瀨。稗政不知芟，蠹吏不知汰。如此肉食徒，殊可發一噦。之子抱遠謨，豈爲俗塵肺。平生愷悌心，此行卜孚兊。鯫生拙言辭，陳義愧擣昧。將聆百里琴，先計三年艾。欽兹淵岳姿，妄欲効涓壒。願踵龔魯塵，早報循良最。

茅裳清嘯圖爲鄭初白參軍賦

鳳皇九苞瑞，其羽可爲儀。翺翔周六合，舉世無人知。蔥蘢春林樹，豈無可棲枝？鴟鶚以爲伍，欲集虞差池，蒼蒼蘇門山，白雲與我期。溯洄從伊人，獨抱耿介姿。籜冠芙蓉裳，薜荔爲之衣。朱顔遂初服，泉石恣娛嬉。登高發清嘯，四山皆應之。喊然鸞鶴音，繫人中夜思。

獨學廬初稿詩卷六

劍浦歸槎錄　古今體詩一百十四首

奉命出典閩試

委蛇素食媿常生，忽奉綸言意轉驚。風雨廿年懷璧久，簡書五日著鞭輕。文章憎命元虛語，山水多緣又此行。欲報聖明持底事，願羅良士贊昇平。

鵞湖鹿洞舊規模，快覩皇風暢海隅。衆口如川誠可畏，我心似秤不教誣。白珩自獻終非寶，滄海能求定有珠。濂洛淵源流彼土，不知薪盡火傳無。

新城客館留簡王立亭明府

綠樹藏僧舍，蒼苔繞驛門。地蒸知有雨，市遠喜無喧。家醞傾春甕，園蔬佐夕餐。賢侯愛人德，供帳不教繁。

鄒城途次遇雨漫成三十韻

輶軒赴閩海，杖策出東道。崇朝逢驟雨，勢如建瓴倒。僕夫苦怨咨，莊衢半行潦。旛然道旁叟，除穢理枯槁。戟手告使君，此雨勝金寶。山東魃為虐，大田鞠茂草。於今歲兩朞，曾無此雨好。吁嗟叟來前,爾聽使君道。爾知靈雨零,仁愛出大造。抑知九重心,有以感蒼昊。今春三輔閒,雨澤偶稀少。初夏始得雨,風日又炎燥。皇心憫農艱,宵旰憂如擣。遍告川岳神,精誠事祈禱。飭吏勿征租,轉漕積亭堡。無籽爾何耕,無糧爾何飽?縣官悉稱貸,事事縈懷抱。視爾如赤子,百計登襁褓。一切未雨謀,綢繆恐弗早。帝心協天心,有孚惠非小。稼穡古云難,爾其勸介保。播琴頒及時,勿負皇恩浩。父老拍手言,使君語非矯。曉人善如是,聽者誰弗了。僕夫驟然言,斯義苦弗討。小人食其力,終歲饜粱稻。區區行路難,烏足生懊惱。歲豐人自樂,比屋同熙皞。驅馬向前行,四山新綠繞。清風拂面來,炎燠滌如掃。

賦得既雨已秋

驟雨滌煩暑,山城秋氣生。野田驅犢出,灌木有蟬鳴。甘澤千家樂,孤雲萬里情。涼風吹馬耳,淡日掛銅鉦。驛路青蕪淨,征衣白紵輕。岱宗何處所?齊魯莽蒼平。

旅舍見槐花盛開,感而有作

槐花滿院艷如金,廣蔭堂皇近十尋。此樹扶疏真有意,主人培植本無心。豫章幾作溝中斷,抱蜀長存爨下音。燈火廿年懷舊夢,秋風吟望尚蕭森。

德州道中書逆旅壁間

山與蛾眉相對青,重來繫馬舊郵亭。瀟瀟一夜幽窗雨,滴向空階不忍聽。

桃笙冰冷展孤衾,舊夢無踪不可尋。獨對馬纓花下坐,樹猶如此客何心。

蒙陰懷古

齊南魯北故重關，有客登臨四牡閑。吾黨道存狂狷外，彼都形勝濟河間。風吹沂水孤旌遠，日落龜山萬木殷。此水此山終古在，哲人去我不能扳。

沂州懷古

聖門有狂士，不過志趣大。非如劉阮徒，放浪禮法外。曾葳作聖徒，所志諸賢最。浴沂風舞雩，文乃為辭害。周正未改朔，春王始建子。莫春天尚寒，固無風浴理。考亭守行墨，迹未踐斯里。曰沂有溫泉，附會成其是。豈知耳食言，愈失先民指。翽翽童冠流，大約衣冠士。裸裎邈以嬉，賢者寧樂此。卓哉昌黎翁，讀書發其覆。改浴以為沿，遂闢從來謬。或云諷舞雩，義與咏歸副。仲氏述其辭，仲長統《樂志論》云："諷乎舞雩之下。"夫豈無所受？寄語經生家，載籍病墨守。讀書先識字，曠觀窮宇宙。

孔明東方士，邁德疑上聲伊呂。少年遭喪亂，遷流滯中土。頻仰袁劉輩，謂袁紹、袁術、劉表。鴟梟非可與。塊然臥隆中，寧與木石伍。大才不虛生，崇朝遇明主。感激三顧恩，慷慨以身許。翽翽一書生，起家在羈旅。壯志吞荊襄，逸氣凌飛羽。炎精不再燃，盡瘁終何補。遥望齊東門，悲歌和《梁父》。

忠出孝子門，斯言難盡信。不見王睢陵，王祥封睢陵侯。一身臣魏晉。當其奉嚚母，蒸蒸慕虞舜。臥冰以求魚，摯性悖鬐齓。筮仕甘露閒，高名朝野震。天子親乞言，臨雍執爵酳。典午移曹社，靦顏旅退進。曾不思舊恩，以身為國殉。大節既有虧，其餘不足訊。

晉士尚虛聲，清談誤國事。朝無貞亮臣，文武如兒戲。右軍生其間，慷慨抱大志。勁草抗頹風，綢繆不知瘁。觀其辭世文，翛然遺世累。行田勸農桑，一篇三致意。世盛崇文教，世衰尚功利。匡時當有術，不在多談議。今人囿目論，相賞在文字。何異古愚夫，賣櫝明珠棄。

蘭山道中逢立秋日

沈李浮瓜樂尚稠，碧霄又見火西流。扶桑海國光天遠，叢桂淮山歲月遒。大塊光陰真是客，中年興味漸如秋。貂裘金錯人爭羨，咏入張衡盡四愁。

即　　目

糞土乃何物？蜣螂轉成丸。當其成功時，自謂巧力殫。世人懷嗜好，經營不辭難。家藏黃金穴，志奮青雲端。百年與之盡，視此寧殊觀。靈臺徑寸地，無欲常安安。著物即成累，靈蠢同一欺。

郯城懷古

犧農逝既遠，禮失求諸野。聖人有不知，沖懷問知者。郯子古建國，熟聞舊官制。上溯三皇朝，下及五帝世。徵名辨沿革，述事表同異。秩然一家言，至今留載記。我思洪濛初，萬類皆齊觀。芸生無貴賤，何者名為官。中古世俗移，人情不久安。智力乃相御，由漸開爭端。維時聖人出，設官治其姦。論官惟其人，不在法制完。矧彼雲鳥名，不知亦何患。

宿遷城南二十五里，道旁有茶庵，顔曰且停亭，亡友林孝廉煜奇筆也。詢之主僧，知辛丑歲孝廉公車過此而作。駐馬裵回，爲之愴然

一笠孤亭著路歧，墨華慘淡十年兹。我今駐馬觀君筆，當日君停卻爲誰？

無多朋舊半凋零，鄰笛飛聲不忍聽。忽見旂亭故人筆，慰情猶勝虎賁形。

良金美玉念斯人，浩浩罡風散彩雲。回首公車舊儔侣，芷生以外最思君。沈進士芷生，林之妻弟也，兩君嘗與予偕計同行，今皆物化。對此不勝華屋邱山之感。

文人慧業與禪通，自古才高命所窮。不作公卿不成佛，但留翰墨劫塵中。

渡　　江

浩浩飄風江上道，遥天日月互沈浮。皇華聞見歸新什，故土登臨感舊游。瓜步濤聲清入夜，秣陵樹色淡涵秋。帶刀負弩津頭吏，兩岸傳呼迓使舟。

金　焦　篇

金山如麗人，臨鏡理妝束。玉顔映繡袿，光艷耀人目。焦山如處士，賦性愛幽獨。孤踪托中流，天許享清福。兩美無短長，强評祇蒙瀆。我從京國來，方舟度其麓。恍逢故鄉人，不語情自屬。欲去轉遲回，翻嫌征櫂速。作歌告山靈，與之三往復。

舟過家門

浮玉洲前一葦杭,計辭井里五星霜。釣遊地近鄉音熟,車笠人稀別夢長。秋水灌河鮭菜賤,晚風交野稻花香。道旁父老無他語,但說和豐感昊蒼。

是日至吴江,寄簡故鄉親友

經史城南里,先人有敝廬。予家城中經史里,前輩何義門先生之故居也。草荒楊子宅,雲鎖鄭公閭。施敬緣桑梓,懷歸畏簡書。故鄉今似客,挂席過丞胥。

論書絶句

舟行無事,篋中携《淳化》、《戲鴻》二帖,昕旰臨橅,意有所觸,輒繫以詩,積三十首。

金石銷磨款識微,我生已晚況知希。論書斷自鍾王始,清淺瀛洲萬壑歸。

鍾侯茂密古無倫,鍾繇封定陵侯,梁武書評稱其"行間茂密"。鶴矯鴻騫妙入神。留得尚書宣示有,吉光一片至今新。

虎卧龍跳勢出奇,豪巔神妙本無師。世人耳食和南帖,錯道淵源衛茂漪。《淳化帖》録衛夫人李衛和南一帖,言衛有弟子王逸少云云,世遂謂右軍受業于衛夫人。考衛夫人,李矩之妻,充之母,恒之從妹,不應與右軍同時。此帖僞耳。衛夫人,名鑠,字茂漪,見《翰墨志》。

蘭亭璽昻化爲塵,玉板雙鈎拓《洛神》。但向藝林存褚法,廬山面目總非真。今世所傳《禊序》及《洛神》十三行,大約從褚本重鈎,全是褚家筆意,無二王法也。

誰使沙門《聖教》宣,零金碎錦費雕鐫。縱然駿骨無生氣,謬種流傳誤後賢。《集字聖教序》出於懷仁,世人不知,以爲右軍之字而寶之,誤矣。

大字無如《瘞鶴銘》，焦山終古枕江青。金丹欲換無仙骨，食盡神仙蓋不靈。《瘞鶴銘》今不可見，後之學者，山谷一人而已。

書人接迹起齊梁，武帝諸評次第詳。欲乞金針何處所，閣中空鎖舊鴛鴦。

漢例相沿不署名，初唐院體遍經生。恨無慧炬分涇渭，一概簽題鍾紹京。唐人寫經皆不署名，後世不知，概謂出于鍾紹京之手，其實不然。彼時梵筴初至中國，王侯將相、主家勳戚無不寫經資福，紹京一人豈能給邪？風尚相同，筆意往往與鍾相類。所謂經生多學褚河南耳。

玉真公主寫《靈飛》，仙骨常嫌燕燕肥。解向簪花尋故格，經生目論笑全非。唐時貴主皆工文翰，《靈飛經》寫自玉真公主，世以爲鍾紹京書者，無稽之説耳。

歐詢虞世南瘦硬通神否，蘇靈芝李邕歛妍奈俗何？豈許濫竽彈古調，尚求積石障頹波。

詩宗李杜文韓柳，力挽狂瀾八代衰。若向書中論三昧，此心惟有魯公知。六朝書人相尚流逸，至初唐而靡矣，魯公一出，力挽八代之衰，遂爲北宋四家之祖。

六代相沿諛墓風，李家邕碑版遍寰中。如何嫡後蕭條甚，僅見元朝松雪翁。

健骨能令拙破妍，雄奇誰似柳誠懸。更聞筆正由心正，參透宗門第一禪。

規矩常留大匠門，郎官一石至今存。詩人唐突張長史，但説三杯草聖尊。張旭筆訣，魯公所師。觀其《郎官石刻》，規矩森嚴，所以尊之爲聖也。世人不能楷而求工於草，其不流于怪誕無稽者希矣。

緇黃動輒異端開，懷素高閑接武來。蚓屈蛇伸留惡札，至今竹帛尚爲災。

萬般熟極能生巧，《景福》殘銘露一斑。孫過庭書《景福壁賦》一段，刻在《戲鴻堂》。欲識懸針垂露妙，幸留孫譜在人間。

禍起清流洛社亡，神州文翰百年荒。錚錚幸有楊凝式，姑許稱尊無佛鄉。

心畫從來可相人，端莊剛健見精神。後生未得蘇門入，不學蛾眉但學顰。蘇公自海外歸來，書多偃筆，蓋手腕病濕，故無力相運耳。後生不知而效之，遂成謬種。

雙管齊行松偃蹇，一竿直上竹天斜。清奇特讓黃文節，故出偏師勝敵家。山谷事事與東坡相矯，故坡公曰"儼然一敵國也"。

磊落欽奇可笑人，俗書姿媚遠傳薪。頹然自放襄陽老，應是書中劉阮倫。

宣政君臣小技精，《大觀》墨妙壓群英。從來藝不因人廢，欲繼蘇黃錄蔡京。蘇、黃、米、蔡爲宋之四大家，後人惡京之爲人，遂斥京而錄忠惠，其實忠惠之書不如京遠甚。

鷗波重見晉風流，宋人書皆宋尚唐，賢二王之意，微矣。子昂初亦刻畫李北海，晚年乃入羲、獻之室，晉學復昌。領取圓光頂上頭。識得《蘭亭》真面目，肯從定武刻舟求。趙臨《禊帖》全與褚本不同，而神韻乃與山陰相近，其契合在荃蹄之外也。

雲烟落紙談何易，妙在神明規矩間。若使臨池問衣鉢，鮮于樞以後有枝山。

橫看成嶺側成峰，舒卷雲烟淡復濃。愛殺香光老居士，援書入畫啓南宗。思翁書有畫意。

涪翁神妙授于天，繼者衡山與石田。山谷書學《瘞鶴銘》，爲書中孤詣絶傳，後來文得其逸，沈得其峭。留得宗風在吳下，不知薪盡火誰傳？

始于羲獻終文董，轉益多師是我師。一脈雲礽傳萬載，道如大路本無歧。

六書解散形聲在，微妙都從一畫開。何處妄人談草訣？改塗淮雨誤方來。隸、真、草皆出于篆，千變萬化，總之不謬于六書之義。近有妄男子撰《草訣百韵》，其謬百出，如"曰玉出頭爲武"。夫"武"字，從"戈"從"止"，筆從右轉，而

85

"玉"字，从"一"从"土"，筆從左旋，乃牽連爲一，乖舛顯然，其他可知。

篆文通草隸通真，矩折規周腕下神。篆意取圓，隸法取方，故草從篆生，真從隸出。而隸實從大篆出，則萬法同出一源耳。誰使鴻溝分兩界，錯教復學怨迷津。

風雨無聲集筆端，天機神速解人難。不頒刻畫公孫舞，但作鷹飛兔起觀。

巧者難從習者游，池波染墨筆成邱。直教心手相忘日，自見干將繞指柔。

枕上口占

茶鼎香消燭餤微，半規月影入羅幃。畫屏寂寂人無寐，臥聽空梁蝙蝠飛。

錢塘櫂歌

羅刹江船棗核同，碧紗窗子拓西東。行人終日沙頭孔，只候潮行不候風。"孔"音"闆"，江船無纜，首尾各一穴，植木于中以定舡，謂之曰"孔"。

朝游越浦莫吳關，兒女婚姻九姓間。自杭州至衢州，惟九姓漁舡，乃陳友諒及其僞官之後人，明初編管于此，不使有寸田尺宅也。莫笑儂家無尺土，一生日日看溪山。

早潮纔落晚潮來，一月循環六十回。八月潮神生日近，家家簫鼓賽江隈。俗謂八月十八日爲"潮生日"。

東來西去箬篷船，岸上蝦鬚左右牽。江船溯流而上，挽者人各一縴。估客人人燒利市，船孃處處喚同年。船上婦人相謂曰"同年嫂"。

兒啼婦讕夜中喧，客主連牀雜笑言。出入都從牀下過，船艙正面不開門。

舟過富陽

江邊斗大富春城,渡浙東來第一程。曲水抱城山半出,密林藏寺塔孤撐。沙灘漁市乘潮集,墟里炊烟帶雨生。此去風光吟不盡,扁舟終日畫中行。

食　筍

會稽之美先竹箭,山涯水湄生欲遍。籜龍育子大如拳,終年入市如薪賤。我生饕餮奚奴諳,行厨梱載千琅玕。瘦者作羹腴作脯,一餐無此雙眉攢。不見古時饞太守,胸中直欲吞千畝。若非大嚼過屠門,如入寶山空撒手。秋菘春韭味亦都,對此不堪充作奴。況遇京華宦遊客,大河以北此味無。於虖大河以北此味無,交臂若失嗟已愚。

七里瀧

朝飲富春水,莫宿桐廬邑。山影雲外微,灘聲雨中急。觸石衆篙鳴,破浪孤帆濕。我愛嚴子陵,躋堂肅拱揖。周覽南榮前,豐碑若林立。殘銘拂蘚觀,敗屋牽蘿葺。峭壁聳雙臺,危亭覆一笠。飛龍天際翔,屈蠖泥中蟄。相視兩飄然,俗士豈能及?

謁嚴先生祠

皇華經過地,繫纜獨幽尋。灌木叢祠古,桐江秋水深。空山無豹隱,落日有蟬吟。弗屈巢由節,應知堯舜心。

釣　臺

昔有羊裘客,黃扉物色殷。孤踪托秋水,高揖謝明君。萬乘不能爵,雙臺迥入雲。攀蘿尋古迹,清嘯四山聞。

瀫水驛

歧亭臨瀫水,小縣著蘭溪。地僻秋先覺,山深路欲迷。林香茶竈近,石賤藥闌齊。欲問初平迹,驂騑不可稽。

宿衢州馮氏漱石亭

池館秋光好,相看入夜分。雕牆虛漏月,瘦石皺疑雲。竹靜風生籟,魚跳水蹙紋。征人纔一宿,臨去愛縁紛。

山行雜詩

嵐勢有餘態,溪流無盡聲。秋從天外至,日在畫中行。識候蟲相語,忘機鳥不驚。山程亭堠密,軍吏迭相迎。

回峰穿九曲,危磴歷千盤。地以登高險,心因望遠寬。觀山惟恐盡,飲水不知寒。四牡銜恩出,寧憂行路難。

我行心憚暑,侵曉度重關。露氣沾衣上,秋聲在樹間。奇峰雙掌合,殘月一梳彎。卻畏籃輿滑,藤蘿手自攀。

蓬瀛不可即,祇此是仙鄉。有水山皆活,無花草亦香。烟中菱渡碧,霜後稻畦黃。比戶安耕鑿,天威震此方。

仙霞嶺

翠磴千盤步步危,十夫推挽板輿遲。畫中廬井無餘國,雲裏旛竿漢壽祠。人向三山通驛騎,天於兩浙樹藩籬。古來設險緣除暴,北面重關卻爲誰? 仙霞嶺,高三百六十級,紆回二十八曲,爲浙閩交界之地。嶺上南北各設重關,論重門待暴,則無内拒之理,嶺北兩關應從撤毀,守土者所宜知也。

88

浦蘇亭中丞以鮮龍眼見遺，作七言長歌報之

主人貽我雕玉盤，盤中纍纍水晶丸。瑠璨外澈中含丹，入口化作甘露寒。南方嘉果不勝數，荔支龍眼弁其端。我來不及荔子熟，且食龍眼涎腹寬。黃膚如玉親手剚，不辭大嚼招笑姍。如湯沃雪沁肺肝，欲作璚漿玉液觀。甜如崖蜜十分足，橄欖苦澀橘苦酸。江瑶之柱脆且美，坡公妙喻真不刊。我今更爲轉一解，果中此品花中蘭。姑許荔支一籌勝，其餘都作輿臺看。

西施舌 蚌屬。

屧廊香徑夢迷離，想見吳宮夜語時。歸去五湖烟水闊，至今此味幾人知？

蛤蜊且食可憐生，甚事干卿被此名。畢竟沼吳誰爲梗，錯教長舌怨傾城。

閩中遇中秋，邀分校諸公夜飲衡鑒堂，即席賦此

朗月當空一鑒懸，風簷萬燭夜生烟。初心不負有如日，直道自行休問天。彼土山川終古秀，吾門衣鉢幾人傳？明珠美玉爭先覩，莫使滄波銕網偏。

漳州太守全秋濤以木蘭扈蹕圖寄示，即題七言一律奉報

宣南旅館數過從，秋濤向官比部。試茗評花樂事穠。千里相思牽別夢，一麾出守鎮雄封。丹青畫嶝開生面，風雪蘭山感舊踪。賦就新詩勤寄與，好緘消息報吳儂。

爲魁將軍題小影卷八首，即次卷中自題元韻

忙裏光陰惜似金，家傳經學見精深。但將忠孝酬君父，便盡男兒一片心。讀書

風勁弓鳴磬控徐，六鈞開滿月輪舒。何當射虎南山下，神箭人人愧不如。校射

會稽筆陣荊關畫，戲墨淋漓不憚勞。識得古人真面目，奪將神妙到秋豪。揮翰

非關玩物惜芳菲，欲識行生造化機。召父甘棠郇伯黍，幾多小草被春暉。尋芳

荏苒流光若逝波，偶將畫舸載笙歌。祇緣山水清音好，趙瑟秦箏一樣和。聽歌

蕭疏秋色殿華年，故送幽香到酒邊。應許魏公榮晚節，漫誇陶令傲霜天。賞菊

清宵伴月試焚香，襟度汪洋不可量。心鏡圓明如皓魄，頓教同現十分光。對月

錦幃羔酒都嫌俗，掃雪煎茶樂意融。却愛暗香疏影好，一齊收拾畫圖中。掃雪

魁將軍以家藏女史許素心畫册見示索題，即疊册中許自題詩韻三首

疏影樓空畫掩扉，詩善畫梅，自題所居樓曰"疏影"。一生形共影相依。孤芳自不同凡艷，肯學回文付錦機。

索畫徵詩互款扉，一時三秀思依依。共留慧業人間世，神妙秋豪奪化機。册中有林、黃二夫人題詞，皆閩中之秀也。

夢里程門雪擁扉，夜臺師弟自相依。初將軍欲延素心課女，未及至，而

兩女公子皆殤。未幾，素心亦謝世。松筠蒼老靈芝秀，參破彭殤悟後機。

自閩歸題古田旅舍壁間

駸駸四牡趁歸蹄，水複峰迴路欲迷。聯竹引泉聲似雨，依山樹稼勢如梯。雲中佛塔盤秋鶻，林際人家報午雞。一步登臨一回首，此生知否再攀躋。

夜坐延平山館

十畝榕陰護使寮，縱無風雨也瀟瀟。楓林月落鐘聲起，蘋浦霜寒劍氣消。萬指金錐營廢堞，時方築城。百尋鉎鏁縮危橋。夜涼孤館人無寐，遙見雙虹貫碧霄。

歸途雜詩

客路青天上，人家黃葉間。雲深馬蹄滑，水落碓輪閑。孤木橫溪度，荒扉對雨關。驚風吹短景，村外夕陽殷。

曲曲路中路，層層峰外峰。回溪千尺雪，高嶺一聲鐘。秋日懸鉦淡，晨雲擘絮濃。自矜筋力健，陡險不扶筇。

鑿石通官道，依山築縣城。枯桑風際折，野草燒餘生。古戍寒鴉集，荒林乳虎鳴。共言行路惡，臨去卻關情。

犬吠深竹裏，雞鳴高樹巔。數家成聚落，半嶺隔雲烟。紅葉臨歧見，青厓有瀑懸。客行本蕭瑟，況值晚秋天。

仙霞嶺轎中口號

出得仙霞始是仙，古人妙語至今傳。吾鄉顧之安嘗度仙霞嶺，留題一聯，云"進來福地非爲福，出得仙霞始是仙"，其峻險可知矣！我本玉皇香案吏，歸心先到五雲邊。

留題衢州行館

纔度仙霞嶺，歸心尚阻長。漁罾懸蔀屋，梵磬出雲房。木落峰巒瘦，霜濃橘柚香。京華何處所？遙指斗杓旁。

夜過七里瀧

蘆荻蕭蕭兩岸鳴，沙洲時聽雁飛聲。村村漁舍依雲住，葉葉征帆帶月行。西子湖頭芳草歇，越王城下怒潮平。獨留千尺桐江水，流近雙臺分外清。

自閩還京，道出鄉里，略與親友相見。旋奉提學湖南之命，遂由京口，溯江而上，述事紀恩，恭成一律

一片歸帆笠澤雲，吳江楓冷對斜曛。却緣絳節還朝便，自草黃封告墓文。南海淪珠波底出，北門縈綍日邊聞。三湘九畹騷人地，搴取蘭蓀報聖君。

舟中遇冬至，王東卿作九九消寒圖，同人分賦，得消字七絕三首

忙中歲月苦難消，遙指湘江客路迢。幸有徐黃寫生手，戲磨淡墨掃輕綃。

應盡冰霜春意饒，世情冷暖幾人消。同舟三五偕寒友，竹節松心總不凋。

杏花香裏聽春潮，回首長安舊夢遙。縱使臙脂塗抹盡，冰心鐵骨未曾消。

江上候風，纜舟江心寺，知客僧蘊華上人汲中泠泉二斛相餉，兼索拙書，於是登樓上品泉揮翰，留連移晷，漫成一律

萬頃驚濤繞翠峰，偶停畫舸與僧逢。茶因水味同甘苦，雲雜山痕各淡濃。官到翰林閒似鶴，書留佛刹壽於松。無端一事成千古，蘇謝風流孰可蹤？詩僧佛印，俗姓謝氏，蘇公留玉帶於金山寺即爲此僧。

皖城謁余忠宣公祠墓 公名闕，元末守皖，死陳友諒之難。

皖江滔滔界吳楚，下接鳩玆上溢浦。孤城如斗控其間，東南恃此成門戶。元失其鹿天下爭，紛紛群雄鬥如虎。誰爲渠魁陳與張，淮泗之間起真主。惟公捍禦兩大間，擎天一柱巋然拄。出奇設伏敵膽寒，身先士卒同勞苦。且戰且守七星霜，天不祚元究何補？再造難蕲李郭勳，孤忠應與巡遠伍。清水塘深落日寒，此身可殺不可虜。闔門殉節不肯生，妻妾死夫僕死主。一軍從死累千人，姓名約略難終數。么麼草竊須臾間，如公大節炳千古。英雄不以成敗論，男兒墜地貴自樹。請看海寓幾滄桑，此是元朝一抔土。

朱石君先生邀游大觀亭 時公方撫皖。

偶然冠蓋此盤桓，如許江山信大觀。雲抹峰巒皆入畫，春生杖履不知寒。登臨翻覺征程促，感慨應思後會難。俯仰鳶魚無限趣，客中吟望一憑欄。

翌日，偕方謝山、王東卿、沈白華、陳星堂、王裕經諸子再遊

性耽泉石肯辭多，携侶重來問薜蘿。客夢不離江水上，閒愁無

93

奈夕陽何？有人碧血薶荒艸，終古青山枕逝波。望古懷人情幾許，莫教當境悔蹉跎。

潯陽登琵琶亭懷白樂天先生，亭旁有海天寺，主僧揖山上人留客茶話，因貽一律

江水窈然碧，廬山如此青。詩情孤月朗，客路一雲停。供茗非無主，徵歌舊有亭。扁舟維纜處，楓荻滿烟汀。

和琵琶亭壁間王夢樓前輩懷白樂天先生之作

懷賢常怨我生遲，重讀潯陽送客詩。風雅有人同壽世，江山何日是聞時？所嗟陳迹驚鴻逝，孰謂忘機怖鴿知。久欲懺除文字習，無端又著續貂辭。

揖山上人索題楹帖，爲書雲山供養三生福，鴻雪因緣半日閒二語，別後足成一律寄之

楓葉蘆花水一灣，偶因繫纜敂禪關。雲山供養三生福，鴻雪因緣半日閒。室有藏碑争共讀，詩留綺語未全删。亭有石刻《琵琶行》。匡廬面目今相識，長在虛無冲淡間。

江　　上

連朝江上阻征旌，此日乘風自在行。白鳥去邊多遠樹，青山缺處露孤城。涉波忠信寧辭險，轉眼雲烟不計程。西望武昌蒼莽裏，孫曹餘烈費論評。

赤　壁　懷　古

孤帆一片楚江潯，淡月疏星遠在林。篷底夢回聞鶴唳，尊前詩

就作龍吟。文人慧性神仙近，烈士中年感慨深。橫槊吹簫何處所？蕭蕭村落起寒砧。

江行即景

驚帆疾於矢，向晚過江城。水激山根蝕，雲垂樹頂平。倦鴻投渚宿，寒鷺立沙明。燈火黃州戍，烟中傳暮鉦。

雨中至黃鶴樓

縹緲飛樓矗太清，舟人遙指武昌城。萬家橘樹山中社，五月梅花笛裹聲。崔顥上頭詩漫與，蜀江到此勢將平。皇華未許勾留久，艸艸登臨冒雨行。

夜宿蒲圻萬年庵，和壁間吳荊山前輩詩刻元韻

野館客將至，門前車馬喧。一僧成石隱，千偈亦瀾翻。鴻印悲人事，壺飡念主恩。耽詩真是癖，持鼓向雷門。

岳　陽　樓

蕭蕭木落繫蘭舟，遙指君山似髻浮。孤雁一聲天在水，斜陽千里客登樓。魚龍浪靜滄江晚，橘柚霜寒白屋秋。生遇聖明全盛日，江湖廊廟兩無憂。

獨學廬初稿詩卷七

湘中吟卷一　古今體詩八十卷

乘舟至湘春門

沙棠之楫桂爲枻，一曲清湘繞驛亭。詩境雲山相往復，騷人蘭芷共芳馨。茶痕著水交生碧，岫影凌霜不改青。曾是古來遷謫地，桑麻雞犬遍林坰。

岣嶁碑歌

恭承帝命巡湘澤，驂騑所至搜奇迹。刻石相傳姒后文，結繩初變軒皇畫。封山錫土抱憂危，汝往欽哉帝曰咨。終看明德垂千禩，何取豐功震一時。赤文斷缺蒼苔剥，卿雲糺縵明星錯。點畫形存訓故亡，鴻荒事遠然疑作。繡衣蒼水漫稱神，一孔之儒多目論。囚堯城廢竹書在，開母門高石闕存。紛紛俗説多如此，神袓聖伏誰知是？歛云圖史閟名山，遂使英雄鑽故紙。由來好怪是人情，常厭三謨二典平。汲冢贗書灾竹素，雲亭奇字誤蒼生。嬴權宣皷搜荒僻，文人嗜古真爲癖。每從禹甸考山川，復向堯年問金石。壁中科斗伏生經，今古何曾及此銘。誰信衡山一片石，雷硏雨蝕至今青。

除夕和方次宣秀才韻

楚天共指歲星移，客裏才名說項斯。爆竹萬家春似海，梅花一樹雨如絲。盍簪互勸尊前酒，疊韻重賡祭後詩。拊景懷人無限意，長安兒女未全知。

東卿作屏山六幅見貽，皆此行江山最勝之處，因占六絕句報之

主人官況冷於冰，賓客蕭然各似僧。除夜歲朝無一事，手調翠墨染吳綾。

不才聲畫謬稱長，吾子丹青亦擅場。彼此不辭需索苦，埋頭終日爲人忙。

瀟湘八景古無儔，尚有雲山未見收。誰謂古今不相及，吾儕一事必千秋。

浮玉山頭水拍天，武昌城外草如烟。山川清遠寰中勝，都仗先生妙筆傳。

湘水湘山無限秋，葦杭一櫂共夷猶。而今寫向屏風裏，左右丹青日臥遊。

雲山經用一番新，沅茞湘蘭亦可人。更倩徐黃寫生手，座間點綴四時春。

湘陰道中即景

古木平沙暮靄凝，斜陽遠道向巴陵。霞生日下朱千尺，山繞湘陰綠萬層。漠漠水烟魚市散，荒荒野燒稻田登。川巖清逸驂騑便，祇愧升高賦未能。

岳州校士畢，偕幕中賓客宴坐岳陽樓，即席作

萬頃春濤望渺然，晚山一桁起蒼烟。偶因湘水經行日，恰遇蘭亭禊事年。是年歲在癸丑。終古常存斯氣象，誰能不俗即神仙。興來草寫蒼梧句，醉墨淋漓粉壁鮮。

方謝山以岳陽樓宴集詩見示，即韻奉酬

湖上行厨載玉盤，遙山數點耐人看。地聯雲夢徵形勝，道在鳶魚樂靜觀。客裏登臨詩界闊，醉中脫略酒懷寬。群公觴咏歸來晚，皓月如珠印碧湍。

錢武肅王鐵券歌有序

按：鐵券形如瓦，長一尺八寸三分，闊一尺一寸，厚一分五釐，重一百三十二兩。鎔鐵而成，嵌金爲文，其詞曰："維乾寧四年歲次丁巳，八月甲辰朔四日丁未，皇帝若曰：咨爾鎮海鎮東等軍節度、浙江東西等道觀察處置營田招討等使兼兩浙鹽鐵制置發運等使，開府儀同三司、檢校太尉，兼中書令，使持節潤越等州諸軍事兼潤越等州刺史，上柱國、彭城郡王，食邑五千户，食實封一百户錢鏐，朕聞銘鄧隲之勛，言垂藻典；載孔悝之德，事美魯經。則知褒德策勛，古今一致。項者董昌僭偽，爲昏鏡水，狂謀惡貫，浹染齊人。而爾披攘兇渠，盪定江表，忠以衛社稷，惠以福生靈。其機也氛祲清，其化也疲羸泰。拯於粵于塗炭之上，師無私焉；保餘杭成金湯之固，政有經矣。志獎王室，績冠侯藩，溢於旂常，流在丹素。雖鍾鬻刻五熟之釜，竇憲勒燕然之山，未足顧功，抑有異數。是用錫其金版，申以誓詞。長河有似帶之期，泰華有如拳之日，惟

我念功之旨，永將延祚子孫，使卿長襲寵榮，克保富貴。恕卿九死，子孫三死，或犯常刑，有司不得加責。承我信誓，往唯欽哉！宜付史館，頒示天下。中書侍郎兼户部尚書平章事臣崔胤宣奉"。計共三百五十字，蓋唐昭宗乾寧四年所賜。及宋有天下，忠懿入朝，置之廟社。太宗淳化元年，杭州守臣表進詔還本家。靖康之亂，駙馬都尉錢景臻避地至台州，以券自隨。元兵破台，遂失所在。至順二年，漁人網得之於黃巖澤中，錢氏宗子以十斛穀易歸，由是世藏於台。今錢氏後裔有名選者，以武進士起家，爲岳州守備，出鐵券圖相示，因賦此歌報之。

錢王射潮如射敵，健兒十萬飛銅鏑。從此潮頭不敢來，巖城百雉開堅壁。有唐失鹿神州分，群龍戰野烽烟紛。吳越一隅安若堵，牧圉之捍誰家勳？英雄所貴知時務，真人已出何枝梧。一代酬庸誓券存，六州歸命全軍附。儀同招討舊藩屏，父老沾襟讀舊銘。常使雲礽奉朝請，況留廟貌炳丹青。吳山如礪江如帶，幾度滄桑此券在。十國蟲沙霸業空，一家鐘鼎君恩大。學書學劍故王孫，鳳翼龍鱗將種存。在昔功名歸信史，至今文采屬清門。

仙　　梅

春風未曾來，此花處幽獨。仙者慧眼明，識此非凡木。削石寫其真，蕭疏不滿幅。豈儕桃李爭春妍，淡淡數花生意足。畫梅仙人不歸來，湘水湘山終古綠。

岳州試院晚春即事

蕉葉纔舒已發花，柳絲含潤掠窗紗。燕忙似客初成壘，蜂冷如官早散衙。梨院風迴飄玉雨，藥闌烟暖茁瓊芽。汲來一斛湘江水，閒試君山綠雪茶。

放舟洞庭湖

挂席向空碧,數峰江上斜。孤篷三日雨,曲岸一邨花。春漲移洲市,行旌赴戍笳。歸期憑驛使,飛騎報長沙。

萬頃春波闊,扁舟往復回。鶯啼巴子國,雲護楚王臺。沙樹隨洲没,風帆帶雨開。同行二三客,若個濟川才。

湘陰舟中作

浩蕩鷗波四塞天,春洲芳草淡含烟。船當上水勿稱快,月到下弦彌可憐。春色闌珊迎伏雨,楚風哀怨入湘絃。何如漁父扁舟穩,坐閱洪濤自歲年。

自岳州歸省

楊柳花飛江上村,鷓鴣啼處雨傾盆。長沙城外春如畫,一路湘山綠到門。

移　　蕉

湘蘅沅茝各芬芳,此樹扶疏亦擅場。簷角戰風秋似雨,墻陰漏月夜如霜。暫留南楚三年客,移得西窗一院涼。地僻不妨群卉路,漫勞修竹費彈章。

植　　竹

一夕雷聲萬个新,亭亭風節迥超塵。纔從巘谷移初至,都恐柯亭賞未真。與我周旋誰是主,此君灑脱故如人。疏泉薙草殷勤意,保得琅玕幾度春。

種　蓮

鑿得堂坳一勺泉,水心蓮葉碧田田。相依修竹甘蕉下,留伴清風曉月天。舉世孰能同我愛,他年開向阿誰邊。涉江重賦芙蓉句,應與騷人證夙緣。

藝　蘭

滋蘭樹蕙千秋調,叠石疏泉一畝宮。曲水禊春吟倚竹,崇臺懷古坐當風。清芬已許生堂下,逸韻依然在谷中。憔悴榮華總天意,主人培養亦何功。

對　雨

簷外春雲重,知時雨未央。絮黏簾蒜濕,花點印床香。引水催蓮葉,分畦辨菊秧。清閑原是福,却爲灌園忙。

紅梅花

冰雪聰明素絕倫,偶然游戲入紅塵。一枝欲寄驚何艷,數點初生辨未真。開近丹墀仍得月,移歸絳帳獨先春。東皇鄭重和羹事,故遣緋衣敕賜新。

白桃花

仙子新成出世妝,美人貽我駐顏方。心從悟後冰同潔,春到佳時雪亦香。擊楫渡來衣並縞,捕魚歸去鬢生霜。花開花落三千歲,歷盡繁華夢已忘。

餞　春

浮萍著水春無迹，芳草平分吳楚碧。春來春去自年年，春自主人我是客。當時婉孌少年行，紫蘭初苴春風香。銜杯脱略千金夜，騎馬嬉遊百戲場。田園拙守非無政，天倫樂事方全盛。益壽頻移坐上花，合歡數舉尊前令。幾年射策謁金門，錙銖場中笑數奔。飛絮落花消白日，笨車羸馬向黃昏。無端去作諸侯客，濟北淮南無暖席。桃水難回李白舟，松雲空鑠揚雄宅。《天人三策》奏官家，忽聽句臚唱九華。淒涼廿載荆山淚，博得長安一日花。從兹索米長安道，紫閣彤闈昏復曉。搖落依然宋玉悲，委蛇漸覺馮唐老。去年杖策始南征，今年又作瀟湘行。鳥啼花落誰千古？馬迹車塵我半生。未來者因去者果，一邱之貉同今古。紅顔黃髮須臾閒，非我送春春送我。

撫院西偏有園曰又一村，中丞杜藹先生爲圖見示，因題四律

兵衞森嚴護戟門，以村爲號本非村。修篁種到三分足，奇石移來一品尊。輞水雲山原入畫，平泉草木亦知恩。此中景物新年好，惠政如春著便温。

身爲桃李得春多，咫尺公門喜數過。五畝成園王政在，十年樹木楚材羅。殷勤花徑雙銀燭，商略堂坳一鏡波。公方議於園東鑿小池。誰是登高能賦客，湘江如帶嶽如螺。

經綸泉石似天成，一一嘉名寓意精。爲課農桑思學圃，寄懷絲竹愛春聲。卿雲作雨湖湘潤，朋酒躋堂父老情。園有藝育山房、寄懷視聽亭、問雨亭、介壽堂。識得謝公山澤度，烟霞花鳥總蒼生。

藝圃亭池松菊荒，故園喬木尚蒼蒼。宦游惟我叨同井，國事如

家此亦鄉。四座清談緣對酒，一簾花氣勝焚香。吴山楚水遙相望，祖德君恩兩不忘。

初夏即事

十笏茅齋鑠院偏，主人燕處自超然。緣修舊草燃官燭，愛蒔新花破俸錢。北地文章思復古，南皮賓客類忘年。請觀樹木無窮意，幾許殷勤屬後賢。

巢父壺公亦可誇，雞栖豚柵自成家。衹求闢地栽花好，更覺牽蘿補屋嘉。一卷娜嬛讎綠字，萬錢岣嶁問丹砂。癡人但爲身名計，鉛槧刀圭願總賒。

撤去周垣剪密柯，遙山露出翠如蛾。當軒畫幨開嵩華，繞檻花枝勝綺羅。掃地焚香終日静，銜杯樂聖故人多。衡門尚有棲遲夢，豈爲簪纓棄薜蘿？

伏雨闌風苦浹旬，游絲落絮餞餘春。漸舒蓮蓋青銅軟，初拆蕉封緑蠟匀。四海論交悲碩果，一官終歲欺勞薪。齋居差喜蕭疏好，未放閒門著點塵。

沅江舟次

荒戍鳴銅鈸，平槁艤畫船。絳桃三月雨，緑樹一窩烟。村酒沽藍尾，盤飱薦蕨拳。湖田春水落，幸未誤烏犍。

荳花山居圖爲方次宣秀才賦

瀟灑誰家墅？巖棲葑水頭。有詩賡《采菽》，作繪托名流。插架新篁直，循墻古綆修。延緣三畝宅，點綴一籬幽。畦剖青泥潤，庭遮翠幕稠。微分門左右，也閲歲春秋。咫尺千尋引，中央四角周。排鈴花朵朵，含貝莢鈎鈎。佳日承筐早，涼風曳蔓柔。比隣争餉惠，情話愛勾留。鮮食搴芳好，多藏落實遒。題饐登几席，入饌佐觓籌。始與瓜華樹，終隨棗栗收。迎年傳竈火，避瘧却盤饈。學圃吾曹事，圖函太古儔。南山理荒穢，何異稻梁謀？

南　瓜

亦以瓜爲號，南方俗共傳。夏畦藣故種，蔬狀闕新箋。初喜從繩上，翻疑補屋牽。疏花黃映日，密葉翠生烟。采采防芒刺，蓬蓬任蔓延。檐牙匏並繫，籬落豆同緣。削出仍環尚，携歸若罋懸。宜男求月下，餉客在霜前。歲晚和羹好，秋涼説餅便。齋廚争旨蓄，風露助芳鮮。腹剖含犀齒，根批滴醴泉。禮尊天子樹，《爾雅》候重詮。

爲荆婦題扇頭二喬觀兵書圖

姼嬩聲名壓建安，翩翩夫婿覓來難。但能國事如家事，兒女英雄一樣看。

苦　熱

我亦南方客，湖湘襁襭行。耐寒曾徹骨，觸熱本非情。飲水神生爽，懷冰夢轉驚。誰言此閒樂，不及住春明。

長沙課士以秋蟬命題，擬賦二首

纔除凡蜕已無儔，飛向瓊枝最上頭。五月自鳴非躁響，一生相托在清流。茂林脩林深藏地，飲露吟風得意秋。欲寄微軀應擇木，湘山平遠芷江幽。

蟲文蛾術鎮相憐，又看陳思學賦蟬。音節蒼涼幽籥古，威儀清肅漢冠賢。肯容默處安林薄，直許高棲樂歲年。最是動人傾聽處，新秋院落晚晴天。

衡陽道中作

新秋風日尚餘温,水曲峰回趁畫輪。比户可封緣樂歲,名山遍歷亦君恩。大千世界衡湘秀,第一詞壇屈宋尊。欲反《離騷》同調少,幾人解與賦《招魂》?

校士衡陽經南嶽之麓而未登,賦此自嘲

翠微窈窕繞巖城,翹首雲峰無限情。幾許青袍如鵠立,可迂丹轂作山行。禹碑斑駁蒼崖字,郢曲荒涼《白雪》聲。靈嶽當前緣底失,從來泉石厭簪纓。

題谷士畹所畫司花仕女圖

此圖成時歲甲子,甲癸循環五十祀。多少嬋娟化紫烟,畫中顏色終如此。修眉盛鬋世無雙,韶齡二八嬌羅綺。絲繡思將叩叩通,香熏欲喚真真起。十斛明珠聘麗人,蕭蕭白髮忽垂耳。安能得婦盡如卿,先我而生後我死。相對華嚴小劫中,常保客華若處子。

讀亡友張補梧絢春堂詩草,偶書其後

春在天地間,杳然不可見。和氣感時動,借花以爲絢。春來花不辭,春去花不戀。萬物托太虛,有聚無不散。父母未生時,我方在何處。偶然數十年,氣爲形所據。我從空中來,終向空中去。他家男子耳,榮枯我何與?天不與雲期,有雲偶然至。謂雲爲無心,天豈反有意?幻成慶霄姿,光華照天地。瞬息散無踪,兩閒浩然氣。凝水可爲冰,化萍不成絮。熟參生滅理,去非來時處。安有今

105

世因，帶向來世去。此理在眼前，癡人不可語。

回雁峰

名山如名士，相見不如不相識。當其未識繫人思，及見令人生太息。幼聞回雁名，謂是南天一阨塞。下凌無極上青冥，雲梯石棧相鈎棘。昨因持節赴湖湘，四牡經臨此攀陟。塊然一阜枕城南，高不十尋形偪側。其趾居民數十家，衡扉相望炊烟直。歷歷飛鴻度遠天，安論山南與山北。一培塿在天地間，豈有雲霄回羽翼？山靈終古盜虛聲，文士至今尚雕飾。我今因悟相士術，以名求士安能得？神徂聖伏大道微，後生標榜誇奇特。人人學海家經師，自云優入古人域。一知半解筦中天，雄辯高談無怍色。夜郎自大一室中，蚍蜉撼樹蝸争國。一邱之貉古今同，識者悲之心慘惻。我今論山如論人，不唯其名唯其實。靈嶽神皋見始真，彼昏不知空耳食。

耒陽山中

山蹊犖确板輿斜，蘿婢花農笑語譁。路似蟻穿珠九曲，峰如螺綰髻雙叉。樹梢驛騎鳴鈴索，溪上人家轉碓車。尤愛行厨好風味，筍蔬新摘帶烟霞。

山行放歌

靈運愛山水，伐木通其途。山人謂爲賊，所至驚奔呼。向平慕五岳，亟了兒女逋。及其婚嫁畢，白髮秋蕭疏。人生嗜好非一端，但有所著皆累吾。蠟屐升峻坂，鎸名滿奥區。畸人詫爲雅，識者哀其愚。我言觀山如讀書，妙悟所發在一隅。觀其大略斯可矣，何必窮搜冥索，坐使精力枯。經籍考據失之鑿，詞章涉獵失之誣。大道本坦平，自我生榛蕪。豈云通谷大都無奇趣，故從魖魖猨狖相睢盱。我生讀書七千卷，胸中曾無一字儲。靜觀萬物皆有得，但覺醇醲至味常涵濡。世人積學如積財，會計不肯遺毫銖。言如河漢浩無極，叩以當世之務皆模糊。所學日深道日遠，坐令人笑儒術迂。豈知此皆小人儒，釣名求勝無遠謨。但居奇貨不可用，如操珠玉行昏衢。若夫文章明道器言辨，記醜皆爲聖所誅。我生喜行役，輪蹄習馳驅。北走燕趙南甌越，深山大澤所向殊。岱宗之高黃河深，氣象未許輕範模。三天子都更奇紙，千巖萬壑爭奔趨。山川磅礴胎兩戒，清淑之氣鍾扶輿。造化結構有妙理，偶然涉歷心神娛。今來三湘七澤間，楚山平遠川回紆。譬諸鐘鏞廣樂後，別彈琴瑟吹笙竽。譬諸籩豆大房外，偶瞰蔬筍供含咀。六經附庸有騷辨，樂府不厭收吳歈。舉其一端獲萬理，貴抉精意遺其粗。俯仰天地間，觸處皆懽愉。慧者物其物，昧者乃爲物所拘。刻舟膠柱拙可哂，移山填海亦笑愚公愚。要之至理不在迹，蓬萊仙路元虛無。君不見，蓬萊仙路元虛無。

三 吾 懷 古

元結爲道州刺史，愛其溪山之勝，分錫以名，各以"吾"爲義。溪曰"浯溪"，臺曰"峿臺"。亭曰"㠜㢘亭"。其意將據巖壑秀靈之所鍾，以爲己有也。其地在今祁陽縣東南五里。乾隆癸丑，余將之永州，過此。

扶輿秀結溪山奇，天地公器誰能私？漫郎嗜奇乃成癖，所在皆以吾名之。臺名峿臺亭㢘亭，烟林蟠鬱浯溪湄。偏傍改移籀奇字，詭譎上補頡與犧。豈知世間萬事偶然成，邂逅一邱一壑非人有。瀟湘如帶繞孤亭，溪山依舊人存否？古今自有可傳人，不獨溪山能不朽。我持絳節行湖湘，臨水登山意慨慷。自有天地便有此，兩賢一出遂表章。是時秋高木葉蛻，摩崖讀碑碑已壞。荒苔繡澀枯藤纏，尋聲辨畫半茫昧。次山遺愛在舂陵，甘棠能下行人拜。魯公心畫更無雙，忠魂毅魄誰能對？以人傳地地傳人，觀此可以悟顯晦。不然古木寒泉間，鑿石題名幾百輩。觀者不能辨姓名，何況平生及時代。若人雖傳如不傳，傳人別有真吾在。皋夔伊呂不求名，其名乃似衡嵩大。

余既作三吾懷古詩，不盡林壑之勝，再分題各賦短章，以識其迹

渡香橋 橋跨浯溪上，溪水過此，即入湘矣。

倚杖危橋背夕陽，清瑤一曲漱彌芳。不須多覓蘅蕪種，左右秋山草木香。

㼵尊石 石在峿臺之左，其坎如臼，可容斗許，舊有亭，今圮。

擬爲㼵尊易舊名，一坳新月臼科成。仙郎携取藍橋杵，來聽秋宵搗藥聲。

漫郎宅 宅在浯溪東，《一統志》云："元結罷道州歸，愛其山水，家焉。今廢爲中宮寺。"

與世聱牙古浸郎，山阿人去薜蘿荒。烟林勝有叢祠在，一盞寒泉薦菊芳。

磨厓中興碑 字已磨滅過半，在山厓之陰，左右上下後人題名殆遍。

道州刺史古稱能，刻畫蒼厓頌中興。滿地江湖歸不得，軍符如火下舂陵。結詩："思欲委符節，引竿自剌舡。將家就魚菱，歸老江湖邊。"

勝異亭亭在峿臺上，元次山《峿臺亭》云："石巔勝異之處悉爲亭堂，後人因以爲名"。

孤亭四面擁烟鬟，此處非無可買山。蔡京詩："借問浯溪人，誰家有山賣？"只恐草堂資易辦，萬金難得是身閑。

東厓東厓在唐亭之東，元次山《序》云："峿臺西面，攲敧高迴，在唐亭爲東厓，下可行坐八九人。"

峿臺西面唐亭東，攲敧石壁凌蒼穹。客來餐勝不肯去，亭午坐到斜陽紅。

右堂堂在漫郎宅西，山谷題壁云"尋元次山遺迹，如《中興頌》、《峿臺銘》、《右堂銘》，皆衆所共知之。今堂在而銘已亡，次山集亦不載。"

青山依舊白雲新，興廢曾經幾劫塵。借問元公命名意，當年虛左待何人？

石鏡《中興頌》之右，有石嵌巖腹間，廣二尺强，高得廣十分之七，瑩如元玉，土人名之曰"鏡石"。舊有"鏡亭"，今無存。

山玉多元水玉蒼，由來寶鏡闇無光。興亡別有千秋鑑，鑄自軒轅授百王。

寒泉元次山序云："寒泉出於石穴，峰上有老木壽藤，垂陰泉上，泉本無名，爲其當暑大寒，命曰'寒泉'。"

茶烟縷縷颺晴簷，爲品寒泉半日淹。但飲祁陽一杯水，不知人世有貪廉。

夬字碑磨厓刻大"夬"字,其廣五六尺。熙寧七年,尚書都官員外郎柳應辰所刻。《容齋五筆》述:"應辰欲以怪取名,所至留押字盈丈,莫知其何爲。"而《舊志》言:應辰維舟浯溪,夜有怪登其舟,應辰書"夬"字符於其手。詰旦符現厓端,遂刻以鎮之。訛以傳訛,可笑也。按:柳自紀詩云:"浯磎石在大江邊,心記閑將此處鎸。向後有人來,屈指四千六百甲寅年。"則亦未嘗有鎮怪之説耳。

手鎸心記向林巒,黻佩尋常不朽難。崖石插天字盈丈,世人誰識柳都官?

讀明御史陳忠潔公年譜書後_{公名純德,零陵人。崇禎末,官福建道監察御史、提督北直學政,殉甲申之難。順治十二年,查辦明末殉難諸臣,諡忠潔。}

聖人大無我,褒及勝國臣。勝國社稷亡於甲申,殉難而死二十二人。謂君死社稷,臣敢不死其君。一解 我朝龍興,值有明之衰。盪寇收京,日月重開。史官上其事,帝曰:"都哉!以享以諡,慰彼泉臺。"二解 御史臣純德實産荆楚,曰忠曰潔,有詔曰可。忠人所同潔,則公獨武,譬諸白璧纖瑕弗浼。三解 忠臣致身豈曰爲名?名亦不可滅。惟德斯馨。當公未死,有必死心,諒之於父母,信之於友朋。四解 賊逼潞河,龍門無援。公方巡方,豸衣繡幰,堅冰在鬚,驚沙撲面,守陴而哭,如巡如遠。五解 公出易水,賊破燕關,慷慨赴義,文山叠山。鼎湖龍去,爰攀其髯。蕭蕭城南,碧血爛斒。六解 忠臣死忠,弗克全孝。皤皤二老,馳尺書以告。父母得書,弗號而笑,有子如此,可以云肖。七解 有譜藏於家,自編其年。總角而岐嶷,讀書日萬言。雖晚而達,功烈炳然。采風者來,請視斯編。八解

湘　　水

湘水碧於染,蓬瀛無此清。群山隨俯仰,孤櫂入空明。秦鏡磨

初出，吳綾熨未平。茲行奇絕處，餐勝冠平生。

祁　陽

繫纜祁陽郭，孤城枕碧潯。焚椒三戶社，種樹十年心。佛火齊梁寺，人烟橘柚林。湘山看不厭，晨坐擁孤衾。

永州道中

柳侯健筆此中刊，範水模山勢鬱蟠。邱壑一區陳迹在，文章千古替人難。熊羆嶺樹凌霜翠，鈷鉧潭波印月寒。丹荔黃蕉何處所？漫將醉墨灑明玕。

十一月十五日自永州之祁陽，踏月至縣，漏下二十刻矣

道遠日云暮，一輪新月升。天容垂廣幕，雲氣護圓冰。峻坂攀蘿上，懸厓勒馬能。瀕江城郭近，遙辨麗譙燈。

夜宿文明書院

鬱鬱文明市，四圍山色包。津亭初落木，野館未誅茅。樹密雅栖穩，巖荒虎迹交。戍樓兩三卒，清角出林梢。

永州淡山巖石有山谷詩刻，追次其韻兼效其體

淡山之巖勢幽阻，洞門虛敞無纖塵。行客舒嘯發清響，摩厓讀碑思古人。撐霄怪石臚萬狀，凌霜喬木應千春。神皋顯晦亦有托，涪翁詩筆輝貞珉。

此翁健筆超今古，小謫宜州竟不歸。熙寧朝局殊反覆，端禮黨

碑亦然疑。晨星落落耀世宙，谷風習習吹征衣。我來唏噓一憑吊，黃葉滿山人迹稀。

蘭　生　曲

鸞鏡小駐采風車，載取羅敷十五餘。百萬聘錢求不得，神仙愛向廣寒居。

催妝只乞合歡詞，轉笑丁娘十索癡。花燭兩行流水外，銀蟾一片下弦時。

青溪三妹最知名，珍重隨郎別母輕。故向桃根問桃葉，是誰顏色更傾城。

詩人老去轉多情，一夕羅幃海水傾。值得秦珠換燕玉，分寒推暖過今生。

雙槳青溪載麗娃，香篝鏡檻費安排。羅敷雅善誇夫婿，四十髻然尚道佳。

約指雙銀纏臂金，《定情詩》好和繁欽。專城夫婿專房妾，共享仙家歲月深。

尋春容易遇花難，折得夭桃掌上看。一葉蘭舟風雪裏，鄂君翠被不知寒。

靈胥江水接湘江，一路行雲擁畫艭。芍藥占春因善謔，鴛鴦入夢總成雙。

妙高山色畫屏開，第一泉頭試茗回。賺得路人爭共說，江斐攜偶蹋波來。

葉葉光風轉蕙柔，齊紈烟墨不知秋。畫中消息卿須識，蘭取同心扉聚頭。

燈下讀同年張檢討船山詩集書後

一番開卷一番新，活色生香十指春。天地有情成世界，山川間氣得才人。蚤知青史歸遷手，願聚黃金鑄島身。風雅性靈忠孝旨，由來狂簡道能親。

除夕次同福韻

今夕最如願，天倫樂序時。桑鳩營子室，桐鳳卜孫枝。選韻蠻牋好，擎杯翠袖宜。夢依青瑣闥，春動絳紗帷。風俗隨荆楚，門才屬獻之。新篇親和汝，留殿此年詩。

獨學廬初稿詩卷八

湘中吟下　古今體詩八十三首

桃源行

雙旌遥指辰溪渡，僕夫告我桃源路。入室初逢起定僧，當關少駐尋春步。春風暖茁紫蘭茸，無復桃花洞口紅。數家白屋風篁裏，一面青山水鏡中。斑斑崖石蒼苔駮，决决飛泉漱寒玉。古木懸厓石作梁，遊人拾級雲生足。山行十步九盤桓，始信登高濟勝難。野老尚沿秦氏族，叢祠不改晉衣冠。此中風俗殊平易，雞黍留賓亦常事。自守桑麻長子孫，幾曾仙怪誇靈異。商山人老紫芝新，采藥蓬萊幾度春。當時不少見幾者，豈獨桃源是避秦。問津之人今接武，徵實辨虛無不可。世外滄桑亦有無，山中歲月何今古。烟簑雨笠古漁師，滿地江湖一釣絲。請看門外桃花水，常繞淵明舊日祠。

辰龍關

馬首瞻無路，蠶叢戍有臺。郵程從此險，山勢塞空來，峻坂懸繩度，雄關鑿石開。蠻方安袵席，應仗勒銘才。

入辰州界遇雨

萬壑千巖眼界寬，茲行奇絕敢辭難。山中古戍傳宵柝，竹裏行厨報午餐。赤脚鬻薪蠻峒女，白頭負弩驛亭官。征夫沐雨尋常事，轉慶春膏四野歡。

新綠，以方春和時四字分韻_{辰州課士題}。

無邊春色至瀟湘，閒踏平莎馬足香。江上峰巒真似沐，山中薪木未全荒。西園訪客苔雙屐，南浦懷人水一方。萬紫千紅消息近，肯教瑶草怨徒芳。

二月江南吹麯塵，荒臺廢圃一時新。蘼蕪山下當年路，楊柳城邊故國春。布韈芒鞋尋舊迹，飛蓬枯木憶前身。東君漸入繁華夢，悵絕同舟拾翠人。

無端春信到巖阿，一夕春雷起薜蘿。柱史新修歸秘閣，宮袍初著映鑾坡。詩人愛竹懷淇澳，静女條桑卜綺羅。莫道出山成小草，勾萌拆甲總陽和。

東風吹暖萬年枝，又是瓊林宴罷時。謝草不芳緣夢淺，楚蘭多怨故開遲。淒凉紫塞明妃塚，寂寞青溪蔣帝祠。閒坐小窗話今古，清陰將滿讀書籐。

陳桂堂太守以盆蘭見貽，賦謝

空谷經年孕此身，纔經拂拭便精神。生同衆草元非伍，賞到同心鑒始真。數典首徵燕姞夢，采詩先及鄭風人。瓷盆髹几安排好，相對常如坐上賓。

答桂堂前輩

林陰如蓋擁簷前，髹几湘簾亦静便。荳蔻花開三月雨，鷓鴣聲遍五溪煙。青箱削簡香生席，丹竈蒸砂燄燭天。幸得蓬山舊儔侣，新詞迭和衍波箋。

龍泉山四咏和桂堂太守韻

茗　亭

亂山環古刹，曲徑著危亭。樹讓簪牙出，苔知屐齒經。鈴聲清似鴿，乳竇碧於醽。從此通幽勝，行行迭換形。

映江閣

林巒如畫好，絲竹在山清。詩述尊前事，官争去後名。地緣僧住僻，天喜客來晴。桃水深千尺，應知送遠情。

先得月巖

聞道茲巖勝，清虛占月先。懷人千里外，弭蓋百花前。直造中峰頂，偏逢小晦天。寄言彼都士，此路廣寒便。

景融亭

上巳風光好，同寅意氣融。泉從丹穴出，亭補碧上空。小飲三蕉足，清談五鹿窮。路人偕此樂，争擁看山公。

鯨音閣

新鑄豐鐘百斛成，凌霄傑閣勢崢嶸。地居絕頂群山小，律協中宮衆籟平。碧海戲鯨詩界闊，青林招鶴道心生。緣知太守能同樂，俯聽春郊有頌聲。

虎溪書院謁陽明先生祠堂

桃李新陰繞郭稠，升高望遠倚危樓。紗籠詩在還争讀，泮藻香生亦可饈。儒與佛仙元一貫，言非功德不千秋。門前百折清溪水，直到盧山山下流。

將之永順，辰州官吏飲餞於龍泉山墅，賦此留別

畫船已繫綠楊津，暫借僧寮祖席陳。南浦鶯花蠻子市，東山絲竹宰官身。漢廷循吏懸蒲治，魯國諸生佩韍新。自是此邦風俗古，驪歌遠近逐行塵。

鳳　皇　灘

舟逢鳳皇灘，津吏驚相告。銀濤震如霆，迸出兩崖奧。亂石抗飛流，怪奇羅衆貌。或累如危碁，或奔如飛磝。或張如屏風，或頽如煆竈。或如珠韜櫝，或如劍出鞘。或如屋建瓴，或如營樹纛。如鷗矯以飛，如虎蹲以斅。如佛面壁枯，如鬼攫人嘯。力爭宇宙奇，故與波濤拗。篷舠亂中流，無所施檣櫂。十夫挽而行，人聲水聲鬧。忽焉登平流，舉舟相慰勞。神祠牲醴酬，榜人金布犒。賓客互評論，童僕雜呼嘯。或言此危機，死生呼吸召。或言此奇觀，壯遊觀奇妙。喜者果非情，恐怖亦可笑。我生命在天，安危任所到。

牛　路　河

此山陡然下，彼山陡然上。相望不盈咫，一落乃千丈。溪廣不容刀，一舟十夫盪。舉頭望青天，勢如坐井仰。我聞大小華，擘自巨靈掌。又聞懸度國，行者束馬往。媧皇奠鰲極，怪奇不勝賞。經生老牖下，目論何由像。

慶十一協府惠紅毛酒

碧山四面圍茅屋，嬌鳥啼窗春睡足。忽聞軍將打門聲，送來朋

酒新篘熟。九醞凝成琥珀紅,雙甀映澈琉璃綠。點犀古椀鬥雞缸,滴滴真珠清可掬。座中有客古鄒枚,遇物能名卿士材。客言此酒紅毛出,主人欲飲心徘徊。紅毛古在蠻荒域,蝸角蟻封自稱國。筐篚無聞禹貢年,侏儒不隸周官職。本朝神武百蠻開,海師一出潢池滅。鹿耳門高日腳紅,雞籠山小潮頭黑。不放鯨鯢運北溟,頓看冠冕通南極。萬里滄波萬斛舟,驪珠龜貝一齊收。遙通市舶龜茲賈,共飲衢尊寄象儔。即今此酒陳瑤席,瀛海歸疏如咫尺。但使銜杯樂太平,不煩款塞勞重譯。葡萄馬乳出湟中,蒟醬還看蜀道通。黃封銀樿通侯賜,紅袖金尊子夜工。舉梧邀月三人醉,杭海朝天萬國同。無邊春色來何處?遙望扶桑東海東。

夜至虎視坪

犖确蠻溪路,黃昏策蹇行。戍笳雲外出,田燭雨中明。地勢螺旋上,風聲虎嘯生。送迎勞父老,不敢滯前程。

會溪銅柱歌

蠻煙瘴雨溪州路,溪邊桃李花如霧。楚國將軍舊駐師,巋然銅柱千秋樹。摩挲苔蘚讀殘銘,將軍曾撤群蠻戍。兵氣銷沉戰士歸,墨花飛舞才人賦。嗟乎八姓十三君,神州草竊空紛紜。廟堂姑息羈縻計,藩翰張皇戰伐勳。正朔尚尊晉天子,雲礽欲附漢將軍。賑饑大發監河粟,飲至高歌破陣雲。帳下微盧知效命,幕中枚馬亦能文。真人未出群龍起,蠻觸蝸爭自古聞。當時唐失中原鹿,神器遷流如轉轂。永巷傳書寄石郎,空勞燕燕雙飛足。一朝戎馬起蕭牆,半壁河山窘邊幅。拱手燕雲付契丹,空談楚廣平蠻服。積薪救火小朝廷,舊聞衹益溪山辱。槃瓠醜類至今存,神武常垂不殺恩。百雉築城屏翰固,兩階舞羽廟堂尊。詩書未必能移俗,劍戟全消只勸耕。昔日銘功書伐地，風雲長衛伏波營。

自永順回，再過龍泉山，疊前韻

扁舟重問武陵津，無復琴笙夾路陳。芳草斜陽臨遠道，桃花流水證前身。煙生山郭千家晚，雨積林皋萬綠新。兩度題詩留佛刹，他時誰拂碧紗塵。

辰溪道中

百折蠶叢往復回，春蕪綠遶竹王臺。山如識面迎人立，花不知名滿路開。

玉華古洞白雲披，曲徑通幽勢絕奇。如此靈山經不載，掄才敢信野無遺。

訪古思迴二酉車，仙人石室已成墟。欲求津逮知何處，邃古元無可信書。

山中開遍白桐花，花下曾停油壁車。一陣風來吹似雪，冷香和雨撲窗紗。

自靖州回三過龍泉山，又疊前韻

征人三度自知津，俯仰林泉迹已陳。半壁雲煙頻過眼，一舟瓶笠穩隨身。詩因疊韻翻爭險，景到重遊轉益新。豪竹悲絲清夜發，風流追步謝公塵。

兕觥歸趙歌

琴川著姓尊天水，世德之求文毅始。一代旂常炳姓名，百年梧槚貽孫子。江陵故相領朝班，相業平參得失閒。奪情視事黃扉裏，此事嗚呼踰大閑。由來名教書生掌，袖中彈事平明上。卑位言高自古難，錦衣述旨呼行杖。杖下群驚鐵石人，朝衫裏血碧痕新。國門飲餞思良友，道路扶攜看直臣。秋風一舸歸田里，異時終爲蒼生起。帳下彭宣抱器歸，終將義烈酬知己。輾轉流傳誼士家，公門衣鉢定無瑕。每因清酒頻中聖，想見靈犀善觸邪。神物經今二百載，故家依舊滄桑改。共道金杯羽化真，誰知呵護神靈在。覃溪夫子博古家，一敦一卣千摩挲。詩筒遠寄作媒合，猶恐不當心咨嗟。凡事重輕理須討，嗜古何如尚賢好。在彼鴻毛此泰山，兩家交易多成寶。玉魚金盌散人閒，此物雖微大節關。當時璧自咸陽失，此日珠從合浦還。白璧明珠世人重，祖宗舊德曾元誦。喬木長留故里春，墓田半出貧官俸。先人口澤及雲礽，孝子慈孫世守能。陳詩述史吾曹職，況復鄉人文獻徵。

觀長沙城北鐵柱文

幾度風輪經劫火，至今寶刹枕湘江。量沙識盡華嚴字，聚鐵鑄成尊勝幢。貝葉秘藏乃不朽，龍文健筆孰能扛。盡知妙法無思議，爭奈詩魔未肯降。

黃子久長江萬里圖

岷峨之水接金焦，咫尺江山萬里遙。常使百川向東注，平分兩戒入南條。天清鷗鷺心同遠，浪静魚龍氣不驕。記得扁舟經過處，篷窗相對話終朝。

悲秋六十韻

瓊宇秋蕭瑟，璇闈夜寂寞。傷心佳偶失，僂指古歡饒。窈窕思予美，綢繆憶阿嬌。蘭芝吳苑秀，閥閱蔣侯高。小字猗桐貴，圓姿滿月韶。明眸凝點漆，盛鬋合垂髫。飛絮才方雪，夭桃齒在髫。香盟通叩叩，冰語賦招招。邂逅三星證，輝煌百兩邀。清談霏屑玉，慧性巧銘椒。魯野麟縈紱，秦樓鳳引簫。留賓時撤瑱，寧考特烝肴。九醖延齡酒，千絲續命縧。五辛魚炙美，六甲虎符彯。敏奪鍼神技，勤分爨婢勞。敝廬平仲隘，弱息衮師驕。繡袴三年愛，塵甑八口嗸。常虞鴞毀室，直等燕營巢。往應春官舉，頻偕計吏輎。將離吟芍藥，寂處守蓬蒿。將母同甘苦，懷人自鬱陶。盤中文宛轉，機上錦周遭。游子虛温清，衰親伕抑搔。巫醫忘力瘁，衾裯必躬操。家食終無策，饑驅逝轉遥。頻年依幕府，改歲誤環刀。黽勉安晨夕，經營及湢庖。緘愁親削牘，和泪寄征袍。楊柳樓頭暗，芙蓉鏡裏凋。空房飛蝙蝠，曲檻見蠨蛸。窮達魚登竹，榮枯鹿覆蕉。倦遊旋井里，樂志任箪瓢。訪菊吳王墓，探梅鄧尉塢。鶯花三月墅，風雪五湖舠。選韻詩牌集，熏香畫幨挑。齊眉忘俗慮，執手慰牢騷。囊鈔烏翎澀，牀琴綠綺調。饋貧嘗指粟，偕隱願誅茅。忽爾泥金捷，居然鼎玉鉉。牛衣言尚在，象服禮應叨。遵路浮仙鷁，移居近禁鼇。素心仍菽水，初願遂蟬貂。采藻持中饋，聽雞戒早朝。刀圭監鍊藥，燈火助揮毫。群處詵螽羽，由敖執鷺翿。恩勤至臧獲，饋問遍賓寮。北闕宸綸降，南溟使節迢。乍回江漢轡，旋泛澧湘橈。石窈承今寵，黔婁解昔嘲。光儀榮夏翟，消息候鸞鑣。松柏期偕老，荺菲誓久要。偶然蒙霧露，誰料入肓膏。怊悵危絃絕，淒涼故劍抛。誄從潘令撰，魂倩楚巫招。妙子稠桑問，崔徽尺素描。薤歌蒿里咽，繐旐大江飄。遺世人難再，宜家事易撓。有詩賡雉子，無意覓鸞膠。寡鵠悲何已，鰥魚恨怎消。長歌聊當哭，敢效鼓盆謠。

銀床轆轤曲

梧桐葉落秋雲冷，鶺鴒一夜啼金井。銀床百丈悄無聲，佳人對影心悲哽。當時抱甕人如玉,雙垂蟬鬢澄波綠。纏綿古綆似人心,百歲爲歡憂不足。珠襦玉盌去人間,銀瓶落水不知還。稠桑路遠知何處？泪浣羅衣石竹斑。

哀湘曲

我所思兮瀟湘,秋月澹兮無光。蕙之帶兮荷裳,思嬋娟兮不能忘。津欲濟兮無梁,酌金尊兮玉漿。猗招我兮洞房,夜如何兮未央。視銀漢兮徬徨,命不猶兮恩絶,歡不永兮恨長。雊何愛兮朝媒,鴟何媚兮夕張。秋水生兮湘之湄,靈風來兮兩旗。沙棠舟兮桂檝,願溯洄兮從之。窈窕兮招子,誓百歲兮爲期。彼美粲兮無言,吹瑶笙兮參差。悲遠遊兮無侶,將携手兮同歸。望九嶷兮何處,瓊爲梯兮琳爲宇。風蕭蕭兮將夕,雲冥冥兮欲雨。解余佩兮山椒,棄余玦兮江渚。美人暮兮不歸,湘之波兮容與。悲風起兮洞庭,抱愁心兮終古。

錫嶺

林陰鬱無際,修徑度重岡。新竹綠含粉,老楓紅著霜。石梁行處滑,野草燒餘香。比屋聞絃誦,文翁化澤長。

郴州

山城秋蒼莽,鼓角夜清嚴。關對秦時月,船通粤海鹽。蘆笙蠻女曲,雞骨野人占。清淺郴江水,閑中飲自甜。

桂陽州作

征舻百折入蠱叢,桂水東南此郡雄。巫女瓊簫荆俗古,市人銀餅粤商通。山風落木秋原綠,石竈燒鉛夜焰紅。聞道銅官今罷冶,廟謨深遠果無窮。

曉度桂木嶺

石棧霜如水,征人衝曉寒。古風吹葦籥,初日掛銅盤。溪影苔花潤,林聲槲葉乾。地偏經過少,婦孺擁門看。

舟中夜坐口號

瀟湘之水碧於綾,煙外漁舟幾處燈。月落半江人未寢,櫂歌欸乃喚魚鷹。

衡陽道中作

風雪衡陽道,扁舟又此行。推篷邀岳色,欹枕聽灘聲。蔬笋消寒宴,魚鴻望遠情。客心多感慨,詩思益淒清。

舟中遇長至節

魏闕書雲節,孤篷夢雨天。烟波猶遠道,風雪又殘年。蟾悟盈虛理,鴻知聚散緣。寒更長似歲,獨影對愁眠。

合江亭

野水雙虹白,危亭一笠紅。潮痕迷上下,帆影各西東。鈴語來雲際,林陰在鏡中。韓公留逸藻,詩境古今同。

除 夕

明朝四十歲崢嶸,急景週年意轉驚。椒酒無心消此夕,鳳簫有願祝他生。香煙畫省傳金柝,燈火鑾坡聽玉聲。獨有瀟湘未歸客,篷窗風雪數寒更。

乙卯元旦

湘山兩岸碧嶙峋，風日清娛坐向晨。客子詩篇消白日，扁舟天地入青春。荒村爆竹知祛鬼，官道梅花笑向人。遙想螭鰲諸伴侶，朝班初散出楓宸。

昭　　山

湘波千里激潺湲，姬帝膠舟逝不還。一帶寒煙叢樹裏，行人指點說昭山。

吳枚庵借書圖

蕭瑟秋林落木初，白雲深處子雲居。更無餘事關心在，訪遍人間未見書。

湘江送別圖賦，送韓二觀察對還吳

春風澹兮將歸，瑤草碧兮千里。擊蘭橈兮中流，湘之波兮如綺。餞之子兮江皋，跂故鄉兮若咫。折楊枝兮未青，望停雲兮四起。

戲和顧籍山廣文名鴻志，華亭人。

百幅詩箋壓錦囊，閒中風月費平章。烏絲更寫楊枝曲，肯讓伽陵獨擅場。

十八櫻桃樂府工，携歸絳帳侍春風。後堂幾許閒絲竹，不獨談經似馬融。

僧寺午飯

偶爲行春度石梁，闍黎接引到雲房。當門石闕龜趺蝕，糝逕松花鶴爪香。五代故鍾皇篆在，百年古殿佛燈涼。溪聲山色常清淨，碌碌浮生爲底忙。

艤舟君山，山僧以茶笋相餉，因索拙書，賦此應之

孤嶼湖心翠若拳，征人小住木蘭船。僧厨蔬笋烟霞味，客路雲山翰墨緣。竹院梵聲初起定，松巢鶴壽不知年。胸中蒂芥消除盡，萬頃澄波一鑒圓。

湘妃祠

寒藤古木罨雙扉，帝子荒祠枕翠微。黄竹淚枯猶有恨，蒼梧龍去竟無歸。神巫江上瓊簫曲，山鬼雲中蕙帶衣。何事嬋媛多太息，騷人哀怨正聲希。

梅生

澧州校士，於童子科得梅生自馨，鬚鬢皓然，詢之春秋八十有六矣。耆年博學，著書萬牘，其子久舉于鄉。生之裹，足場屋有年矣。謂我知言，惠來請試，針芥竟合，事豈偶然？爰賦詩四章，以述其事。

伏生八十尚横經，飽食神仙蓋欲靈。天使松筠榮晚節，肯教肉眼爲君青。

弄墨燃脂老此身，雲霄差喜鳳毛新。菊芳蘭秀尋常事，且向空山問大椿。

杖履飄然兩鬢霜，芃蘭重逐佩觿行。退之晚識張童子，七十年

前弱冠郎。

海上蟠桃花實繁，更從故冶見梅根。久甘冰雪山中老，觸著春風又覺溫。

嵇文恭公挽章

山頹梁壞我心忉，端揆勛名昔禹皋。廿載中書居上考，六官遺愛遍諸曹。玉棺降日卿雲散，石馬嘶風宰木高。吳楚東南煙水隔，墓門無計薦溪毛。

少年曾被魏公知，公精相人之術，初見予即曰："子當以第一人及第。"繼余累黜有司，凡六試，而竟如公語。舊事重陳淚滿頤。太史河渠三策在，歐陽碑版九成奇。瓊林接席陪黃髮，芸館聞詩入絳幃。爨下賞音今有幾，死生契闊不勝悲。

古 劍 篇

君不見，豐城宵光燭年斗，魖魖辟易蛟螭走，雷煥張華不常有。又不見，黃衫俠客神仙侶，白晝殺人莫爾汝，不爲君親爲兒女。古來妙手空空流，腰間錦帶懸吳鉤，但將同異分恩讎。此劍沉埋不知祀，土花斒爛血凝紫。想見軒皇戮蚩尤，歸來磨洗今千紀。丈夫豈能牖下死，侯門彈鋏我心恥。高密封侯兩鬢青，刻舟之謀烏足齒。西望壺頭陣雲靡，伏波營前空壁壘。壯士悲歌拊其髀，參軍清談令公喜。三尺芙蓉若秋水，匣中夜夜光芒起。英雄藏器何時已？誰能仗劍統貔貅，殺盡群蠻報天子。

消 夏 雜 詩

性同麋鹿愛林巒，不慣莊嚴作宰官。箕踞科頭林下坐，松花如雪撲眉端。

羲皇人卧北窗風，寒水浮瓜嚼雪同。自笑一條冰下客，有何熱意在胸中。

蠅蚋無聲夜色澂，竹房手爇讀書燈。何妨故紙千回讀，總有新機得未曾。

茅簷滴雨洗蒼苔，四壁銀箋雪竇開。況有扶疏隣院樹，時分綠影過墻來。

湘浦菱蓮玉不如，醽湖新酒茹溪魚。貪官亦有神仙供，不問虞公食品書。

文縠輕衫薄似蟬，綠焦團扇月輪圓。瑤琴自鼓清商曲，不遣薰風拂素絃。

滌硯澆花飼鶴糧，囊琴叉畫炷爐香。閑情細補王褒約，新蓄蠻奴錦瑟長。

若有人兮如畫裏，環肥燕瘦鬥嬋娟。晚凉新浴渾無事，閑咏房中《捉搦》篇。

褋襪登門客已無，追呼唯有是書逋。蕭齋新獲潭州帖，依樣葫蘆畫褚虞。

古槐半死尚蔥蘢，偃卧荒庭勢若龍。問訊南柯人幾輩，萬牛材大雪霜封。

瀟湘八景詩

瀟湘夜雨

森森清湘遠，西風泛畫橈。四垂雲漠漠，一夕雨瀟瀟。地勢雙江合，天心五日要。平沙微辨路，甘澤自聞謠。鼓想譙樓濕，燈知釣艇招。雁飛秋在水，人語夜生潮。窸窣篷窗聽，模糊畫障描。詰朝簑笠客，飛渡岳陽遥。

洞 庭 秋 月

八月洞庭水，平湖望渺然。鷗波馴浩盪，兔魄慶團圓。問夜光三五，涵虛象萬千。槎通星海近，鏡轉桂巖偏。湘浦真如畫，君山澹覆煙。微雲疏雨外，楓葉荻花邊。倒景鴻留字，高吟客扣舷。古來張樂地，勢接廣寒便。

遠 浦 歸 帆

南浦三年別，西風一櫂歸。迢迢雲路遠，款款布帆飛。桃水紅千尺，山城綠四圍。渡知行處有，潮記去時非。柔艣乘新漲，衡茆辨故扉。榜歌聽款乃，社樹認依稀。雁信期先至，鱸香願未違。舊家無恙在，繫纜上漁磯。

平 沙 落 雁

秋到湖湘早，沙洲有雁鳴。衡峰迴宛轉，夢澤映空明。餘勢翔風勁，微痕印雪清。兩行箏柱密，一畫篆文平。纔喜栖煙穩，俄因避月驚。錦箋魚並至，縠水鷺同盟。宵警奴遵約，霜寒客計程。五絃揮送處，綠綺寫新聲。

山 市 晴 嵐

小市依山立，浮嵐拔地生。本來雲外路，故假日中名。魚米千家聚，錢刀一闤爭。人情懷葛古，天氣熟梅晴。瓦鼓蘆笙鬧，蓴羹杏粥清。桑麻同井話，菽粟聖朝氓。巷曲餳簫暖，林陰酒斾輕。歲豐風俗好，齊物價能平。

漁邨夕照

瀟灑漁家市,斜陽江上村。茅檐環壓水,小艇繫當門。桃墅紅千樹,蘋洲綠一痕。飯香吹屋角,鴨漲逼籬根。枕席煙波闊,鄉隣笑語溫。蒓鱸安素業,燈火近黃昏。風俗辰溪好,生涯丙穴存。濠梁相賞處,應悟道之源。

煙寺晚鐘

不識招提寺,深山有暮鐘。迹尋青嶂遠,響度白雲重。震盪蒲牢吼,莊嚴簨虡容。潮音仍怖鴿,天籟若吟龍。覺路聲聞入,枯禪定起逢。夕陽千佛塔,寒翠六朝松。想像鯨鏗奏,都迷劍刜蹤。上方諸品靜,煙鎖碧芙蓉。

江天暮雪

平野江流遠,回風雪勢雄。八方相照耀,一氣接空濛。量晷三餘短,瞻雲萬里同。輿圖銀海外,世界玉壺中。樵徑微分碧,漁燈漸露紅。珠聯星在罍,璧碎霰飄蓬。林響時爭雀,沙痕或印鴻。湖湘徵瑞應,田畯卜和豐。

守和惕甫

道在天地間,頻遭學者蠹。始緣標榜心,漸入膏肓痼。辨異相短長,黨同互回護。傾蓋當貢諛,少緩便逢怒。俗士交如醴,柔茹剛則吐。好龍既非真,畫虎終成誤。吹毛索垢疵,望鱗競攀附。假茲翰墨緣,飾彼羔雁具。本思驥尾托,忽變蛾眉妬。區區不才心,當此實恐懼。孤陋非我憂,獨學守其故。安知紱佩華,弗忘澗槃痞。仰思古賢豪,遙遙不可遇。與君三歲別,道長阻良晤。離索古所歉，聰明日蔽錮。新篇惠然來，十讀長生趣。如逢先路導，弗禁後塵步。名山得其人，此外又何務。洋洋盈萬言，字字如鐵鑄。藝苑一燈傳，學海百川赴。我行湖湘間，素餐閱晨暮。支離經生談，淫麗詞人賦。苦無玉尺量，況乃金鍼度。安得大雅材，豁然掃雲霧。方今著述家，僂指不知數。夜郎各自尊，雄辯無慙怖。椎輪尚無方，動曰顯慶輅。談藝薄曹劉，述史傲遷固。紛拏金石賤，瑣碎蟲魚注。誰將苦海航，引之登覺路。

讀韓二觀察桂舲詩草書後

小別六寒暑，相逢楚水潯。流光一彈指，舉世幾知心。陳迹鴻留雪，清音鶴在林。載歌山水曲，古調和牙琴。

筆 牀

齊列生枯管，平分上下牀。頻移香案側，特設硯池旁。醉墨新恩渥，看花舊夢長。中書今老矣，常以睡爲鄉。

硯 屏

弗諱書成癖，應教硯有屏。光搖銀燭冷，氣染墨華馨。位合居中設，文宜座右銘。却思天祿夜，六曲映藜青。

茶 船

有器供茶宴，形如藥玉船。戧金文宛轉，髹漆製完堅。一葦春風裏，雙旗穀雨前。濟川才可用，茗戰必登筵。

花 囊

愛花收及朵，碾玉可爲囊。匼匝群芳貯，玲瓏衆竅張。雙跗春並蒂,一握夜生光。若假投詩草,吟成字字香。

西溪老人畫竹歌

　　我生愛竹如愛寶,若無真竹畫亦好。蕭蕭疏影帶雲煙,終朝對此開襟抱。西溪老人今畫師,畫竹仰奪文蘇奇。風晴雨雪各有態,筆參造化非人知。我家滄浪溪上屋,屋外檀欒森碧玉。對君此畫轉思家,夢想琅玕萬竿綠。頻年持節楚南遊,畫意詩情觸處收。寄君十尺鵞溪絹,貌取瀟湘一段秋。

獨學廬初稿文卷一

賦

涇清渭濁賦

　　若夫雍州之水，曰渭曰涇。維北條之大川，經西傾之長汀。洪濤巨浪，潰瀑灝溁。或水清而石見，或水濁而沙停。考姒王之轍迹，詳酈生之《水經》。披《衛風》而文著，覽鄭箋而義冥。經生臆説，大有逕庭，承訛襲謬，孰發其肩。
　　惟我皇上，文思稽古，典學正名。察汗簡之多誤，慨經義之未明。乃敕疆吏，訪編氓，尋其原委，辨其濁清。度武功之斜川，履安定之故城。證鳥鼠之荒誕，溯漆沮之合并。獲雙流之真迹，得千襈之定評。知聖人之燭理，必惟一而惟精。則見夫涇也者，出百泉之深山，稟五行之正氣。齊神淵之清泠，與瑶水分髣髴。其始清而終濁，蓋源分而流彚。而清既屬涇，則濁應歸渭。千里肆其奔騰，三輔資其灌溉。豈投膠所能，止常挾沙而如沸，類河濟之合流，終淄澠之異味。彼箋箋之曲説，渺不知其何謂。悲世人之耳食，真古今所同慨。原俗論之所由，皆陋儒之不學。孔疏則以渭爲清，班志則以涇爲濁。潘安仁之賦既多訛，陸德明之文尤偏駮。皆移經以就傳，弗析疑而求確。維聖學之高深，乃觀文兮卓犖。怀古人之我欺，先斯民而有覺。於是御論昭兹，霽吟載賦。研浞浞之經文，闢紛紛之訓注。義寓乎激濁揚清，道契乎知新溫故。而又集眾論之僉同，戒守臣之阿附。廑兩可而弗安，惟一成以爲務。

聖謨彰，德音布。微特發文府之微，而指經畲之誤也。

塞宴四事賦

於赫皇威，震耀寰寓。中外烝人，爰集爰撫。維塞外屏翰，有若蒙古。碁布星羅，四十八部。載風俗于職方，備宿衛于天府。奉蘭錡之清塵，充羽林之勁旅。

皇帝嘗以仲夏之月，駐蹕灤河，以仲秋之月，搜于木蘭。雲移翠葆，風靜瓊鑾。弓形月滿，劍氣霜寒。時則蒙古諸台吉及扎薩克糾桓之士、尉候之官，莫不踴躍奔走，誠輸力殫。厥事既竣，我澤斯溥。于是諸王公大臣恭進宴于出哨之後，醴酒在尊，臚炙于盤。斥百戲之非古，設四事以縱觀。義取乎習武，禮嘉其合歡。

考蒙古之諸藩，有詐馬之舊俗。當駧駧之在野，雜驪騮與駢駱，錫照夜之嘉名，逞追風之逸足。結散花之鬟鬘，撤障泥之繡縟。乃有婉孌幼孩，文衣錦襮；載馳載驟，首尾銜屬。其騰驤而驚駛也，無論交衢與水曲，應節奏于鎗聲，示標準于寶纛。擇其先至者加賞，恩雖有差而胥沃。其次則什榜番樂，有上古遺聲。仿蕡桴與葦籥，異鸞簫及鳳笙。爾其名王，奉爵上公，調羹鞠脃爲壽。絲竹交橫，乍飛聲于羌笛，亦協韻于秦筝。鼓淵淵而赴節，管嘐嘐以徐鳴。譬侏偽及侏鞮，達藩服之歡情。又有仡仡勇夫，相撲爲戲，名曰布庫，國語曾記。分曹角勝，徒手從事。耽耽虎視之威，蹻蹻熊經之勢。決勝負于須臾，亦瑕攻而隙伺。勝則有卮酒之勞、豚肩之賜。酒立飲其何辭，肉懷歸而弗棄。彼軍士以運甓習勤，射夫以主皮表異。緬古人之所爲，庶有符於斯義。若夫《周禮》所載，教駣攻駒，其文則類，其事則殊。維蒙古之生計，以牧養爲本圖。實嫺習乎此技，與古訓相合符。彼達觡之馬，以嬉以娛。曾鞿勒所未及，豈羈靮之能拘。則有蕃王子弟，絲帶繡褕。執長竿以競出，辨駿骨而不誣。維縶在手，騰踔載途。或駴而趨，或怒而呼。終調良而可御，豈奔蹳之足虞。乃知九方之相常有，而千金之市已迂。

凡兹四事，均歸一旨。申舊德其毋忘，戒武備其勿弛。孰不慶帝澤之無私，瞻天顏之有喜也乎！

西番蓮賦

猗靈山之異卉兮，托嘉名于芳蓮。自西域以徙植兮，對南薰而舒妍。攬群芳之舊譜兮，文簡略而未全。彼詞臣之寫生兮，亦訛狀之旁連。惟聖人之摘藻兮，夫乃得其真詮。爾其爲狀也，修蔓縈青，芳苞孕紫，漸吐白華，初含碧蘂。五葉瓜分，三珠丸絫。方素桐華，齊縣葛藟。乍扶疏以結繁，亦紛敷以積委。若么鳳其將翔，差曇花之可擬。於焉向景風以吐萼，擇凈土以移根。扶以湘竹之架，植以宣瓷之盆。慈雲分潤，慧日凝暄。紺絲交結，縹帶偏翻。迎夕陽而斂影，被湛露而懷恩。斯禁林之嘉植，豈庶草而同蕃？瓊葩密綴，翠莖孤苗。啓秀仙墀，迎薰温室。鐵線貌似而殊種，玉井名同而異質。皇情爲之休暢，睿藻于焉詳述。狀奇形于圖經，參奥義于禪律。溯三藏之祕文兮，證一花於初祖。喻五葉之微言兮，發三乘之芻詰。梵笑引而可通，《花史》闕而能補。試稽古于衹林，亦標新于藝圃。

巢燕賦

剏言歸之元鳥兮，宛赴約於青春。尾涎涎其善舞兮，羽翩翩其若新。乍窈窕而含睇兮，將頡頏而近人。幸故巢之無恙兮，願華屋以爲隣。既頻來而相識兮，亦初至而如賓。爾其春日遲遲，春風淡冶。黎花寒食之天，芳草江南之野。尋閭閈之新居，認枌榆之舊社。或絮語於璇閨，或幽尋於蘭若。此拮据於梁間。彼綢繆於牖下。卜一枝之可棲，托萬間之廣廈。翠羽生輝，紅衿炫采。辛苦三春，別離一載。室自矚其高明，市無妨乎爽塏。覩喬才之依然，知主人之健在。不恐懼而棄子，實中心兮嘉乃。四顧裵回，欲往仍來。初春院落，舊日亭臺。捎辛楣之芝菌兮，啄蘅徑之莓苔。辨花梢而得路兮，窺簾隙而莫咍。歲有候而必至兮，心無機而尚猜。堂乘成而先賀兮，幕則危而可哀。載飛載鳴，爰集爰止。近朱鳥之新窗，入烏衣之故里。初受風以斜飛，忽掠波而徐起。杏帶雨以沾衣，芹雜泥而在壘。必地偏而宅幽，恐巢傾而卵毀。語呢喃兮如訴，心纏緜而不已。類哲人之知幾，亦吾曹之所視。

　　是月也，柳稊烟舒，桐芭雪裹。榮葷一畦，鳴鳩在埭。池魚噆而萍開，林鶯捎而花妥。農燒社日之錢，士泛稧辰之舸。感斯禽之惠來，若始疑而後可。豈居安而思危，亦獎勤而策惰。一心鄭重，雙影差池。水閣不閉，風簾自欹。度藻井之匡匝，相山節之庡扅。巡蘭橑之窔窅，衝繡闒之罘罳。顧羽毛而自惜，肯陟險而蹈危。真網羅之不及，笑鷹鸇兮何爲？則有枚叟摘藻，鄒生協律。騁綺思於雕龍，寓妍辭於瑞鴕。考小正之舊聞，舉高禖之故實。慕微禽之有知，能始勞而終逸。將育子之閔斯，幸雌雄之無失。畏風雨其漂搖，乃經營乎家室。

頌

辟雍大禮頌 并序

　　稽古唐虞三代，有成均、辟雍之制，名異實同。所以明道德、厚風俗。迄乎兩漢，與明堂、靈臺並重，號曰"三雍"。唐、宋代興，時廢時舉，舉則執簡之臣特書其事，載諸史牒，以爲美談。降及元、明之朝，未遑制作，蓋辟雍之禮闕如，乘今五百年矣。緊我大朝，聖聖相承，揆文而奮武，巍巍功德，日新月盛。今皇帝御宇五十年，天下治安，四夷賓服，賢親樂利，風俗休美，宜有制作，以光治化。而聖心謙讓，遲之又久，思惟崇儒重道，國之本圖。今四海內外，清和咸理，媲美於唐虞三代，而辟雍猶闕，非所以樹宏遠之模，著堂皇之烈也，乃詔廷臣，營建斯制。尚書、侍郎，職司其任，百執事奔走先後，爰相厥基，治地於太學彝倫堂之前，中爲講殿，石闌四周，檐楹磴磩，實輪實奐。璧水環注，平橋通步，塗茨丹臒，次第畢舉，不日而工告訖功。維時，歲陽端蒙，歲陰大荒落，二月初吉，皇帝乃舉臨雍之典。六飛載止，文武咸從，自公侯卿大夫以至五經博士弟子、文學之士、侍衛之臣，環橋門而觀禮者不可勝數。休哉！真千載一時之盛事歟。臣伏思辟雍之義，辟者璧也，圓象天也；雍也者和也；所謂乾道變化，正性命而保合太和也。我皇聖德，與天無極，而大化翔洽，神人和暢，辟雍建於此時，實上協天瑞，下合人心。臣伏處草茅，無以仰測高深，然封人之賤，尚能效祝伊耆。臣不自揆，竊附斯義，踴躍攄誠，謹申頌言。其詞曰：

帝握乾符，垂今五十禩，重熙累洽，中外咸理。聖化涵濡，蒸蒸日起。用康我黎獻，用嘉我髦士。帝曰："都哉"，載建辟雍，尚書承命，相土於澤宮。皇帝曰"可，汝經汝營"，百司奔走，雲合風從。維古辟雍，歲久難稽。今皇作禮樂，惟聖人是師。勿沼勿襲，當可爲時。斟酌今古，蔚爲典彝。歲在旃蒙，日纏降婁，建星正中，晨光欲浮。我皇臨雍，儀式型魯鄒，擊大昕之鼓，拊琴瑟鳴球。皇帝養老，集千叟於筵，賜几賜杖，以引高年。皇帝講學，經筵垂論。

睿文盈千，御詩四萬。我皇聖德，登三咸五，崇尚儒先，效法隆古。辟雍斯作,繼有周文武。漢、唐而降,曾不足數。

恭慶皇上八旬萬壽頌謹序

欽惟我皇上御極之五十五年,福徵靈曜,壽應星躔。聖算八旬,協軒后瑤樞之瑞;天家五世,邁姬宗瓜瓞之祥。調玉燭於一人,同符輿幬;萃共球於萬國,重譯梯航。金秋當八月之辰,聖壽慶萬年之節。歡臚衢壤,化洽襲軒。内而王公大臣以至九卿,外則督撫將軍以及百吏,莫不籲叩宸聰,請行慶典。皇上乾行益健,謙德彌光,俯順群情,特頒恩綍。星軺四出,告虔瀆岳之靈;蕊榜特開,錫類耆耉之士。嘉乃勳於九職,寵詁雲飛;蠲惟正於四方,歡聲雷動。省方問俗,輯瑞岱宗;觀禮崇文,殿斡闕里。於是西方梵域,頌佛壽而繙經;南海藩臣覯帝光而赴闕。越裳進象,緬甸納琛。回樂隸於宫懸,番人習乎冠帶。曾元一堂之族,遍滿域中;期頤百歲之人,群游闕下。斯蓋由我皇上聖神文武,符廣運於勳華;肅乂哲謀,協休徵於疇範。故能堂開五福,躋禄位名壽之隆;寶刻八徵,占歲月日時之協。六幕共登仁壽,九垓同樂熙春。臣叨列詞垣,欽承聖德。高高在上,竊抱管窺蠡測之心,蕩蕩難名,敢附日升月恒之義。敬陳九頌,恭慶萬年。頌曰:

昊緯凝命,聖壽同天。自强不息,於萬斯年。貞符履泰,健德乘乾。稽古伊耆,欽若敬授。我皇則天,瀛紘在宥。籌雨量晴,書雲察宿。壽編八秩,寶篆八徵。雨暘寒燠,天庥洊承。惟皇敬德,福萃禧凝。第一章

天作高山,遼陽啓宇。瑞應蘿圖,祥徵靈果。列聖締造,爲天下主。以聖繼聖,率祖攸行。載觀實録,祗謁陪京。七德矢詠,四箴揭楹。五朝册寶,尊藏太室;萬葉宗潢,錫之榮秩。鴻圖式廓,孜

孜無斁。第二章

殿曰勤政，晨御旰臨。齊名無逸，斯銘斯箴，中外大小，孰敢弗欽。秉燭待章，簽名引對。百職親簡，三年課最。獎廉勵能，諄諄聖誨。守土者勤，黃扉錫封。詰戎者武，紫光繪容。猗歟明良，千載一逢。第三章

惟皇建極，永綏兆民。辛辰祈穀，甲夜占雲。飲和食德，堯尊舜薰。除租者四，觀河者六。績邁宣房，恩淪蔀屋。蒸蒸聖化，如玉如燭。鵠書省刑，鳩杖引年。百齡五世，史不絕編。壽民壽域，錫羨洪延。第四章

邃古哲人，察時成化。我皇文治，光天之下。燭理物先，娛情幾暇。書藏四庫，室萃五經。譯通梵筴，文訂獵銘。論著涇渭，義晰老更。皇極敷言，星紀雲縵。奎章盈千，睿吟五萬。天文人文，昭回雲漢。第五章

於鑠王師，武功九成。桓桓禁旅，宣威四征。犁庭列戍，金川勒銘。準依尉候，回紇耕牧。墾田霍罕，設官美諾。滇海輸琛，交趾受爵。其餘小醜，尭秦閩土。烏合獸散，無足比數。累奏膚功，載揚耆武。第六章

作者惟聖，考文議禮。郊廟必親，和羹清醴。百神懷柔，以享以祀。耕先一墢，黛秬紺轇。宴集千叟，文衣上尊。圜橋講學，耆榜敷恩。詩宗四始，樂譜九成。一音一字，中和慶平。聖人制作，以粹以精。第七章

箕疇演福，曰壽曰康。繁禧初祜，必歸聖皇。五福五代，萃於一堂。帝曰都哉，自天申祐。累慶重熙，古今希有。吉頌書屏，奎題揭牖。于時斂福，敷錫庶民。翶游和氣，沐浴皇仁。寰寓吉瑞，共慶熙春。第八章

聖壽萬年，中外歡臚。合詞環籲，皇帝曰俞。慶典畢舉，恩綸誕敷。佛國祝釐，藩臣馳覲。岳瀆告祥，華裔獻贐。梯航咸會，衢

封交慶。我皇文德，承天之祐。慧日方中，仁天同覆。享無量福，躋無量壽。第九章

刻石經於辟雍頌有序

乾隆五十六年辛亥之歲，皇帝出内府舊藏蔣衡所書十三經墨本，敕所司摹勒刊石，樹之太學。臣文學之臣，伏覩盛典，職在紀載，敬申頌言。其詞曰：

聖有常道，遹炳於經。宣尼删述，萬世是型。汗簡垂範，漆書耀靈。秦燔不燼，孔壁乃扃。漢儒説經，不懈及古。搜羅散失，爰集文府。劉照青藜，班通白虎。闕異辨同，遺摭闕補。漢京既東，經學式微。賄竄蘭臺，以飾其非。陋儒耳食，百川無歸。維議郎邕，籲言剟剞。鴻都刻石，熹平伊始。邕主書丹，日碑贊美。一字六經，雲章岳峙。車馬塞途，觀者如市。魏刻三字，篆隸古文。晉人則之，裴頠有聞。唐宋及蜀，異同已紛。宋主親翰，弗藏厥勤。懿我大朝，崇文典學。惟聖生知，斯覺後覺。表章古經，是揚是摧。乃詔所司，鄧書扁斲。我皇則古，肇建辟雍。講殿中構，璧水四通。翼翼爾廡，修亘似虹。豐碑分植，鉛槧攸宗。聖有謨訓，曰冠於首。睿文焜燿，昭示九有。折衷群疑，循循斯誘。雲爛星陳，垂之不朽。

論辨

春秋論

《春秋》無例，以例言《春秋》，而支離穿鑿之説紛紛矣。吾則曰：《春秋》者，魯史之舊文也。《春秋》總十二公之事，歷二百四十年之久，秉筆而書者必更數十人。此數十人者，家自爲師，人自爲

學,則其書法豈能盡同?孔子有言矣,曰董狐,古之良史,以斯知史之不盡能良也。曰直哉史魚,以斯知史之不盡能直也。魯史更數十人之手,其間謗者有之,佞者有之,豈能一一合於天地之經哉?孔子修《春秋》,亦曰傳其事而已。其事傳則千秋萬歲,讀此書者,皆能論其世而知其人,善其善,惡其惡,此則聖人修《春秋》之心也,豈在書法哉?他如晉之《乘》、楚之《檮杌》,煌煌乎大國之史,迄今問其書而掃地無餘。今世所傳《乘》《檮杌》二書,乃元人吾衍所作。唯《春秋》獨存,則聖人修之之力也,豈曰有例焉?升降黜陟之哉?或曰:《左傳》嘗論書法矣,非例乎?曰:此即魯史之例也。《左傳》據魯史而作,非據《春秋》也。如謂據《春秋》而作,則孔子絕筆於獲麟,而自獲麟以後,尚有十四年事迹,又烏所據耶?吾故知左氏不據《春秋》也。而其事與《春秋》略同,故曰《春秋》皆魯史之舊文也。孔子生於襄、昭、定、哀之間,《春秋》所載其事,遥遥或在一二百年之上,所以能徵者藉魯史而已。史雖有訛,烏所據,而論定之?多聞闕疑,慎言其餘,則寡尤;多見闕殆,慎行其餘,則寡悔。孔子於多見多聞之事,猶有闕焉,豈於所見異辭、所聞異辭、所傳聞又異辭之史,而私意筆削之乎?吾知聖人有所不敢矣。

論唐中宗不當復辟

武后之罪當誅,昔人論之詳矣。吾謂當時諸臣之誤,不誤于不誅武后,而誤于廬陵之復辟也。奉其子而誅其母,天下有是理乎?誅其母而爲其子之臣,天下有是情乎?且高宗之崩也,廬陵亦既立矣,能於此時勵精圖治、克修先王之治,居武后於深宮,隆其號而解其權,武后雖虎豹鷹鸇,無所肆其惡也。乃身爲天子之尊,而顛倒於婦人之手。居房州者十六年,居東都者六年,一任宗廟毀、宗室夷,熟視焉而若無覩者,此有人心者不至此,而況爲宗社主乎?然則廬陵之不足爲天子，無俟智者而辨之矣。當時諸臣而欲再造唐室也，計惟執武后於太廟，數其罪，尸諸朝堂，而布於衆曰"武后得罪先王，吾等與天下共誅之。廬陵王雖先帝子，已辱宗社，不可復爲天下主。"因而擇宗室賢王立之，廢太子而免其罪，如漢立文帝故事，如此則名正而義順矣。何爲計不出此，乃迎太子以爲名。夫既迎太子，則太子不得不立。太子既立，則武后不但不當誅，并不當廢。曾謂武后而可入高祖、太宗之廟乎？莊生有言："竊鈎者誅，竊國者侯。"彼武后竊其位者也。既竊其位，又禪其所竊之位于其子，而向也姦唐之社稷，殲唐之子孫，滔天之罪，莫敢顧而問焉，誰秉國成而顚倒若是耶？厥後中宗既立，韋后肆行其毒，坐令祖宗艱難創守之業一壞於高宗、而再壞於中宗，誰生此厲階，必有執其咎者。卒也，槁木萌，死灰焰，以五王赫赫之功，流離遷徙，或致竄死而後悔也，可悲矣！

公羊穀梁辨

世謂公羊、穀梁二子同受西河之學，余以爲不然。子夏親受經於孔子者也，其釋經也必擇之精而語之詳。二子而遊於子夏之門，則有所受之矣。其師同，其學當無不同，乃讀其書而齟齬者何多也？一仲子也，公羊曰"桓公之母"，穀梁曰"惠公之母"。一夫人子氏也，公羊曰"隱公之母"，穀梁曰"隱公之妻"。隱公之讓，公羊襃而穀梁貶。祭伯之來，公羊曰"奔"而穀梁曰"朝"。公子益師之卒不日，公羊以爲"遠"，穀梁以爲"惡"。長葛之圍，公羊以爲"强"，穀梁以爲"久"。子同之生，公羊以爲"喜"，穀梁以爲"疑"。齊人伐山戎，公羊以爲"貶"，穀梁以爲"善"。禘太廟而致夫人，公羊曰"齊媵"，穀梁曰"成風"。沙鹿崩，公羊曰"邑"，穀梁曰"山"。有星孛入北斗，公羊曰"彗"，穀梁曰"茀"。公羊曰"大雨雹"，穀梁曰"大雨雪"。公羊曰"宋火"，穀梁曰

"宋灾"。雖傳聞異詞，何至若是之多乎？

或曰：神而明之存乎人，變而通之存乎化，此聖人之訓也。安見同師之不可異學也。吾又曰：不然。夫儒者釋經取義可異也，稱名不可異也。

二子之書，非特其義異，其名亦多異焉者。公羊曰"鄫子來朝"，穀梁曰"繒子來朝"。公羊曰"楚人滅隗"，穀梁曰"楚子滅夔"。公羊曰"盛伯"，穀梁曰"郕伯"。公羊曰"賁渾戎"，穀梁曰"陸渾戎"。公羊曰"將咎如"，穀梁曰"牆咎如"。公羊曰"戎曼子"，穀梁曰"戎蠻子"，此國之異名者也。公羊曰"公會鄭伯於祈黎"，穀梁曰"公會鄭伯於時來"。公羊曰"戰於奚"，穀梁曰"戰於郎"。公羊曰"邢遷於陳儀"，穀梁曰"邢遷于夷儀"。公羊曰"會於杅"，穀梁曰"會於檉"。公羊曰"公敗邾婁師於纓"，穀梁曰"公敗邾師於偃"。公羊曰"盟於犀邱"，穀梁曰"盟於師邱"。公羊曰"趙穿帥師侵柳"，穀梁曰"侵崇"。公羊曰"取頩"，穀梁曰"取繹"。公羊曰"會於沙澤"，穀梁曰"會於瑣澤"。公羊曰"次於合"，穀梁曰"次於郎"。公羊曰"盟於枝"，穀梁曰"盟於拔"。公羊曰"會於牽"，穀梁曰"會於安甫"。公羊曰"城葭"，穀梁曰"城瑕"。此地之異名者也。公羊曰"楚子使椒來聘"，穀梁曰"楚子使荻來聘"。公羊曰"秦伯使遂來聘"，穀梁曰"秦伯使術來聘"。公羊曰"士彭來聘"，穀梁曰"士魴來聘"。公羊曰"齊侯瑗卒"，穀梁曰"齊侯環卒"。公羊曰"鄭公子喜"，穀梁曰"鄭公子嘉"。公羊曰"鄭公孫囆"，穀梁曰"鄭公孫夏"。公羊曰"天王殺其弟年夫"，穀梁曰"佞夫"。公羊曰"季孫隱如"，穀梁曰"季孫意如"。公羊曰"叔孫舍"，穀梁曰"叔孫婼"。公羊曰"陳乞弑其君舍"，穀梁曰"弑其君荼"。此人之異名者也。公羊曰"蜮"，穀梁曰"蟸"，此物之異名者也。公羊曰"甲午祠兵"，穀梁曰"甲午治兵"。公羊曰"春苗秋搜冬狩"，穀梁曰"春田夏苗秋搜冬狩"。此事之異名者也。其他同名異文者，又不可勝數。夫名載之盟府、登之版圖、書之旂常，一定而不可移者也。二子而周人也，豈敢臆爲改竄於其間哉？

吾謂二傳皆漢人之書也。漢初經秦火之後，文教未興，故二子雖治經而無所知名，及董子治《春秋》，傳公羊氏之學，而瑕邱生亦爲《穀梁春秋》，於是二子始顯，前此未之聞也，則二子爲漢人無疑也。漢諱景帝名"啓"爲"開"，而哀公三年之傳改"城啓陽"爲"城開陽"，夫又可援以爲證者也。

璿璣玉衡辨

以璿爲璣，以玉爲衡。衡長八尺，璣周二丈五尺，爲王者正天文之器。是說也，昉於《書傳》，而馬融、蔡邕、孔穎達皆宗之。意者，睹當世渾天之器，而附合之爾。

考司馬《天官書》，曰："北斗七星，所謂璿璣玉衡"，而《晉志》又詳其說，曰"魁四星爲璿璣，杓三星爲玉衡"，皆不言器。夫司馬遷者，以天官世其家者也。世無正天文之器則已，藉有其器，司馬父子必知之深而習之熟，豈有不能名其器者乎？《晉書》撰於貞觀中，維時集諸臣之學而用其長，《天文》一志實成於李淳風之手，豈有精於天文如淳風者而誤其名乎？然則璿璣玉衡之非器明矣。馬融之言曰："渾天儀可旋轉，故曰璣衡，其橫簫所以視星宿。"蔡邕之言曰："玉衡長八尺，孔徑一寸，下端望之，以視星辰。"皆以渾天之器實之。豈知三代以前無所爲渾天儀者乎？楊子《法言》之論渾天也，曰"落下閎營之，鮮于妄人度之，耿中丞壽昌象之。"則渾天之度剏於漢武時，武以前未之聞也。渾天之器成於漢宣時，宣以前未之聞也。九峰蔡氏乃爲之遷就其說，曰："此必古有其器，遭秦而毀。"豈知焚書者秦也，不聞秦焚圖象也。銷鋒者秦也，不聞秦銷珠玉也。況滅於秦，必不滅於禹湯文武聖人之世。

143

今讀《顧命》之篇，河圖則陳之。兌之戈、和之弓、垂之竹矢則陳之，此皆黃虞之舊物矣。設璣衡而器也，豈有不陳於東西之序，而何以無聞也。吾嘗博覽諸家之説，《春秋運斗樞》曰：「北斗七星，三曰璣，五曰衡。」《魚龍河圖》曰：「魁三星璇璣，杓四星玉衡。」《漢書》「玉衡建杓」孟康註曰：「斗在天上，周制四方」。古詩「玉衡」指孟冬，李善註曰：「北斗七星，第五玉衡」。諸説雖稍有異同，然以璿璣玉衡爲北斗則同然一辭矣。且齊七政者，所以齊不齊而致其齊也。日月五星之行，遲速順逆災祥見乎天，而休咎徵乎人。故史云「斗爲帝車，運於中央，臨制四鄉，分陰陽，建四時，均五行，移節度，定諸紀，皆繫於斗」者，此之謂也。斗者，天樞也。聖人察乎天之樞，而某也遲，某也速，某也順，某也逆，瞭然若螺紋之現於掌，則不齊者齊矣。孔子曰：「譬如北辰，居其所而衆星共之。」辰不可察則察乎斗之星爾。堯之命羲和曰「曆象，日月星辰，敬授人時」，舜紹堯而治，舜之齊政一堯之授時也，夫何疑乎？或者又致疑乎璿與玉之名，不知此特史氏文言也。古人臨文，「漢」曰「銀漢」，「斗」曰「珠斗」。執「銀」以求「漢」，執「珠」以求「斗」，安能有所得耶？璿璣玉衡之文亦若是而已。

學者乃以後世之器，釋先代之名，毋乃隣於鑿乎？

伊尹放太甲於桐辨

嘗觀古今人言「伊尹放太甲於桐」之事，而心疑之。竊謂伊尹聖人，不當有此無君之事。既而讀《商書》，反覆尋究其義，始知當日實未嘗有是事也。

《太甲·上篇》曰「王徂桐宮居憂」，《説命·上篇》曰「王宅憂」，「居憂」即「宅憂」之謂。維時太甲方居先王之喪，故百官總已以聽冢宰。蓋殷人之家法如此。觀高宗亮陰，三祀朝廷晏然，及乎免喪之後而弗言，則群臣始諫，此可爲居喪不聽政之證也。營于桐宮者，桐爲成湯之墓所在。築室於此，使之密邇先王，則優見愾聞，無非乃祖攸行，猶是後人廬墓之義爾。由是而不近聲色，不狎憸壬，清心寡欲，以成嗣君之德。《書》曰"密邇先王其訓"者此也，豈曰放之乎？《伊訓》曰："惟元祀十有二月乙丑，伊尹祠于先王，奉嗣王祗見厥祖太甲。"中篇曰："惟三祀十有二月朔，伊尹以冕服奉嗣王歸于亳。"先不言冕服而後言冕服者。元祀太甲方居先王之喪，故不冕服，三祀則釋服而易吉也。古者，三年之喪，二十五月而除。傳言湯崩踰月，太甲即位，則湯崩在十一月。自元祀十一月至三祀十一月，歲越再朞，正古人之所謂二十五月，此時乃太甲釋服時也。必十有二月朔而始冕服者，禮中月而禫之義也。《咸有一德》曰："伊尹既復政厥辟。"太甲免喪而親聽政，故伊尹復政也，豈曰太甲賢而反之乎？如以放之、反之之説爲可信，當是時，殷邦新造，大寶非可久虛，斷無三祀無君，而伊尹儼然居攝之理。幸而太甲克終允德，故旋放旋反。設太甲怙過，罔有悛心，伊尹將始終居攝而已乎？且以周公之勤勞王家，菅、蔡尚有流言，伊尹一異姓之臣，忽焉而放其嗣君，攝政至三祀之久，彼萊朏諸臣皆有社稷之責，獨默然聽之耶？吾知其必無是事矣。蓋孟子之爲是言，初不過逞一時之辨，以警動世主，況其書出自群弟子之手，大儒如荀卿、韓愈皆不能無疑，安知其中無襲謬承訛之説出自好事者之所爲，特拘文牽義之士，無能刱論以辨之也。至於後世不韙之臣，其胸中包藏莽、操之志，往往樂緣飾聖賢之事，以濟其奸。漢、魏、晉、唐之不咸，孰不假名于伊、霍之事乎？

《易》曰"辨上下以定民志"，故吾不得不爲之辨。

稽顙不拜辨

或曰今人居父母之喪，稽顙而不拜禮與？曰：非禮也。《檀弓》

所載孔子曰"拜而后稽顙者,頹乎其順也。稽顙而后拜者,頎乎其至也。"鄭註謂"前者殷之喪拜,後者周之喪拜。"據此則古無稽顙不拜之文矣。《周禮·太祝》辨九拜:"五曰吉拜,六曰凶拜。"郭氏曰"吉拜,即殷之凶拜。凶拜者,喪拜也。"故孔子曰:"三年之喪,吾從其至者。"明乎重喪從凶拜,則輕喪若期功,以下皆吉拜可知也。《雜記》曰:"父母在,爲妻不杖不稽顙。"則父母既歿,雖妻死亦稽顙也。然則古之人凡喪必稽顙乎?則又不然。《士喪禮》,"君使人弔,主人哭拜稽顙成踴,君使人襚亦如之,君使人贈亦如之"。則拜且稽顙者,對君之禮也。其他庶兄弟則拜之,朋友則拜之,無稽顙之文也。《雜記》"弔者致命,子拜稽顙",亦爲君之使言之,而其他弗聞焉。吳澄曰稽顙即稽首,以爲凶禮,故易"首"爲"顙"。夫稽首者,賈疏所謂"臣拜君之拜也"。若《書》所載,皋陶、伊尹、周公皆有拜手稽首之文。而《春秋傳》所紀:公會齊侯,孟武伯相。齊侯稽首,公則拜。齊人怒,武伯曰:"非天子,寡君無所稽首。"公如晉,孟獻子相。公稽首,知武子曰:"天子在,而君辱稽首,寡君懼矣。"然則稽首非臣子之所敢當也。《郊特牲》曰"大夫之臣不稽首,以避君也",明此義也。然則吉禮稽首非君不行,凶禮稽顙非君與君之使,其誰敢當乎?又,長樂陳氏曰:"拜者,致敬於其賓也;稽顙者,致哀於其親也。"親之死當致哀矣,賓之弔不當致敬乎?又,晉獻公之喪,秦穆公使人弔公子重耳,重耳稽顙而不拜,穆公曰"稽顙而不拜,爲未成後也,故不成拜。"今之人孰則不後其親者乎?既後其親而不拜賓,何也?且重耳不拜秦使,不受命也。不受命則致吾哀而已,無所致敬焉。今之人孰則不受命于賓者乎?既受命於賓而不拜,又何也?蓋禮有拜而不稽顙者也,未有稽顙而不拜者也。然則今之人遂廢稽顙之禮可乎?曰不可。古人之弔,弔生也。按《士喪禮》,言弔者致命,不言弔者拜。《檀弓》紀弔不一事,皆不及賓之拜。今也,賓入有喪者之家,縞衣帛冠,再拜稽顙而奠,然後成禮,彼則稽顙於吾親矣，吾不稽顙焉可乎？然則如之何？曰主人之拜所以答賓也，不論父母、兄弟、夫婦、子孫、朋友之喪，主人皆拜，禮也。今賓拜則拜賓，稽顙則稽顙。或先拜而後稽顙，或先稽顙而後拜，皆可也。重喪曰"稽顙"，輕喪曰"稽首"非與？曰"稽顙"、"稽首"，吉凶之辨焉爾。律以重喪凶拜，輕喪吉拜之義，則其説不盡無稽矣。《禮》曰"當其可之謂時"，言禮者亦當其可焉而已矣。

石鼓文辨

石鼓者，昔人謂之獵碣。隋以前未之聞也。唐初吏部侍郎蘇勗獲之於陳倉之野，始紀其事，謂虞、褚、歐陽，並稱古妙。蓋當時士大夫因其爲三代之物而寶之。嘗著於章懷太子之《漢書註》、《步隲傳》。張懷瓘之《書斷》，徐浩之《古迹記》，杜甫之《李潮八分小篆歌》。

元和中，韓愈爲博士，請徙置太學而不果，其後鄭餘慶亦元和間人。取置鳳翔夫子廟。五代之亂，復經散失。北宋司馬池知鳳翔，復歸之府學門廡下，獲其九而亡其一。皇祐四年，向傳師得之於民間，而十鼓乃足。崇寧、大觀中，蔡京枋國，作辟雍於汴京，移鼓至汴，置辟雍講堂，後詔以金填其文，以示貴重，且絶樵拓之患。其後辟雍廢，又移入禁中。靖康之變，金人輂之而北，置燕京王宣撫家。元大德末，虞集爲大都教授，睹此鼓於泥土草萊之中，洗刷扶植，足十枚之數，乃請於時宰，載而寘之於國學大成門內，左右壁下各五枚，於是相傳至今。此徵諸元和之志，夾漈之考，復齋之錄，道園之文，源流本末，班班可考。

惟是學士大夫討論之説，頗有異同。謂爲周宣王之鼓者，韓愈也。謂文王之鼓，宣王之刻者，韋應物也。謂秦氏之文者，鄭樵也。謂宣王而疑之者，歐陽修也。謂宣王而信之者，趙明誠也。謂爲成王之鼓者，程大昌、董逌也。謂爲宇文周之作者，馬定國也。韓詩

147

曰"宣王奮起揮天戈",又曰"搜於岐陽騁雄俊,萬里禽獸皆遮羅。鐫功勒成告萬世,鑿石作鼓陸嵯峨。"此則謂爲宣王之鼓者也。學如昌黎,必非無據,故後世如梅堯臣、蘇軾、蘇轍、揭傒斯、李東陽、何景明之流,大都宗之。韋應物以爲文王之鼓、宣王之刻,此說著於歐陽《集古錄》,然考韋詩,元本曰"周宣王大獵兮岐之陽,刻石表功兮煒煌煌",又曰"乃是宣王之臣史籀作",並無所謂文王之説。不知廬陵何所據而云然也?豈當時傳寫之本訛首句之"宣王"爲"文王",而公未深考耶?

宋鄭樵作《石經考》,謂"篆書之始,大概有三:皇頡之後始用古文,史籀之後始用大篆,秦人之後始用小篆。"觀此十篇,皆是秦篆。若以"也"爲"殹",見於秦斤,以"丞"爲"丞",見於秦權,又緣其中有"嗣王天子"而定爲惠文以後、始皇以前所作,此蓋據文字之變辨之也。然書契之變,非一朝夕之故。自古文而大篆,自大篆而小篆,作者雖有指名,釁端必由積漸。必謂秦斤、秦權之字,周必無之,此亦不通之論也。況太史公作《秦皇本紀》,凡立石刻石之事,無不詳。石鼓而果爲秦物也,何以不與嶧山、泰山、之罘、琅邪、會稽碣石諸刻並傳乎?

歐陽修《集古錄》既援韋、韓二氏之説,而又曰"有可疑者三":一則漢碑大書深刻而磨滅者十猶八九,此鼓文細刻淺而反存也;一則其字古而有法,其言與雅頌同文,然漢以來博古好奇之士皆略而不道也;一則《隋志》所錄秦始皇刻石婆羅門,外國書皆有而獨無石鼓也。然此鼓薶没於榛蕪瓦礫之中,學士大夫未及覩,而樵童牧豎雖覩而不之知,摹拓之所不及,故文字獨完耳。目之所不至,故志乘多闕也。程大昌《雍錄》曰:《左傳》昭四年,椒舉言於楚子曰"成有岐陽之搜",杜注謂"成王歸自奄,大搜於岐山之陽"。成搜在岐陽,即石鼓所奠之地也。董逌《廣川書跋》引叔向之言曰"昔成王盟諸侯於岐陽,楚爲荆蠻,置茅蕝"。與昭四年之傳相發明。又引《竹書紀年》之文以爲證。此二家者，據史册而斷之也。然先王春蒐夏苗秋獮冬狩，無歲不行，無時不舉。宣王之蒐，無明文亦常事不書之例，不得以蒐獨歸之成王也。金源馬定國文云"石鼓非周宣王時事，乃後周文帝獵於岐陽所作"，引史"大統十一年獵於白水，遂西狩岐陽"之文以爲證。此説著於《姚氏殘語》。考史，宇文周無文帝，而大統又爲西魏年號，則宇文周之説最爲乖謬。況唐初去宇文周未遠，舊聞遺事，朝野豈無能道之者？必不至同聲附和，若是之謬，直至歷五代兩宋之久，而俟金朝馬定國始能論定之也。繼有作者，入主出奴。元遺山稱馬定國之辨，虞集、吾衍譏鄭樵之誕。熊仁本因歐陽之疑而闢昌黎之謬。趙古則定爲史籀之作，而辨鄭、馬二説之非。都元敬則援李嗣真《書品》、張懷瓘《書斷》，以明其非宇文周之物。楊用修又以地爲秦地，字爲秦字，而信夾漈之説。紛紛聚訟，迄無定説。

善乎蘇子之詩也，曰"欲尋年代無甲乙，豈有文字記誰某"。千載以後之人，而觀千載以前之器烏所從，而懸定之乎？君子於其所不知，蓋闕如也，奚爲此紛紛者乎？然則將無所據依而已乎？曰合古人之言，而從其最初之一人以爲斷。宣王之説發自昌黎，當時無有非之者。學如昌黎，文如昌黎，好言論如昌黎，必不以無稽之言，弗詢之謀，誤後人也可知矣。

附録諸家之説，異同既多，附録于後，以備參考。

一次序先後之異。《古文苑》第一鼓，薛尚功、楊脩次居八，鄭樵次居三。《古文苑》第二鼓，薛氏、楊氏次居五，鄭氏次居一。《古文苑》第三鼓，薛氏、楊氏同鄭氏次居四。《古文苑》第四鼓，薛氏、楊氏同鄭氏次居五。《古文苑》第六鼓，薛氏、楊氏次居九，鄭氏次居八。《古文苑》第六鼓，薛氏、楊氏次居七，鄭氏次居二。《古文苑》第七鼓，薛氏、楊氏次居一，鄭氏次居九。《古文苑》第八鼓，薛氏、楊氏次居六，鄭氏次居七。《古文苑》第九鼓，薛氏、楊氏次居二，鄭氏次居十。《古文苑》第十鼓，薛氏、楊氏同，鄭氏次居六。施宿、潘迪皆宗《古文苑》本，然迪云第五鼓言漁獸而歸，第六鼓言治道，似乎失先後次序，若左右相易，始于西北，以第六爲第一，第五爲第十，則先後之序得矣。

一字數多寡之異。考歐陽修《集古錄》四百六十五字。胡世將《資古錄》四百七十四字。吾衍《周秦刻石釋音》四百七十七字。潘迪《音訓》三百八十六字。唯《古文苑》所載四百九十七字，謂是孫巨源得之唐人佛龕中，則多莫多於此矣。總之，墨本有摹拓先後之分，錄者有去取寬嚴之別，要未有完本傳於世也。升庵楊慎乃謂得李西厓家藏唐本，總六百七十五字。而《丹鉛錄》又言，得唐本於李文正，凡七百二字。大都升庵好爲異說以欺世，心勞作僞，不自知其言之自相矛盾，宜乎陳晦伯有正楊之作也。

一釋文音訓之異。如第一鼓之"駓"字，鄭音"珧"而潘音"阜"。"鹵"字，薛作"首"，鄭作"酉"，郭氏云恐當作"鹵"。"孨"字，薛、鄭皆作"孫"，而施氏云是"時"字。第二鼓之"鱲"字，鄭作"鯁"，薛作"鯛"。"羉"字，郭以爲"嚮"，鄭則云"謨"，官反施網也。"汪"字，郭氏謂"洋"，鄭云作"澥"、"橐"字，潘以爲"包裹承藉"之義，而蘇詩則作"貫"也。第三鼓之"戎"字，鄭作"我""我"字，文內皆作"遊"，不應又出"我"字。"陕"字，潘作"陸"，鄭作"陣"。"畀"字，薛作"畁"，鄭作"思"，郭又云恐是"臭"字。第四鼓之"枽"字，薛作"華"，鄭云即"揀"字。"廊"字，薛作"廓"，鄭作"鄂"。第五鼓之"俞"字，薛作"怎"，鄭作"西"。"极"字，薛作"枝"，鄭云即"楫"字。第六鼓之"徔"字，薛作"徒"，鄭作"遄"。"萬"字，郭以爲"芥"，鄭作"莫"。"柯"字，許慎作"皓"，薛作"格"。"夒"字，薛作"憂"，鄭作"夔"。"合"字，薛作"合"鄭云即"曶"字，音"饗"。第七鼓之"兴"字薛作

"兴",鄭作"矢",施氏以爲"小"、"大"二字。第八鼓之"丼"字,薛作"奔"鄭云即"若"字古"諾"字也。第九鼓之"嚚"字,薛作"嘉",施氏以爲《説文》"喜"字如此。"杜"字,施氏以爲與《説文》"識"字相類,鄭云即"撻"字。第十鼓之"吴"字,王氏以爲通作"虞",鄭云汧水出於吴山,故狩於吴也。"勒"字,薛作"敕",鄭作"朝"。"亯",薛作"高",鄭作"享"。"畾"字,章云籀文"囿"字,潘云即"田"字。以上諸家釋文音訓大有異同。要之,皆無確據,不過意爲揣度而已。

一遷徙流傳之異。王順伯《復齋漫録》謂,靖康之亂,金人以之北徙濟河,遇風棄之中流,其存亡不可知。而虞集謂留王宣撫家。《復齋》出于傳聞之詞而道園親歷其事,則虞説可據也。胡氏《資古録》謂,崇寧中,蔡京作辟雍,取十鼓置講堂。而《復齋》謂大觀中歸于京師。崇寧在大觀以前,則當以胡氏爲是。潘迪謂皇慶癸丑,始置文廟。而虞集謂大德之末,集爲大都教授,請於時宰,載歸國學,則又當以道園爲據也。

獨學廬初稿文卷二

解

七日來復解

《易》曰"七日來復",七日者,七月之訛也。按:"復"爲十一月,卦得《乾》之初九。《乾》,四月卦也,當正陽之位,抱純乾之體,極盛難繼之時也。其後五月,一陰生於下而成《姤》☰☴。六月二陰生而成《遯》☰☶。七月三陰生而成《否》☰☷。八月四陰生而成《觀》☴☷。九月五陰生而成《剝》☶☷。十月六爻皆陰而成《坤》☷☷。至十一月則一陽復生於下,乾道有消而復長之機。然回思四月以至于今,則已七閱月矣,作《易》者於此見憂患之心乎?當純乾時,譬諸聖人在位,朝野清明,上自左右輔弼之臣,下至庶司百執事,無非忠正廉明。忽焉而一陰生,如一小人在位,視之若九牛一毛,以爲無足重輕,姑息之,優容之。無何而此一人者,呼朋引類,樹黨而攬權,始猶挾策庶僚,繼且蟠踞要路矣。始猶濫竽高位,繼且窺竊神器矣。莽、操之禍,皆當時執政之臣意料所不到者也。幸而天心無不悔之禍,世運無不平之難。真人挺生,芟夷群醜。君子道長,小人道消。所謂"復其見天地之心"者此也,曰"七月來復",誠幸之也,誠難之也。

釋

釋　葬

　　吳江趙子開仲既葬，其先人遂自貌東阡負土圖，寄書乞言於僕，爰作《釋葬》一篇，識其尾。

　　古人嘗不葬其親，其親死則舉而委之壑，斷竹續竹，所以歌也。後有聖人，緣情制禮，殯於客位，祖於庭，葬於墓，所以即遠，奪孝子之恩以漸也。葬之爲言藏也，掩藏形惡，不忍見其親之毀也。於城郭外死生別處，始終異居，絶孝子之慕也。相其兆域，必母有後艱，慎終之至也。封樹識表，不忍忘其親也。天子樹松，諸侯樹柏，大夫樹欒，士樹槐，庶人樹楊柳，貴賤之等也。合葬所以固夫婦之道也。子孫祔葬，群昭群穆，不忍離其親也。事死如生，親親之至也。墓祭思親，無已時也。記曰"墟墓之間，未施哀於民而民哀之"，行道之人且然，而况孝子？仁人之不忍死其親者乎。孔子曰"生事之以禮，死葬之以禮。"僕交開仲晚，未及識其親於其葬，知其生之能養也。意者秋霜春露，有展卷而愴然者乎？

説

古不慶生日説

　　古者，臣子之於君親，時時攄其愛日之誠。如《二雅》所載，《楚茨》以賽田祖而曰"壽考"，《行葦》以燕公尸而曰"壽耇"，之類是也。而百姓愛其長上，亦往往託爲祝嘏之詞，如《七月》之卒章曰"朋酒斯饗，曰殺羔羊，躋彼公堂，稱彼兕觥，萬壽無疆"者，大都歲晚，務

153

間民間，樂其歲物豐成，因而念其上之休養生息，感恩戴德，形爲歌祝，古之稱壽，如此而已。至屈子作《離騷》乃曰"攝提貞於孟陬兮，惟庚寅吾以降"。蓋人窮則反本，屈子當幽愁憂思之中，感憤無聊而自溯其所生之辰。此猶《小弁》之詩曰"我生不辰"之意也。今人乃以生日稱壽，不亦謬乎？僕少竊鄉曲之譽，遭遇清時，初非有孽子孤臣之憾，而伏處衡茅，窮而在下，無功德及人非有躋堂介壽之事，況乎生纔三十年耳。《曲禮》三十曰壯，甫屆授室之期，果不戕賊以保春天錫之年，大都去日短，而未來之日方長也。又何稱壽之有？緣始生之辰，客有以壽言者，故爲之説，以辨其惑。

魁星説

藍其面，朱其髮，右手握筆，左手持金，屈一足，飛一斗於青冥之上，謂之曰"魁星"。總持天下文章之運，古有之乎？我不得而知也。按司馬《天官書》、班氏《天文志》皆曰"魁枕参首"。《傳》曰："魁者，斗之首也"。《春秋運斗樞》則曰"北斗七星，第一天樞，第二旋爲魁"，則"魁"又斗之第二星也。《晉志》謂"魁"四星爲璇璣杓，三星爲玉衡，則四星又皆曰魁也。初無"主文章"之説，然剏此説者，豈無因乎？史稱"斗魁戴匡六星爲文昌宫：一上將，二次將，三貴相，四司命，五司中，六司禄。"班氏則曰"五司禄，六司災"，以"魁"鄰於文昌宫，故附會爲"文運昌明"之説也。又，宋初五星如連珠聚於奎，時以爲文明之兆。"奎"與"魁"同音，遂二而一之也。然據《天官書》奎亦不主文章之運。史稱"奎"曰"封豕"，位居西宫，與壁爲鄰。壁乃文章之府，五星聚奎者，蓋聚於降婁之次。奎、壁之間，則文明之兆兆於壁，非兆杓奎也。今道士之肖斯像也，亦有説，蓋取六書會意之例，析"魁"字之文而二之，故從"鬼"從"斗"，其以筆以金者，附於文昌司命司禄之義也。又，宋時以進士第一人爲"魁"，如史云：歐陽文忠鋭意魁天下，孫僅兄弟相繼魁天下。魁者，首也，取魁爲斗首之義。《書》曰"殲厥渠魁"，亦此義也。今之人不察，既不辨"奎"與"魁"之名，又不辨"魁"與文昌之位，信道士之説，剏爲怪怪奇奇之像，群天下而奉之，儒者尤加謹焉。吾憫其愚也，故縷縷説之。

長子叙民字説

余長子曰同福，先君之所命名也。稍長，余字之曰叙民，而詔之，曰：昔者爾祖肇錫汝以嘉名，汝知其義乎？《洪範》有言曰"斂時五福，用敷錫厥庶民。"福也者，維皇之所以錫民者也。又曰"予攸好德，汝則錫之福。"皇之所以錫民福者，以德爲之招也。德之本莫大乎彝倫。凡夫父子有親，君臣有義，夫婦有別，長幼有序，朋友有信，倫之叙、德之修也。由是而三德、五事、八政，孰非民之應有事乎？且天之生民有四，士居其一。士之事，孝弟焉而已，仁義禮智焉而已。孩提之童愛其親，而人有不孝者乎？稍長敬其兄，而人有不弟者乎？人皆有惻隱之心，而有不仁者乎？有羞惡之心，而有不義者乎？有辭讓之心，而有不禮者乎？有是非之心，而有不智者乎？是故古之人，無士非民，無民非士。後世歧士與民而二之，而所爲士者，相矜以文采，相結以聲氣，相炫以寵利，相傾以朋黨。博聞適以文其姦，虛聲適以長其傲，文貌適以飾其僞，辨才適以肆其欺。襲士之名，棄士之實，轉足爲民之敗類。此華士之所以誅，而聞人之所以僇也。禍且不免，何有於福哉？矧民亦何常之有？凡民，民也；天民，亦民也。汝將讀孔孟之書，務聖賢之學，堯舜其君而胞與其民，雖蘄至於古之天民不難。汝將飽食暖衣，逸居而無教，苟且視聽食息於天壤之間，斯凡民焉爾矣。庸庸之福，非福也。彝倫其叙乎？惟汝叙之。彝倫其斁乎？惟汝斁之。惟天陰隲斯民，捷如影響，汝念哉，汝其無忘祖考之彝訓。

蒸梨不熟說

昔曾子以蒸梨不熟而出其妻。蒸梨不熟，細過也，而出其妻，豈夫婦之情薄邪？於此見曾子之盛德矣。意者曾子之妻有所得罪於舅姑，曾子欲出之心積之已久，然明彰其惡，而使通國之人皆不願以爲婦，仁者不忍也，故假薄物細故以去之，則義雖絶而其惡不彰。此君子交絶不出惡聲之義乎？

記

藝稻記

西磧山人藝稻於庭，地廣一弓，以時灌溉之。及穫，可得一斗穀。客有過而笑焉者，曰："是穀也，曾不給一夕之餐，藝之奚爲也？"山人曰："吾不欲忘稼穡之艱難，故也。客亦知夫樹藝之術乎？四民之勞苦，莫如農。農殖百穀，稻則其尤難者也。春而畊，夏而耘，歷乎三時，以望其穫。往往燥濕寒暑之不時，以爲農害。《春秋》紀二百四十年之事，書有年者二而已矣，豈不難哉？吾聞維莫之春，農家浸穀爲種，苫而成秧，則拔而更植之。縱縱橫橫以成行，非是則爲童子稻，雖穫弗豐。繼此而耘，薙去他草，注水滿畦，毋敢溢也，毋敢涸也。稻根蔓延，必手梳櫛之。赤曜當天，水如沸湯，長跽田中，不知蛇虺之出其下也。七八月之間，少休息矣。然天多風，唯旦夕籲於天，無生災害花矣。而風則蕊多落而不秀穀矣，而風則莖多折而不實。熱則葉萎，寒則膏凍。幸而雨暘以時，昆蟲毋作，入租官府而享其餘，天之靈也，國之福也。不然，則終歲之胼手胝足，適以易其饑寒焉爾矣。吾鄉擅三江五湖之利，地多膏壤，旱乾水溢之患少。而江以南無蝗災，似乎農焉者較他所爲易易。然夏月行其野，桔槔之聲晝夜不絕於耳，則勞可知也。今吾與子身居華屋之下，曾菽麥之不辨，而終歲食稻粱，非魏之風。人所謂'不稼不穡，而取三百之禾者'乎？吾不同其勞，且同其憂樂也，故稻是藝，而子何尤焉？"客去，吾以吾言筆之書。

萍舫記

乾隆甲辰之歲，僕佐和州幕府。所居之屋，縱十筄，橫半之，三面皆窗，頗有肖乎舫焉者，名之曰"萍舫"，且爲之記曰：資江河之利者，莫如舟，舫其小焉者也。若夫乘長風破巨浪，一日而千里，周行天下而無不利者，必資乎萬斛之舟，而舫則褊淺卑隘，不能任重致遠，利於斷港絕潢，不利涉大川者也。然而春秋佳日，放乎湖山花月之區，有烟波之勝而無風濤之危。彼險而此夷，彼勞而此逸矣。植物皆有根，惟萍無根。季春之月則萍始生，汎乎清波，漂泊而無所止也。然其性潔，故泥滓不能污。又無艷色芳香供世人之褻玩，故不戕賊於人而葆其生機。僕頻年浪游，初非有王事鞅掌之責，又非同商賈趨什一之利，祇緣旅食依人，隨其流轉，然無寵辱驚吾心，無菀枯勞吾形，雖險而實夷，雖勞而實逸，無惑乎居之有取乎舫也。九州之大，四海之遠，而余茲藐焉中處于天地之間，若一萍之漂泊於大海。加以蕭然閒散之身，無德于人，不見其可忻也；無怨于人，不見其可憎也，又與萍適相肖也。故以舫名吾齋，而又以萍名吾舫。

辰州虎谿書院記

書院，古之學校也。學校之制，試有程，錄有額。士之登進者，但據乎文辭一日之長，其員額既多，勢不能盡居齋廡。而所爲師者，皆循年而叙，需次而選，蹉跎遲暮之年，摒擋衣食之計。故其先生不必皆能師，其弟子不必皆能學，亦事勢之無如何者也。事勢既然，而當事者不可聽其然，於是變而爲書院之設，大而都會，小而郡邑，莫不以是爲造就人才之地。擇先進之學行有聞者爲之師，簡後生之俊秀有造者爲之弟子。列舍而居，分饎而食，晝考夕稽，月會歲要，尚有古者黨庠州序之遺意焉。然則居今日而論教民之術，當必自書院始矣。

辰州，古黔中之地也。其在湖南爲邊郡，苗民雜居，士風不振，登賢書者僅矣，中第則久無聞焉。通人達士，又無論也。雲間陳公廷慶守是邦，憫其俗之喬野，而士之偃蹇也，思所以鼓舞而作興之。城西舊有虎谿書院，乃因舊謀新，率先經始，邦人踴躍，不日告成。既成，擇師儒，定膏火，規畫經費，簡郡之殷實醇謹者董其事，凡爲久遠計者，至周至悉。乾隆甲寅春，余以按部校士至辰，適逢院之落成，以記爲請。余因於公事畢後，親至其地，則見夫楣宇高軒，林木蔚秀，講堂中植。齋舍外環，背山面水，氣象一新。諸生萃處其中，絃誦之聲相聞也。凡事盛衰消長必有其機，斯辰人興起之機乎？勸學惇誨亦使者責也，敢不叙述所由，以告方來。

原夫辰之有虎谿書院也，肇建有明，維時陽明先生歸自龍場過辰，與諸生講學於斯。既去，而諸生思之，刻像尸祝，香火至今弗替。院之以虎谿名，蓋州人之志也。吾聞古者，太上立德，其次立功，其次立言，是之謂不朽。先生尊孔門大學之傳，闡孟氏良知之訓，靖寧藩之亂以安宗社，平思田之寇以定蠻荒。古人不朽者三，先生一身兼之。此其德性堅定，功烈炳然，固不特語言文字已也。諸生肄業於此，以讀書稽古之心，進而求明體達用之學，將見人傑則地靈，必有鍾山川清淑之氣而出者，安見荒陬僻壤之士，必不勝於通都大邑閒耶？《詩》曰"高山仰止，景行行止"，吾將與諸生共勗焉。如以爲離經辨志、敬業樂群，不過梯榮階進之津梁也，則諸生之志荒矣。是爲記。

治平磚記

和人浚井獲古磚一，其形如矩之半，有文在上，曰"治平四年五月初一夏至廿七始得雨"。考史，宋英宗建元治平，其四年歲在丁未，距今年乙巳實越七百十有九年。此磚不知何年淪落入井，至今始出，其文又不知何人所刻。首言夏至既足爲後世天官家之證，而記廿七始得雨，維時小暑將盡，不雨則無禾，言得雨者幸詞也，言始得雨者難詞也。若深念夫稼穡之艱難甚有憂而後喜者，斯何人哉？豈非有心人乎？蓋不賢者識其小者而已。今年天旱，六月過半尚無雨，田皆龜坼。果大雨時行，誰不思勒石以志喜也。乾隆五十年六月十九日記。

日本國花籃記

籃之制與中國異。始屈兩竹爲交梁，其形若罾，纖細篾爲兩格，中分而斜截，左軒右輊，篾細如髮，錯以碧文。上䙆䙆若雲，下踹躅若雁。一角植竹爲花枝，兩葉分佈。中銜一菓如柿，虛其中，以爲盒。籃以貯花也，盒則藏花朵者。余在郡人陳孝先家見之，言是海客從日本國攜歸。嗟乎！執此藝者，豈不自以爲天下之至巧而不知其至拙也。自古至巧之術，莫有過於範金合土，物一物而資一物之用。後之人耗聰明於無用之地，思出奇無窮者，皆如此類也。吾計此籃成，非數十日之功不能，及其成也，乃供貯花之用，給婦人女子閨閣之所需，且貯花亦無幾何也。令此竹而爲筐筥、爲簠簋、爲籯簿、爲紡車之屬，其用力少而成功多。顧世之人拙此而巧彼，宜乎工焉者不惜其心力而爲之也。嗟乎！玩物而不喪其志者鮮矣，有識者尚知所戒哉。

香泉游記

香泉，溫泉也，在和州城西北四十里，相傳昭明太子沐浴之所。吾聞晉元帝之渡江也，郭景純筮之曰：東南郡縣有以陽名者，井當沸，是爲中興之應。未幾，歷陽井沸。然則香泉其沸井之遺乎？天下之溫泉不勝計，最著者驪山也。然驪山當西北往來之衝，輪蹄絡

159

繹,擔夫郵卒雜沓乎其間,豈若此泉僻處江濱,譁嚚所不至,以葆其天。此之晦未必不幸於驪山之顯,況夫華清之游,艷妻煽處,誨滛禁闥,召禍邊陲,識者過其地指爲不祥。而遊斯泉者,緬想蕭統、郭璞之風,流連不置,誰謂斯泉之不顯也?文選之樓,爾雅之臺,六朝舊迹,蕩焉無存,獨斯泉出荒村窮谷之中,千年而不湮沒,顯莫顯于斯泉也。泉上有亭,故翰林學士朱公筠名之曰"進機",蓋取諸禮經沐浴飲酒之義。僕於乾隆五十年歲陽旃蒙,歲陰大荒落,辰在大梁之次,吉日戊午,修禊于泉之上。

采石磯游記

姑孰距和一江之隔也。歲在丙午,余客和州已兩載,往往謀采石之游而未果。竊自思吾儕旅人也,未知明年又在何處。江山如此,安忍交臂失之乎?於是涓上巳之辰往焉。幕府諸君子始約偕行,質明天大風,江水奮激,濤驚雪飛。同游者意阻,將自厓返矣。余堅欲行,得五人與偕,截流而渡。舟傾側,盤盎相觸有聲,波濤洶湧,帆盡濕,日中始抵南岸。繞翠螺山麓,謁太白祠。守祠僧瀹茗供客,坐移晷,問蕭尺木畫壁,則主者他出,樓鐍不得觀。出至燃犀亭,亭臨江,古牛渚之遺也。又有蛾眉亭,已圮,斷碣僅存。緣石磴而下,有洞嵌峭壁間,土人號"三官洞",故中丞喻公成龍建閣供佛,曰妙遠閣,閣廣不盈丈,半架於江水上,上依千仞之崖,下臨不測之淵。山腰有礮臺,或云明常遇春頓兵處。登臺則江山烟樹之勝,一覽可盡。日暮倦游,將返乎舟中,然共求所謂采石之名而不得。土人曰:"昔有漁人於江渚,忽睹五色石浮水上,取而琢成鑪,今在山上禪悦庵佛前爇香者是也。"余鼓勇再登,同游者或偕或否。既至寺,則庵在寺旁,鍵其户,左右無所爲計。登佛殿鳴鐘,僧乃出,告之,啓户而入。敗屋三椽,不蔽風雨。鑪果在,白質而五色,煸爛如

160

錦，真希世之奇也。還舟解纜，天已昏黑，乘夜渡而北，則輿夫已散。步行至州，譙樓四鼓矣。是日也，風浪如山，雖老於江湖者不敢行，余則游而已。

西山游記

乾隆五十四年，歲在己酉。余試禮部被黜，閑居都門，韓旭亭二丈相拉作西山之游。四月二十三日，就宿聽鐘山房，韓所居也。

翌日平明，乘車出城西行十餘里，渡渾河。渾河者，古桑乾河也。水挾沙行，其流渾濁，故曰"渾河"。時維首夏，大雨未行，水清淺不濡軌，驅車可涉。沙中雜金屑，日光照耀，燦如繁星。既渡，三十里達岫雲下院，從僧午飯。過此即山麓，石棧犖確，車不可以登，舍車坐籃輿。約五七里過西峰寺，寺在西山之坳，巖壑深邃。先是有妖尼住持，以其法惑衆斂錢。尼既伏法，寺歸戒臺僧管領。入門，蒿萊不剪，殿宇荒涼，爨下惟一僧，烟火蕭然。匆匆一覽遂去。又西行二十里，登潭柘山。維時夕陽在嶺，暮靄蒼然。其山九峰，環抱如蓮花。中有小峰如苪，則寶珠山也。寶珠山爲岫雲道場，其寺在唐曰嘉福，元曰龍泉，明曰萬壽，今曰岫雲云。山頂有龍潭，又有大柘樹，此"潭柘"之所以名也。今潭在，而柘已枯。入門而右，銀杏一枝大合抱。聖祖皇帝臨幸寺中，樹發孫枝一，今如拱。今皇帝再幸，又發孫枝一，今如把。豈非靈山草木常有鬼神護持者乎？中爲大雄殿，殿後爲戒壇，和尚傳戒之所也，又其後爲楞嚴壇。由大雄殿左出，循山而上，繞出方丈之右，有佛舍利塔。釋典所謂佛既滅度，有無量舍利散佈十方者，殆此類乎？其左大士殿，殿中有妙嚴大師足迹。妙嚴大師者，元世祖之女，在宮中禮佛，足所踐磚爲之穿，雙趺宛然。明神宗時，李太后取磚送寺中，遂流傳至今。是夕宿潭柘寺。

翌日，尋龍潭，繞出寺後，山徑陡絕甚崎嶇。行一二里許，路側有

161

姚少師祠。少師即廣孝也，像作僧伽相，蓋成祖龍潛燕邸時，廣孝駐錫於此。今其墓尚在山中，距祠二十里。出祠行不及里，道左有海蟾石，形如蟾蜍，其高盈丈而縱倍之。吾聞神仙有劉海蟾，世人析劉海與蟾而二之，茲復以蟾名石，復以海名蟾，訛以傳訛，可笑也。過此以往，造乎九峰之極，則龍潭在焉。潭在山最高處，水出石罅，涓涓然積而成池。池上有亭翼然，憩坐移晷，汲水飲一二盞，甘冽沁肺腑。稍下有龍王祠，守祠僧煮茗供客，祠內有土牛一雙。牛之爲獸，土屬也，以土鎮水，取相剋之義，豈此潭有蛟龍窟其中乎？日將晡，歸宿寺中。所宿處曰猗玕亭，今皇帝所命名也。亭四旁皆修竹，竹聲颼颼，徹夜如風雨。龍潭之水至此亭，繞階西流。亭上鑿石爲漕，縈洄往復，客飲於亭，可以爲流觴之戲，潭柘之勝盡於此。

二十六日，至戒臺。戒臺距岫雲寺二十里而近，峰回路轉，路益險如羊腸，高出雲際。西山諸蘭若戒臺最古，山益深，樹益古，蓋中國未有幽州，此道場已建矣。殿前列老松樹皆奇怪，曰蓮花松、蒲團松、九龍松、臥龍松，各象形以爲名。又有活動松更奇，樹大合抱，枝柯蟠曲如蓋垂至地，捫其一枝，全體搖搖如懸旌，其理殊不可解。殿左爲戒臺，前植《尊勝陀羅尼》石幢二，遼大康中所造。考史，大康爲遼道宗年號，其元年即宋神宗熙寧九年，蓋七百餘年物矣。入方丈，謁主僧，主僧出佛牙示客，牙大如拳，黝如漆，大都是西域異獸之齒，而黠者取以惑人，愚者信之而已。由寺後陟峻領，嶺上有石洞，洞中鑿石作思議佛像，俗名籌佛。洞有浙僧守之。僧，山陰人，先爲禮部掌案吏，後歸浮屠者。東望京師，城闕室廬，了了可辨，此則西山最高處也。是日宿戒臺寺。

翌日出山，游八里莊慈壽寺。寺建於明神宗之朝，寺中懸神宗太后畫像。后素佞佛，嘗夢庭中生蓮花九朵，遂自號九蓮菩薩。其左爲摩訶庵，庵建於嘉靖中，爲中官趙璠香火院。殿前植豐碑二，皆當時禮部尚書撰文。士大夫以稱功頌德之詞爲閹人諛墓，亦可醜也,浸滛而成客魏之禍,殆有履霜堅冰之兆乎?

同遊者韓丈是升,號旭亭;宋孝廉簡,號西樵,皆吾鄉人也,及崇寧禪院璽上人。

序

嶺西雜錄序

粵西去京師萬里,於中國爲最遠。秦時屬桂林郡,漢初南粵王趙佗據其地。武帝元鼎六年,伏波將軍路博德擊平南粵,分其地爲儋耳、珠厓、南海、蒼梧、鬱林、合浦、交阯、九真、日南九郡。今粵西諸郡縣,則蒼梧、鬱林、合浦之地也。其山有五嶺之險,其水有三湘之深,其關有崑崙之固,其地多瘴癘,其民番漢雜處。唐、宋、元、明以來,中州士大夫視爲畏途,故紀載闕焉,舊聞蓋寡。昔太史公周行天下名山大川,西至崆峒,北過涿鹿,東漸於海,南浮江淮,意謂"四海六合,瞭然在其胸中",然桂林郡縣踪迹未嘗到,故南粵一傳所述殊略。後有作者,大都遷客勞人,負罪投荒,聊述巖壑以自娱,無關掌故者也。吾鄉王孝咏慧音先生,以諸生入大吏幕府,至于嶺西,簿書稍暇,心焉著述,爲《嶺西雜錄》二卷。凡山川險阻,郡縣沿革,以及土俗方言,風謠物産,無所不載,無所不詳,此書出可以補職方氏之遺焉矣。其子孫能讀祖父書,家藏其稿,謂余知言,索一言表章之,爰述其厓略如此。

沈氏算學序

數,六藝之一也。權輿於隸首勾股法,而備於周公九章。

九章之法,曰方田,曰粟米,曰差分,曰少廣,曰商功,曰均輸,曰盈朒，曰方程，而終之勾股。勾股者，算學之津梁也。厥後劉歆、張衡、王蕃、皮延宗之徒，病古徑一圍三之說爲疏桀，各以意爲新率。洎乎宋祖冲之更開密法，定爲密率，徑一百一十三，則圍三百五十五，約率徑七則圍二十二。其說視古人加精，近乎西術割圓之例矣。外此徐岳、甄鸞、李遵、楊淑、劉徽、張浚、劉炫、李淳風之流，皆著成書，載諸史志，今或傳或不傳，大都不出乎勾股範圍之中。周大夫商高有言曰"數出于方圓，而圓又出于方，故折矩以爲勾，勾廣三則矩修四，徑隅五。"如句四尺，股三尺，求勾至股則四尺開方爲十六，三尺開方爲九，合九與十六爲二十五，此積矩之法也。是故求圓於方之中，則析方體而四之，自極至隅，勾之而得三，股之而得四，弦之而得五。然後以隅之五求徑之五，而無不圓矣。求方於圓之中，則析圓體而四之，自極至隅，句之而得三，股之而得四，弦之而得五，然後以隅之五求徑之三而無不方矣。故勾股者，實萬法之所由生也。

近世中國算學寖衰，而西術獨盛。變爲三角之名，造爲八線之製，此中法所未有也。三角之法，四分圓體爲象限。自縱之五，至衡之五，其邊常得九十度爲正角，過九十度爲鈍角，不及九十度爲銳角，亦句股之術也。八線之法，正矢餘矢，依限立程，而以半徑全數爲弦，正弦爲句，餘弦爲股，而割線切綫，又各有正餘以輔之，亦句股之術也。然平圓可以角求，渾圓則必以邊求，故又推爲弧三角之法。直者爲弦，彎者爲弧，弧與弧相割，即弦與弦相遇，而因弧知角，因角知弧，句股至此神乎技矣。沈子琢成精於算學，廢寢食，忘寒暑，而冥搜博采其中，垂二十年。於是，宗句股之要，推和較之例，撰成算學若干卷。爲說若干，爲圖若干，爲表若干，古人未發之蘊盡發之矣。精深縝密，僕烏足以知之，雖然，僕則有說焉。

今夫數不可知之事也，庖犧剏奇耦之畫而數始生。起於天數一、地數二，推之爲天數二十五、地數三十，又推之爲乾之策六千九百一十二，坤之策四千六百八。遞推遞廣，以至於無窮。善夫伯陽氏之言也曰"道生一，一生二，二生三，三生萬物。"試思萬物何以生於三也，蓋以三求三而得九則餘一，復以三求三而得九則又餘一，極之百千萬億兆而一之餘自在也。故執徑一圍三之説，以求圓而圓不盡也。執正五斜七之説以求方，而方亦不盡也。測天之家定爲三百六十五度，或曰餘四分度之一，或曰餘十九分度之四，無定論也。況縱之有歲差，衡之有里差，然則數豈可窮乎？特是古之人六年而教之數，十年而教之計，幼學已然。而唐時算學且置博士，則于不可知之中而求其可知，斯編其庶幾乎。

煮石山房集序

古者文人才士，往往爲諸侯賓客。若丞相、長史、幕府、參軍、主簿之屬，皆得自辟人而拜爵於朝。其人大都抱倜儻經緯之才，能佐軍國大計，而揚抈風雅抑其末焉者也。近世封疆大吏以逮郡縣有司，皆置私人。然瑣瑣之士，率廢經而讀律，求其通古今之故與能文章者，絶無而僅有。豈世無其人哉？俗吏賓客難乎其風雅焉爾。聖祖皇帝朝，湘潭陳公鵬年守蘇州，開館延士，得三人，曰曹謨廷，曰周少逸，其一則王孝咏慧音先生也。公餘多暇，焚香賦詩，有古人之風。其後，湘潭公坐事編管潤州，他客或去，唯慧音先生終相依，既公復起，歷官中外，無時無地，不偕行也。康熙六十一年，河決豫州，湘潭公奉命督治隄防，甫竣事而歿。先生代草遺疏，經其喪，又删定其詩若文而授之梓，惓惓存殁，其誼不愧古人，又非徒區區文采趨陪清晏者已。湘潭公蚤出新城尚書之門，其詩學有淵源。先生依公久，得其緒論爲多，故言詩也祖新城而宗湘潭，嘗爲論詩絶句四十章，表章一時之文獻，即其持論亦可知矣。先生有稿曰《煮石山房集》，詩若干，文若干，未刻，藏於家。仲子復，與余同補博士弟子，蚤死。復子文浩從子學，遂以先生全集相示，意欲余論定之也。予學殖譾陋，不足以定先生之集，聊述始末，以告文浩，願文浩之純其祖武云爾。

橐餘集序

古稱登高能賦爲卿大夫之才，故唐宋循良吏大抵能詩。當其聽政之餘，凡夫關河夷險、風俗貞淫，以及鳥獸、草木、蟲魚之情狀，一一洞悉于胸中，而著爲詩篇，以陶寫其性靈，發揮其經濟。聖門之論詩曰"可以觀"，蓋謂此也。吾鄉宋藹若先生與韞玉姻婭，爲丈人行，早通仕籍，于蜀于粵，先後守名郡，所至有聲。計書上考，天子知其名，今于乾隆甲辰之歲守皖之和州。下車朞年，百廢具舉。歲晚務閒，檢校舊橐，出未刻之詩若干首，分古、今體，登諸剞劂，曰《橐餘集》，蓋舊刻之餘也。今夫和州古厤陽之墟也。守是州者，唐則有劉夢得，宋則有范堯夫，皆當代聞人，才名在藝苑，政迹在史冊，而此鄉士大夫獨津津焉。豔稱其名，搜羅舊聞，載諸州乘以爲榮，而後知文采風流，固賢者不朽之盛事矣。先生治和，慈祥惠愛，媲美古人，而觀風問俗，寓意詩篇，溫柔敦厚，粹然儒雅。古人亦不能專美於前，乃嘆優游坐理，駸駸乎有古循吏之風，而詩其餘事也。韞玉親見先生之治和，復睹其所爲詩，知其互相表裏，則向之所以治夫蜀與粵者，讀其詩可以想見已。爰不揣固陋，序於簡端。

無町畦詩集序

吾鄉容園陳先生，少爲諸生，有聲庠序間，力學攻文章，於六經百氏之書無所不窺。所居在城西濠濮間，里井多秀民，後生執一經，皆以得先生之門爲幸，請業問字者趾相錯於庭。先生性耽墳典，而與諸生相切磋，手無停披，目無停瞬，孜孜矻矻，不憚其精力之窮。久之病失明。有令子曰昌世，亦稟雋才績學而攻於文，舉孝廉，偕計入都，試未竣，没於旅舍。先生既以病廢業，居常無聊，日爲詩以自娛。舉凡上下古今、是非得失，以及歲月之乘除、人事之往復、草木禽魚之榮落盛衰，有所感觸，皆於詩乎發之。口授頤指，俾生徒録而藏之篋，歲積月累，裒然成集，問序於余。余往與令子交，熟聞先生之生平，感其學行過人，而賁其志以老也，遂如所請而爲之序。

吾聞昌黎之論詩也，曰"不得其平則鳴"，是説也，余嘗疑之。今夫天之生萬物也，翼者、趾者、角者、鱗者、甲者、蟄者、蠕者，自生自息於宇宙之間，而莫不受命於天。鱗者不能飛，翼者不能觸。其不平也，乃其所以爲平也，故物相遇而相忘。人之富貴、貧賤、壽夭，亦若是而已矣。自夫人不能安於命，遂有忻羡之思，徼幸之術，少不如其意而愁苦無聊之狀，生於心、形於色、發於語言文字之間。古之詩人牢愁幽憤以托於不平之鳴，觸犯忌諱，身罹禍辱，爲世訕笑，若嵇康、郭璞之徒，遞數之而更僕不能終也。此其人多見其不知命也。如吾容園先生之學行重一時，而既躓於遇，又瘁於疾，既窮其身，又奪其後人，宜乎抑塞磊落，若昌黎所云"不平之鳴"者莫如先生矣。乃觀所爲詩，和平爾雅，絕無感慨不平之音，斯真樂天而知命者歟。

吾聞天之生人也，常豐於此而嗇於彼，故與之慧者。靳其福，窮其暫寄之身，必昌其久遠之名。古之詩人傳世行遠，大率不得志於時者居多。以先生之才而不遇也，於是卜此詩之必傳矣。

潘古堂詩序

僕往來於吴、越、燕、趙之間久矣，於山見泰山之高，於水見黄河之深。彼扶輿之氣，積聚停蓄數千里而一洩，故凝而爲名山，融而爲大川，磅礴潰湃，不可究竟。然而登臨其間，上凌無極之天，下臨不測之淵，躋危涉險，可怖可愕，心悸目眩，震盪累日。雖極宇宙之勝，觀乎不見其可樂也。一旦爲楚、越之遊，自蕪湖關溯宛溪而上，入新安山中，放舟歛浦，歷嚴陵、桐廬、富春之渚，以達臨安。維時霜降木落，山骨呈露，溪流瀠洄，淺不盈尺，舟行亂石間，一里百折，忽曲而紆，忽直而駛，灘聲潺湲，不絕於耳。僕與二童子偃仰孤篷之下，坐看兩岸山峰斜嶺側，軒輊俛仰於積雪中，千態萬狀，終日無停。賞倦而思息，晏然就枕，夢寐寧帖，心神不驚。自有此遊，而後知谿山之樂也。

潘子古堂，越之佳士也。以諸生充三館校錄。當事者甄叙其績，授鹽場大使，謁選得閩之惠安場。將行，出其所著詩一册索序。予讀之，大約清遠閑放，不爲出奇制勝，當其有得，妙合自然，殆有一邱一壑之趣者歟。吾聞古人謂山陰道上，千巖萬壑，競秀爭流。潘子生於斯，孕彼都山川靈淑之氣，故其爲詩也，體清而志和，譬如吳越山水，平遠夷猶，有默助之者，非偶然也。然文人之性靈與江山之助引而益勝，攸往而不窮。潘子此行，涉錢唐之潮，度仙霞之嶺，噉荔支，觀海市，覽八閩風土之奇，島夷海估輻輳之盛，於詩乎發之，當有進於是者矣。

情懺詞序

太上忘情，其下皆有情者也。雖然，入情塵之中而不返，則夭桃、葛覃之篇幾何不儕於扶蘇、蔓草乎？故六根清净之後，"曉風殘月"吟之可以入道。而不然者，香風菱花，且增綺語罪案，不墮泥犁獄不止也。吾友芷生，三吳少年，美人香草，未免有情，故其詞多艷聲，然不過於酒闌燭炧之場，現身設法，豈眞圍燕釵蟬鬢者乎？今年拾其未散之稿錄成集，而丐序於余。夫人情事過而悔生，山有行雨之神，天有散花之女，而蘗障既消，則玉體橫陳，味如嚼蠟。昔者，君家休文悔其少，歲言情之作，作爲情懺詞，今即以其名名芷生之詞可乎？

三十六峰草堂詩序

《三十六峰草堂詩》者，吾友方城次宣之所作也，共五卷。余自己亥遊京師，次宣亦以辛丑赴永康，吾兩人之別也三歲。不圖次宣歷艱難坎坷之遭，而終能肆力於風雅如是也。當其窮居狹巷，饑餓不能出門户，典衣乞食之辭不絕於篇，殆古人所謂"愈窮則愈工者"乎？及其永康之行也，拊景懷人，時時間作，豈古人所謂"得江山之助者"乎？

憶吾與次宣締交，陳子元吉實介焉。元吉工詩，而與余暱，有所作，余輒論其可否。次宣見而以爲知言也，訪余於鐵花盦，出所作示余，觀余所作，贈余詩，有"龍門之樹高千尋"之語，余雖不敢當，然次宣知我深矣。

余與俗多忤，名不出里巷，兩舉進士不第，侘傺於時，是造物者將窮我於所往也。而次宣愛余，是昌歜之嗜也。次宣之詩，匪我其誰定之？次宣束髮親風雅，歷今二十寒暑。倘早邀當世大人先生之知，或從而拂拭之，不難歷金馬，登石渠，作爲雅頌，鼓吹休明，比隆于當代作者。而乃年近強仕，尚困諸生中。坐視同學少年，袞袞登臺省，宜其悔儒冠之誤人，束書高閣，焚其筆研，終身屏詩不作。乃猶月鍛季鍊，習焉而弗輟，非好之篤，習之深，其能如是乎？蓋天與人以抑塞磊落之才，必窮其遇。窮之久而後通，始悟鄉之勞餓困乏，乃所以老其材。人能知此意而讀書樂道，藏其器以待時，斯真樂天命而無疑者也。次宣勉乎哉！

古人有言"交以意氣合，道因風雅存"，吾兩人固意氣之交，而次宣又風雅而進乎道者也，吾烏能默而息乎？

王念豐制義序

昔吾鄉王文恪公，仕當有明成化、弘治之朝，冠冕臺閣，宰執文枋，學者稱"守溪先生"，談經義者多宗之。其十世孫念豐纘承家學，於書無所不讀，而科舉之文尤工。今夏彙其頻年所作，芟存百篇，屬僕爲之序。

念豐年齊于僕，又相善，有所論撰。輒相與質疑辨難，往復不置。然以念豐之雄才灝氣，僕所萬萬不敢望。至于經義，僕尤出其下遠甚，烏能序念豐之文。且念豐束髮爲諸生，聲名藉藉庠序間。當世文章鉅公，先後執文枋于吾吳者，莫不拔擢其文，擊節歎賞，則其真評當俟諸大人先生，而如僕卑賤，又不宜有所論說者也。唯是僕交念豐久，于其所著詩古文詞，往往綴以言，豈可於制義而闕諸，姑以平日所聞于念豐者，述諸簡耑焉。念豐大父說巖先生故名孝廉，老于文者也。念豐弱歲，猶及侍乃祖，與聞其緒論，又所交多大父行、天下知名之士，熏陶日久，故其所學特有淵源。嘗從容語余曰："近日舉業之弊無他，起于速化之術，而成於倖進之心。後生操觚率爾，捫腹桮然，勦取舊說，曼爲新聲，此猶土龍芻狗之耀其色也。一知半解，詭譎自喜，縋幽鑿險，以蘄弋獲，此猶斷港絶潢之揚其波也。若古之君子，其立言必有物也，必有序也。徵典根經，論事基史，有體有用，周情孔思，此之謂有物。紀事提要，纂言鈎元，經經緯緯，左規右矩，此之謂有序。"善乎念豐之論文也！執此說以爲文，有不進乎道者哉？雖然，此念豐之言也，而非念豐之言也，說巖之教，守谿之緒也。太原之王爲吳中望族，自明至本朝，工帖括而拾青紫者，世不絶矣。然真能勤學好古，克纘其家學者幾人哉？

故書此以序其文，且告夫世之習科舉之業者。

辛壬試藝序

唐以詩賦取士，又別置明經科。宋人重經義，亦不廢詩賦。蓋兼收並蓄，唯恐華實之偏廢焉。爾今天子典學右文，既以帖括經義科舉天下士，而學臣校士，別試詩、古文、詞，預儲他日承明著作之選，誠盛典也。顧經生習舉子業，往往視此事爲緩圖，又非抱宏博爾雅之才，不足揚扢風雅，故工者卒少。

韞玉束髮讀書，亟得交於當世知名之士，嘗於碧桃書塾結七子之會，相與砥礪古學。而今吏部南昌彭公校士江南，則諸子經義詩賦，皆邀殊賞，公負當代人倫之鑒，宜拔擢無虛士也。先是，公以少詹事來視學，韞玉以童子受公之知。及公再來，則韞玉舉進士去，不復進退於庭，聆公之緒論，然所拔擢皆吾舊雨，可見吾師吾友之針芥相合也。

歲科兩試既竣，諸子薈萃群藝付剞劂，因以一言綴其尾。諸子者，長洲王苾孫念豐、沈清瑞芷生、吳江趙基開仲、昭文景焭書常、崇明張詒景謀也。

姑蘇石氏宗譜序

吾家舊居丹陽，系出曼卿先生之後。先高祖中年，棄家從釋氏，名曰智遠，而初名遂不傳。先曾祖生於明崇禎癸酉之歲，順治二年王師下江南，閭閻土著之人多所流轉。先曾祖隨衆奔走，舉家散失，道逢騎者射以矢，先曾祖赴水泅而行，射者再發皆不中。既免，止於姑蘇，舍城南吳氏，吳以女妻之，先祖所自出也，遂家姑蘇。

考丹陽族譜，先修於明神宗壬寅歲，後修於我聖祖皇帝丙午歲。壬寅之修，先曾祖尚未生。而丙午之修，先曾祖已遷姑蘇。此先曾祖以下譜中所以闕也。方先曾祖播遷時，年甫十三歲，僅能略憶丹陽舊事，而先世次序生没并其名氏皆不及知。厥後子若孫但奉先曾祖之訓，先曾祖所不能知，子孫皆無從知之。此先高祖以上，譜中所以雖在而不可識也。於戲！譜學之微久矣。

《傳》曰"尊祖故敬宗，敬宗故收族。"吾家既系出丹陽，總屬曼卿先生之後，則祖可尊也。丹陽大宗支分派別，尚能聚族而居，守先人宗祀，則族可收也。及今不之講，後世子孫，寖遠寖微，或并其所自來而忘之，後雖欲合焉而不可得也，毋乃有數典而忘之咎乎？今自曼卿先生而下，不知者闕之。而自先高祖以來，別爲姑蘇一支，以合於雲陽舊譜。三分之後，若子若孫，分繫於下。蓋先曾祖始遷姑蘇，則姑蘇子孫即尊之爲始祖。古者，別子爲祖之義當如是也。而信者徵之，疑者闕之，又史氏之例也。且夫禮，去國三世，爵禄有列於朝，出入有詔於國。若兄弟宗族猶存，則反告於宗後，明不絶也。

韞玉生在草野，守先人之訓，讀書三十年，幸邀聖主之知，釋褐登朝，從大夫之後，而丹陽宗族猶存，則反告於廟，禮也。然吾宗自國家定鼎之年遷於姑蘇，迄今一百四十八年，乃得復合於丹陽之舊族。自合而離，自離而合，此其中蓋有天焉，此又爲子孫者所厚幸者矣！

福建鄉試録序

皇上御極之五十七年，歲在壬子。是歲，當大比天下士，儀曹循故事，以次上請，臣與兵部主事臣蔣師爚奉命典閩試。

伏念臣以三吴下士，學殖蕪陋，仰荷聖主鴻慈，擢自稠人之中，置諸多士之上，備位詞垣，居業芸館，釋褐甫二載，重邀恩簡校士於閩。臣自顧菲才，唯隕越是懼，其敢弗恪，其敢弗慎？爰戒裝載塗，閲六旬而達其省。監臨、提調以下大小諸臣，規畫庶務，愍劼有嚴，及期，進學臣所録士七千四百八十人，扃門而三試之。臣與臣師爚率同考各官，矢公矢慎，殫心校閲，凡二十餘晝夜，録士如額，拔其尤者，刻文爲試録。臣董厥事，例得有言，以引其端。竊惟梁劉勰之論文也，始明原道，次述宗經，誠以文章者載道之奧區，闡經之隆軌也。學者原道心以敷章，宗經術以析理，斯其言有倫有序，可以潤鴻業而暢元風。故韓愈以士不通經爲不足用，而其文則靳，至於古之立言，歐陽修謂道不足則文不能縱橫高下皆如意也。

今閩爲東南秀靈之區，濂洛餘緒，實傳斯土，鵞湖、鹿洞，前徽未墜。諸生沐浴聖化，執簡懷鉛，尋儒先之緒，而求聖學之傳者，匪一朝夕矣。宜乎發爲文章，約六經之旨，折衷於聖人，以求其是。矧逢我皇上典學崇文、表章經術，近年允在廷之請，分經試士，《詩》、《書》、《易》、《禮》次第而舉。今歲則值《春秋》試士之期，凡五經之試於是乎周，而諸生亦無不卒業者矣。思惟五經之義，彼此貫通。讀《詩》可以通於《書》，讀《書》可以通於《易》，讀《易》可以通於《禮》，而《春秋》一經，聖人手爲筆削，其義尤精，其體尤該。蓋婉言成章，風人之旨也；屬辭比事，惇史之遺也。徵五行，考四時，犧爻之秘，文也，述天道，明人事，曲臺之大，訓也。諸生肄業及此，講明而忉究之，蔚乎爲言，將見其詞文、其旨約，必有合聖人立言之意者，況乎鄉舉里選者，拜獻之先資也，服官行政實始基焉。明乎此，則守經知宜，達變知權。在今日，讀書有稽古之榮；至他日，明經爲致用之本。必有能翊贊我皇猷，以爲大朝無疆之休者，豈非聖主作人雅化有以致之乎？臣奉職柱下，實任采風，竊念修於家而獻於廷，士之責也。導揚休美，宣上德而達下情，臣之職也。敬抒管見，颺言簡端。

是役也，監臨官則福建巡撫臣浦霖，提調官則布政使司伊轍布、都轉鹽運使司臣孫思庭，監試官則按察使司臣戚蓼生、分巡延建道臣墻見羹、漳州府南勝同知臣李振文，同考官則泉州府蚶江通判臣九保、長樂縣知縣臣吳大勳、連江縣知縣臣楊嘉材、古田縣知縣臣塔倫岱、閩清縣知縣臣吳慕曾、永福縣知縣臣李堂、順昌縣知縣臣王彬、建寧縣知縣臣吳尊盤、泰寧縣知縣臣楊全蘊、福鼎縣知縣臣潘本盛、寧德縣知縣臣吳球、梧州總場鹽大使臣張植琰，例皆得書。

翰林院修撰臣石韞玉謹序。

吕西圃孝行圖卷後序

　　《南陔》、《白華》，孝子之詩也。逸而不傳，君子惜之。然不亡如《蓼莪》之什，亦不過流播於文人之口，而其人之行事與其姓氏里居，皆不得而考。豈其荒遠不可稽乎？抑無孝子慈孫爲之後，故雖美弗傳也乎？

　　吾鄉孝子吕君西圃，幼禀至性，事其尊考妣，自垂髫以至没齒，肫肫其行，養生送死，歷六十年如一日。有子曰大緯，追述其孝行，輯爲一編藏於家。孫曰克淳，續未竟之緒，告之當事，請於朝，天子嘉之，旌其閭以爲民勸。夫亦可爲桑梓之榮矣，而淳猶以爲未也，復裒其先後事迹繪爲圖十四，凡生事死葬，鉅細畢備。而尤著者，孝子嘗從父泛舟吴淞，父失足溺於水，孝子即躍入水負之而出，當是時波濤如山，弗顧也。鄉隣不戒於火，及吕氏廬，孝子突燄而入，負父出，纔出所居室即燬。此二事人尤奇之，而其他承歡養志、贍族卹鄰，凡足以推廣其親恩者，無所不至。圖既竟，又以遺像終之，於是覽其圖、考其行事，世皆知孝子之所爲孝矣。豈惟識其事，而又藉以識孝子之容？

　　於虖！世人之能顯其親，孰有大於斯者乎？惟是孝子在風波烈焰之中，涉險蹈危不顧其身，卒能保其親，或以此稱孝子。吾則謂孝子之孝不在此。夫人情蹈水火之中，死生呼吸，其間不容髮，無論識與不識，猶知援手，曾有爲人子而坐視其親者耶？惟其奉養之勤、思慕之誠，以及喪祭之節，終身行之勿替，此則其難能者也。孝者，庸行也，非奇節也。至於解鄉鄰之鬥、贍宗族之貧，又孝子不匱之思，所以錫其類者也。斯則所謂終身慕父母者歟？斯則所謂事之以禮、葬之以禮、祭之以禮者歟？孝子之孝難能也！子若孫又能體孝子之心以爲心，闡其幽、表其微，又難之難也矣。記曰"思貽父母令名，必果"，淳其有焉。

174

鬥蟋蟀序

蟋蟀,微物也,而有鬥心。相蟋蟀有經,其色有青紫黃白,其翅有方圓平銳。其肉有粗有細,粗者弗貴。其首貴鉅,其項貴寬,其聲音貴亮。然鳴不已,瞿瞿聒人耳者,又弗尚。其鬥也,文竹爲匱,銳兩端,穹其脊,形如舟,有閘中分之,若敵國,名曰"柵鬥",則納兩蟋蟀於柵中別置,善鳴者於旁鳴,以作兩蟲之氣,名曰"骨子頭"。閘啓,一人執纖草引之,名曰"牽"。去聲。將鬥,交其首之兩須以相怒,曰"打鬚"。既鬥,或勝或敗,敗者遁,勝者瞿瞿鳴,則簪花覆,綵以爲榮,敗曰"絶",勝敗未分而和曰"拆"。蟋蟀之主所家各出銀錢相賭,銀一錢、錢一伯曰"一枝花",錢一千、銀一兩曰"一盆",豪者倍什伯千萬弗禁。兩家約既定,旁觀者互決勝負,亦出銀錢相賭,曰"放猜"。蟋蟀體重約二分左右,鬥必權其輕重相當乃鬥,否則已。或者願以輕鬥重亦聽,曰"饒大"。鬥其權也,以紙爲房,納蟋蟀于其中,兩衡之,名曰"比合"。不論兩家勝負,執牽者取其所賭銀錢十之一。鬥蟋蟀之例,大略如此。

蟋蟀之生,大約諸蟲所化。蜈蚣化者強,蜓蚰化者弱,其他蟲所化亦視前身之強弱爲強弱。秋前生者色多黃,秋後生者色多青。其生也,青者修而黃者短也。性畏香,觸香則立死。其生稟金精之氣,故鬥其天性也。以蟋蟀相鬥,不知權輿於何人,最著則賈秋壑也。然秋壑在閨閫中,與弄兒孺子妾相娛戲而已。今則王孫公子、富商大賈,下至駔儈臧獲之徒,靡不分朋角勝,而士大夫好事者,亦往往傚尤以爲樂。七八月之間,舉國之人若狂也。此古者鬥雞、走狗、蹋鞠之戲所變焉者也。執政者設厲禁禁之,而卒不可止。

噫!玩物之喪人志也,如是哉。

獨學廬初稿文卷三

跋

甲子紀元譜跋

古人紀年，歲陽歲陰，不以甲子。《史記·曆書》所載，太初元年，年名焉閼同。逢攝提格，月名畢聚，日得甲子，極其辨晰。他如屈原《離騷經》曰："攝提貞於孟陬兮，維庚寅吾以降。""攝提"，歲也，"庚寅"，日也。賈誼《鵩鳥賦》曰："單閼之歲兮，四月孟夏，庚子日斜兮，鵩集予舍。""單閼"，歲也？"庚子"，日也。其例皆同。後人樂趨簡易，廢古干支不用而借甲子以名年。如王莽《銅權銘》曰："龍集戊辰。"又曰："龍在己巳。"紀年之法殆改於西京之季乎？唯許慎《説文後序》曰："粵在永元，困頓之年，孟陬之月，朔日甲子。"猶循古法，魏晉以下，相習以甲子紀年，舉"閼逢攝提格"等名，有不能辨者矣。

王念豐重次千字文跋

《千字文》之作，權輿於梁。史稱梁武帝得王羲之所書千字，命中郎蕭子範製爲文，又令周興嗣爲之，同時並出，殆有二本。然蕭本不傳，而興嗣所作孤行，則其工拙可知矣。史又言：武帝嘗自製《千字詩》，衆爲注解。不知所製即此千字否？唐有進士周逖，更撰

《天寶應道千字文》，將以進覽，並請頒行天下，宰相陳希烈謂其"枇杷"二字依舊，難稱盡善，遂止勿進，其文亦軼而不傳。以今所見，若有明華亭董其昌、仁和卓人月、餘姚呂章成所撰，皆同文異詞。董本泛述大地古今之故，卓、呂二本皆撰於崇禎之朝。呂本推言洪武以來事迹，卓則頌莊烈初元之政，雖有史游《急就》遺意，惜乎所際非其時，所頌非其主，故其文雖傳，亦在若明若晦之間。

我朝重熙累洽，功德巍巍。今皇帝文謨武烈，度越千古。曩者，少司空彭公元瑞重次興嗣之文跋《御製全韻詩》，蒙恩獎賞，以爲異想逸材，其文刻以行世。吾友王君念豐見之，亦次此文跋《御製新樂府》，雖非經進之作，然其文可與司空之作並不朽矣。予惟文章後出爲難（二）〔工〕，念豐作之最後，所處最難，其文又未始不工，可見餘霞成綺，且有愈出而愈奇者矣。抑文之工不工，無足深論，唯是遭逢盛世，歌咏泰平，以諸生之文儼然頡頏颺拜，其遇有古人所禱祠而不能得者，是尤足爲念豐慶也。

王念豐協府雜咏跋

曩者，著雍閹茂之歲，諸城劉石庵先生以少司農視學吳中，檄聚大江南北諸生，試以詩、古文辭，拔其雋者五七人，余與念豐皆與。是時余初識念豐，彼此知不深也。既偕被先生之知，旅進退於庭，漸習其人，知爲佝儻士。嗣以先生召，數數爲澄江之行。先生命吏掃學官旁舍爲諸生寓齋，於是盍簪而食，聯床而寢，以文字之役結朋友之緣。明年，余舉進士有名，偕計北上，遂別諸子去。又明年，翠華南幸江南，北士獻賦輦下，天子進之於廷而試之，念豐名在乙等，拜文綺之賜。夫文章知遇，乃至奏技於鑾鈴豹尾之間，掞藻摘華，上塵天聽，於虖榮矣。維時余方亇行於東華塵土之中，迴望東南五色雲起，此心飛越，神已先馳。及余被放南還，則石庵先生已奉命開府楚中，諸子亦風流雲散矣。暇日訪念豐於織簾居，出其三年著作，富且等身，中有《協府雜咏》五十絶句，乃其獻賦時所作，大都紀澄江、秣陵事，余及見者十之四，不及見者十之六。追想舊遊，不禁慨然，爰述曩事跋其尾。余於念豐應制之作，經進之篇，不贊一辭，獨於此卷三致意焉者，感石庵先生之知，且榮念豐遇也。念豐之獻賦也，寄居江寧協府，故名。

管夫人楷書回文卷跋

右《蘇若蘭回文》一卷，元管仲姬所書。每詩一章，四方盈寸，後有天水趙氏印。管爲趙吳興夫人，此印即吳興書畫所常用者，尾有項子京珍藏印，蓋天籟閣舊物也。夫以蘇之詞、管之筆，雖足以雙絶千古，而一歸竇連波，一歸趙承旨。二人才美，得夫子而名益彰，洵乎遇人之淑，視夫魚元機、李淑真之流，幸不幸何如也？

吳園次藝圃詩册跋

萊陽姜貞毅先生仕明季思陵之世，以言事謫宣州，未至而遇甲申之變，僑寓吳門，於城西築藝圃以盡餘年。既歿，遺令葬宣城，不忘故主之命。而仲子學在先生，遂占籍於吳。當世名士皆從之遊，此園次之詩所以作也。今藝圃屢易其主，而吳中父老過之，捫其一樹一石，憑吊當年，猶有能道其遺事者。我夫子度香先生，追念前徽，睠茲故業，而方以王事馳驅，不遑及私家之計，嘗出藝圃圖見示。一時園池林壑之勝，賓朋黻佩之華，仿佛見之。此詩本四十首，園次手書之卷尚在其中，殘闕數行。我夫子欲令善書者補之，而未得其人。韞玉於館課之暇，從《林蕙堂集》中摘錄其詩，彙而成册，并以陳其年前輩所作詩序冠之。其五言十二章，集中存其六，而逸其六，故亦不能備也。時我夫子方開府楚南，付郵寄之，既以爲吾吴文獻之徵，亦以著姜氏祖德之貽，綿延而未有艾也。

書

與友論喪服書

辱承垂詢，不棄芻蕘，咨以古今喪服異同之處，殷以上不可考。

考周制，則三年之喪，再期而除。《喪服小記》曰"再期之喪三年"者是也。《公羊傳》曰："三年之喪，實以二十五月。二十五月者，再期也。"《士虞禮》疏謂"期而小祥者，十三月；又期而大祥者，二十五月"是也。《雜記》曰："祥，主人之除也，除者除其喪也。"《三年問》曰："三年之喪，二十五月而畢，哀痛未盡，思慕未忘，然而服以是斷之者，豈不送死有已、復生有節也哉？"又曰："三年之喪，二十五月而畢，若駟之過隙，然而遂之，則是無窮也。"故先王爲立中制節壹，使足以成理，則釋之矣。然則釋服必以二十五月爲斷，有明文也。《尚書·伊訓篇》曰："惟元祀十有二月乙丑，伊尹祠於先王。奉嗣王祇見厥祖。"《傳》云"湯崩踰月，太甲即位"，則湯崩於是年十一月矣。《太甲篇》曰："惟三祀十有二月朔，伊尹以冕服奉嗣王歸於亳"，《傳》云"湯以元年十一月崩，至此二十六月，三年服闋。"按，歸亳在十二月之朔，則服闋在十一月矣。三祀十一月，距元祀十一月，再期也，然則殷亦二十五月而除者也。周因於殷禮，意在斯乎？《檀弓》曰："孔子既祥，五日彈琴而不成聲，十日而成笙歌。"彈琴成笙歌，則既除喪可知也。自鄭康成泥於《士虞禮》"中月而禫"之文，剏爲二十七月之説，宋武帝永初之初，因之制禮。然則二十七月而除喪，蓋自宋永初始也。然而"禫"者，祭名也，若"祥"若"虞"之類，非言服也。王肅曰"三十六月"，鄭康成曰"二十七月"，皆論"禫"耳，於喪服無與也。程猗"六徵三驗"之説主王而駁鄭，許猛釋"六徵"、解"三驗"之論，扶鄭而抑王，均之惟"禫"是辨，非明徵其辭於喪服之制也。若二十七月而除喪，則是以"禫"斷喪服矣。考之《禮》，期而小祥，又期而大祥，中月而禫。又曰"祥而縞，是月禫"，則禫祭或祥之月，或在祥之後兩月，禮文先有不同焉者，烏所據以爲斷乎？《喪服小記》曰："大祥，吉服而筮尸。"若"禫"而除則尚在兩月後，此時烏可先吉服乎？若夫魯文公欲服喪二十六月，何休譏其亂聖人之制。而唐時學士王元感亦欲增至三十六月，此則聖人所謂道之不明也，賢者過之者矣。至於斬衰三年，古者唯君與父而已，母不與焉。《喪服篇》所載："父卒爲母乃齊衰三年，父在則期而已。"予夏之《傳》曰："屈也。至尊在，不敢伸其私尊也。"《喪服四制》曰："天無二日，土無二王，國無二君，家無二尊，以一治之也。故父在爲母齊衰，期者，見無二尊也。"《檀弓》曰："伯魚母死，期而猶哭。夫子曰：嘻！其甚也。"蓋伯魚之母先夫子而殁，則期而除者也。當除而不除，非禮也。自唐高宗上元元年天后表請"父在爲母齊衰三年"，而蕭嵩修《開元禮》依之。然則"父在爲母三年"，自唐上元始也。明太祖洪武七年，貴妃孫氏薨，命吳王橚"斬衰三年"，而宋濂修《孝慈錄》依之。然則"爲母斬"自明洪武始也。

又，婦爲舅姑之服，《喪服篇》則"期而已"，《記》曰："婦人不貳斬。"婦人既爲夫斬三年矣，故不得復爲舅姑也。自宋太祖乾德三年，大臣奏請婦爲舅姑三年，齊斬從夫。然則"婦爲舅姑三年"自宋乾德始也。《喪服》"爲曾祖父母齊衰三月"，《傳》曰："不敢以兄弟之服服至尊也。"唐太宗貞觀十四年，命侍中魏徵、禮部侍郎令狐德（芬）〔棻〕等增改服制，於是加"曾祖父母五月。"古者，嫂叔弟妻夫兄皆無服，故《檀弓》曰："嫂叔之無服也，蓋推而遠之也。"貞觀制定皆服小功，然則"爲曾祖父母五月"與"嫂叔有服"皆自唐貞觀始也。又"父喪苴杖、母喪削杖"，《傳》曰："苴杖，竹也。削杖，桐也。

圓者象天，方者象地"。此今人所不講也。然《記》曰"當其可之爲時"，又曰"禮從宜"。夫人子終身之憂無有窮期，與其不及也，寧過焉。

古今喪服之制，遞有所增，此亦體乎孝子仁人不忍死其親之心而出焉者也，烏用厚非乎？

與方次宣書

令叔祖有妾之喪疑於所服，足下不以僕卑鄙，欿然下問，僕豈敢知禮？姑以所聞，爲足下陳之。

考《儀禮·喪服篇》"貴臣貴妾緦麻三月"，所謂"貴妾"指姪娣而言。古者大夫亦有姪娣從其女君而來歸，備六禮之制，合兩姓之好，以其所生之貴也，故殊之，不問其有子否也。《喪服小記》曰："士妾有子而爲之緦"，士妾賤，不得援貴妾之例，故有子則緦，無子則已也。獨殊於有子之妾者，婦人之義，母以子貴也。漢唐以降，姪娣之禮廢，故貴妾之服無復舉行。然唐李晟夫人王氏無子，以妾杜氏子願爲嫡子，杜卒而晟爲服緦。議者以爲準禮，此大夫而行士之禮，又得乎禮之權者也。商邱宋栗庵練撰《四禮初稿》，曰："大夫爲妾緦麻三月，士爲妾有子者緦麻三月，無子則已。"根據《禮經》，最爲精核。而近時吳中士大夫之家，乃有妾死而稱無服生者，夫亦不經之甚矣。

令叔祖之妾有子，令叔祖宜制緦服，至其妾所生子宜服斬衰三年，此今制也。

古者，父在爲母齊衰期年而已。唐高宗從武后請，父在亦爲母三年，而明洪武中貴妃孫氏薨，孝陵命吳王橚服慈母之服，斬衰三年，宋濂等修《孝慈錄》立爲定制，子爲父母，庶子爲其母，皆斬衰三年。本朝《會典》襲而不改，有其舉之，莫敢廢也。至於位題側室，俗雖有之，然而非是。《左傳》"卿置側室，大夫有貳宗"，側室乃衆子之稱，如云"趙有側室，曰穿是也。"漢文帝《賜南粵王書》曰："朕，高皇帝側室之子"，自明其爲衆子耳。若妾可稱側室，亦稱貳宗乎？此不待辨而明者。令叔祖爲妾設位，宜題曰"亡妾某氏之位"。

以上諸條，僕所聞如此，唯高明裁焉。

與張青城書

昨在途中，誤舉"泪"字，足下訾以不古，不覺汗之沾衣矣。歸檢字書，始知"泪"固失之，"淚"亦未爲得也。按，許氏《説文》、顧氏《玉篇》無"泪"字亦無"淚"字。《廣韻》、《正韻》、《古今韻略》則有"淚"字，註云"目液"而已。梅誕生《字彙》有"泪"字，註云"與淚同"。而"淚"字不詳所出。考之經史，或言"號咷"如《易·同人》"先號咷而後笑"，《旅》"人先笑後號咷"之類是也。或言"泣"，如《詩》"佇立以泣"，《書》"啓呱呱而泣"，《項羽傳》"羽泣下數行"之類是也。或言"涕"，如《易》"出涕沱"，若《檀弓》"孔子泫然流涕"之類是也。無有以"淚"言者。其"淚"字之見于載籍者，《漢書·外戚傳》武帝悼李夫人賦"秋氣憯以淒淚"，師古曰"寒凉之意"，《淮南子》"水淚破舟"，注曰"水疾流皃"，均不作"目液"解。反不若"泪"字，从水从目，尚有合於六書會意之例。要之，"泪"與"淚"皆非古文也，俗字耳。均之俗字，安知"泪"之非正而"淚"之非借乎？非敢自訟其冤，聊以所聞陳之記室，足下通人也，當不責其護短。

與景書常書

與書常別三年矣，別緒縷縷，想同之也。近在念豐齋中，見書常手書，知邇來動静，甚慰。書常晨夕侍鯉庭，又新得佳婦，想情况自佳，不若疇昔淒婉。丈夫遨遊，最能開拓胸境。太史公周行天下名山大川，而文益奇，書常當不負此境也。僕去夏南旋，頗鍵户讀書，境亦不甚惡，但家益空乏耳。仍與二三舊雨相與爲詩、古文詞，結七子之會。當年舊人獨少書常一人，倘有近業，能寄示一二否？念豐札詳述諸子狀，故不贅。明年冬當與書常相見於長安不久也。

與王念豐論文書

昨承塵教，談及古文辭，今惟選學，可以名家。退而思其義，竊未見其必然。默而息乎，非朋友切切偲偲之義，故敢陳其説而請質焉。

竊謂文章之道，性命、經濟兩途而已。聖人既殁，道統失傳，性命則罕言之矣。若夫經濟，則代有經文緯武之才，胸中有確然不可奪之見，發爲文章，可以傳世而行遠。如是立言，言之所以與功德而不朽也。不佞習古文辭於兹十年，雖望道未見，亦嘗究心於古作者之林，始得司馬遷之文而好之學焉而不得其邃也。繼得莊生之文，又好之，學焉又不得其邃也。因思行遠者自邇，登高者自卑，降而學於眉山大蘇之集，忽忽若有所遇，涉筆有文從字順之樂，遂自謂得之矣。習之既久，覺其淺水不漪，由是復泛濫於古之立言者，始悟八大家之名，乃曲學臆說爾。文人代興，安可疆域之哉？李唐之文，昌黎最稱近道，竊謂未醇者，以其有怪怪奇奇之見存焉。李習之之文純粹精密，不亞昌黎。陸宣公慷慨論事，有體有用。陸龜蒙、白居易、劉禹錫之徒，文雖不多，自闢畦町。若夫孫樵、樊宗師直畫鬼者易工爾，以艱深文其淺陋，鈎輈磔格，類乎謠讖之言，私心弗尚焉。《書》曰"辭尚體要"，孔子曰"辭達而已矣"，何取乎争一句之奇，鬥一字之巧，以爲能乎？蓋嘗執是説以論文，亦莫有齟齬之者。夫不我齟齬者，皆其胸無成見，不足與於議論之列者也。兄之説與我齟齬矣，安得十往復焉，相較其得失乎？桐城方太史嘗言

183

"天地日月，萬古常新"者也，易以他字則舊矣。故秋風不舊而"商颷"則舊，曉日不舊而"朝暾"則舊。斯言雖固，或不盡非乎？造言者安得如許僻字奧句與之日新而月異哉？且不佞不學選，非無説也。言者心之聲，必有賢良方正之人，而後有光明俊偉之文。子雲、相如選中巨擘，然相如《封禪》，導天子侈心，雄頌莽功德，皆非誼士。至於陸機、陸雲、左思、潘岳、劉琨之徒，結黨外戚，稱二十四友，相繼誅僇，身喪名裂，私心鄙其人，因而薄其文。足下試思焉，或幡然以鄙言爲是乎？至於訓詁之學，本非所願。

竊以六經者，文章之祖，經不明則文章如游騎之無所歸，故思討論其異同，窮究其得失，察躔度知五行之機祥，考封域知九州之險阻，非敢云有所知也，庶幾得尺得寸而已矣。家無藏書，無可考據，又無良師益友爲之助，其在相識者或足下能少助我耳。此中甘苦，惟親歷者知之，願賜教督以所不及，則幸甚。

狂言駭俗，勿示外人。

雜著

讀鬻子

鬻子者，名熊，楚之先世也。年九十而見文王，文王曰"老矣"，鬻子曰"使臣捕獸逐麋已老矣，使臣坐策國事尚少也。"於是文王師之，著書二十二篇，今存者十四篇而已。然讀其書，載魯周公使康叔守殷之文可異焉。夫史稱鬻子見文王時年九十矣，豈有更閲數十年，當周公命康叔之時，其人尚在，且著書傳其事之理？則今之十四篇，亦非真本也。意者古有其書，久而散亡，好事者從編殘簡斷之餘，思欲網羅舊聞，求其書而不可得，因竊取其義而爲之耳。然邪？否邪？

讀於陵子

右《於陵子》十二篇,相傳齊人陳仲子著。按,皇甫謐撰《高士傳》,凡莊子、列子、老萊子,皆詳其著書之數,而陳仲子無之,則晉時未嘗有此書。書中所云貌桱梏也,言河漢也,其説大約攟拾漆園之旨,晉人尚清言,搢紳先生喜談黄老,元文秘籍,紛然雜出,兹篇之作,其在斯時乎?

讀《齊風》

朱子之作《詩傳》也,於齊曰"禹貢青州之地"是矣,曰"東至於海,西至於河,南至於穆陵,北至於無棣",此何説邪?昔者武王封太公望於營邱,其地在青州岱山之陰,維淄之野,幅幀叢爾,孟氏所謂"儉於百里者"也。其後子孫强盛,國日闢矣。然桓公正封疆,南至餇陰,西至濟,北至於河,東至於紀酅。宣王之世,蘇秦之言曰"齊南有泰山,東有瑯琊,西有清河,北有渤海",則其地皆密邇青州之壤焉爾。司馬遷之言曰:"吾適齊,自泰山屬之瑯琊,北被於海,膏壤二千里。"此亦就戰國之齊言之,非齊故境。而《齊世家》曰:"營邱邊萊,萊人與太公争國。"萊州瀕海,此時尚不屬齊,則齊之境東且不能至海,而何有於穆陵、無棣乎?按,《史記索隱》云"淮南有故穆陵門,無棣在遼西孤竹",則去齊皆千里而遥,烏得云"青州之境"乎?蓋朱子之説本於管仲告楚之言,而管仲者合五侯九伯而言之也。假令四者爲齊之封域,則齊先君之履曾不能越境,烏可千里而問楚之罪乎?此又不待辨而明者矣!或曰是説也,不始于朱子,鄭康成《詩譜》嘗言之。然鄭之言曰"成王廣大邦國之境,齊更立五百里",以五百里計之,豈能距海據河乎?而穆陵、無棣無論矣。眉山蘇氏《春秋列國圖》亦以無棣屬齊境,其誤正同。

福建鄉試策問五道

問：孔子集群聖之成，大義微言，載諸《論語》，漢時有《齊論》、《魯論》之異，傳者何人？張禹刪定《魯論》爲二十篇，去《齊論》二篇，其篇名可舉歟？古文《論語》出自孔壁，先儒謂其章句與《魯論》不殊，而有二十一篇，何也？何晏《集解》所徵引者八家，其姓氏可舉歟？諸家訓詁頗多異同，如千乘異注、八佾異數、三歸異解，能一一述其說歟？舊注以"孝乎惟孝"分句，今《尚書》無其文，"夏瑚商璉"與《明堂位》之文不合，朱子或從或否，何者爲是？記"寢衣"於"褻裘"後，果錯簡歟？舊注以"疏食、菜羹、瓜祭"爲三物，改"瓜"爲"必"，始自何人？孔門弟子皆稱字，而"牢"曰"憲"，問：獨書名何也？闕黨何地？接輿何名？太宰何國之官？有可證歟？他若"藝禮"、"晝寢"、"沿沂諷舞雩"諸解又何人之說也？方今聖天子表章經學，刊石成均，而《論語》一書尤爲衆經綱領，諸生肄業有年，必有考究異同而知其義者，試僂指陳之。

問：《春秋》爲孔子手定之書，文成數萬，其旨數千，傳者幾家？鄒夾虞鐸久矣失傳，三傳並列學官，注疏者何氏？所採何書？時月並舉，他書有其例歟？謂"一"爲"元"，宋儒訓"元"爲"仁"，其說果當歟？改月改時，與夏時冠周月之說，孰是孰非？左氏錯用三正，所記時月，輒與經文不合，可臚舉歟？仲子、君氏三傳所釋各殊，有可折衷歟？滕降而子、薛降而伯、杞降而伯而子，其義可徵歟？莊公九年伐齊納糾，三傳皆以"糾"爲桓兄，而《胡傳》獨以"糾"爲桓弟，何所據歟？文止獲麟，三傳異說，何者爲是？何休"三科"、杜預"五體"，其說可詳歟？至一國異名，如隗、夔、盛、郕之類；一人異名，如椒、荻、舍、婼之類；一地異名，如祈、黎、時、來之類；如此甚多，能枚舉歟？《傳》以"啓陽"爲"開陽"，周人而用"漢"諱，果何義歟？近歲恭奉諭旨，允在廷之請，分經試士。而今科輪值《春秋》，士必有講明切究者,其依條詳對,毋勦毋臆。

問:書爲六藝之一,由籀而篆、由篆而隸,言小學者所共知也。而籀書存於今者,惟有岐陽十鼓。先儒謂其書出史籀之手,而許氏《説文》所採籀文與鼓文合者甚鮮,豈叔重未之見歟?張懷瓘《書斷》、徐浩《古迹記》、杜甫《李潮八分小篆歌》皆見徵引,其說可舉歟?唐元和中,鄭餘慶取置鳳翔夫子廟,獲其九而亡其一,而今十鼓完足,又何人之所得也?自鳳翔而汴,自汴而燕,其遷流顯晦,能縷悉陳之歟?夾漈有考,復齋有錄,道園有文,可旁通歟?其文見於他金石者,可枚舉歟?歐陽修、胡世將、吾衍、潘迪諸家所錄字數多寡各殊,有可考歟?韓昌黎《石鼓詩》定爲宣王時物,自屬可據,或以爲成王之鼓,或以爲秦人之文,或以爲宇文周之作,能述其説而折衷之歟?我皇上懋勤稽古,重編舊鼓殘文,勒石太學,所以闡幽而垂遠者至矣。諸生觀聽所及,其條舉以對。

問:詩道性情,而政治風俗著焉。古者康衢一謡,實啓正聲,其先尚有聞歟?五言始于蘇、李,或謂古詩十九中列枚乘之作,所據何書?七言始于柏梁聯句,而詩中人名、官名,考證漢史,輒多不合,其故安在?魏晉六朝作者踵起,鍾嶸作《詩品》,可臚述歟?昭明所選諸家,孰優孰絀?聲律對偶之學,盛於三唐,孰開其先?以試帖取士,而善古詩者不少其人,論者謂唐無古詩,其説果當歟?初、盛、中、晚,果可分歟?宋初館閣尚沿綺縟之習,《西崑酬唱》諸詩可舉其名而評隲之歟?蘇、黃騁逸軌於前,尤、楊、范、陸繼芳塵於後,標新領異,風會日新,可各言其蘊歟?金、元作者以元遺山爲巨擘,其他尚有表著者歟?有明四傑、七子,先後接武可尚論歟?我皇上文思天縱,御製詩集,先後昭示藝林,士之揚扢風雅有素矣,其各舉心得,詳著於篇。

問:安民必先弭盜,古者邦盜之禁載在《周禮》,沈命之法著於《漢史》,其法果無弊歟?漢時,嚴盜賊之課,如龔遂、張敞、虞詡、尹賞、郭伋、賈琮諸人，皆號稱善治盜，其法或誅、或撫、或散、或捕，可分析言之歟？唐初，群臣請重法禁盜，而太宗不允，其義安在？宋張咏知益州，化盜爲良民，果操何術歟？宋時歐陽修陳禦盜四策，明時汪應軫建弭盜六策，一一可舉歟？明初時設別駕等官，以稽察州縣捕盜，果有裨焉否歟？古來論治盜者，或言嚴保甲之法，或言開衣食之源，或言重守令之官，其説可引伸歟？考諸史策所載，如李崇刺兗州，令村置一樓，設鼓備盜；而周世宗時，新鄭團練鄉兵，盜發則鳴鼓舉火爲應，其法豈有可採者歟？今國家吏肅民寧，六寓熙洽，而瀕海州縣尚或有搶竊之事，果何術之從，而使宵小無所容其迹歟？諸生學古，將以入官，當有通達治要者，試陳所見焉。

和州重修東嶽廟文

古守土之吏，祭其封内名山大川，以出雲降雨，潤澤斯民也。惟泰山在青州境内，而其祠遍滿天下，則豈非爲東方之氣萬物所生，群岳之尊，衆祀之長，故崇其廟貌，隆其祀事，導迎神庥，遂斯民生養之機乎？

和州城北舊有東岳行宮，故無碑碣，不知何時所剏也。乾隆四十九年，州守宋公思仁來守是邦，親見夫棟折榱崩，日焉就圮，懼無以妥神靈而錫民之福也，乃爲之捐俸倡修，而州中紳士亦樂輸資以佐不逮。于是鳩工庀材，諏吉從事，不費官帑，不傷民財，而工告蔵功。其在禮曰五嶽眎三公，則維嶽降神，有贊化調元之職。況乎作鎮東方，東震位也，一陽之生，萬物之所從出也；行令於春，春者，四時之始也，其盛德在木，足以庇廕嘉穀，而時和年豐也。神之德美矣茂矣，在一郡則福一郡，在一邑則福一邑。今而後和之父老子弟飲和食德，無夭札瘥疾之憂，皆謂神之呵護可也。

廟既落成，公屬韞玉紀其事，爰述斯廟舉而不可廢之義，並刻樂輸姓氏于碑陰，以垂不朽。

王文恪公像讚

少讀公文，寢饋以之，稍長，知公行義而願淑於私。今瞻公貌，則又識金璧之度、河岳之姿。當其立朝也，不矯而異，不詭而隨。雖主庸臣蔽，而介然以風節自持。及其引身而退也，消搖乎巖壑，跌宕乎文史。蒼生日望其再出，而公堅卧於洞庭之塢、笠澤之湄。讀其《論性》一書，"籌邊八策"，而于公內體外用之學，無乎不知。於虖！拜公之像，肆公文辭，方諸昔先正，其歐陽子之儕歟？

月下老人讚

氤氲使者，般若摩訶。雲游碧落，霧隱丹阿。藍橋有徑，銀漢無波。邀靈月姊，結願星娥。白璧一升，赤繩千里。軼事可徵，良緣非詭。素月如珠，圓靈若水。迴雪輕飛，行雲細起。靈杖九節，仙衣六銖。高姿玉朗，瘦骨松臞。駕文合牒，鳳諾分符。其情藹藹，其色愉愉。歲在元辰，月維初吉。遴墨龍賓，徵綃鮫室。真香降靈，明水浣筆。神光合離，生於兜率。

顧鴻千椿萱棣萼小影題辭

人生五倫，君臣、夫婦、朋友，皆以人合，惟父母、兄弟，乃緣天定。《書·君陳》之篇曰："唯孝友于兄弟。"誠以為人生不可多得之遭逢，而際其盛者為可樂也。余生無兄弟，五倫闕其一，未冠遭母氏之喪，三春寸草，有餘恫焉。顧子鴻千為吾廣堂舅氏長君，天性孝友，際天倫之全盛。丐畫師圖椿萱棣萼小影，以寫其樂。乃圖成而母喪，迴憶疇昔之樂，不可再得，悲可知已。然吾舅氏春秋鼎盛，弟奉庭訓之日正長，又有季子鶺鴒急難，視余煢煢孑立，上侍垂白之父,一喜一懼者,猶厚幸焉。

雪鴻詩社引

　　詩社非古也,古之詩人導揚風雅、歌咏太平而已,烏乎社！詩而社,將以聯文、酒友朋之樂也。昔者,阮籍竹林、顧瑛草堂,其人皆過江之秀,風流文采,焜耀江山。吾等希風竹林、草堂之遊,安見今人之不古若耶？況吾儕交遊寥落,舊雨晨星,間分走四方,如漂萍之不可聚,偶聚矣,又各絆於塵事,終歲曾不幾相見。至於詩酒留連,晨懽宵宴,又烏可多得也。今幸而諸子皆無恙,無離群索居之慨,爰選春秋佳日,以詩會於碧桃書塾,不立壇坫,不程甲乙,蘄暢吾友朋性命之樂焉爾。設更數年數十年之後,或直廬橐筆,或開府建牙,或鍵戶著書,或入山修道,迴思此會也,不猶雪中之鴻爪矣乎？

會溪銅柱述

　　乾隆甲寅之春,余校士永順,舟出會溪,榜人告余曰岸上有馬將軍銅柱,因纜舟往觀之。蓋五代時楚王馬希範所立,柱圍四尺強,高出地六尺許,文凡四十二行,環柱八面刻之。

　　第一行"復溪州銅柱記"六字。

　　第二行"天策上將軍、江南諸道都統楚王希範",十五字。

　　第三行"天策府學士、江南諸道都統、掌書記、通議大夫、檢校尚書左僕射兼御史大夫、上柱國、賜紫金魚袋李宏皋撰",四十二字。

　　第四行"粵以天福五年,歲在庚子夏五月",十三字。

　　第五行"楚王召天策府學士李宏皋謂曰",十三字。

　　第六行"我烈祖昭靈王,漢建武十八年平徵側於龍編,樹銅柱於象浦。其銘曰：金人汗出，鐵馬蹄堅，子孫相連，凡九百年。是知吾"，四十六字。

第七行"祖宗之慶，胤緒綿遠，則九九百年之運，昌於南夏者乎？今五溪初寧，群師內附。古者，天子銘德，諸侯計功，大夫稱伐，必有刊勒，垂諸簡編，將立標題"，五十六字。

第八行"式昭恩信。敢繼前烈，爲吾紀焉。宏皋承教濡毫，載叙厥事。蓋聞牂牁接境，槃瓠遺風，因六子以分居，入五溪而聚族。上古以之要服"，五十字。

第九行"中古漸爾羈縻。洎帥號精夫，相名姎氏。漢則宋均置吏，稍静溪山；唐則楊思興師，遂開辰錦。邇來豪右，時恣陸梁，去就在心，臧否由己。溪州彭士愁，世傳"，五十八字。

第十行"郡印，家總州兵，布惠立威，識恩知勸。故能歷三四代，長千萬夫。非德教之所加，豈簡書而可畏？亦無辜於大國，亦不虐於小民。多自生知，因而善處。無"，五十七字。

第十一行"何忽承閒隟，俄至動搖"，九字。

第十二行"我王每示含宏，嘗加姑息。漸爲邊患，深入交圻。剽掠耕桑，侵暴辰、澧。壃吏告迫，郡人失寧。非萌作孽之心，偶昧戢兵之法。焉知縱火，果至自焚。時"，五十五字。

第十三行"晉天子肇創丕基，倚注雄德，以文皇帝之徽號，繼"，十九字。

第十四行"武穆王之令謨。册命我王，開天策府，天人降止，備物在庭。方振聲明，又當昭泰。眷言僻陋，可俟綏懷。而邊鄙上言，各請効命"，四十七字。

第十五行"王乃以靜江軍指揮使劉勍，率諸部將，付以偏師，鉦鼓之聲，震動溪谷。彼乃棄州保嶮，結寨憑高，唯有鳥飛，謂無人到。而劉勍虔遵"，五十字。

第十六行"廟算，密運神機，跨壑披崖，臨危下瞰。梯衝既合，

191

水泉無汲引之門；樵採莫通，糧糗乏轉輸之路。固甘衿甲，豈暇投戈。彭師杲爲父輸誠，束身納款"，五十五字。

第十七行"我王愍其通變，爰降招攜。崇侯感德以歸周，孟獲畏威而事蜀"，二十四字。

第十八行"王曰：古者叛而伐之，服而柔之，不奪其財，不貪其土。前王典故，後代著龜。吾伐叛懷柔，敢無師古？奪財貪地，實所不爲。乃依前奏，授彭士愁溪州刺史"，五十七字。

第十九行"就加檢校太保。諸子將吏，咸服職員，錫賚有差，俾安其土。仍頒廩粟，大賑貧民。乃遷州城，下于平岸。溪之將佐，銜"，四十三字。

第二十行"恩向化，請立柱以誓焉。於戲！王者之師，貴謀賤戰，兵不染鍔，士不告勞。肅清五溪，震讋百越，底平壃理，保乂"，四十一字。

第二十一行"邦家。爾宜無擾耕桑，無焚廬舍，無害樵牧，無阻川塗。勿矜激溯飛湍，勿恃懸厓絶壁。荷君親之厚施，我不徵求，感"，四十三字。

第二十二行"天地之至仁，爾懷寧撫。苟違誠誓，是昧神祇。垂於子孫，庇爾族類。鐵碑所立，敢忘賢哲之蹤；銅柱堪銘，願奉祖宗之德。宏皐仰遵"，四十九字。

第二十三行"王命，謹作頌焉。其詞曰"，九字。

第二十四行"昭靈鑄柱垂英烈，手執干戈征百越。我王鑄柱庇黔黎，指畫風雷開五溪。五溪之嶮不足恃，我旅争登若平地"，四十二字。

第二十五行"五溪之泉不足憑，我師輕蹋如春冰。溪人畏威仍感惠，納質歸明求立誓。誓山川兮告鬼神，保子孫兮千萬春"，四十二字。

第二十六行"推誠奉節宏義功臣、天策府都尉、武安軍節度副使、判内外諸司事、永州團練使、光禄大夫、檢校太傅、使持節永州諸軍事、行永州刺史兼御史大夫、上柱國、扶風縣開國侯、食邑一千户馬希廣奉"，七十五字。

第二十七行"教監臨鑄造"，五字。

第二十八行"天福五年正月十九日，溪州刺史彭士愁，與五姓歸明，衆具件狀，飲血求誓"，二十九字。

第二十九行"楚王略其詞，鐫於柱之一隅"，十一字。

第三十行"右據狀：溪州靜邊都，自古已來，代無違背。天福四年九月，蒙王庭發軍，收討不順之人。當都頭將本管諸團百姓軍人及父祖本分田場土產，歸明"，五十六字。

第三十一行"王化。當州大鄉、三府兩縣，苦無稅課，歸順之後，請祗依舊額供輸，不許管界團保軍人百姓亂入諸州四界劫掠，詃盜逃走户人。凡是"，五十一字。

第三十二行"王庭差綱收買溪貨，并都幕採伐土產，不許輒有庇占。其五姓主首州縣職掌有罪，本都申上科懲，如別無罪名，請不降官軍攻討。若有違誓約，甘"，五十六字。

第三十三行"請准前差發大軍誅伐。一心歸順王化，永事明庭。上對三十三天明神，下將宣祗爲證者"，三十四字。

第三十四行"王曰：爾能恭順，我無科徭，本州賦租，自爲供贍，本都兵士亦不抽差。永無金革之虞，堯保耕桑之業。皇天后土，山川鬼神，吾之推誠，可以元鑒"，五十四字。

第三十五行起至四十一行字差小，刻"彭士愁、彭允瑫、田宏祐、彭師佐、田倖暉、彭師樅、龔明芝、彭師俗、覃彦勝、田宏贊、彭師呆、彭師晃、向宗彦、龔貴、彭允臻、覃彦仙、覃彦富、田思道、朱彦蜗"等十九人勳爵、姓名。其餘各行下空處刻彭氏衆官姓名殆遍。

第四十二行"大晉天福五年，歲次庚子，七月甲子朔，十八日辛巳鑄。八月甲午朔，九日壬寅鐫。十二月壬辰朔，二十日辛亥立"，

193

四十三字。

第四十一行下空處刻"銅柱高一丈二尺，内入地六尺，重五千斤"十六字。按《五代史·楚世家》言，溪州刺史彭士然率錦獎諸蠻攻澧州，案此柱則彭士愁而非士然也。

史又言，希範遣劉勍、劉全明等以步卒五千擊士然，大敗，按此柱但載靜江軍指揮使劉勍，而無所謂全明其人也。史又言，士然走獎州，遣其子師暠率諸蠻酋降于勍，按此柱言，彭師杲爲父輸誠，束身歸款，而非師暠也。史又言，溪州西接牂牁兩林，南通桂林象郡，希範乃立銅柱爲表，命學士李皋銘之，按此柱，則李宏皋而非李皋也。

考唐昭宗乾寧三年，馬氏殷始有潭州，梁封殷楚王，殷依唐太宗故事，開天策府，置官屬。唐、晉代興，皆修貢京師，故銅柱以晉天福紀年，其實負嵎自大，非晉所能鈐轄也。希範爲殷之第四子，兵力強盛，南中諸蠻皆附之，此柱文涉夸張，字尤醜拙，本不足重輕之物，特其中所載平蠻事迹，有可以訂史傳之訛者，故述而存之。

哀詞

葛尚虞哀詞

僕生二十有七年矣，新舊雨未嘗有所零落，不知傷逝感舊爲何情。今年而葛生尚虞死。尚虞年齊於僕，踪迹暌，遭其喪有不勝情者。尚虞幼懷貞敏，三十無聞。母早喪，取婦不期年而死，無所出。及其歿也，一弟尚幼，族無可爲其後者。嗟乎！遇之窮孰有如斯人者乎？尚虞之死以瘵疾，其疾也，毀於母喪，則貞疾也。貞疾而死，死亦不恨，所恨抱個儻過人之才，而賫志焉以歿，搢紳不能舉其名，史乘不能存其行，有足悲爾。爰爲誄詞，以抒余哀。其詞曰：

僕與君而締交兮，今七易其星霜。衆皆鷙翔而鳳翥兮，君則棲乎枳棘而徬徨。嗟爾師亦我師兮，胡爲折節而交我？喜問途於群雅兮，耻妖廉與鬼賀。比肩人之嬋娟兮，宛璧月而瓊枝。香先埋而鬱鬱兮，玉後葬而遲遲。嗟乎後之無人兮，雖有書而誰讀？豈修文之有召兮，注姓名於丹籙？菖蒲綠而榴紅兮，披素幃其無人。人如玉而不可睹兮，余唯薦生芻於墓門。

祭文

祭彭鏡瀾學士文

嗚呼！嗟先生之不祿兮，儵御辨而冲行。星戴筐而芒掩兮，牀撤瑟而塵生。踐燃犀之妖夢兮，感棲鵬之哀鳴。泣雍門之琴調兮，憯山陽之笛聲。變華屋爲山邱兮，古人於此心驚。矧枌榆之共社兮，又黻佩之同榮。老成人其凋謝兮，敢太上而忘情。維先生之誕降兮，孕扶輿之靈淑。抱冰雪之異姿兮，纘金貂之文服。誦清芬於祖考兮，馳令譽於邦族。承德門而代興兮，藏賜書而能讀。鳳翩翩其奮霄兮，鴻衎衎其漸陸。步金閨而上玉堂兮，袚雝雝而肅肅。既委蛇於廊廟兮，尚沈酣於卷軸。晨鳴珂於秘省兮，夕燃藜於天祿。秉文學以侍從兮，被聖明之知遇。職編摩於三館兮，掌搜羅於四庫。備九重之顧問兮，嫺一朝之掌故。日在帝之左右兮，維起居之是注。壽盛德於竹素兮，宜休聲於韶護。持玉衡以相士兮，歷中外而迴翔。入分校於秩宗兮，出主文於晉陽。茅連茹而征吉兮，珠啓櫝而騰光。被公門之雨化兮，欣桃李之同芳。繼家學之淵源兮，有亢宗之令子。蚤擎芳於桂苑兮，旋養真於梓里。曾惠政之一行兮，尚循聲之四起。如先生之醇懿兮，宜坐享夫遐齡。作朝士之矜式兮，示國人之典型。胡彼蒼之不弔兮，且我佛之無靈。悲梁木之已壞兮，歎薤露之先零。豈今威之化鶴兮，抑傅説之列星。吳江迢遥而長逝兮，燕雲悽愴而暫停。展孫没而未誄兮，郭子逝而將銘。聊薄陳夫絮酒兮，庶少駐夫靈輧。嗚呼哀哉！尚饗。

祭封太翁文

嗚呼！胡彼蒼之不弔兮，喪我老成人之典型。悲梁木之忽壞兮，歎薤露之先零。榮撤瑟而御辨兮，傅騎箕而通靈。將命巫咸以大招兮，疇能索乎窈冥。惟我公之誕降兮，禀扶輿之靈淑。承七葉之清芬兮，履一門之嘉福。幼束髮而受書兮，早浸潯乎卷軸。窮理學於三魚兮，折經師于五鹿。乍螢聲于黌序兮，乃久困于棘屋。珠含采而藏淵兮，玉韜光而韞櫝。思歲月之不我與兮，思羽翼于皇朝。抱白璧而求沽兮，奮青雲而干霄。滋益恭於三命兮，將奉職於六曹。懷其寶而未試兮，亦令德之孔昭。踐燃犀之妖夢兮，聆化鶴之悲謠。植丹旐而飄風兮，啓緫幃而延月。嗟白馬與素車兮，望鄉關而將發。幸德門之有子兮，繼貽謀於簪笏。集四方之雕轂兮，振三公之華閥。嗟易名之有典兮，試臚陳其懿行。少承歡於二人兮，禀肫肫之至性。聯棣鄂而友于兮，示儀型于子姓。桑梓矢其敬恭兮，車笠堅其誓盟。嘗解衣而推食兮，不出家而爲政。創育嬰之盛舉兮，襄大府之成命。當事倚公如左右手兮，曾造廬而聘請。審我公之生平兮，卜積善之餘慶。蒙側聆夫碩行兮，又望見乎輝光。卜于門之將大兮，識王氏之寖昌。愧我言之無文兮，若管窺而蠡量。發悲音于蒿里兮，申微敬于椒芳。

獨學廬二稿

獨學廬二稿詩卷一

玉堂後集　古今體詩一百十一首

過岳麓書院，和諸生送別詩韻，兼簡羅慎齋前輩

濂洛淵源仰數公，名山壇席古今崇。共傳薪火歸吾黨，常使絃歌集此中。四面烟蘿衡岳近，一時風咏舞雩同。白雲紅樹秋容絢，始信文章大塊工。

登山臨水客將歸，閑坐籃輿陟翠微。河岳英靈思夕秀，頖林衿佩憶初衣。程門雪裏春常在，郢曲人間和未稀。幾輩鳳鸞猶息羽，此心常繞楚雲飛。

漢陽旅次

掛席出湘浦，迴舟度漢皋。水經平野闊，風過大江高。雲澤無芳草，龜山有怒濤。誰歟毳衣者，氣象獻蕭騷。

郾城曉發

潁水粼粼白石寒，招搖東轉夜闌干。終宵車下聽牛鐸，便作驂騑上路看。

經陳太邱故里

宮府政多闕，庶人私議生。嗟彼桓靈朝，皇綱日以傾。奄人起鈎黨，處士爭虛名。汝南畿輔地，乃有月旦評。區區太邱長，風采動公卿。談笑杯酒間，德星爲之明。蜩螗果厲階，標榜亦亂萌。君子辨名實，聲聞恥過情。

新鄭曉發

執策歸京國，驅車鄭衛原。鳴驢矜識路，倦鶴畏乘軒。殘雪明遙野，初曦出遠村。松醪濁如蟻，薄醉借微溫。

涉淇水口占

詩箋空祖鄭康成，聚訟淇園菉竹名。記取宣房爲樞事，史官原可勝經生。

邯鄲

邯鄲古道繞城闉，京洛塵深浼畫輪。不遇神仙皆夢境，儘多厮養妃才人。雲中征路蒼梧遠，河上悲歌錦瑟新。知道繁華纔一昔，俗情猶羨宰官身。

卜居聽鐘山房

三年□□□□春，重賃衡茅著此身。窮巷不知人似海，冷官合與佛爲隣。琴牀茶臼安排好，候鳥時花次第新。回首東山舊絲竹，風流誰繼謝公塵。此屋爲謝金圃先生舊第。

梧門圖爲時帆祭酒作

舊日揚雲宅，秋梧百尺陰。大材宜廣廈，雅抱尚喬林。圖畫風烟古，詩書歲月深。春暉有餘慕，不廢《蓼莪》吟。

題嚴棣華羊裘獨釣圖

七里嚴陵道，扁舟昔往還。伊人兹宛在，佳境若重攀。小隱桐江上，秋心釣竹間。祇愁六鰲客，天未許投閑。

題張船山補梅書屋畫卷

張郎示我補梅圖，水墨蕭疏近世無。誰可與花作知己？孟襄陽外只林逋。

咏瓶中芍藥

婪尾花開信已遲，豐臺猶有未殘枝。瑤階舊價千人重，金屋新歡四座知。春色將歸彌絢爛，芳容同列見參差。詩家妙語非相謔，欲采名葩貴及時。

瓶中換芍藥疊前韻

春光爛漫不妨遲，采盡瓊芽次第枝。按譜名多輪日換，賣花聲熟到門知。風人投贈情無間，園叟標題價有差。莫謂新歡移故寵，偶然茵厠幾何時。

蓮花寺讀書圖爲宋曉巖上舍作

十笏維摩室，秋林爽氣澄。伊人方執笈，吾道有傳燈。竹素新

201

知少，槐黃舊夢曾。衡茅相望處，陳迹畫圖徵。

題陸訒齋歸田讀書圖

賢侯倦畫琴堂諾，解組歸來載琴鶴。故老常懷父母恩，散人自愛江湖樂。宦海人人願拂衣，幾人容易遂初歸。柴門松菊吳淞畔，坐擁書城向翠微。

讀蔣立崖四丈出塞草書後

短衣匹馬曼胡纓，曾向龍沙萬里行。偶爲憐才招謗讟，都緣邁俗得狂名。蘇公詩獄災無妄，宓子琴堂政有聲。廿載跂予今握手，當筵傾寫慰平生。

俶儻才非俗吏知，風流宏獎孰能師？項生名喜逢人說，杜老詩從出塞奇。虎幄煮冰晨草檄，雁門蹋月夜吹箎。壯心但述茲遊勝，翻笑經生牖下癡。

驅馬悠悠出玉門，崆峒西去接崑崙。解衣平揖將軍座，執策周行校尉屯。荒磧射雲鵰羽健，穿廬避雪芨簾溫。懷人紀事成新什，鄭重奚囊碎錦存。

青海紅山百驛遙，班生歸老鬢毛凋。牢愁但假吟詩遣，憂患都緣識字招。絕塞賜環鴻並返，故山攜屐鶴相邀。竹中舊徑多三益，不待尊鱸樂已饒。

初夏偕壽庭、船山同遊法源寺

閑攜蔬筍煮烟霞，坐久松寮塔影斜。我室喜隣彌勒院，眾生摶盡女媧沙。一燈傳道今誰是？萬甲同仇古亦誇。解得華嚴頌中意，飄茵墮廁總空花。

船山見和叠前韻答之

劍南詩筆健凌霞，尺一銀箋醉墨斜。事到彼家皆嚼蠟，道存我相尚蒸沙。僧非粲可談鋒懶，客是羊何藻思誇。誰説維摩忘結習，偶然微笑也拈花。

壽庭見和再叠前韻答之

珊然仙骨抗青霞，想見桐陰點筆斜。琴遇賞音争刻羽，金經能手善披沙。不辭墨妙逢場戲，況有門才跨竈誇。謂令子星階。我似邯鄲思學步，重拈枯管祝生花。

翌日復蒙壽庭酬和三叠前韻

三叠琴心奏落霞，瑶緘封處印泥斜。縱橫文陣風舒錦，離合朋簪雨聚沙。傲吏出塵今代少，郎官應宿古人誇。詩成敏捷真無敵，筆吐神仙頃刻花。

南唐官硯歌和冶亭先生韻

歙州石液天不緘，割雲巧匠窮鎪鏨。南唐硯務製精妙，譬諸和璧昆刀劖。歐陽居士心鄭重，銘辭首署龍圖銜。文人結習先後揆，心乎有愛徵呫喃。吾師立朝廿五載，省院曹署皆清嚴。校書翻盡玉檢册，典禮判出金泥函。南金東箭廣羅網，清詞麗句勤修芟。文章之役必携此，朝夕不離若史監。宗工上接六一統，和羹秘妙非酸醶。坐客幸無顛米癖，傳觀不畏逢貪饞。手持糜丸日三試，金星熠燿眉紋髟。歙石以眉子紋爲最佳。

集稧帖字成五言律十章

　　一歲春將盡，同人向此臨。静聽流水曲，若在古山陰。幽契猶蘭室，清言又竹林。諸賢咸作者，叙録盛于今。
　　萬年同一昔，爲樂及其時。古迹陳猶在，清遊聽所之。林陰因水曲，風信與蘭期。不盡懷人抱，長言寄故知。
　　盛會期初地，幽娱集可人。咏言懷在昔，絲竹氣知春。坐向林間列，觴于水次陳。静觀今古事，悲樂每無因。
　　遇合隨當世，風流樂此生。管絃娱禊會，述作得文彭。稽古已無迹，感春殊有情。遊觀嘗永日，山水向人清。
　　人視彭咸老，山齊少室崇。静觀林外水，暫坐竹間風。大化無修短，群言有異同。古今一俯仰，相感在初終。
　　天宇清和後，群生得氣初。閑遊遇蘭若，幽迹在林於。臨水知山盡，因風悟竹虚。文人樂稽古，其地故無諸。
　　虚室當山静，長林帶水幽。時賢於此遇，故事又同修。天趣暢無極，人情和不流。快哉今日會，豈異永和遊。
　　世間同向盡，賢者以文娱。大樂人人得，清流事事殊。林亭諸品静，觴咏一時無。老至言懷抱，猶能感萬夫。
　　咏春時品竹，娱老或陳觴。文爲懷賢作，言因述事長。坐間九流集，室外一山當。領得幽人致，風情永寄將。
　　賢者生斯世，群情無間然。幽蘭與同誕，古竹或齊年。知己懷清老，風人有樂天。修和由氣化，欣感不能遷。

遊金尚書别墅

　　青門故侯第，白屋野人家。蓮卷巢龜葉，桐舒集鳳花。籬牽瓜蔓直，石壓筍根斜。猶有金鈴犬，閑齋護絳紗。

雨窗比部招飲適園，即席分韻得梅字

休沐有餘晷，群賢不速來。忘形相爾汝，攬勝此亭臺。花券先春署，書倉任客開。酸醎詩味好，妙不在鹽梅。

過法源寺

官閑不衫履，地僻少風塵。綠樹深藏寺，黃花澹向人。僧流忙似俗，秋草豔於春。祇爲幽尋便，僑居此卜隣。

桐

桐花如雪糁庭陰，綠罨簾雲小院深。不向人間作琴瑟，都緣世未有知音。

竹

劚竹編籬護筍生，喜新厭故亦人情。秋時又苦繁陰滿，礙我西窗看月明。

老　　屋

老屋雙林近，虛齋十笏寬。幽花如静女，芳樹號文官。種藥長庚宅，然藜太乙壇。閑門無剥啄，拊景獨盤桓。

題燕文貴摹王摩詰江干雪霽畫卷

輞川居士畫中聖，尺山咫水皆神境。萬品都歸翰墨緣，一生常抱烟霞性。後來秀者有燕生，初由擬議臻神明。千巖萬壑在方策，觀者如向山陰行。雪霽一圖最精絶，蒼靈如蓋繁雲積。霜落仍餘

205

木葉紅，天寒不改澄波碧。十家五家江上村，村人畏寒深閉門。山川一色混茫裏，不辨雲痕與雪痕。蘆洲荻港東西路，蘆花荻花亦如絮。釣客歸家星在罶，行人涉水雲迷渡。我思昔歲赴湖湘，萬里江天一葦杭。行旌遙遙風雪裏，下自金焦達武昌。大江兩岸山如織，時在瓊瑤炫金碧。當時身在畫中行，不覺江山甚奇絕。即今埋首軟紅中，回首烟雲有夢通。偶因讀畫逢佳境，如在蓬壺弱水東。

調　　冰

性不因人熱，調冰正及時。寒從瑤水出，清與玉壺期。狐昔先春聽，蟲今入夏知。洪鑪消似雪，猶可沁詩脾。

習　　靜

端居惟習靜，衆籟寂無譁。座撤談經席，門迴問字車。幽禽閑集木，冷蝶倦尋花。猶有聲聞處，隣僧課《法華》。

文從簡梅花畫卷

山人舊與梅花約，共向空山守猿鶴。暫抗塵容了俗緣，終乞閑身踐初諾。頻年京國漫驅馳，回首春風怨別離。吾家山曲香如海，誰解芳心與護持？文翁彥可工圖繪，轍材十尺苔枝在。淡影橫斜水墨中，幽香吐納烟霞外。烟霞標格月精神，妙手寫花如寫真。風塵不貌尋常士，別寫山林出世人。我思故山時太息，況披此卷又雙絕。幾生修到如花身，長在山中臥冰雪。

立秋日，時帆祭酒招遊極樂寺。置酒東亭，宴飲彌日，歸而有作

迎秋偶敞梵王宮，凉院初飛一葉桐。選佛地高諸品上，談經座

列衆香中。萍因水聚頻離合，燈假薪傳有異同。斜日在林人影散，詠歸共趁舞雩風。

沈石田畫虎卷

北風獵獵吹林薄，獸走禽飛虎聲作。荒村十家九閉關，居人坐臥驚風鶴。石田先生畫中祖，有客款門夜談虎。客去先生繪作圖，錦毛㛰爛目如炬。先生健筆萬夫雄，不畫騶虞畫戾蟲。譬諸國史名檮杌，別抱懲奸癉惡衷。我今觀圖別有見，衆生猶讓虎心善。請看社鼠與城狐，顛倒魅人日千變。世人談笑可危身，翻覺山中虎易馴。善人所在虎心悟，善人夕來虎朝渡。

王石谷山水畫幀

廿年種竹蔚成林，小築茆堂就樹陰。我有滄浪溪上宅，分明先得畫師心。

題畫册絕句十首

馬

萬里超騰老騏驥，不施鞿勒自調良。一從鑄式金門後，閒蹋天街向夕陽。

蟹

無腸公子久知名，漫說胸中有甲兵。且付門生重定議，可宜終古聽橫行。

松　　鶴

鬱鬱喬松凌紫烟，雙雙白鶴舊巢巔，當時曾拜秦皇爵，又閱風霜不計年。

卧　　牛

豈爲輟耕歸隴上，抑緣遊牧住山中。道周若使逢丞相，但説調元贊化功。

魚遊春水

磯上桃花糝落英，空潭如鏡見魚行。濠梁儘有忘機客，不必江湖始樂生。

米囊花

此亦山中小草倫，逢時紅紫絢芳春。神農不蓄非無意，開遍畦町不饋貧。

鴨

錦江初暖已知春，吟到鳧鷖古調新。如此羽毛獨自惜，與波上下笑斯人。

貓

春蕪如剗綠盈庭，雪色貍奴白澤形。碩鼠在郊都不管，閑來花亞撲蜻蜓。

白芍藥

一枝明豔萬花中，標格裁冰削玉同。業與花王充近侍，不應長此白衣終。

蟬

秋氣先歸碧樹陰，幽棲自詡入林深。衹緣吟嘯高枝上，遂起螳螂欲捕心。

題山水畫册

江上秋山擁碧鬟。一林紅葉白雲間。數聲柔艣斜陽裏，何處幽人載鶴還？

修竹檀欒十畝陰，柴門左右藕花深。自從獻賦金門後。如此風光不易尋。

楊柳依依江上村，桃花水繞釣磯溫。漁師牧網歸家早，倚櫂看山直到門。

松下房櫳對月開，蓬頭童子抱琴來。山中自譜漁樵話，不向周南問樂哀。

群峭摩空碧玉簪，静中如聽海潮音。觀濤人在吳山頂，時有蛟龍足下吟。

枯木槎枒積雪寒，此中高卧有袁安。如行玉宇瓊樓上，大地山河一色看。

七夕，吳壽庭銓曹、周廉堂司成、葛愛陶少府同過聽鐘山房小飲，次壽庭即席見贈韻

瓜花乞巧閑庭院，滴瀝銅壺換銀箭。忽聞門外駐高軒，玉驄

光燿吳門練。吏部文章舉世宗，筆花五色當筵絢。江東公瑾本如醇，縞紵依依故人戀。況值長庚山右來，敢辭秉燭開宵宴。磨刀不必向猪羊，薜蕐豆粥吾家膳。憶昔相逢各少年，當時同訂金蘭傳。後先踵武紫宸班，出者亦爲文學掾。頻年踪迹別離多，不及雙星歲相見。今朝執手坐花陰，笑言自覺心相眷。綠竹紅蕉四座間，清談纚纚聽忘倦。對酒當歌倍有神，一曲繁花落如霰。相期不醉總無歸，興已淋漓心未饜。詰朝再理舊杯盤，兩家各向離亭餞。

翌日集廉堂齋中和壽庭韻

昨朝阮屐蹋庭莎，正值雙星夜渡河。舉酒真如對公瑾，聽鐘久欲證維摩。黃花節近朋簪盍，《白雪》吟成和草多。莫怪開尊迓賓主，秋光彈指若流波。

秋色三分月二分，花香人氣兩氤氳。舊遊劍閣兼黃鶴，新曲楊枝又紫雲。醇酒在尊忘燭跋，清談列座與蘭群。鄴中季重多風調，主掌詩壇張一軍。

曹定軒侍御招飲紫雲山房，翌日賦謝

紫雲山館對清暉，客爲招攜共款扉。擁矢投壺風近古，藏花賭酒醉忘歸。一庭松菊生秋爽，四壁烟巒弄夕霏。讀畫評書不知倦，米家秘笈世應希。

秋　日　偶　成

曼倩官如隱，秋齋良静佳。墨香留净几，花影轉閑階。説劍邀秦客，填詞付越娃。近参齊物理，無夢觸蠻蝸。

宋節婦婉仙味雪樓圖

檐外銀雲冷不流，有人恤緯住瓊樓。梅花與月空相守，桂樹凌霜不計秋。錦瑟年華經過半，熒熒燈火偕昏旦。瀚海曾聞嚙雪人，貞臣靜女應同傳。

九月十九日集周載軒前輩齋中作展重陽會，次何蘭士韻

登高已誤菊花時，嘉會重詹十日期。自愛開尊因壯海，幾疑送酒向東籬。邾廚久說調羹好，鄴架尤於問字宜。況遇工詩何水部，濤箋如錦界烏絲。

跌宕詞場又酒場，不知塵海有炎涼。花開老圃風霜古，人到中年翰墨蒼。官喜逃禪師粲可，詩能入畫逼倪黃。誰家再啟西園宴，好客從來說鄭莊。

韓禹三比部四十壽言

貴胄多才子，郎官等列仙。曾於總角歲，共賦采芹薦。得路青霞上，登壇赤幟騫。策同庚信射，鞭讓祖生先。北闕承恩日，西曹筮仕年。持平今定國，邁種古庭堅。薦剡廷評協，簽名帝簡專。花驄庾嶺外，繡斧粵江邊。惠政甘棠蔽，哀吟陟岵傳。望雲吳苑樹，載石鬱林船。孝子懷風木，貪官慮粥饘。車驅秦隴雪，帆掛楚湘煙。岐路纔分手，歸朝又比肩。半生蘭契密，四秩鶴籌綿。初過中秋節，爰開介祉筵。壽星方在次，卿月正逢弦。群羨田荊茂，端知竇桂連。椿庭猶潔養，鴻案亦齊賢。鈞樂笙簧奏，雄文黼黻宣。真儲台鼎望，戩穀頌瑤牋。

趙松雪天馬圖

道人筆掃千人陣，貌出驊騮自神駿。教駬舊法首周官，詐馬名王腰漢印。武皇威德鎮天山，天馬西徠進玉關。苜蓿香中秋萬里，龍媒畢竟住天閑。

九日酬張船山檢討

城中風雨爲催詩，欲醉茱萸已後期。流水年華松並老，傲霜心事菊先知。結廬可惜陶公遠，落木仍同宋玉悲。臨水登山歸去晚，蕭蕭短髮不勝吹。

二月十三日，聖駕臨幸太學恭紀

閟宮禮樂尚宗周，萬乘親臨祀典修。六籍笙簧歸聖學，百官黼黻總皇猷。橋門水識恩波渥，輦路風占道氣遒。幸向廟堂陪祼獻，敢辭珥筆紀鴻庥。

奉命入直上書房恭紀

十年簪筆侍楓墀，聖學高深不易窺。孔思周情符上德，星輝海潤慶重熙。才疏忝與經師選，道大應教胄子知。却怪鄒枚虛遇主，但將辭賦答明時。

奉題定親王清漣晚泛圖應教

清暑泛蘭舟，芳洲選勝遊。日華蓮外淨，風意柳邊柔。爲善平生樂，長吟天地秋。舒音揚令問，蕪筆媿枚鄒。

澄懷園即事

老樹臨官道，清溪繞直廬。壯心矜櫪馬，樂志羨淵魚。待漏晨燒燭，沾春夜剪蔬。閑門無剝啄，顧影自軒渠。

春日直廬紀事

十日春陰近耤辰，雨師先事爲清塵。至尊親舉三推禮，隴上應多叱犢人。

習射由來可序賢，柳陰畫布月輪圓。即今百步穿揚手，應讓天家子弟先。

黑山蟻賊叛經年，日日軍符旁午傳。漢上么麿先授首，捷書今早到甘泉。

春波送綠上苔磯，磯側斜開月樣扉。六尺平橋通步輦，御香一道入林霏。

春水溶溶繞苑牆，百花環擁讀書堂。中官閑賭垂綸技，釣得金鱗一尺強。

書堂四面碧溪橫，略彴東邊畫舫行。激得流波向西注，落花無數過前榮。

大官侵曉便傳餐，阿監擎來竹裏盤。飯罷更頒新茗飲，玉泉水煮密雲團。

窗外春流碧似羅，都從福海瀉餘波。臨溪喬木先皇植，繞屋輕舠貴主過。

春宮典學重經師，筮《易》箋《詩》每出奇。餘事猶能該衆妙，成王書畫質王碁。

澹雲疑雨復疑晴，林外聲聲布穀鳴。傳道上皇清蹕出，大東門外省春耕。

蓬萊宮殿慶霄間，鏡裏烟嵐萬壽山。雲氣輪囷峰頂出，化爲霖雨遍人寰。

郊外書所見

花誕初過衆綠新，蹋青士女遍芳畛。柳邊白屋藏冰窖，花亞朱輪祭墓人。緯耒行田畊犢健，負薪歸市槖馳馴。四民已享熙春樂，課雨猶勞萬乘親。

晚過大樹庵

退直渾無事，徐行向梵天。野花新雨後，山木夕陽邊。鵤咏乘三月，禽魚共一川。老僧遺世累，人海自安禪。

園居雜詩

石垣瑣碎裂冰紋，薜荔沿緣翠若雲。春色不隨流水去，林陰新築葬花墳。

奉和成親王積水潭詩韻

欲訪西崖勝，言尋北郭遊。滄洲憑嘯傲，佳日愛勾留。碧水環如璧，紅蓮泛若舟。不驚車騎盛，沙上有眠鷗。

奉和成親王極樂寺詩韻

載酒爲良會，招提約不違。樹知前路是，鶴訝故巢非。滴露書楹榜，和烟煮澗菲。愛兹清淨境，相對欲忘歸。

奉和成親王澄懷園詩韻

飛蓋停沙際，鳴驄繫樹根。橘增新釀色，竹損舊題痕。行樂鶯花助，懷賢翰墨存。夜歸燈火散，纖月近黃昏。

燕蘭曲簡沈侍御舫西

梨園諸老散如塵，今有娉婷雙璧人。南國舊家依茂苑，西都新宅近平津。登場幻作嬋娟拜，猶是仙韶院中派。楊柳腰肢欲泥人，櫻桃眉目真如畫。相逢不肯便通名，衆説蘭卿與燕卿。一種幽香應曠世，百般妙舞總傾城。傾城傾國原難得，初日芙蓉去雕飾。座上金貂問姓名，曲中粉黛無顏色。梨花槍法似通神，況有紅樓一曲新。始信幽蘭非衆伍，轉疑飛燕是前身。曲罷殷勤致繾綣，笑酌流霞再三勸。曾共歡場鬥酒兵，敢辭醉墨評花券。由來兩美苦難降，誰謂無雙竟有雙。鐫名並入苕華璧，寫影同歸窈窕窗。百官第宅頻開晏，笙歌處處傳呼遍。繁欽風調謝莊才，當時不立秦宮傳。門外時停御史驄，蘭陵琥珀罄千鍾。醉中春色如花豔，醉裏春情似酒濃。春色春情看不足，良宵剪盡金蓮燭。願作移宫换羽人，當筵翻作燕蘭曲。

漫 興

澄懷園中可結隣，不施灑掃無纖塵。幽花當徑若迎客，老樹隔墙如瞰人。池水淡於魚肚色，山石皺似礬頭皴。主人懶散少機事，左右魚鳥皆相親。

十七貝勒招遊萃芳園

馳烟小驛枕清瑶，曲岸回風泛畫橈。魚鳥樂依仙眷屬，香燈虔慶佛生朝。蓮池尚卷巢龜葉，桐井初舒集鳳條。欲以嬉難知稼穡，桔橰引水灌新苗。

送同年李石農觀察浙東

昔年升士籍，與君兩頡頏。相見意氣投，因而肝膽向。稽古共冥搜，論今互遐訪。推賢我獨深，友諒君何讓。君今承帝簡，繡衣巡海上。抱才方有用，守道必無謗。永嘉山水窟，雲物最清曠。風俗亦撲淳，禄入裕潔養。飲水盡親歡，焚香答天貺。優游布爾政，自副蒼生望。

國家承平久，八瀛如莊衢。近聞草竊輩，嘯聚海東隅。黨羽累就戮，渠魁尚逋誅。坐令守土吏，束手相嘻吁。徒憂亦何益，所貴求根株。我思絕島外，古係無人區。生厓在螺蛤，居處依萑苻。安能久生聚，三餔充無虞。此必有奸宄，齊梁給其需。今惟嚴舶禁，粒米不使踰。終當鳥獸散，殲滅等朽枯。

庭堅古刑官，素著執法名。執法豈云難？貴得法外情。蚩蚩我赤子，艱辛度晦明。一朝陷縲絏，哀鳴求其生。近世吏折獄，半由文致成。鈎距以爲巧，民命鴻毛輕。世若有此輩，君當力支撑。與其殺不辜，寧失於不經。往詰有明訓，百世不可更。我年未四十，遽抱奉倩悲。嗟君亦同病，中歲虛其帷。上有白髮親，下有黃口兒。貧官艱井臼，隻身強支持。無何兒復殤，興言輒漣洏。丈夫貴闊達，勿罣兒女思。中饋聞無主，何以成孝慈。勸君覓麟膠，及時續朱絲。

二鐵詩應成親王教

軒皇截竹發奇響，誰與鑄鐵肖其象。百鍊曾經歐冶成，一聲已遇柯亭賞。朱邸奔藏寶愛深，況聞嘉侶有銅琴。鏗鎗譜出鈞天曲，不作尋常絲竹音。

右鐵笛

賢王論世表孤忠，摩挲古鐵純鈎同。餿金宛轉廿八字，想見弼士貞臣風。我今顧名思其義，嗟公未遂平生志。崔魏升朝楊左僇，世間何事能如意？

右趙忠毅鐵如意

端午紀恩詩

秘館辰居近，良時午日新。匪頒先禁籞，儤直厠朝紳。冑子頻前席，中官特錫緡。堆槃交絢采，發篋又臚珍。和露丹丸貴，含風翠綺勻。珠聯椒實衍，扇緝鶴翎純。綵索徵延算，靈符仗護身。龍文輝結佩，魚袋屑香塵。即此恩施渥，如聞帝命諄。果然天貺節，異數逮儒臣。

奉題儀世子松下讀書圖集文選

載筆陪旄榮謝朓，三入承明廬應璩。唯然覿世哲顔延年，志尚好讀書阮籍。巖穴無結搆左思，仰觀嘉木敷何敬祖。長嘯入青雲曹植，思賢詠白駒曹攄。爽籟警幽律殷仲文，振風薄綺疏陸機，豈徒暫清曠邱遲，是謂仁智居應璩。

題聽秋、桂舲昆仲聽雨圖

蕭齋十笏掩寒碧，中有聯床聽雨客。元方有弟季有兄，清門文采雙珠璧。憶昔鶯鳴求友時，君家伯仲最先知。家學相承一品集，藝林爭誦二難詩。兩君乘時驥足展，我亦奔馳後塵殿。佩鞢同遊璧水春，擘牋分詠澄江練。轉燭光陰廿五年，人生離合似雲烟。才子著書侯鯖錄，貧官載石鬱林船。維時我稅湖湘轍，兩地相望更相憶。吳下懷人念古懽，湘中送客成新別。邇來重聚春明道，時把朋尊一傾倒。老至方知少歲難，舊交總比新知好。觀君此卷重躊躇，人有兄弟我獨無。聲華人說東西陸，急難吾思大小蘇。

奉賜福壽字乳餅恭紀

天厨出珍品，中使赤盤盛。素比熬波出，香猶潑乳生。方員均就範，福壽各題名。幸識醍醐味，彌增食德情。

奉賜哈密瓜恭紀

西域靈瓜美，衝寒至未央。翠肌迎刃脆，丹液沁牙涼。真可同崖蜜，無煩問蔗漿。瑛盤宣賜處，禁近最先嘗。

十月二十九日作

短鬢憂時改，長繩繫日停。千金藏敝帚，一劍試新硎。鶴訝今年雪，鼀占昨夜星。軍書頻報捷，鍾鼎竟誰銘？

獨學廬二稿詩卷二

鵑聲集　古今體詩一百三十首

燕　燕

燕燕將雛在綺樓,雙飛雙宿兩經秋。主人今日翻如客,別汝孤蹤事遠遊。

元旦清風鎮早發

旅柝傳催夜色闌,僕夫燈火促征鞍。年時此日趨朝去,侍女薰衣護曉寒。

肥　水

策馬渡肥水,千峰當路生。置郵通大道,保障立雄城。舊俗猶陶穴,邊屯或馬耕。古來秦晉地,設險自天成。

永濟道中

臘盡春猶淺,山風滿客衣。野明殘雪在,村暝夕陽微。馴犢依童立,驚禽掠馬飛。蒲東問蕭寺,松亞閑柴扉。

將渡黃河寄簡都門親友

行盡蒲東路百盤，一封書寄報平安。清時不覺秦關險，世論多云蜀道難。節過上元風漸軟，地經太華雪初殘。前途日與青天近，十萬峰巒足下看。

寶雞作

斗大陳倉接蜀郵，麗譙夜火列星稠。行人小住圍城裏，尚有書逓了不休。

入棧作時方有賊警

書生豈有勒銘才，漫請長纓蜀道來。楊柳綠依戎帳近，櫻桃紅傍戍樓開。回溪轉石喧如雨，飛騎穿林疾若雷。但願及時洗兵馬，敢求顏色上雲臺？

夜宿馬道

荒村十家九空舍，亂後易生風鶴驚。逆旅不逢五漿饋，驛路那得雙旌迎。篝燈向壁淡無色，棧馬齧豞喧有聲。似聞蜀道勝秦嶺，計程明日過褒城。

褒城驛

風吹林雨濕征衣，匹馬穿雲入翠微。山出泉源花竹盛，地經兵火市廛稀。荒村夜靜無尨吠，野屋春深有燕飛。道路忽傳好消息，將軍新解七盤圍。

七盤嶺記事

夜宿寧羌州，朝登七盤嶺。峻坂崎嶇高入雲，過關卅里無人影。昨宵驛吏向我言，官兵半千關上屯。如何今日驅車去，匹馬隻輪無覓處。髯頭童子草間出，戟手指天向余説：連日關頭曾列營，旌旗蔽日刀鎗鳴。朝來忽聞有賊信，頃刻倉皇拔營遁。我聞國家設兵以衛民，如何賊猶未至兵先奔？道旁一叟向余泣，但怨官兵不怨賊。官兵避賊如避雷，賊去百里兵始來。賊來焚掠有餘燼，官兵所過掃地净。佩刀不斬賊人頭，但入村舍屠猪牛。戰馬無芻又無荳，中田群行麥苗秀。村居十室九無人，繡户文窗摧作薪。承平將吏工諧笑，不習戎韜習文貌。忽聞賊去心腸寬，整頓弓刀迎上官。上官問賊曰小醜，小醜至時大兵走。

西　溪

麥苗將穗豆初花，柳下柴門是釣家。策馬仙人橋上過，此身忘却在天涯。

舟泊叙州

維舟向山郭，萬室帶烟蘿。雲氣蒸青嶂，風紋蕩緑波。長堤通驛傳，空谷有樵歌。戎馬川東北，何時慶止戈？

南川盛尹負米圖

禄養本爲親，仕者每遠游。吁嗟望雲心，常懷萬里憂。我行典巴郡，南川有賢侯。侯方奉諱歸，百姓扳轅留。扳留父老情，遺愛古如此。孝子戴星歸，固無可留理。至郡將告行，蕭蕭少行李。袖出負米圖，欲語淚不止。感君菽水思，增我風木悲。我親棄我早，我禄親弗知。行役遍九州，懷歸未有期。何時遂初衣，誓墓吳山垂。

題十美圖

靈巖高築館娃宮，禍啓夫椒召女戎。霸越亡吳緣底事，一生知己報陶公。西施

相如新聘茂陵姬，垂老文君怨別離。回首蘼蕪山下路，負心不獨在男兒。文君

一曲琵琶紫塞春，受降城外草如茵。單于職貢閼氏貴，絕勝長門望幸人。明妃

椒風別館日邊開，樂府新翻赤鳳來。漫說貫魚恩澤好，自家姊妹尚相猜。飛燕

橐鞬十載從王師，臨陣曾搴大將旗。當日功成報天子，策勳曾否到蛾眉？木蘭

錦衣短後玉花驄，如海侯門有路通。非是美人輕去就，托身難得是英雄。紅拂妓

文起中央四角通，佳人心盡錦機中。胸藏經緯知多少，百樣吟來百樣工。蘇若蘭

宮嬪論詩有定評，一時沈宋便知名。玉衡縱使量才是，已覺君王待士輕。上官婉兒

玉妃從幸曲江頭，士女傾城看禊遊。莫怪君恩及秦虢，漢家趙李總封侯。楊太真

校書家住錦江濱，手擘吟牋叠雪新。幾輩掃眉才子在，此身欲托更無人。薛濤

試院作

偶假文章役，聊停案牘勞。清吟消夜雨，逸思助秋濤。醉誤新

題刺,涼思舊賜袍。風簾人靜後,孤月碧雲高。

自見巴渝月,盈虧六度過。菊畦霜信晚,蕉院雨聲多。政托彈琴簡,書讎舉燭訛。軍符猶載路,諸將近如何?

試畢示諸生

曾荷先皇付玉衡,采風又見錦江清。漫嗤《白雪》《巴人》調,最喜青衿魯國名。老馬循途思舊迹,嬌鶯出谷試新聲。吾門衣鉢分明在,指點雲霄望後生。

郡齋偶成

春風隨我到天涯,桃李成陰燕有家。歸計每成烏鯽墨,閑情空寄碧雲騢。身非藥樹難醫俗,心愛神羊善觸邪。杜老平生原自斷,不將茵溷卜風花。

戟門兵衛護重關,官閣開簾見遠山。綠野不逢牛觳觫,青林時聽鳥綿蠻。庭無留獄刑書簡,篋有陰符士氣閒。想到故園松菊好,夢中誤喜遂初還。

客貽雙菊漫成

秋盡巴山百卉凋,芳華殿歲見孤標。相思似遇良朋至,暫對能令俗慮消。霜後清芳寒欲徹,月中淡影瘦難描。故園若與松同壽,留我歸來證久要。

咏文旦十六韻

野圃登秋實,生香活色修。問名園叟牒,定價估人擔。菓亦文官號,花曾靜女篸。瓜分丹液滲,匏繫綠陰醃。青箬包同橘,黃羅餉比柑。剖驚萍實艷,咀奪蔗漿甘。沁齒冰絲脆,留胸雪味醰。嫩隨纖手擘，妙許慧心參。種不踰淮北，聲尤盛海南。懷歸希陸績，列狀補嵇含。贈擬投桃古，吟輸噉荔諳。襲馨陳髹几，饋遠薦筠籃。辭樹經霜晚，承筐帶露涵。渾圓防轉側，碩大礙封函。錫貢炎方貴，嘗新壯月貪。詩成無故實，儉腹祇生慚。

秋日述懷

客意自寥落，非關秋氣悲。枯槎欹礙路，豐草亂生池。激水魚頻躍，危巢鵲未知。匏瓜繫無匹，空負白雲期。

合州查賑歸有作

水穿三峽通鹽井，山束雙江抱合州。已與芸生同痛癢，敢忘桑土費綢繆。老農避賊先清野，健婦防身亦佩牛。漫與孫吳談遠略，暫時休息即良謀。

湘琴自丹稜來見訪，喜而有作

錦城小別忽經秋，千里遙來訪戴舟。執手風前同一笑，宛如身在夢初樓。

湘江秋水最澄鮮，雲棧嵯峨雪後天。多少平生奇絕境，丹青能手一時傳。

眉山文獻說蘇黃，舊迹城南大雅堂。書喜涪翁吾有癖，屬君遠寄莫相忘。

和杜陵諸將五首元韻

蟻賊經年聚黑山，蜀天烽火接秦關。元戎籌策韜鈐外，大府威儀將相間。入幕始知中壘貴，掉鞅頻見左輪殷。江城旦暮軍符急，何日鐃歌一破顏？

側聞道濟是長城，新建征西大將旌。楚國贏師寧誘敵，曹侯野戰可知兵？一夫倚劍山皆險，千里飛芻路欲清。莫謂策勳先汗馬，終須奇計用良平。

　　陳倉古道遠傳烽，蜀棧連雲設險重。露布屢聞三捷奏，函關不見一丸封。諸軍轉運無虛日，累詔蠲除缺正供。官府度支天下繫，總持大計在司農。

　　孫吳名已鼎鍾標，六載烽烟尚未銷。少府持籌頻瑣瑣，中軍借箸竟寥寥。清談何補空捫蝨，好爵虛縻儘續貂。不信魏公真姽嫿，更無忠讜報熙朝。

　　錦城數見檻車來，世事如棋亦可哀。累歲璽書頒下國，幾人弓劍上雲臺。雞竿肆赦頻開網，蛇影猜疑尚在杯。寄語諸公各努力，聖人宵旰正求材。

述　夢

　　我生蹤迹如飄蓬，坎行艮止憑鴻濛。昨宵夢赴蓬萊宮，仙人招我碧芙蓉。木蘭之槎貫月同，不帆不艣行飛空。滄波萬頃磨青銅，星辰不動天無風。鯤遊鵬搏一瞬中，忽登彼岸披蒙茸。我欲問津逢海翁，謂我此是扶桑東。桑麻陰翳阡陌通，枌榆雞犬如新豐。人生富貴如飄風，我心不樂憂忡忡。綠章草就投天公，急流欲退言由衷。或者思之鬼神通，寤寐來告開愚蒙。邱園可賁龜筮從，冥冥高舉隨螫鴻。

放　言

　　仕宦至二千石，古人以爲榮名。今我忽忽不樂，毋乃不近人情。男兒墮地有志，此意真如耳鳴。獨知不能共喻，他人安得相争？我生四十有五，平生有志無成。文不能調台鼎，贊襄密勿承明。武不能握兵符,風雷號令施行。坐守一州斗大,消磨秋蟀春鵑。何似拂衣歸去,江湖放浪餘生。杞菊一廬偕隱,鷗波萬里同盟。

讀　漢　書

孝文令主日方中,一代皇猷雜伯功。也解傳經譯蝌蚪,却因訪道問崆峒。徐驅玉轡尊周勃,特敕銅山賜鄧通。清静牧民原上理,惜教方術累淳風。

治平最數武皇年,武緯文經百事全。三品鑄金終病國,百方采藥可逢仙？中宫巫蠱冤成獄,晚歲輪臺悔拓邊。却怪少孫書闕略,但將封禪補成編。

漫從故紙乞精靈,振古無憑是汗青。王莽亂臣能學禮,馬融姦黨解談經。三公布被終尸位,四姓椒房易勒銘。洛下少年心躁進,妄思痛哭動明廷。

書生水鏡肯教誣？旁魄偏難論兩都。蘇武不歸終索虜,衛青未貴本人奴。上方可許誅張禹,罵座誰能救灌夫？歷詆公卿緣底事,請從屋上試瞻烏。

溪山獨釣圖

雨笠烟簑老此生,溪山隨處刺船行。却思五月披裘客,未必無心欲釣名。

徐文長玉印歌

客來贈我古玉印,文長兩字朱文磷。我從文苑考姓名,此人合是天池生。當日倭夷寇吳越,鯨鯢蟠踞滄波窟。將軍建節鎮東南,伏波横海同助伐。徐生才調壓群英,羽檄飛書倚馬成。封章草盡三千牘,秘策胸藏十萬兵。頌成白鹿天應笑,吟到紅袍客盡驚。一朝謠逐流丸起,將軍大樹飄零矣。對簿方知獄吏尊,茹刃甘爲田橫死。破帽疲驢走九邊,武安殘客少人憐。歸家落魄惟耽酒,滿腹離憂欲問天。當時鑑水呼狂客,此日文壇儷謫仙。將軍肘後金如斗,輸此聲名萬古傳。

奉和楊荔裳方伯試院述懷之作

瀼水東西蜀道長,大賢爲政頌聲翔。軍門屢建平戎策,試院重開選士場。列郡櫜弓將有慶,諸生櫝玉正觀光。浣花風氣今猶古,萬口爭先誦錦章。

素欽山斗望崔嵬,幸縮銅符作吏來。膏雨已蒙郇伯澤,元風又識子雲才。紫薇舊業曾華國,《白雪》新篇只愛材。愷悌不回君子事,邦人藉藉祝蓬萊。

萬條紅燭映風簷,官鼓傳催棘院嚴。沈宋知名齊入縠,歐梅酬韻不分簾。龍門晨啓霜威肅,虎榜宵龡墨瀋黏。遙想詩筒郵寄處,洛陽紙價一時添。

操觚塗抹憶當時,世事如雲無定姿。櫜筆並趨鰲禁直,吹笙同賦《鹿鳴》詩。一麾自分天淵隔,四海猶言杵臼知。共向槐黃尋昔款,秋風回首不勝思。

寄懷方有堂太守

頻年傾耳聽長風,一昨相逢意氣融。橫草功名成馬上,運籌韜略寓詩中。公卿久已知田叔,父老猶思借寇公。忠萬近聞妖祲净,歲寒雞黍候君同。

葺妙雲精舍既成,戲題一律

薜荔爲垣芍藥房,盧家不數鬱金堂。幽栖地比桃源好,學舞人如錦瑟長。燈影避風藏夾幕,屐聲步月轉回廊。羨他蝴蝶花間活,擬向莊生乞睡方。

春日對酒有懷吳生兼山

玉杯珠柱庾公家,萬里曾停問字車。紅友頻邀花入座,蒼官解與石排衙。人情伸屈甘同蠖,世事公私苦問蛙。鴻雁不來之子遠,羌無佳語寄侯芭。

溫湯峽

溫泉世所希,此郡乃有二。一在巴江湄,一在璧山治。地豈有丹砂?泉出乃如沸。乃知揚左賦,諸奇實未備。因之思舊遊,地殊事亦異。我昔遊歷陽,曾著《香泉記》。緬想昭明迹,流連三致意。昨歲過驪山,信宿華清地。親試蓮花湯,吁嗟天寶事。今茲典斯郡,非無探奇志。誠恐供帳煩,重為父老累。空聞溫湯名,弗敢駐驂騎。何時乞閒身,遍訪蜀山秘。斯泉恣泳遊,掬斟隨我器。

初春與英已亭司馬、譚子受別駕同過蒙子園看梅,并訪主人張玉屏檢討

絳雪蒼霞一塢凝,幽人芳樹若為朋。疏鍾輞水招裴迪,新月柴門訪杜陵。坐榻暖分茶竈火,吟毫香蘸硯池冰。不嫌冠蓋經過俗,竹裏呼問有鶴鷹。

奉題趙損之先生丙舍授詩圖遺像卷

先生名文哲,官中書舍人,隨征大、小金川,死於木果木之變。追贈光祿卿,謚忠愍。

磨盾曾揮萬里毫，紫薇花亞謫仙曹。雲間舊夢尋鷗約，馬上新篇補豹韜。猶有青箱貽故紙，更無碧血瘁征袍。側聞世賞恩重沛，追錄書生汗血勞。嘉慶四年，有旨追錄前勛，給恩騎尉世職。

桂門關營次作

石磧秋風勁，營門殺氣深。官同牛馬走，士識鳥烏音。刁斗晨炊黍，胡床夜擁衾。前山新破賊，燐火滿青林。

軍營雜述

百丈關前壁壘新，朱絲生繫蚩尤身。秋來一月真三捷，將令椎牛祭蠹神。

當年臚唱紫宸時，簪得宮花第一枝。今日帽簷彭翠尾，路人錯認羽林兒。

腰間錦帶佩吳鉤，借箸還參帷幄謀。笑比東平老常侍，貂蟬我反換兜鍪。

雲臺諸將各登壇，可有韜鈐策治安？却聽神人帳中住，常將凶吉報田單。

不信從征有木蘭，強教妹喜著男冠。三軍忽有桑中約，細馬馱歸李阿端。

翩翩書記共招攜，黃土青雲事不齊。惟有東陽沈長史，無端征戍玉關西。

即事雜咏

萬里龍沙久築城，雪山星海遍干旌。紫臺絕塞無遊牧，赤子潢池自弄兵。上相憂時徒慷慨，書生本願欲澄清。至尊有詔開賢路，周道猶來似砥平。

元老登壇衆所尊，嘉陵東北陣雲昏。幾看赤羽將清野，無奈青蠅又止樊。上路驂騑來劍閣，秋風金鼓震夔門。司勳不少平戎策，只恐當時號《罪言》。

　　錦水東南聽鼓鼙，潼川高壘列旌旗。淮陰背水原非法，林父爭舟亦可嗤。稍喜譜人畀豺虎，況聞溫詔恤瘡痍。巴西民氣重蘇息，猶幸春耕未失期。

　　參贊西來汗馬勞，諸軍河上自翔翱。壯夫棄甲空橫草，健婦登陴亦佩刀。漫說六師分虎竹，豈無一士習龍韜。可憐白首封疆吏，一半朱絲就法曹。

　　一昨萑苻擾市廛，巴山東北遍戈鋋。四郊守險狼烽畫，萬室憑高燕壘懸。介子功成不言祿，武侯病臥尚籌邊。鐃歌早奏清平曲，父老瘡痍已七年。

　　才視韓彭本軼群，何來卿子冠諸軍？亂離人命輕於草，仕宦交情薄似雲。吳越同舟心共濟，薰蕕在器臭終分。翩翩書記從戎久，一觸鋒端莫解紛。

　　襃鄂英風舉世傾，論功行賞事難平。盧循蹈水原非死，張祿歸秦已變名。蜀國神巫空決策，趙家厮養盡專城。書生橐筆從軍久，轉視雲臺將略輕。

　　諸軍百戰掃欃槍，露布飛馳入建章。畫象共推典屬國，策勳先拜羽林郎。玉關路遠烏頭白，鐵甲人歸馬腹黃。衛霍功名垂竹帛，幾多新鬼哭沙場。

　　三韓習俗本婁羅，馬上群呼曳落河。斛律僉名常視屋，武安謝病竟投戈。忽訛廣柳歸連尹，又聽明珠謗伏波。人世風花多舛午，升沈天定敢誰何？

　　談兵紙上儘云云，兒戲無如灞上軍。趙括讀書終自誤，孫陽相馬竟空群。但聞渾潛爭新寵，莫與甘陳訟舊勳。不喜賈生陳政事，可知絳灌本無文。

秦嶺風雲接漢陰，木門竹峪路交侵。終愁山藪名藏疾，不信豺狼竟革心。聖德頻開三面網，神姦仍鑄九州金。此方兵氣銷難盡，將戢干戈慮轉深。

短後行袍戰血乾，幾時烽火報平安？馬因戀棧依人久，鶴到乘軒受甲難。老子申韓何共傳？賈生絳灌竟同官！腰間長鋏思歸切，不向西風更彈冠。

碧血青燐集鬼雄，平沙浩浩戰場空。招魂紂絕除天外，薦福華嚴小劫中。一曲風雲思猛士，萬夫肝腦報元戎。白頭彳亍斜陽裏，更有新豐折臂翁。

華陽黑水古梁州，豪士天生衛霍儔。兩度勒銘傳劍外，三年橫策掃厐頭。鮮卑語妙通中國，呼藥官尊視列侯。十萬貔貅清蜀道，將軍權當錦衣遊。

賣繒屠狗有英流，駿向驪黃以外求。執策庸奴皆上將，竊鉤佳賊亦通侯。江山故宅安鷗尾，軍衛新銜冠虎頭。但得健兒好身手，不妨麟閣畫獼猴。

錦瑟華年彈指過，悔敎簪笏易雲蘿。匏瓜不食長虛繫，古井無風自起波。載鬼一車終筮吉，渡河三豕孰讎訛？鵲聲自喜鵑聲苦，百鳥鳴春總不和。

忽聞申息有違言，八表停雲信手翻。肯以鳩人疑叔子，悞將同乘托公孫。一尊酒罷留弓影，千里舟來刻劍痕。世事如棋何定相？輸贏且待局終論。

萬峰蜀道勢嵯峨，七載烽烟慶止戈。每聽皷鼙思將帥，更聞帶礪誓山河。當時星火軍符急，于野元黃戰血多。山鬼國殤無貴賤，招魂同入楚人歌。

溪山雪霽圖爲錢蘅香刺史賦

化工玉戲本無端，一片光明世界寬。蕉葉畫成原是誤，梅花尋遍不知寒。雲中鳷鵲唐宮遠，天半峨嵋蜀道難。何似故山歸計穩，草廬深處問袁安。

題俞敬先主簿細雨騎驢入劍門圖

同是天涯薄宦身，劍門東北尚烟塵。春風回首湖湘路，草長鶯飛自可人。

秋日偕方有堂太守放舟白帝城，即事懷古

白鹽赤甲鑠夔門，灔澦驚濤萬馬奔。八陣風雲空節制，一軍猿鶴自煩冤。江山舊事歸籌筆，杞菊新香入酒樽。嗚咽永安宮外水，英雄成敗本難論。

巫山道中

一山陰雨一山晴，鏡裏峰嵐百態生。江到夔門初設險，雲因巫峽特知名。叢祠社散神鴉集，古戍樓高畫角清。塵世悲歡都幻想，有何客淚落猿聲。

甘后墓 在夔州府後山。

寶帳珠襦迹已陳，惠陵草木尚同春。即今地下亡金盌。在昔宮中妬玉人。巫峽荒唐神女雨，洛川遊戲宓妃塵。何如翟茀君王后，萬古烝嘗廟食新。

雲陽謁張桓侯祠

將軍舊績著西川，稗乘傳聞誤後賢。折節但居關羽下，論才不讓馬超先。壯夫裹革心長在，敵國歸元貌儼然。父老烽烟今七載，

可能靈佑蜀江邊。

雲陽道中榜人不戒舟爲灘石所敗，詩以志事

自持忠信涉波濤，擊楫中流興正豪。方喜水清能見石，誰知河廣不容刀。青蓮捉月吾非侶，赤鯉乘風爾莫驕。檢點《蘭亭》無恙在，等閑生死亦鴻毛。

偶過綏定城南西聖寺

翠屏千仞迥蒼涼，中有華嚴古道場。八部天龍森法衛，一房花木駐幽芳。洞名方響疑仙樂，樹號圓生即佛香。不待逢僧多説偈，空山寂歷道心長。

陳解元伊言自夔門寄詩見懷，依韻奉酬，并簡有堂觀察

賢者交遊遠俗氛，雙魚千里忽相聞。江山風月思三峽，猨鶴蟲沙漑一軍。耻與周人爭鼠璞，喜從燕市識龍文。老夫衣鉢將傳子，記取承蜩志不紛。

肯將尺木鬥凡鱗，鏡裏吟髯雪點新。弧矢難償男子志，鶯花空負故山春。風雲得路非能强，竿木逢場亦未真。歎息班生今老矣，更無戲論可酬賓。

白沙河途次墜馬受傷，詩以志之

不施鞿勒騁飛黄，親歷王尊叱馭鄉。但抱壯心瞻馬首，豈知歧路入羊腸。千金自冒垂堂誡，百藥先尋補骨方。從古王臣當蹇蹇，幾人安步到康莊？

正月十三日旋郡作

試燈天氣月如銀,花亞瓊筵酧結璘。理曲調箏《三婦艷》,典衣置酒一官貧。小山《招隱》思君子,香草《離騷》念美人。誰似青蓮李居士,解將詞賦惜餘春。

粥粥群雌在錦帷,賞春有分不妨遲。纔從古渡迎桃葉,自譜新聲付柳枝。酒味釀於初熟候,花光艷在未開時。綵毫草畢平蠻檄,歸向妝臺更畫眉。

癸亥花朝,爲么姬二十初度,戲成四律寄之

桃李容華錦瑟年,百花同命自嬋娟。吟成荳蔻春將半,看到嫦娥月向圓。胸抱紺珠工記事,夢傳綵筆寄吟箋。閨中邢尹皆同調,應爲朝雲啓壽筵。

穉柳夭桃各弄姿,故園春色繫人思。戲爲隱語呼珠母,學就新聲鬥雪兒。望我歸期占鵲語,知卿心事驗蛇醫。莫誇夫婿專城早,已到羅敷二十時。

長陵小市駐雕輪,憶聘雲英掌上身。謐作洞簫因協律,願爲莞席待橫陳。辟除噩夢憑剛卯,摹寫風懷入秘辛。休笑維摩新示疾,室中容得散花人。

溫柔不羨白雲鄉,篷室春多樂未央。蔗節旁生總佳境,桃根後至竟專房。懷人應樹忘憂草,偕老還焚結願香。何日五湖風月裏,歸帆一葉載夷光。

西聖寺僧房牡丹初開,同人携酒賞之

尋芳尋到遠公家,紫玉迎風乍吐芽。官偶偷閒同載酒,佛曾含笑爲拈花。已過穀雨春猶淺,欲寄朝雲夢轉賒。野衲亦知矜富貴,

錦幛翠幕自交加。

陳笠帆觀察奉諱北歸，賦詩送別

同鄉同榜復同官，海内知交似此難。迹比浮萍時聚散，信隨修竹報平安。姓名偕入山公牘，臭味應彈貢禹冠。今日臨歧重賦別，幾多悲喜集毫端。

白雲親舍隔春暉，將母初心痛已違。杕杜賞功影翠羽，蜉蝣雪涕灑麻衣。祇緣王事賢勞久，誰道天涯遠宦非。回首京華瞻北斗，歸驂未動早神飛。

憶昔宣南比屋居，逢花對酒必相於。旗亭同訪新翻曲，鄴架傳鈔未見書。我忽勞薪先鞅掌，君隨借箸典儲胥。通川五載重懽叙，敢説雲龍樂不如？

妙手調羹五味和，等閒宦海静無波。軍門磨盾偕籌筆，官閣投壺共雅歌。萬里歸家遊子願，七科同館後生多。鯉庭尚有聞詩訓，莫效元平廢《蓼莪》。

暮春書懷

自從戎馬蜀江湄，欲覓封侯苦數奇。春色漸隨樊素老，宦情惟有杜鵑知。望雲鶴已乘軒倦，上竹魚猶縱壑遲。回首五湖烟水闊，黄金何日鑄鴟夷？

當時解褐換朝紳，轉燭光陰十四春。清珮曾趨三殿直，勞薪遍歷九州塵。官逢鄧禹應相笑，賦擬揚雲未逐貧。聞道鈞天張廣樂，可知世有謫仙人？

聞三月初二日考試翰詹，寄懷同館諸子

瀛海蓬山路杳冥，漫將位業定真靈。幾看卿士同明月，却諱郎

官應列星。六鷁退飛過宋野，一夔率舞向虞廷。塵中人苦風花舛，聽得神仙劫又經。

排　悶

昔奉神仙職，曾居侍從班。風塵俄墮落，戎馬又間關。貝錦多銷骨，金丹不駐顏。近來新樂府，惟譜《念家山》。

夔府留別方有堂

王粲從軍地，嚴公典郡時。江山夔子國，風月謝家兒。掃榻留賓久，登堂拜母遲。循良原衆望，儒雅獨吾師。

龔稼堂刺史罷官南歸，將就廣文之職，詩以送之

載石方知陸績貧，一琴一鶴僅隨身。共游宦海風濤裏，心羨先登彼岸人。

諸公衮衮點朝班，方朔今居吏隱間。苜蓿一畦三徑菊，秋光好處可歸山。

壯心已寫遊岷帖，歸計先成誓墓文。從此會稽王內史，精神專壹向鵝群。稼堂善書。

得喪何心問塞翁，苦將階級困張融。與君預訂尊鱸約，一舸烟波笠澤中。

書譚子受別駕扇頭，即和楊荔裳方伯贈詩元韻

卅年藏器自摩挲，記得清明宴上河。秘閣談詩宮體艷，旗亭畫壁酒人多。請纓闕下公卿羨，磨盾軍中將帥和。漫認健兒身手好，鈞天曾奏九成歌。

醉後爲李郎題扇

花裏秦宮最善謳，芙蓉深處按《梁州》。吳儂未飲心先醉，不羨神仙藥玉舟。

桃李飄零柳絮飛，空梁小燕獨無依。盧家儘有金堂好，高捲珠簾待汝歸。

有堂觀察于役裏塘，賦詩寄示，依韻奉酬。時觀察有陳情之請，故詩及之

兜鍪已解又遄征，蠻女羌童識使旌。萬里鑿空通佛國，一方保障仗書生。得君命達功名早，將母情真仕宦輕。賢者行藏原自斷，不須卜肆問嚴平。

即席調周秋塍刺史兼寄笠帆同年

《山香》一舞集群芳，蕙暢筠清各擅場。惟有情人劉碧玉，回身單就汝南王。

欲采芙蓉有所思，當筵不見舊瓊枝。箱中紅豆分明在，腸斷周郎顧曲時。

南浦春波綠萬重，賦成別恨寄文通。天台一片桃花影，偏向劉郎去後紅。

桃根憔悴柳枝嬌，爭向臨川奪紫標。鸚鵡籠中莫饒舌，好音今已屬鴟鴞。

漫　　成

夜戰多金鼓，晝戰多旌旗。孫吳著成法，將爲兵家師。後人習野戰，遇寇惟窮追。技擊與節制，一切無所施。退亦不聞金，進亦

不聞鼓。雲集而雨散，士卒自爲主。敗則諉諸天，勝亦夸予武。如此英彭流，噲所不屑伍。

有堂觀察陳情得請，賦詩寄示，次韻奉酬

既拜《陳情表》，還歌《出塞》章。勞人將息轍，游子自懷鄉。愛日心何極，乘風願已償。遥知清白吏，載石即歸裝。

和答法時帆學士

昔校天禄書，燃藜對太一。宮錦錫臣衣，尚書給臣筆。一朝執策去從軍，萬里馳驅馬上身。虋甲韜戈今不用，朝廷但識軍容重。紛紛諸將各論功，書生亦上雲臺頌。

送鄭静山觀察之官建昌

漢嘉山水古名疆，雅雨黎風蜀道長。濟勝先求邛竹杖，尋春親識海棠香。十年汗馬勛書竹，一路唸詩錦壓囊。更有最如人意事，明珠新聘得夷光。

惆　悵　詞

紫玉經時已化烟，瑶臺纖月未曾圓。寒簧本住清虚府，暫謫人間二十年。

執戟三年始洗兵，歸來不見舊雲英。一聲檀板湘簾下，猶聽鸚哥喚小名。

浣花溪上薛濤墳，蝴蝶灰飛古錦帬。萬里江天歸計杳，一邱芳草葬朝雲。

錦水東南繞益州，芙蓉花謝可憐秋。玉簫縱有重來約，只恐韋郎已白頭。

獨學廬二稿詩卷三

學易齋吟草　古今體詩九十八首

自題藏器圖

　　大夫五十不封侯,腰間錦帶閑吳鈎。藏器不用君勿怪,平生四海無恩仇。英雄不學一人敵,匣中芙蓉今繡澀。藻鑒曾逢秦客相,卮言空聽莊生説。結客當結虯髯公,學仙當學黃石翁。傾蓋一言肝膽盡,不教纖芥留胸中。我思侯門彈鋏原非計,妙手空空亦兒戲。誰能指揮六合烟塵清？劍戟全銷鑄農器。

沈硯畦四十初度占兩絕壽之

　　萬里歸來鬢未華,重携枯管祝生花。願君讀曲彈琴暇,勿忘龍沙夜聽筘。
　　禄養原非宦興濃,藍田廳事強哦松。祝君但得如松壽,自有功名到鼎鐘。

題傅青主水墨花卉畫册

　　百卉生含英,朱紫各異色。孰爲繪畫是,斯理不可極。達人多慧心,緣物以爲則。心慮五色迷,一切守其黑。所尚在元同,豈徒去雕飾？春風天上來，草木蕃以息。當其未萌芽，皆藏太元域。智者參物理，寄情水與墨。渲染忽成形，賢愚共能識。靜參造物理，生機滿胸臆。一一性海來，詎假丹青力？

題趙蘆洲太守雪裏從軍圖

萬里青天蜀道難，雪花如掌鐵衣寒。即今顏色披圖在，不減凌煙閣上看。

絳節朝天往復回，秦川一路淨征埃。從茲五馬行春去，劍戟全銷買犢來。

題洪石農畫册

不須高隱住青門，何事巵言和漆園？記取周京瓜瓞句，長留弗祿到兒孫。

湘浦菱蓮蜜樣甘，兜羅綿手憶瞿曇。生香活色神仙供，不許尋常草木參。

溪山新霽又新秋，深樹浮嵐翠欲流。不向倪黃尋粉本，一團蒼老李營邱。

臘月八日奉陪嚴筠亭觀察探梅蒙子園，與主人張玉屏檢討茶話，至暮而歸，偶成二絕句

芳風吹綻向南枝，花氣薰人欲醉時。却想孤山深雪裏，喬柯如鐵得春遲。

屏除車騎爲尋春，竹裏茶烟一縷新。步到衡門無鶴守，主人近狀益清貧。

岸上舟圖爲馬軼凡作

緑水芙蓉彼一時，十年戎馬蜀江湄。有人畫舫齋中住，世上風波總不知。

我本烟波舊釣徒，平生踪迹半江湖。何時宦海先登岸，自寫滄浪鼓枻圖。

望峨圖爲王雲浦刺史題

頻年戎馬川東北，歷盡蠶叢蜀道難。惟有靈山仙佛境，無緣只向畫中看。

石湖遊記吾曾讀，雪嶺雲巒不可蹤。却羨輞川老居士，短衣策蹇佛光中。

梁　間　燕

翩翩梁間燕，春日曾將雛。營巢主人屋，辛楣瑇瑁櫨。呢喃引其子，閒暇集坐隅。飲啄有餘樂，耦居無猜虞。忽然感秋社，辭巢將戒途。主人喟然歎，汝往將安徂？天涯歲將晏，百卉亦已枯。不如守舊廬，暮景安桑榆。燕飛不反顧，主人言何迂！不見芳林樹，花謝存空柎。萬物有聚散，緣盡還分趨。神離貌難合，何苦強虛拘。嗟哉巢中燕，不及屋上烏。烏生九子尾畢逋，啞啞夜啼守故株。

瞿　　塘

江水出夔門，兩崖束如帶。咄哉灩澦石，當路盡碨磈。爾無砥柱材，強欲塞其兌。狂瀾不可迴，徒爲行人害。安得巨靈鋤去之，萬古畏途一朝泰。

巫山十二峰歌

頻年橐筆元戎幄，馬帶胡纓人劍服。往來六度此山中，未識山靈真面目。掃盡欃槍入帝京，郡符一解即遄行。今朝篷底看山色，此身暫喜無官輕。大江滔滔東入楚，雲安三峽如門戶。涉世方知鷗夢恬，歸人不覺猿啼苦。翠屏一峰插天半，諸峰窈窕若爲伴。髣髴錦屏十二釵，各鬥嬋娟鏡中看。我行西蜀家東吳，萬里江山入畫圖。平生覽勝興不孤，巫山之奇天下無。嗚呼，巫山之奇天下無。

兵　書　峽

風后創《握奇》，軒皇平六寓。維時兵寓農，徵車按籍數。八家居同井，八陣出同伍。但有守望勤，而無征調苦。戰國井田廢，其法稍變古。孫子十三篇，實爲兵家祖。其餘韜與略，智巧各覼譹。郢書而燕說，雖多亦奚補？偉哉趙武靈，戎服夸予武。變車以爲騎，擊刺如風雨。厥後兵家流，習此以禦侮。八門武侯圖，五花藥師譜。或員而中規，或方而成矩。非無少異同，孰敢相奴主？可知古兵法，一廢不再舉。不見房太尉，誤讀《車攻》詁。義軍四萬人，盡化陳陶土。大江東南流，諸峽如蠱叢。相傳兵書峽，秘笈藏其中。稗乘喜附會，地志多雷同。嗟彼耳食流，何以開其蒙？自古知兵人，豈由故紙攻？運用在一心，神奇出無窮。岳侯好野戰，所向亦成功。趙括讀父書，臨事終昏瞢。況乃索隱怪，天豈誘其衷。試觀黃石略，平易六經同。

靈風觀 在巫山。

蜀山萬叠塞杳冥，女后導江馭六丁。鑿開巫峽通東溟，雲峰十二張翠屏。楚王曾此逢娉婷，我今訪古征櫂停。攀陟危磴高玲瓏，山巔叢祠竹柏青。廡門泡釘熠繁星,中有神人坐明庭。卯妙二八侍玉軿,爐烟裊裊春晝静。時有幽鳥闚虛檻,空山無人語鐸鈴。花氣醉人午不醒,不箏久竹生青寧,神鴉迎客彫脩翎。洞房明潔塵不到,靈山草木都含馨。我聞瑶姬生帝廷,左右玉女給使令,出入風雨走雷霆。太陰貴真自鍊形,豈向濁世儕尹邢?洛川有妃湘有靈,騷人微辭多不經。曲士妄言亦妄聽,朝雲暮雨詑千齡。我欲馳烟向山庭,削除舊迹鐫新銘。山靈聞言若首肯,世間綺語空膻腥。

乙丑元旦

人生百歲期,今朝我過半。盛顔既蹉跎,桑榆日已旰。昔我始生辰,丙子秋穀旦。山雞集庭隅,羽毛五色燦。僉曰文明祥,餘慶占爻象。六年就外塾,幼學解書箅。十八衿始青,藻芹思樂泮。衣冠習揖讓,墳索恣點竄。頎頎漸成人,既婚亦既冠。稽古鑽故紙,勵志寄柔翰。思賢咏《伐木》,學道未登岸。徒抱覆簣心,輒興望洋歎。孤竹空自鳴,芳桐屢經爨。三薰韓愈賒,一刺禰衡漫。遭遇聖主恩,選士求楨榦。弗以散木棄,且作祥金鍛。射策登龍頭,談經入虎觀。執簡直冑筵,載筆侍香案。終非天廟器,遽被塵鞅絆。三接辭日邊,一麾吟澤畔。粗官走牛馬,俗士類冰炭。軍符磨盾急,民俗懷磚悍。瘡痍憂拊循,崔苻責守捍。百事慮叢脞,夙夜我心憚。忽然逢伯樂,傾蓋刮目看。屢陳山公牘,特設穆生晏。飛書馬上傳,借箸幄中贊。頻稱長卿才,弗較仲氏諺。坐是徇所知,星霜今六換。倦鳥戀山樊,勞人思里閈。榮枯雖在天,行藏貴自斷。良庖善藏刀,大匠恥畫墁。

峽中作

偪仄復偪仄,兩崖如積鐵。孤舟入其中,與波相曲折。百夫同

243

呼耶，十盪亦十決。篙聲向水爭，帆力藉風掣。遐想鴻濛初，川融山則結。不知何王代，此地忽迸裂。豈真媧后朝，特敕巨靈戳。其上浮雲連，其下洪流泄。晴霄走迅雷，暑路洒密雪。我行遍九州，於此歎奇絕。溟涬造物初，其理不可説。舉頭望青天，蒼蒼一綫揭。

青　　灘

江天殷殷儵聞雷，舟人告我青灘來。江中亂石若棋布，水石相激聲喧豗。舟行一落忽千丈，稍有不戒如枯摧。我聞古孝子，九折之坂回其軌。從來坦坦幽人塗，我獨何爲行至此。舟子粲然笑，使君未達埋。上灘復下灘，萬舶集如市。上灘有如魚上竿，下灘有如弩激矢。去者自徜徉，來者方未已。不見宦海中，無風波瀾起。視此險孰多？望西而笑人皆喜。人生吉祥在知止，世上畏途不在是。

出　　峽

積雨滿雲巒，孤舟出江渚。兩崖不見人，但聞烟中語。野老朝趁墟，塗遇相爾汝。始知出峽來，路已入荆楚。

人日舟中作

孤篷經月峽中行，聽水聽風不計程。山至彝陵忽平遠，天逢人日正新晴。釣家三五樹邊住，沙鳥一雙烟際明。滿地江湖歸未得，此心先與白鷗盟。

元夜舟中獨酌成詩

開歲纔一瞬，明月忽已圓。我行赴京國，晚泊荆湖邊。青天無纖雲，舉酒對嬋娟。江村八九家，茅茨比屋聯。兒童戲竹馬，笑語聲喧闐。嗟我辭京闕，宦遊今七年。初客苦寥落，積久亦自然。荒江夜蕭條，頗得清景延。雖無管絃樂，尚勝戎馬塡。村醪不成醉，聊以娛目前。

江　鳥

衆鳥翀雲路，忘機獨羨君。棲如六月息，鳴亦九皋聞。自好常孤立，相看總不群。烟波春萬頃，飲啄絕塵氛。

獨　酌

客久忘寥落，扁舟住若家。櫂歌勝絲竹，水味足魚蝦。辨柳知春色，聽鷄感歲華。篷窗一尊酒，坐到月輪斜。

雨　泊

漠漠空江雨，沙鷗濕不飛。晚烟生驛樹，新漲沒漁磯。水色明遙夜，鐘聲度翠微。巴山諸戰士，曾否洗戎衣？

感　遇

魚游常逆水，鳥飛常逆風。魚鳥亦何知，化機運其中。人生寄宇宙，譬彼蟲能蟲。有順欲無逆，所見珠愚蒙。秋林感黄落，春至還葱蘢。榮枯會有時，循環無始終。草木初不言，委心任洪濛。

夜宿呂堰驛，追訪王聽夫事，因述以詩

聽夫名翼孫，吾友鐵夫之仲弟也。少以書生入昭信伯李公奉堯幕府，爲書記。既而供事宗人府，議叙得從九品官，之湖

北。乾隆乙卯歲，白蓮教奸人將作亂。聽夫權長樂丞，長樂之賊蠢蠢欲動矣。聽夫廉知之，密白上官，并條陳勒捕事宜。維時天下無事，文恬武嬉，聽夫啓事至大府，共怪其言不祥，以他員替之。未幾，長樂、枝山、來鳳之賊相繼起，而襄陽老教賊人則以嘉慶丙辰三月十六日起於黃龍凼。是時聽夫復爲呂堰巡檢，呂堰距黃龍凼僅百里，聽夫得其耗，集父老爲守禦計。百姓習承平，目未覩兵革事，聞聽夫言，或從或否。二十六日，賊入境，居民奔散，聽夫猶率其吏卒以捕賊。已而賊大至，呂堰之北有大石橋，聽夫率衆踞橋而守，俘斬數十賊。賊至益衆，即從聽夫吏卒亦漸漸引去，禁之不能止矣。聽夫自度力盡，不可枝梧，遂自剄，尸墮橋下，此嘉慶元年三月二十九日事也。賊退，百姓尋其尸，橋下死者衆，骸骼縱橫相雜不可辨。僅得聽夫死時衣，付其家招魂歸葬而已。迨永將軍<small>名永保</small>。督師兩湖，以其事聞諸朝，卹如典。而聽夫之死所傳聞有異詞，或曰爲賊礮擊死；或曰爲賊所得，不屈被戕云。余向在威勤公之幕，凡獲賊，皆得鞫之。黃龍凼之賊，張忝倫爲首也。壬戌春，總兵田朝貴既殲張忝倫，生獲其姪，送大營。余鞫之，則無戕害王巡檢事。又言：賊甫起時，未有火礮也。茲事往來胸中不能釋，頃因計吏入都，道經呂堰，宿逆旅主人卞姓家，其人知聽夫死事顛末，述之甚詳。因紀一詩，書寄鐵夫，載諸王氏家乘可也。

鐵夫吾畏友，令弟亦人豪。少年負奇氣，結髮稱俊髦。讀書兼讀律，餘力習戎韜。始爲昭信客，倚馬工揮毫。周攬九邊勝，匹馬時驦超。一朝作卑官，頫首入吏曹。是時秦楚間，芽蘗生蟠蜿。君權長樂尉，狐鼠伏在郊。蜩螗勢將動，議捕計則撓。移官之呂堰，倏聞賊矢嗃。父老驚走告，閭井塵甚嚻。四方承平久，百姓樂怠敖。武夫諱言兵，將惰士卒驕。軍符累徵調，臨事虛翔翱。君乃義形色,召集里中豪。部勒寓兵法,戰守分勁茅。衆心稍踴躍,冒死相招邀。初出有誅斬,報功絶濫叨。俄而賊大至,萬戟若蝟毛。心知力不敵,盡命甘茹刀。尸僵卧橋下,碧血淹征袍。骼胔亦狼籍,日久隨波濤。竟無尸裹革,行路悲號咷。父老陳其事,所司告於朝。祭葬賞延世,天語親矜襃。嗟哉一巡檢,於國如鴻毛。居然死勤事,官豈論卑高。魂兮定爲厲,殺賊隨征旄。今聞凱歌歸,安用巫咸招?哲昆世誼士,與我素久要。十年鴒原痛,志在幽光昭。疇昔思作誄,衆説然疑交。今我履其地,輿人論非訑。作歌表餘烈,所貴揚貞勞。他時補志乘,非止陳風謡。

楊　　柳

楊柳春先緑,秋來亦易凋。絮因風力起,萍逐浪花漂。贈遠催征騎,含嬌鬥舞腰。一聲羌笛怨,芳信玉門遥。

朱仙鎮吊宋將軍岳武穆

諸軍奉詔反戎車,痛飲黄龍願已虚。千里草青亡漢鼎,六宫麥秀棄殷墟。匹夫飛語成冤獄,孱主甘心受謗書。賢后清齋猶報德,中原父老慟何如?

九域烟塵戰伐深,六橋花柳已成陰。兩宫清蹕無消息,十世神州竟陸沈。南渡自營磐石計,北征豈合廟堂心。清涼居士知機早,策蹇移家竟入林。

汴梁懷古

艮嶽崔嵬卉木奇,天書秘密道君知。和戎坐使金繒盡,臨難原非揖讓時。燕馬飲河城失險,杜鵑啼樹社將移。祖宗杯酒兵權釋,終見兒孫弱不支。

重過邯鄲,叠乙卯舊作韻

十年重過趙都闉,兔走烏飛促兩輪。枕上游仙空有夢,囊中脱穎更無人。燕臺宛在雲山遠,蜀道歸來雪鬢新。問訊黃粱猶未熟,幾時天許乞閒身?

座師王文端公挽辭三十韻

宿列三台座,山鍾二舉靈。拔茅占泰筮,戴斗應文星。筆冡師羲獻,經畬貫孔邢。辭霏梁苑雪,名辨楚江萍。清秘燃宮燭,慈寧寫佛經。不談温室樹,時聽木天鈴。輿論尊君實,皇衷識九齡。五番主棘院,三命上槐廳。執法官刑傲,箋詩御墨馨。讜言持政典,正色立朝廷。乘馬忘牝牡,知人別渭涇。衡平操玉尺,簡在卜金瓶。處世何崖岸,鋤奸似螣蝾。鬢因憂國白,眼爲愛才青。蹇蹇躬誠蹇,惺惺意寓惺。兩朝重遇合,一老共儀型。妙手工調鼎,嘉謨善叩肩。籌邊頻補牘,薦士必書屏。黃髮歸田里,丹心戀闕庭。甘盤推舊學,孔父守初銘。壽滿八旬秩,圖傳九老形。上方頒錦笥,中使騁雲輧。虎拜容仍肅,龍光詔載聆。殿頭前席對,門下小車停。麟倏來西野,鵬還反北溟。恩榮授几杖,錫賚及參苓。美謚書惇史,崇祠享上鉶。室無餘粟廩,家有賜金亭。絳帳音塵寂,蒼生涕淚零。空留衣鉢在,蒿里不堪聽。

松蘿店壁間有雲南選士劉春林題句,愛其卓犖,和者數十人,雖工拙不齊,皆斐然可觀,不覺見獵心喜,隨筆成咏,積十二首

我行遍九州,愛士如愛馬。每憐不羈材,跼踏鹽車下。
莊生逍遥游,任世呼牛馬。鵬翼將圖南,萬里風斯下。

公孫負辨才，白馬喻非馬。淳于善滑稽，莠言滿稷下。
漢皇尚遠略，西域貢天馬。欲留示子孫，鑄式金門下。
歐陽命世才，文章亦班馬。一時賢士夫，皆願出門下。
涉江必擇舟，登坂必擇馬。自古知命人，不立巖墻下。
昔爲太史公，今日走牛馬。身雖在江湖，心依魏闕下。
微風拂觚稜，清韻生簹馬。却疑鈴索聲，鏘然玉堂下。
古有振奇人，愛妾甘換馬。豈如執經生，抱膝老牖下。
佳人坐洞房，手弄銀筝馬。忽報海棠開，笑立瑤窗下。
知時候鳴雞，識塗仗老馬。人皆曰予智，乃出二蟲下。
仗劍從軍行，飛書常倚馬。萬夫夜無譁，獨宿在車下。

入都作

宣武城西大道斜，垂楊夾路拂行車。六街玉樹初消雪，三月緗桃未放花。南苑射生春試馬，北門待漏夜啼鴉。十年珥筆螭坳客，風景重來似舊家。

蘆雁圖卷爲曹定軒給事作

弗避弋人慕，飛鳴在莽蒼。網羅知不及，霄漢意難忘。湘浦秋如水，關河夜有霜。迢迢征路遠，來去總隨陽。

望雨

隴頭有鳥苦催耕，節過黃梅日日晴。多少卿雲在天上，幾時霖雨到蒼生？

初夏游西山岫雲寺

九峰環抱一峰尊，蠟屐重來舊逕溫。將入門時花肅客，曾題名處竹生孫。清泉漱石龍常守,深樹連雲鳥不喧。問訊遠公今健否?墓門蒼莽塔孤蹲。

夜宿延清閣

綺樓西望夕陽明,有客登臨暮靄生。花逕水流仙籟遠,雲房僧定戒香清。九峰宛委青排闥,萬竹檀欒綠繞楹。却怪空門太多事,苦將鐘鼓報嚴更。

留題朗月上人方丈

維摩丈室碧雲隈,掃盡談鋒見辨才。時有化人飛錫至,不辭俗士獵纓來。芳林雨足梅初熟,深院風和鴿自回。識破空花如露電,肯教明鏡著塵埃?

初出都門,見田家望雨未得,感而有作

六月方徂暑,蒼生望雨霖。大田鞠爲草,舊井廢無禽。樹引蟬聲遠,沙留馬迹深。不辭行役苦,望歲獨愁心。

平原懷古

七國連雞縱復衡,趙家公子最知名。翩翩當世誰同調?硉矹因人事亦成。飲酒何妨入秦國,買絲兼欲繡虞卿。今人肝膽輕相許,幾輩忘身殉友生。

徐州感事作

黃河之水萬里來,流到海門建瓴急。黃水一斗沙七升,借水刷沙古法立。水急沙行緩則停,斯理易明衆所習。一孔之儒多目論,

變更成法利不十。國家治河兼治漕,漕水苦涸河苦瀑。鑿通黃流入運道,以此有餘濟彼耗。此議初興動一時,衆論雷同無異詞。但顧近憂忘遠慮,無窮流毒今始知。黃水中分勢無力,下游停沙日偪側。其旁流沙入運河,清水積沙亦淤塞。初期兩美今兩傷,謀之不臧咎誰執?君不見周靳兩文襄,江南水利刊成章。峰山四閘定尺寸,至今依法爲宣防。古人一事百世利,今人但顧目前計。要知古今不相及,但守舊章勿輕棄。彼哉一誤已噬臍,及今補苴事非易。庶人芻蕘尚有言,我歌願告河隄使。

楊莊阻淺

黃流浩蕩海雲邊,一葉舟膠阻不前。始信蓬萊山下水,有時清淺變桑田。

到家示兒輩

七載西征客,鄉關復此過。風塵常逆旅,歲月若流波。雁信先秋至,蟲聲入夜多。我勞殊未已,空負碧山阿。

松竹先人澤,衣冠舊里風。暫歸渾似客,相識盡成翁。感遇彈長鋏,閑情寄短桐。平生嘉遁意,龜筮未全同。

絕域三巴險,妖氛百戰清。曾經憂患後,轉覺死生輕。借箸元戎席,飛書大將營。漢家空右武,衛霍未知兵。

骨肉雲山隔,兵戈道路難。危機如集木,飛語若流丸。去日秦關險,歸人趙璧完。所居吾未卜,空戴遠遊冠。

結髮荆妻死,星霜十載餘。鼓盆悲未已,同穴願猶虛。窆石新題字,誅茅舊卜廬。他時歸隱去,誰共鹿門車?

歎息人閒世,憂歡百事煩。嬌花方得腠,苦竹又殤孫。薄宦虛舟繫,浮名散木存。始知齊物意,蒙叟本巵言。

芳草迎新雨，幽禽戀故巢。買山何日隱，誓墓此心牢。家少藏金穴，門多戴笠交。揚雲方執戟，何術解人嘲？

五十老將至，愁多病復侵。頹齡駒過隙，歸思鳥投林。學道風情減，扶衰藥力深。但求婚嫁畢，遊嶽已無心。

自封生壙畢，作詩志意

會稽誓守先人墓，幽宅吾今卜此峰。妙子綢桑魂自返，司空生壙手親封。月明華表思歸鶴，雨滿平湖看濯龍。是日午後驟雨，太湖龍躍，實生平所未見，故并記之。他日凌雲應一笑，佳城環擁翠芙蓉。

爲朱愚溪題西湖話雨圖，并懷張蒔塘明府

一別錢塘十四年，湖山佳處夢常牽。却因舊雨逢今雨，同結裴王畫裏緣。

故人今作西湖長，我獨馳驅蜀道間。何日蓬窗一尊酒，剪燈相對話巴山。

題蔣立崖四丈天遠雲歸圖

世事茫茫何日了？白雲惟有歸山好。君不見天上卿雲五色深，蕭索輪囷世共寶。幾時霖雨到蒼生，因風牽率空顛倒。何似閒雲一葉輕，山中自悦無人嬲。我亦身如嶺上雲，初心願守青山老。一朝出岫本無心，欲歸未歸自煩惱。世人未解雲何心，猶羨從龍甚夭矯。觀君此圖忽根觸，話到故山歸計杳。松菊柴門亦已蕪，勞人難卜歸遲早。丁寧重與白雲期，一片野心當自保。

游梁溪秦氏寄暢園

綠水紅橋小榭深，叢生桂樹碧成陰。我來疑入維摩室，天雨新

花地布金。

螺粉墻平被薜蘿,臨溪略彴自横波。山重水複無窮處,留得雲林畫意多。

門外秋山翠蜿蜒,故家喬木自蒼烟。先皇翰墨巋然在,應有榮光夜燭天。

百折回廊窈窕通,松宜明月竹宜風。幽栖火似逍遥谷,巢許夔龍集此中。

仙巖春曉圖爲陳巢雲賦

曾見劉郎傳列仙,洞天深處隔雲烟。姓名直可同巢父,邱壑先教入畫禪。不與謝公争慧業,且從白傅證前緣。知君欲擬遊仙什,爲咏青溪道士篇。

九月初舟過毘陵,適遇穉存同年六十初度,賦詩爲壽

壽觿舉處酒如淮,詩史編年次第排。萬里歸來公未老,三天侍直我曾偕。共知名世文章貴,獨羡還山歲月佳。聞説良規陳座右,主恩愛士本無涯。

登舟將發,適陳桂堂同年自松江來,歡聚累夕,承以詩饞百叠詩册見示,因次卷中元韻四首却寄

秋深重理舊征衫,一舸移家萬里帆。嘉客題襟心畫聖,貧官燒筍舌根饞。五丁開嶂通巴國,二酉探書入禹巖。屈指萍踪幾離合,新詩吟就手親函。

馬上胡纓短後衫,江湖無恙故人帆。當官妙得調羹秘,説士甘同食肉饞。書學一家《淳化閣》,文心九曲武夷巖。會稽親訪蘭亭迹,縮本重鎸玉枕函。桂堂近歲主講蕺山書院,有重鎸《玉枕蘭亭》拓本見惠。

手緘黃巾血染衫,茫茫宦海未收帆。十年消息鴻難達,三食神仙蠹尚饞。訪菊共登懷杜閣,種桃回憶避秦巖。桂堂曾任辰州太守。不知坐擁書城客,誦到瑯嬛第幾函?

　　一曲琵琶淚滿衫,幾時天際見歸帆?若論杵臼心交許,纔話蓴鱸意已饞。座上雲雷三代器,畫中金粉六朝巖。仙郎一路題詩處,應有奚奴負錦函。

梅花嶺過史閣部墓,追和亡友李介夫編修詩韻四首

　　群小爭城社,孤忠戀闕廷。共和周柱石,諸葛漢儀型。衋血終成碧,飛書已汗青。誰能一杯酒,跣足厭長星?

　　漫說鍾山勝,風雲衛孝陵。孤軍傳夜火,狎客戲春燈。故劍忘元后,滛刑及梵僧。忠臣臨難日,餘恨亦填膺。

　　東南論形勝,扼要在揚州。北偵三邊堠,南通百粵舟。荒滛遇昏主,跋扈遍諸侯。坐致長城壞,衣冠僅首邱。

　　遼海真人出,懷柔遍百神。三軍除鼠雀,四海靖風塵。定策安神器,誅姦及鬼薪。周家封墓典,第一表殷仁。

舟過金山寺,同福與其婦唱和成咏,因次其韻

　　頻年戰馬歷蠶叢,此去應乘萬里風。客路雲山詩卷裏,梵天樓閣鏡函中。脩成慧業三生定,拜罷香嚴五蘊空。聞說名區留玉帶,禪門公案艷坡翁。

趙二開仲相送至京口,別後却寄,次同福韻

　　少年才氣趁三端,老去情懷念古歡。徵士柴桑真獨樂,散人杞菊本偕寒。一篇《庭誥》應貽子,萬里征程又赴官。欲借歸鴻報消

息，行人無恙布帆安。

武昌感舊作

漢上題襟迹已陳，篋爐冷暖幾番新。狐能假虎威難久，竹喜彈蕉節可真。禍發疾如弦上矢，機深空轉腹中輪。南樓一夜清秋月，洗却元規百斛塵。

雪中登黃鶴樓

畫裏江城萬竈烟，城隅高閣對晴川。平臨大壑雲垂野，獨倚危樓雪滿天。徐步自登千仞上，舊游還憶十年前。神仙路遠家山阻，漸看新霜到鬢邊。

雪滿江皋，篷底悶坐，漢陽太守紀香谷以酒肴見遺，走筆成詩

江豚吹浪阻征橈，戍鼓狨如起麗譙。向浦雲隨鴉陣沒，打窗風助雪聲驕。不辭呵凍成詩草，無計消寒覓酒瓢。愁坐孤篷方寂寞，故人雞黍忽相邀。

書故相劉文清公手書詩卷後

海岱門高冠九州，齒牙宏獎見風流。當時同入山公牘，江左門生盡白頭。公督學江南，余與張青城、王煬甫、沈芷生諸子並叨激賞。

卅載書紳論不磨，立朝先戒受恩多。余己亥鄉舉，將偕計入都，謁公辭別，公諄諄以聲氣結納為戒，至今恪守不敢忘。泰山自有孤生竹，肯向松陰繫女蘿？

蘇黃詩派滿詞壇，風雅齊梁近建安。留得緣情香一瓣，不教滄海縱狂瀾。

书中三昧自通禅，鸿戏龙跳逼晋贤。却恨家藏名迹少，每寻宜禄购云烟。

戒定真如苦行僧，楞严万转佛前灯。不须更示维摩疾，一点灵光彼岸登。公無疾而逝。

天语亲褒有父风，何须平仲辨和同。世人不解调元术，错把模棱议相公。

鲁国灵光孰比伦，孤寒八百受陶钧。不图后进从先进，并作春宫侍从臣。

臣门如水况臣心，地下无人与铸金。今日易名标大行，始知清节格天深。

獨學廬二稿文卷上

四六文

擬車駕臨幸太學釋奠先師孔子文

惟師德禀天生,道章師表。生民未有,集千聖之大成;天下爲公,開兆人之先覺。朕誕膺丕命,式紹鴻圖。爰修釋奠之儀,因舉臨雍之典。敷言建極,即教孝以明倫;稽古同文,亦宗經而講學。尊師重道,惟守憲章祖述之心;偃武修文,庶成康樂和親之治。明禋斯舉,至德維馨。

擬逯嬪沈氏祭文

《禮》惇陰教,聿分九職之名;《詩》美小星,實贊二南之化。令範式昭於既往,芳聲宜著於方來。爾逯嬪沈氏,毓德清門,含徽素里。銘椒頌菊,家傳八咏之風;望卯瞻參,躬與九嬪之選。陳詩緝藻,曾助警于雞鳴;臨爻占祥,亦承恩于魚貫。肅雍之度炳乎掖庭,淑慎之儀光乎彤史。乃瑶華先謝,翟茀未膺。宜錫褒封,以彰潛德。爰沛綍綸之寵,兼修禋祀之文。於戲!椒閣凝塵,悵蘭儀之久隔;綺筵酹醑,想鸞馭以如存。德其孔昭,靈斯來格。

擬册封固山貝子奕綸文

馭貴者朝廷之典，德乃懋官；展親者君父之心，賞應延世。是以誼篤本支，則桐圭錫其慶；恩流奕葉，則瓜瓞衍其祥。爾奕綸乃多羅貝勒綿惠之繼子，瑚璉呈材，英華蘊秀。性姿貞敏，蚤燕譽之蒙庥；器宇端和，允麟振之協吉。肯堂肯構，已承式穀之貽；維翰維屏，宜與宗英之選。茲封爾爲固山貝子，錫之册命。於戲！秩少差子舊勳，示親賢之有等；寵仍加于新命，推恩澤以無窮。篤爾忠誠，副茲榮眷。

擬鎮國公永珊初次祭文

惟爾靈資岳秀，派衍天潢。克承行葦之恩，遂與維城之選。初階宿衛，趨蹌豹尾之班，終典禁軍，表率羽林之隊。以妙才而膺世爵，由散秩而奉朝參。守職無愆，在公有恪。忽聞逝矣，良用悁然。嗚呼！念公姓之振振，每吁嗟於麟定；肆初筵之秩秩，尚胙蠻於椒馨。誼以恩明，神其誠格。

擬嘉勇郡王福康安入賢良祠文

盡瘁致身，臣子有無方之義；以勞定國，朝廷無不報之勳。非有嘉名，何以章異績；非有明祀，何以慰忠魂。惟具官某，公忠體國，恭孝承家。貞亮稟乎性成，勛勞資乎時叙。作朕心膂，入則參密勿之謨；爲國干城，出則領封疆之寄。服勤積三十年之久，令聞無間於初終；宣力周二萬里而遥，丕績叠彰於中外。文武足以爲邦憲，篤棐足以贊皇猷。凡茲實心實政之敷施，允副懋賞懋官之蕃錫。茲以苗頑作逆，邦禁是申。載揚閫外之威，益著師中之吉。冒犯霧露，胸自藏夫甲兵；踐履崎嶇，躬必先夫士卒。露布之書屢奏，

258

而心尤切乎搗穴擒渠；羽干之績垂成，而身未及乎策勛飲至。勳爵既酬以上賞，歲時合祔以明禋。尚其憑俎豆之馨，用以表賢良之輔。

江南山陽等州縣緩征錢糧謝恩劄子

欽惟我皇上仁覆同天，惠孚薄海。屢豐歲告，寰宇胥蒙樂利之休；重覃時申，頻年參下蠲除之令。誠求赤子，仁育蒼生如祖父；愛其子孫，使菽粟有如水火。昨歲方承大賚，數已溢於億兆京垓；今秋復慶豐年，徵並協於雨暘寒燠。

兹以淮徐分泛之區，蕭碭毗連之地。令逢秋夏，當大雨之時行；境界淮河，致洪流之少溢。窪地不無積水，窮簷稍被偏災。仰荷皇上睿慮周詳，恩施優渥。宣防並舉，早看不日訖工；撫賑兼施，毋或一夫失所。乃百姓已沐骿鰥之福，九重猶咨稼穡之艱。念兹六邑濱河，同此一隅被水。在士女屢慶盈寧之後，蓋藏尚易輸將；惟堯舜常懷博濟之心，惠保每臻稠疊。更裕綢繆之計，益施浩蕩之恩。土有別于肥磽，皆加確勘；賦無分於新舊，咸予緩征。慈詔星馳，歡聲雷動。農非豳俗，無忘陳七月之詩；人似華封，咸願祝萬年之壽。臣等榮依禁籞，恭聽德音。親見宵衣旰食之容，先里閭而志感；爰合巷舞衢歌之願，浹肌髓而銘恩。伏願自今，歲奏金穰，時調玉燭。黃流循軌，全河長享清宴之庥；赤子含哺，兆民齊食鞠謀之福。

江南淮徐二府州縣賑濟并借籽種謝恩劄子

欽惟我皇上，容保無疆，斂敷有極。議蠲議賑，德已遍於寰中；己溺己饑，恩每加於格外。民俗敉寧，耕鑿初無怨暑之聲；帝心戀協，勸華尚有咨饑之詔。當萬寶告登之候，以一夫失所為憂。比者淮、徐二府，蕭、碭一隅。偶逢暑雨連綿，遂致河流漫溢。黃水入下游之境，窮簷少病河魚；蒼生處率育之時，沃土寧憂澤雁。乃初承慈綍，撫卹歷乎三旬；載降德音，蠲緩周乎兩郡。憫其三農之拮据，念其二耡之囏難。合正項雜項之賦而全除，帝眷有加無已；分極貧次貧之户而並賑，聖心寧濫毋遺。寬新賦而更弛其宿逋，省西成而早籌其東作。昨奉丙辰之敕，方輪免夫正供；今虞庚癸之呼，并特蠲其餘課。疆吏之封章未至，而預普春祺；窮黎之艱食已施，而更資嘉種。宜乎萬室若不知災，豈有一民尚未被澤。此日人人握粟，弗聞仰屋之嗟；明春處處催耕，無誤播琴之節。

幸斯民之安土，胥沐皇仁；卜來歲之逢年，皆歸帝力。

江南徐州府屬州縣加賑謝恩劄子

欽惟我皇上，育物茂時，撫辰凝績。履端肇慶，觀六寓之同春；胞與爲懷，憂一夫之失所。令逢歲始，恩錫春祺。念及曹汛下游，有若徐方屬境。施窮簷之艱食，展期更至三旬；發高廩之深藏，孚惠遍周七邑。德音載布，私感彌深。伏念該處，境界洪河，地稱沃土。偶逢水溢，偏災祇在一隅；素習田功，餘蓄尚存百室。

仰荷皇上，慈綸屢降，業經至再至三；恩賚頻加，不啻參千參萬。慮其輸將之拮据，則特賜蠲除；籌其生計之艱難，則兼施賑貸。在皇澤頻仍之後，蒼赤已抵于攸寧；乃聖心宵旰之餘，青黃尚虞其不接。嘉惠乎乎兆庶，布澤召乎陽和。從此閻閭之二耡常充，家臻粒食；畎畝之三時不害，人樂豐年。黃水安瀾，慶澄清于禹甸；蒼生含哺，賡歌祝于堯民。

默學廬初稿自序

文章不朽，自古爲難。四十無聞，哲人所恥。蒙生皇朝累洽之運,荷聖人特達之知。名則以及第稱榮,官則以掌文爲職。端居多暇,無補當時。向不能鍥汗簡,濡柔翰。拾六藝之緒,勒一家之言。毋乃冒詩人"素餐"之譏,成聖門飽食之士乎!蒙當束髮之齡,頗抱塞茅之性。四子五經,百過成誦。移時覆之,則遺忘殆半。

先公曰:"此疆記不足而敏悟有餘,可教也。"洎志學以還,斯文是好。罵鳴思友,驥附當仁。維時蘊秀含清,昭文晰理,則有張青城;徵文考獻,訓辭和雅,則有趙開仲;淒音艷采,出入騷選,則有景書常;高文典册,沈博絶麗,則有王念豐;標新領異,工詞能賦,則有沈芷生。諸子方鳳翥藝林,虎視文囿。唯蒙獨學爲心,昌言復古。當舉世不爲之日,尋先民久寂之傳。二三友生,可與共學。惇維桑敬止之心,慕常棣孔懷之誼。往往辨異同,校得失。硎冶金以汝礪,錯韞璞於他山。兹事雖微,歷年有所。竊自念幼承庭訓,壯被朝恩。積平生風雨之心,集師友檢繩之力。雖欲棄焉,良弗忍也。夫小技雕蟲,亦名爲一藝;貧家敝帚,輒享以千金。矧在讀書稽古之業歟!乃芟繁祛冗,萃錄成編。自我灾梨,惟人覆瓿。

孤陋無偶,以《獨學》爲名,將敦其初志而已。

暮春修禊序<small>重次蘭亭字。</small>

若夫放懷今昔,浪迹山林,所以領稽古之幽情,叙懷人之朗抱也。當其春流將至,清風暫生。每列時流,嘗懷盛事。歲又癸丑,日既云禊。諸賢惠然,將事有期。于是引清絃,攬虛竹。左長老,右故知。或騁目於暮山,或寄骸於斯室。仰映崇宇,俯帶躁湍。曲和亭陰,觴臨水次。修能竹契,和氣蘭知。興與人同,趣隨天暢。悟有爲之相,喻不死之因。俯今仰昔,娱彭悼殤。得列坐之於於,托感懷之一一。暢哉此會,雖快足無以,不有所述,豈文人能事?爲大化自遷,聽之於盡。不及攬其品類,錄其殊茂。合初終之感,係後世之懷，不亦可嗟矣！夫樂生痛死，所倦之妄也。興修悲短，所察之誕也。一取一舍，固視世宙之爲；一感一興，亦極文情之至。況在萬年之峻地，爲九老之盛遊。絲管畢陳，觴咏間作。静言未永，後會猶修。雖人已異由，亦欣慨咸集。不隨不激，視之足以齊俛仰之形；以興以群，信之足以一内外之遇。視其所以，觀其所由。雖向之所叙，大致亦不少殊也矣。

送郭編修給假還鄉葬親序

鶯鳴求友，古賢敦意氣之交；驪唱臨岐，今我動別離之感。同年郭君曉泉，今之彥聖者也。官居史職，學爲儒宗。文含六藝之英，道備四時之氣。祥金良璧，吾鄰之所儀型；雅管風琴，皇猷之所潤色。乃顯揚既遂，明發彌悲。對華屋而念山邱，因鼎鉉而傷風木。以爲崇封非古，即聞宣聖之言；幽宅毋艱，亦著《周官》之訓。此而弗事，所謂追遠者何爲？於是解組一朝，歸帆千里。匪辭榮于黼黻，實繫想于松楸。凡紳笏之夫，文學之侣，莫不重其言邁，申其久要。暮春暄矣，長塗遞然。鄉人觀晝錦之榮，孝子永夜臺之感。僕忝桑梓，又在金蘭。不揣無文，製爲斯序。

送吴侍讀歸養序

夫懷金戀紫，搢竹垂魚，進而不知退者，慕禄之夫也。左林右泉，吟風嘯月，往而不思反者，嘉遯之士也。若時止而止，時行而行，軒冕不加榮，山林不加晦者，唯有道之彥乎！

惟我前輩吴侍讀穀人先生，斯文金玉，吾鄰淵雲。執牛耳於騷壇，漸鴻儀於皇路。風雲之氣，陶鑄乎百家；金石之聲，鼓吹乎六籍。方其著作承明，論思中秘。僉謂以稽古之彥，登右文之朝。當剟詩緝頌，掌石渠天禄之藏；考禮徵文，參靈臺辟雍之議。若鄰侯之才抱九仙，衛公之集成一品，無疑也。乃一官落拓，廿載委蛇。雖稱蓬島之上流，祇似金門之大隱。魯公墨妙，時傳索米之書；馬卿賦成，誰薦凌雲之牘。而問奇末座者，或蹌濟于三階；執策後塵者，或迴翔于九列。昔人謂郊島以詩窮，籍伶以酒隱，有由來矣。維時夙夜在公，無關於三事；明發不寐，有懷于二人。于是堅養志之心，上陳情之表。以爲白華潔養，先喆所長言；烏鳥私誠，聖皇所弗禁。與其望白雲而尚慎，孰如卜青山以遄歸。人爵何榮，天倫斯樂。但承歡於二老，寧易介於三公。況家聞詩禮之箴，地踞湖山之美。謂禮光祿養，古有負米之聖賢；謂孝在揚名，此亦著書之歲月。蓋其籌之累歲，決之崇朝。實菽水之真情，匪尊鱸之矯迹也。夫君恩罔極，兩疏原無辭漢之心；人壽幾何，百年不盡報劉之願。芳春維暮，歸路且修。懷賢者證以舊聞，惜別者要其後會。

竊惟蕪陋，幸接居遊。聊述大都，以爲小引云爾。

送惠泉酒爲俞太孺人介壽啓

竊以菊英入水，都成延壽之漿；蕿草在堂，應晉忘憂之醞。恭惟太君，節逢施悅，宴啓介麋。敬陳惠酒雙瓿，聊助賓筵三爵。侑以羔韭，剛逢腰臘之辰；思及蓴鱸，均是家山之味。

伏願祝鳩座上，阿母年增；行馬門前，郎君官貴。中山千日，占晚景之舒長；寸草三春，卜慈暉之永久。

接引佛讚 并序

蓋聞西方有極樂之國，眾生皆隨願而往生；東華有度人之經，我佛亦現身而說法。三乘秘密，意識盡於無明；百福莊嚴，敬喜生于有相。欲求解脱，當矢皈依。

唯夫接引佛者，三界摠持，十方賢聖。大放光明之力，廣開濟度之門。離色相以歸真,積因緣而成果。三身皆法,願力在貝葉之中;一指爲禪,世界現蓮華之末。視冤親爲平等,參凡聖以同歸。拔六道之輪迴,齊離苦海;合四生之靈蠢,並陟亨衢。斯固無上之勝因,如來之正覺也。

大都,首善之地;法源,開士之家。有善知識,發大慈悲。以爲萬法本空,因心乃見;一誠能感,緣象斯呈。乃出寶藏珍財,募畫禪妙手,參不思議法,肖常清净身。以水墨爲經營,以烟雲爲供養。好相居然具足,正法因而受持。遂使十種普賢,咸入維摩之室;六時禪誦,如游舍衛之城。演妙喜于法筵,結良因于净土。

讚曰:
稽首人天大導師,具大慈悲大願力。
無邊法力照十方,接引群迷歸覺路。
九品消遥極樂天,永免輪迴六趣苦。
我今讚歎大功德,能觀一切法性海。
爲諸衆生作導首,常受菩提無上樂。

清故湘鄉縣丞吴君墓志銘

君諱英玉,字玉泉,蘇之常熟人也。自周章錫姓,啓緒荆方。季札避賢,分宗梅里。水木本源,其來尚矣。迨我聖朝,蔚爲令族。高曾祖考,世濟其徽。君幼而懷敏,長而通方。束髮受書,長老卜其偉器;弱冠弄翰,士夫愛其嘉材。既而劉蕡射策,累困棘闈;阮瑀工文,薄遊蓮府。勾稽庶獄,風議在庭。益練達夫人情,且周知乎世務。乾隆己亥歲,以貲起家。歷試長沙、湘潭、衡陽縣丞,補零陵縣典史。一命之榮,澤能及物;三考之陟,政最宜民。甲寅大計,以卓異聞。乙卯,楚氛不靖,苗頑作逆。君請纓麾下,執殳行間。挽粟飛芻,無爽乎晷刻;戴星沐雨,弗懈于寢興。嘉勇郡王總統戎韜,獎厲士績。嘉君盡瘁，特予上聞。明年，陞湘鄉縣丞。君感朝恩之拔擢，嘅戎事之劻勷。益矢勤勞，弗辭艱險。日月載更，霧露成疾。河魚之灾，勿藥何喜；馬革之願，有志竟成。會總兵官花公自楚赴黔，移營冷風坳。君力疾以從，賊方抄掠，君躬冒矢石，力與支吾。甚矣其憊，病遂不起。以是年七月初九日戌時殁于馬鞍山下，春秋五十有一。孤子尚錦負劍從行，輿尸歸第。巡撫姜公愍君勞績，馳驛以聞。有詔加贈國子監學錄，賜金祭葬。孤子將于某年月日卜葬虞山之先塋，請勒貞珉，用昭奕葉。夫芳聲不朽，嘉績已炳于旂常；潜德克昌，幽光亦生于泉壤。乃爲之銘曰：

偉矣吳君，延陵佳士。世紹弓裘，家承詩禮。綺歲通經，盛年筮仕。戒守官刑，惠周獄市。其一有苗弗率，我兵聿征。高牙晨發，刁斗宵鳴。依山立寨，背水成營。嗟君文吏，踴躍從行。其二君之從行，委身鋒鏑。奉檄星馳，執戈霆聲。將錄乃勛，帝嘉乃績。有死無生，此身何恤？其三罪人既得，捷書以聞。嗟君逝矣，弗及策勳。黔山之麓，湘水之濆。魂兮歸來，觀我銘文。

王春波瀟湘雲水圖卷題辭

從來咏蘭頌橘者，必矜屈宋之奇；尋壑經邱者，每慕衡湘之勝。豈不以真妃福地，騷客故墟。風氣清和，山容平遠。軒后鈞天之樂，昔在巴邱；姒王括地之書，今藏酉穴。此固九川之靈藪，四岳之神皋也乎！王君春波，風雅方家，丹青能手。結想烟霞之外，遊心水墨之中。作《瀟湘雲水圖》一卷，志舊遊也。夫其上肇零陵，下麐湘浦。巖羅九舉，江導雙流。寫雲樹于南天，迷離同色；繪烟波于北渚，縣邈何涯？極十日五日之工，具千山萬山之勢。非精心冥契，妙想神遊，烏能及此？僕曾持澤節，爰止星沙。兩度征軺，三更歲籥。祝融峰下，手捫岣嶁之碑；正則祠前，口誦蘼蕪之句。凡此山名雲母，浦號銅官。峰標迴雁之名，溪述捕魚之迹。皆曾搜羅往躅，印證舊聞。忽睹斯圖，寧無根觸？夫雲烟過眼，常關遊子之懷；邱壑憑心，必出化工之筆。藉兹神品，述彼名區。他時弄向顧厨，攜歸來舫。溯洄宛在，本非海上三山；舒卷相隨，即是壺中九華。

譚子受吹簫乞食圖題詞

從來名士，常多放誕之情；屬在才人，每托牢愁之畔。若王摩詰之蜚聲都下，而溷迹樂工；張夢晉之繡像山中，而假名詩丐。皆雋流之已事，藝苑之舊聞也。譚君子受，淵雲勝士，王謝名流。文成北地之宗，詩入西江之派。蘊鳳麟之奇采，衆皆目爲異人；發湖海之豪情，時或驚其坐客。所宜黼黻皇路，藻燿儒林。乃衮衮群公，皆回翔乎臺省；翩翩公子，獨落拓于風塵。此吹簫乞食之圖所以作也。夫杜陵詩史，不廢典衣之吟；魯公正臣，亦傳乞米之帖。在昔朝紳之貴，家耻餘財；況今鼎食之裔，貧尤可賀。所慮曲高和寡，心苦知希。地非吴市，誰從子于蘆中？客異郢人，獨愁予于日下。則恐賢如陶令，叩門尚拙言辭；情似洛生，中年將廢絲竹。然索塗摘埴，曾聞揚子之言；换羽移宫，即叶鄹生之律。柯亭賞音，仙韶鳴盛，終爲譚子卜之也。

獨學廬二稿文卷中

疏

征邪教疏 嘉慶三年考試翰詹題。

臣聞陶唐御宇,征及有苗,姒后興師,戰於甘野。自古帝王之治,不廢師旅之謀者,蓋以天生五材,金有從革之用;國重八政,兵佐司寇之刑。邦禁所垂,古今一揆。

近者六寓阜寧,四民安謐,生齒既庶,良莠不齊。楚、豫之間,遂有奸匪,倡爲邪教,煽惑群愚。我皇上命將出師,屢加殲戮。而一二餘孽,尚復偷生者,良以奸徒生長草澤,憑險負嵎,出沒無常,鳥聚獸散。我兵之攻守有常,而彼賊之竄逃無定始也。官兵在楚則賊竄於豫,官兵至豫則賊竄於秦,官兵至秦則賊又竄於蜀。近日,黔、楚二省苗逆蕩平,官兵可以併力於蜀,而賊又有竄還豫、楚之勢。所以勦之不能盡,追之而不能窮者,職此故也。臣聞兵法曰:"興師十萬,日費千金。"曠日持久,昔賢所戒。況今道里遼遠,兵勇衆多。芻米金錢,皆資轉運。兵有拙速,不聞遲巧。誠宜設布方略,立加撲滅者也。方今賊匪蟻聚秦、蜀之間,一聞官兵之至,則窮竄入山。稍有間隙,窺伺鄉村,肆其焚掠。若就其所至而爲之防堵,賊衆東奔西逸,我兵赴之,是賊逸而兵勞也。所宜探其出沒之蹤,察其往來之迳。彼遏其前,此截其後。四路期約并進,務爲一鼓而擒之計。兵法曰"勝兵先勝而後戰"者，此也。再者，賊氛煽動，已經兩載，烏合之衆，豈無脅從？解散其黨，亦非難事。諸將誠能剴切著明，誘以自新之路，諭其從逆之非。豚魚可孚，何況人類？若黨羽既散，則渠魁自得。兵法有"先聲而後實"者，此也。又，今賊目已有數人，奸徒争利，易生嫌隙。諸將若能相其機會，加之誘掖，諸賊必有起而相噬者，此亦以賊攻賊之計。因其相噬，我兵乘之，兵法乘瑕，此之謂也。至於山林相阻，宜用火攻，原野相遭，利於礮擊。廣設偵候，以求賊蹤。慎選向導，以窮賊藪。賊若入山，則設伏以邀之。賊若薄城，則清野以待之。慎賞以勸勤，嚴罰以懲惰。諸將當能仰遵睿算，和衷集事，迅奏膚功，捷書之至，必在旦夕矣。臣謹疏。

書

上成親王書

敬啓者：某向直内廷，日侍清光。仰蒙殿下謙濟下交，及一麾出守，又承賁錫詩章，以寵其行。出都以來，雖遠隔音塵，葵藿私忱，常如侍值左右時也。行次山西，忽聞太上皇帝龍馭上賓之信。回思冬月，猶親聆玉音，不意甫閱五旬，便抱鼎湖之痛。某雖服官未久，而受恩甚深。攀髯哀震，非尋常外吏可比。方今聖主當陽，首除奸慝。興利革弊，親賢遠佞。凡中外更易，悉符輿論。天下人心，鼓舞望治。以天時人事論之，則賊不足平也。

昨某二月初四日，行次寶雞，適逢賊警，留止經旬。望日始入棧道，晦日始抵成都。現在奉補重慶府，所屬二州十一縣，分跨江之南北，其在江南者尚皆完好，其在江北者悉遭蹂躪，瘡痍滿目，撫字維艱。蜀中有白水河、嘉陵江二水，賊俱在其東、北，屢欲渡水，皆被鄉勇擊回。若賊始終不能渡此二水，則川西、川南可保無事。其東、北之賊零星散布，出沒無常。近來百姓俱爲清野之計，各擇山梁，踞險立寨。賊無所掠，或有潰散之機。唯湖北賊匪之竄入川陝者，往來焚掠，我兵有尾追而無迎擊。即如張漢潮一股，正月間由豫至甘，二月間復由甘還陝，兩月間往來千里而遙，雖明帥窮追，李逆就獲，然餘黨尚多。彼時苟有一軍攔截其前，首尾夾攻，則撲滅久矣。此某在陝目擊之事，故敢爲殿下言之。

方今朝寧肅清，聖主勵精求治，正所謂明目達聰之世。殿下又躬在機廷，得參密勿，某雖風塵下吏，昔在詞垣，曾依禁近，故將聞見附陳清聽，伏祈俯鑒。

與姜中丞第一書

駐衡浹旬，道遠信隔。昨返會城，愧知苗事梗概。伏惟星軺露冕，昕夕勤宣，凡百焦勞，尤宜珍愛自重。此番苗變，實出意外，現在應如何勦捕之處，諒軍門自有指揮。但公家之事，人人當盡其心，苟有所見，不容緘默。謹就管見所及，條列於左，以備採覽：

一、軍興之際，火藥糧餉，皆在辰州，則辰州爲萬分緊要之處。查辰州府城地勢，右高左卑。卑處瀕臨江水，城外景象，城中可以一覽而盡。惟高處依山爲城，城外地形高於城內，此處萬一有警，踞高臨下，城中甚難守禦。今須在高阜相度險要，派一懂事將官帶兵二三百名，立一營寨，距城一二里，遙爲城中聲援。其營須有木柵，此營穩固，郡城可以無虞。

一、苗人勢既猖獗，難保其不蔓延。現在諸營精牡皆在辰州，他處城守尤爲喫緊。查辰沅一路通武岡州，一路通城步縣，此兩處地既貧瘠，官皆庸材，必無守備。若兩處有警，則寶慶不寧。今須嚴飭寶協將弁於此二處要路防範，以絕其路。

一、湖南兵丁懦弱，未經戰陣，奉派各兵人人惶懼，此時萬不可零星打仗。蓋臨陣之際，不無損傷，第一次見有損傷，第二次兵氣愈餒，難望出力。今須俟兩省兵丁會齊之後，細加簡閱，強者在前，弱者在後，務必一鼓而滅。若強弱不分，弱者先奔，則強者從之矣。

一、苗人素性愚蠢，不能作逆，必有漢奸為之主使。今當懸榜各處，言漢人在苗中有能將苗人擒獻者重賞，則苗人疑懼漢人，其中自變矣。

一、貴州兵力素強，福節相軍威又盛，若彼處兵到，苗人必多逃竄，則湖南是其逋逃藪矣，辰沅一帶恐多殘損。今須兩省剋期會勦，彼見兩頭俱無生路，自必逃歸山峒。彼既逃歸，則黨羽渙散，勦捕非難。

一、大兵既用之後，苗人必逃入山洞。苗洞路迤叢雜，官兵斷不可深入。此須以重兵守住隘口，懸賞募購。苗人有能擒獲苗逆一名，俘獻軍門者賞若干。利之所在，衆必趨之。此以苗捕苗，可以但用財而不用兵矣。

一、此番苗變出于意料之外，地方絕無準備，以致官將受害，此非苗之獷獷，乃我軍吏之無能也。業已戕官破城，勢不得不大加殲戮。但此意不可令苗人知之，彼知所犯不赦，則其黨聚而不可解。今欲解散其黨，當示以生路。令釋兵歸峒者免罪，擒其黨羽，解送者有賞，則其黨可解散。然後擒戮渠魁，以完此案，庶為兩得。

一、苗中路徑叢雜，將來用兵必由大路，其餘小路尚多，須募本地熟識路迤之人帶引兵壯分頭探明，或伐木，或纍石塞斷，以免苗人抄襲之患。

一、逃難人民，自當安撫。但不可令其入城，恐其中夾帶奸細，只宜在山林寺院令其躲避。但養之則所費不給，不養則人衆無食，恐聚而生變，唯此一事，最難安置。然逃難之人，豈無丁壯？抽爲夫役，既可藉用其力，又免其饑餓生事。其丁壯既已抽出，老弱雖群聚，亦不能爲害矣。

一、現經奉調兵丁，多有沿途搶鬧滋事者，將官材懦不一，未必皆能約束，民心甚是驚疑。今須沿途逢有居民地方出一榜示，如有兵丁搶鬧者，准地方官治以軍法。則兵知斂戢，民皆安堵矣。仍密戒地方官毋得輕舉妄動，以滋事端。

一、軍興之際，需用人夫甚多。宜各處倒換，不須遠處調動。比如長、衡之夫調赴辰州，其人路逺不熟，心懷疑懼，必有逃亡散失之患。莫若就近協濟，衡郡之夫幫長沙，長郡之夫幫常德，常郡之夫幫辰州，層層脫卸，則官易稽查約束，而人心亦安矣。

一、辦差官員，不必皆正印。現在牧令調遣一空，地方實爲可慮。鄙見似宜酌派數員在軍營，其餘遣令回縣彈壓。蓋軍需臺站事宜，佐貳之材幹者皆可辦。且牧令出境，即與佐貳相同，呼應未必盡靈也。

以上數條，或未合機宜，或已有指揮。唯是臣子之分，知無不言，言無不盡，出位妄談，希原宥焉。

與姜中丞第二書

某于二月廿二日回省，廿三日即有一函馳布行轅，此時諒早邀鈞照。昨湘潭李令回省，詢悉綏祺安吉，稍慰私忱。唯是軍興之際，凡百焦勞，諸惟珍愛，是所禱切。頃聞軍營有用炮之說，計此時尚非急需，而將來攻城、攻寨，其勢必出於此。但各處所存舊炮，皆不可用。鐵性年久必爛，此等舊炮，皆屬百年不用之物，驟然一震，必有炸裂之虞，此事所關非細。向來金川軍營皆用銅炮，銅性較鐵柔韌，且易于改製。蓋軍中用炮，皆需隨鑄隨用。凡炮施放數十次之後，口門稍寬，苗頭不準，即宜改鑄，非一炮始終可用也。但此時鑄炮，恐無熟手，謹具《鑄炮說》一則附呈鈞案，以備採覽。

凡鑄炮，擇地四面安鑪。當中掘地爲坑，若井狀，約深三尺許。將土作模範，火中略煅。其模中爲一柱，麤細準炮之口門。其外作大模，若無底桶。中模一直到底，外模須分三四節，然後安放時易于周正。中模之外，外模之裏，皆敷以炭屑。蓋經火成灰，則炮成後，易於脫出。其外模較中柱高二寸許，以便結底。鑄時將模安放地坑之內，審視周正，四面用土填實。然後開鑪，將銅汁澆入，候滿而止。既鑄，約以半日爲率，將炮四面填土掘開，其炮赤如火。再得半日，便可取起，抽出中柱，鑽好火門，聽候應用。用時將火藥每觔一袋裝好，每炮安鐵子一枚，其大如炮之口門。凡安炮時，須四邊擠住，火氣既發，炮必倒退，稍有歪斜，便無準頭。

與姜中丞書

三歲相依，諸邀庇蔭。比聞新任范比部業經入境，擬於初五日交替，一二日即可成行矣。唯是苗事未蕆，絳節駐辰，不獲瞻叩，尊前一別，殊爲歉然。伏計將來膚功告竣，一切善後之方，正煩籌略，而尚有筦見所及一二事，敢奏牋於左右。

計此番用兵，計主攻心。苗族懲創未深，將來撤兵之後，或有奸徒稍稍滋事，勢難保其必無。此既不可再動大兵，又不可置之不問，全在地方官相機定策，量示恩威，以消未然之亂。其事全在得人，則所有一道三廳最爲要任。現在辰道乾廳皆非其人，若令苟且承乏，平居既無恩信結人，臨事又無膽略措置，苟不得宜，恐致別生事端。此當計及者一也。

鎮筸舊城形如釜底，四面苗峒環之，當時建立，本非形勢，即永順府城亦然，此二處某所知，其他恐尚有類乎此者。平素無事，難議更張。今當苗逆蠢動之餘，正當及時改建。自古山川險阻之區設立城隍，無不半踞岡巒，半臨大路，豈有自居釜底而能控御四鄉之理！今謀改建，務擇高爽四達之地。平時撫馭，既能聲息相通，一旦有事，不虞險阻。且當井里瘡痍之後，民間生計必艱，稍興工程，亦可代賑。此當計及者二也。

此番苗事在辰，故置永順于不議。其實永順險阻十倍于辰，先事之謀，不可不講。自辰入永，水路至王村而止，再上無路可通，便須改從旱路。其間有牛路河一道，此河之形彷彿與虎邱劍池相似，兩山之巔，人可言語相通，而升降涉溪，不啻十里之遙，所謂一夫當關，萬夫莫開之地。當日桂林相公撫湘時，曾有建橋之議而未果。想其時必因經費無出，官不能捐，民不能辦，而事屬可緩，故議而未成耳。今當苗疆善後之時，正可乘機而及。若擇兩山最近處設一石橋，則道路通達，無罙入之憂。此當計及者三也。

又此番苗事在辰州以上，故下路晏然。萬一少爲滋蔓，則辰龍關爲萬分緊要之地。某憶過此關時，未嘗見有重兵防守，似乎此處宜專設一營，多分汛兵，移一將備領之，以爲桃源、武陵一路門戶之固。此在今日似無關輕重，而綢繆未雨，必有得力之時。此當計及者四也。

然此四事，皆因苗論苗，而湖南一省尚有二事當議者：一則錢局之章程宜加更定也。楚銅觕脆，就向日工料鎔鑄，其錢斷不能佳。目下雖則停爐，然嘉慶改元之後，勢須復鑄。若嘉慶新錢仍然觕脆如舊，設爲司農論及，其將何以爲辭？故此後新錢須將廠銅煎鍊上好成色，然後核計加增工本，仍須稍留餘潤，以爲工匠沾溉之地。蓋事有餘利則法可經久，楚南要事，此其一也。一則洞庭之水利宜加脩濬也。頻年湘水驟長驟落，總緣洞庭淤淺，易盈易竭，故上流稍受其累。而洞庭之所以淤淺者，總緣每年茭草春長秋枯，草長數尺，至腐爛後，必積泥數寸。歲復一歲，何惑乎湖底之日見淤淺也。欲去其害，須設一歲濬之法。現今東岸堤埂日被衝刷，岳州城根逼臨水次，再更數十春秋，此城必有墊塌之患。今若設法於每歲水涸之時，於東岸堤埂三五丈外湖中釘木編竹，若籬笆之狀，募夫取湖中積泥實近岸籬笆內，漸積漸高，竟成護隄。若得隄高一二丈，則湖中積泥亦必去一二尺。歲歲如此，隄日加高，湖日加深。若瀕湖州縣有形勢相類者，飭令一律辦理。此水利一修，黔、粵、楚、蜀四省之利也。湖南要務，此又一也。此二事雖非今日急務，然管見既及，不敢不陳。唯希鈞覽，幸甚幸甚。

與同年李明府錫書論河圖洛書書

僕與足下同榜生也。足下登第後，養望邱園，僕奔走四方，故未獲接殷勤，罄一夕之談。近同官在蜀，各羈職守，又未能即修相見之禮。

新正三日，接展惠書，寄示所著《河洛圖說》，不以僕鄙陋徵其序言。當此風塵鞅掌之中，忽有以讀書明道之事相訪者，僕真如空谷之人聞足音而喜矣，何敢言辭！然猶有躊躕者，僕謏聞之士也，未達河洛元微之理。至于方圓動靜之論，昔者竊聞之矣。今考足下所著異乎僕之所聞，今移僕之說以相附，是諛也。執僕之說以相難，是訐也。諛與訐均無當于作序之義，則姑先以異同之說相質，可乎？

足下所定《河圖》之數十，《洛書》之數九，此本朱子之書而實西山蔡氏之說也。若以僕所聞，則《河圖》九而《洛書》十矣。此異同者一也。僕聞《河圖》圓而《洛書》方，足下所定《河》、《洛》之圖皆方，此異同者二也。何言之？古者河出《圖》，伏羲因之以畫卦，唯《河圖》之數九，故虛其一以成八卦，此因奇得耦之道也。考"戴九履一、左三右七"之文，合一與九而成十，合三與七亦成十，可知其因奇得耦也。是故筮法老陽九而少陽七，老陰六而少陰八，天地之道陽有餘而陰不足，故陽數終于九，陰數終于八，無所謂十也。即此可以知《河圖》之數爲九也。洛出《書》，禹因之以演疇，唯《洛書》之數十，故虛其一而成九疇，此因耦得奇之道也。考"天一生水，地六成之。地二生火，天七成之"之說，合一與六而成七，合二與七而成九，可知其因耦得奇也。是故嚮用五福之外，又有威用六極之文，即此可以知《洛書》之數爲十也。朱子有《報郭冲晦之書》，其言曰："《河圖》四正四隅之位，《洛書》四實四虛之數。"朱子是時年已五十一矣，猶以九者爲《圖》，十者爲《書》，不知何以後來又曲從蔡氏之說也？方圓之說，向多異同。邵子曰："圓者《河圖》之數，方者《洛書》之文。"其言明白曉暢。以數推之，奇者宜圓，《河圖》之數九，其圖當圓。耦者宜方，《洛書》之數十，其圖當方。是方、圓之形與十、九之數適合也。要而論之：《河圖》之數九，其用九；《洛書》之數十，其用亦九。所以然者，天地之數窮于九，無所謂十也，十即一也。試觀權之數，十釐爲一分，十分爲一錢，十錢爲一兩；衡之數，十分爲一寸，十寸爲一尺，十尺爲一丈；量之數，十合爲一升，十升爲一斗，十斗爲一石。其數皆終于九而已。故黃鐘爲萬事根本，其管以九寸爲度也。原夫空虛無象之中，太極生焉，由極達之東西南北而生四正之象，其數得五，故《河圖》、《洛書》其中皆以五爲極也。《河圖》四正之間爲四隅，而八卦之象生焉，故其形如規。《洛書》四正之外又爲四正，而九疇之義出焉，故其形如矩。《河圖》之中五爲極，《洛書》之中五與十皆爲極。故箕子《洪範》之文五曰建極，十曰用極。極者，中也。此又《圖》九《書》十之明徵也。若夫萬事萬物之理，實皆有以一統八之義，不徒畫卦演疇爲然。如天有九野，虛其中而爲八紘；地有九州，虛其中而爲八埏。以之治農，八家同井，而井田之制立矣。以之治兵，八陳同營，而握奇之法成矣。故曰萬

275

事萬物之理皆有以一統八之義,而皆備于《河圖》、《洛書》之中。苟非聰明聖智達天德者,其孰能知之乎?僕何人,斯豈能達《河》、《洛》元徵之理?唯是束髮受書以來,所聞所知者如是,故詳述之以就正于有道耳,不知足下以爲何如?文繁累牘,不及親染,伏惟垂鑑。

記

祁陽廖氏宗祠記

　　祁陽廖生元魁、元旭兄弟,皆余所取士也。歲在乙卯,余受替將行,生兄弟不遠千里追攀道周,殷然修相見之禮。既見,以宗祠之記請。案,生家自其曾祖發元以降,至今五世皆同居共爨,食指以百數。生叔某主家政,一門雍睦,內外無違言。距所居百步而外建宗祠一區,奉安先世神主。其祠經始于庚戌,而落成于癸丑。歲時祀享,集群從子姓于其中。拓旁屋爲家塾,延經、蒙師各一人,凡廖氏子孫皆就學其中,而姻黨子弟秀良者亦得附焉。

　　嗚呼!宗誼之衰久矣。其弊起於庸人各私其財,而秦、越其族人。其族人亦以貧富相耀,貴賤相形,事有緩急,寧呼號求援于異姓之人。平居宗黨絶迹,不相往來,饑寒不相恤,患難不相救,甚至轉徙出鄉,覿面或不相識,比比也。曾不思水有源而木有本,親親之殺,雖有等差,而祖宗視其子孫孰非一體?豈不願其同歡共感,百世相守勿失歟?《行葦》之詩廢而宗族之誼衰,俗之媮也,亦卿大夫之恥也。《傳》曰:"尊祖故敬宗,敬宗故收族。"今廖氏世居祁陽,祁陽爲楚南荒僻之壤,文教未盛,非有鄉先生爲之典型,而其宗獨能五世同居,敦尊祖敬宗之文,而毋忘收族之義。又于其間教養子弟,俾成人小子共知禮教孝弟以躋于秀良,而廣其桑梓敬恭之誼,此正官斯土者所當誘掖獎勸以成其事者也，雖不我告，猶將表章焉。乃允兩生之請而爲之記。

小西厓記

循德勝門而東百餘武，有遊觀之所曰"積水潭"，明李文正公之故居在焉。今其阯弗可考，然地處都城西偏，而在水之涯，則所謂"西厓"者當在此矣。又折而東南百步，曰"李公橋"，則因文正之居而名之者也。今大司成梧門先生之居在松樹街，距李公橋百武而近，乃自顏其齋曰"小西厓"，豈於文正有嚮往之心歟？

竊嘗論士之不朽於世者有三：曰功名，曰氣節，曰文章。而功名、氣節待文章而後傳，故著述之事，雖賢者亦惓惓焉。文正生明代之末流，事康陵之闇主。奸璫煬竈於内，强藩弄兵於外，其勢岌岌不可終日，而公委蛇政府，未嘗建一策、發一慮，致當時有"伴食中書"之譏。凡古大臣功名、氣節無可副者，似乎其人不足多也。或曰：當劉瑾用事，怒士人之不與已也，思欲盡其類鋤而去之。若劉公健、謝公遷相繼引去，公獨在帝左右維持而保護之。當是時，微公在，國家之善類盡矣。如斯言，則公又大有造於一時賢士大夫者也。其信然耶？孔子曰："三人行，必有我師。"文正事迹，或嘉之，或議之，均之可以爲後賢之龜鏡者也。若其文章爾雅，訓辭深厚，當七子頹波之際，獨能黜僞存真，雍容揄揚，俾先民矩矱不墜於地，此固一朝之燕許也。儒者讀書論世，往往藉古人之文章以求其功名、氣節，今讀文正之書，師其所能者，而求其所未副者，庶幾先生之志乎！覃溪翁先生既爲先生題榜，某遂承命而爲之記。

長壽縣新城記

嘉慶元年，楚北奸民倡爲邪教，群作不靖，蔓延秦、蜀，所至焚掠。川東重慶屬邑曰長壽，舊無城郭。三年冬，賊氛入境，公私廨舍，一時俱燼。積粟燬于高廩，罪人逸于圜扉。邑人流亡，婦子無歸。四年三月，余自翰林出守重慶，竊維設險守國，古皇所訓，重門待暴，非城何恃？爰于下車之始，遄臻兹境。周覽原隰，相度厥基。舊治瀕江，不可營建。其迤北五六里地名銅鼓坎，有故明廢城，其阯尚在，前臨斗崖，後擁重岡，表裏鞏固，實爲形勝，乃繪圖貼説，請命大府。會戎務方殷，度支不給，事不果行。四年十二月，武進余君鈺來宰是邦，謁府之日，余首以此事相屬。君至縣，期會邑人，爰究爰度，富者輸財，貧者力役，衆情翕然，踴躍子來。乃鳩工庀材，是版是築，周垣既繚，岑樓斯峙，四門洞開，百堵皆興。始事于嘉慶五年七月，至七年三月訖工。城周一千六十丈，所用工料銀二萬九千九百兩有奇。工既竣，都人士請爲文以紀其事。余維百姓可與圖成，難與慮始。今兹邑人鼛鼓無煩，金湯斯建，風俗知方，于斯可徵。是役也，余雖倡其説，而余君實成其事。教諭屈鳴介、典史吕顯崧共襄斯役，夙夜盡瘁，功皆足多，均當署名，以示方來。紳衿耆老與有勞者，另石題名，共垂不朽。

東川書院科甲題名記

嘉慶四年，余自翰林出守重慶。其郡舊有東川書院，余以公餘，時與諸生考課其中。其明年，值鄉試之歲，在院諸生獲雋者十一人。凡書院，例有《科甲題名記》，此地獨無，誠闕典也。因爲製額，懸諸堂皇，即以此科爲始，後有雋者，繼而書之。夫鄉舉之典古矣，世謂之登賢書，舉者謂之孝廉。登是選者，其顧名思義，相與興孝興廉以蘄副乎，賢者之稱，勿徒以榮名高第爲宗族交游光寵，斯不負余爲爾等題名之意也夫。郡守吴縣石韞玉記。

序

蘭谷詩鈔序

費君蘭谷，吾旁邑故侯也。家巴陵，余於岳陽校士之餘，侯惠然修士相見之禮，出其平生所著詩二冊，丐序於余。讀之，粹然醇雅，有古風人之遺，侯于斯事深矣。然余所知於侯，非徒詩而已也。昔侯在江南宰常熟、崑山、上元三縣，皆吳中巖邑，政繁賦重。其習俗喜造作言論，宰者少不當，則譏刺隨之。侯之去官也，越十有餘年，而三邑士民頌侯至今弗衰，吾於是知侯之政之良也。

進士顧禮琥，知名士也。初爲諸生，凡七試於學使者，四冠其曹。歲庚子，侯分校省闈，獲顧卷，薦之主文者。主文者謂其文簡淡無藻繢之色，必老師宿儒所爲，日暮途遠，無足取。侯力爭之，至于再，至于三，然後得綴名榜尾。榜既揭，自監臨以下皆知顧生名，盛年而績於學，今已登上第，爲達官。然非侯則何以進？余於是知侯之鑑之精也。

侯所宰皆通都沃野，其先後官輒輿金輦璧以去，侯歸，囊篋蕭然。今老矣，兩足蹣跚，猶課生徒，藉束修之入而後舉火。余於是知侯之守之廉也。侯今年六十餘，子姓皆成學，而孜孜矻矻，晨夕居稽，如在諸生時。余於是知侯之學之勤也。

夫古之詩人以導性情、道政事爲務，不徒以聲律、對偶爲工。故禮以登高能賦爲卿大夫之材，而七子賦詩，論者知其臧否休咎。侯之豈弟顯允有本末如此，則詩之工不問可知也。余故因其請而述所知於簡，崇以爲序。

湖湘采風錄序

古者太史輶軒周行四國，采其民俗歌謠，歸而貢之王朝，宣付典樂之官，謂之曰"風"。觀政也於斯，問俗也于斯。故其文燦然臚陳，其體彬彬與《雅》、《頌》同科。學者讀《鄭》、《衛》而知其淫，讀《唐》、《魏》而知其儉，其他雖《邶》、《鄘》廢墟，《曹》、《檜》小國，莫不掇拾其詞，以儷柱下網羅之所及。然則采風之職綦重哉！特是孔子删詩，《國風》十五，唯楚無風，何也？或曰：楚蓽路籃縷，僻陋在夷，聲教不通中國，故無之；或曰：楚封豕長虵，薦食上國，聖人惡而絶之。此二説皆不可信。夫楚風著于古久矣，喬木錯薪，謳思《江漢》；魴魚頳尾，頌于《汝墳》，此非楚風乎？當鬻熊爲文王師，實始封於楚。然則《麟趾》、《騶虞》，其化先行，南國固其所也。其後王澤竭而中國無頌聲，屈原、宋玉、景差諸人踵武于沅、湘之間，殆亦楚之變風歟！二《雅》微而《騷》以作，雖謂楚風獨盛，可也。今四海以内，無論大都通邑與荒陬僻壤，皆家絃而户誦，況楚乃騷人之故墟耶，宜乎風之盛矣。

余于壬子臘持節至楚南，于今三年，校九府四州之士，周行郡縣者再，於其間搜奇討秘，訪古迹而徵舊聞。瀟湘之水，吾愛其清而深；岣嶁之碑，吾愛其奇而奧。探二酉之藏、三吾之勝，吾愛其入險而出幽；經洞庭之野、武陵之源，吾愛其曠遠而綿邈。低徊焉，慷慨焉。凡觸于目而會于心，以爲宇宙秀靈秘異之觀止矣。及觀諸生之作，則清深者有之，奇奧者有之，幽而險者有之，曠遠而綿邈者有之，凡吾所觸目會心之境，無不托其豪翰以傳，雖謂楚風至今日極盛，可也。余校録既同，薈萃二百餘篇，又爲讎焉。凡襲者、勦者、平無奇者、瑜而不免瑕者，皆去之。共得詩八十一篇，作者四十四人，名曰《湖湘采風録》。此皆得之於風簷暑刻之間，据其一日之長耳。若夫九江之所瀠洄，七十二峰之所崒嵂，梗楠杞梓挺其幹，蕙蘭蘅芷揚其芬，自古在昔，號爲多材，區區所録，其何能盡？然而霜桂之姿秀乎一枝，霧豹之文蔚乎一斑，觀楚風者觀此，亦可以知其概矣。

幼學翼序

乾隆六十年四月，余校澧州之士，獲梅生自馨於童子科。生八十有八齡矣，以所著《幼學翼》一書請序于余。余方校士常、岳之間，未暇也。秋八月，將省試，生先期至會城，又申前請。生老矣，余悲其志之篤而力之勤也，不忍違其請，則爲弁一言於簡端。

今夫學畢生之事也，曾何老幼之異哉。《易》曰："蒙以養正，聖功也。"孔子十五而志於學，七十而從心不踰矩。夫矩也，非十五時所志焉者乎？"多學而識之"，聖人之學也；"一以貫之"，聖人之矩也。當是時，及孔氏之門者，無不遜志而敏求，多識前言往行，以畜其德。明睿如顏子，必以博文爲約禮之階，矧其亞焉者乎！是故古之學者必仰觀而俯察，殫見而洽聞。凡夫天地之所以清寧，川岳之所以流峙，禽魚之所以飛潛，草木之所以榮落，以及郡縣之沿革，禮樂之盛衰，典章法度之廢興，象數名物之同異，靡不原其始而要其終，舉其綱而條其目。《傳》曰："通天地人之謂儒。"幼學云乎哉？善乎朱子之言也曰："窮知事物之理，以求至乎其極。"格物致知，雖《大學》始教，而作聖之業基之矣，學何老幼之異哉？生方在童子科，故以《幼學》名其書耳！生老矣，尚殫精竭慮、孜孜矻矻如此。今而後澧、湘子弟皆能篤志如生，奚患業之弗精而德之弗成乎哉？余故序生書且告楚之從事於學者。

沈氏群峰集序

亡友芷生既歿之後六年，余始獲集其詩古文詞而刻之。既成，而不禁慨然乎中也。

方芷生之與余締交也，在甪卯之年。芷生少余兩歲，余弟視芷生。芷生夙慧，讀書强記，凡古人隱辭僻事，先生長者所遺亡，芷生輒能道其原委，故一時有"小鴻博"之譽。稍長，與當世綴文之士角逐藝林。其時吳下壇坫正盛，英辭妙墨，蘙薈林立，芷生承父兄之緒，姸詞秘旨一出而凌其儕偶。然其論文獨矚就余，越旬日，必攜所著過余居。余心賞其妙，亦未嘗不瑕疵之。芷生輒自譽，辯論譁然，及其歸，則已取而更易之矣。芷生詩若文皆祖禰齊、梁，而出入乎初唐四傑之間。余則誦習歐陽子之文，而詩格宗尚陶、謝、王、孟。所業不同，然而交相質也。余與芷生應有司之試，自郡邑而省，而禮部，靡役不偕。及芷生成進士，余旅食江、淮間，於是踪跡始少暌矣。

辛亥夏，余在都門，忽得芷生凶問，初尚疑之，久之，而不意其信然也。初，諸城劉尚書之視學於吾吳也，芷生尚在童子科，請試詩、古文、詞，尚書不之信，呼至堂皇，面命十二題，分詠吳中古迹，芷生不移晷而成，文采斐然。尚書誦之，擊節不置，謂爲"仙才"。尚書嘗告所知曰："余在大江南北，獲其雋者一人而已"，謂芷生也。芷生初名沅南，尚書曰："此生如芝草鳳凰，清時之瑞也。"因易其名曰"清瑞"。尚書當代人倫之鑒，而相賞如此，則芷生之才可知矣。

嘗與芷生元夜觀燈，客有爲廋詞之戲者，遇諸塗，手持謎語百紙，芷生且行且讀，射之輒中，行未里而百謎盡矣。其敏悟如此。芷生年十六時，賦《廣陵懷古詩》，有云："瓊花有恨無雙蒂，明月多情只二分。"當時衆豔稱其詞，不知其爲不永年之讖也。

余既聞芷生之歿，急就其家徵遺草。而芷生在時，未嘗收拾，叢殘零落，散失者什九。余因遍告其所親，爲之搜訪。昨歲，其甥林子衍潮始錄其集，寄我於湘中。余以瓜代將歸，未及料理，兹乃檢校而剞劂之，定爲詩二卷、賦一卷、詞一卷、奇耦文合一卷，外集詞曲一卷，又《韓詩故》二卷，別爲一集。其所著尚有《帝王世本》、《春秋世系考》、《史記補注》、《孟子逸語》等書，皆未成，不及梓。若其詩文，則余所知而亡軼者尚多，觀此亦可以知其餘矣。芷生文翰，有目者共賞，故不具論，但著其生平本末如此。

芷生姓沈，名清瑞，芷生其字也。乾隆癸卯鄉舉第一名，丁未進士，吳郡長洲人。

養雲樓詩序

乾隆庚戌歲，某成進士，實出江西甘西園先生之門。其後二年，某典閩試，先生賦詩以寵其行。洎自閩入湘，先生又寄詩相勖。越三年，歸京師，先生始出其所著《養雲樓集》以相示，且命爲之序。

伏思古人著作，往往待序録于後生。序而心知其義，則莫如及門之士。故孔子删《詩》，必卜氏爲之序。而李氏編《昌黎集》，洪氏編《豫章集》，皆受業于門牆者也。蓋其平居周旋杖履間，所得緒論既多，一旦序録其書，皆能發作者意中之所欲言，闡其微而引其所不盡。非及門之士皆賢也，形密則道親，勢故然也。然則序先生之詩，某又何敢辭！

唯是詩教之昌明于世久矣，權輿于《三百篇》，浸淫于漢魏、齊梁之間，盛於唐而變於宋，至於今日，不啻家蘇、李而人曹、劉矣。雖欲著論，烏從而著論？唯先生以"養雲"名集，請即以雲之説進，可乎？今夫泰山之雲"觸石而出，膚寸而合，不崇朝而遍天下者"，唯天地能養其綑緼之氣，以鼓舞而出之也。當其未出，雲何心哉？亦任其自然而已矣。夫詩亦然，凡人齋居默坐，寂然無聲，人亦何心哉？及其觸耳成聲，遇目成色，而天地之情，古今之變，草木蟲魚之狀，歡愉愁苦之音，一切假於詩以傳之，亦人心能養其綑緼之氣，以鼓舞而出之也。

先生之詩，志和而音雅，無怪奇之色，鈎棘之聲，雍容揄揚，粹然一出于正，此興幬之元氣，律吕之中聲也。觀其自少而壯，自窮而達，惓惓于祖德之綿延，國恩之高厚，而弗敢忘忠孝之性，非

《風》、《雅》之本歟？方其爲縫掖之士也，栖遲羈旅，憑吊江山，清遠閑放，自得之趣，流露于意言之間，此如白雲之在山中，而自怡悦者也。洎乎爲詞臣、爲諫官，出入金馬之門，翔步螭鼇之陛，作爲雅、頌，皷吹休明，此如卿雲之在天上，蕭索輪囷而光燿宇宙者也。某幸遊大賢之門，得先覩之爲快。他日先生爲國霖雨，潤澤群生，四海之人望之若慈雲之覆萬物焉，其亦此絪緼鼓舞之妙致之乎！記曰：聲音之道與性情通，某于先生之詩卜之矣。

高滄橋先生遺稿序

甚矣，文章之無定價也。余初入童子塾，即聞吾鄉有滄橋高先生，績學而工文章。稍長，習制舉之業，先後從徐吟園、郟網庵兩師游，熟聞其緒論。凡評論當世操觚士，必首及先生。及余爲博士弟子，與先生曹試於風簷之下，每讀先生文，未嘗不傾倒，以爲不可扳也。洎余領薦於鄉，往來公車十餘年，及第登朝，備員禁近，而先生尚浮沉諸生中，老死鄉曲，豈非命哉。推原其故，先生之文其思深、其致幽、其氣清淳而澹泊。其食古也，咀六經之華，斟百家之液，而不襲其詞，凡此者皆非庸耳俗目所能識也。曲高和寡，古有成言，其斯之謂矣。

錢君蘅香爲先生門下士，以諸生起家，橐筆從戎，今刺大郡矣。念其生平瓣香所在，搜羅先生之遺文而編集之，將授梓行世。適余亦在戎幕，屬爲序以弁其端。余因取先生之文，一一闡其微、索其隱，標諸紙尾，將以質亡人於地下，並以告當世之談藝者。

試帖偶鈔序

試帖之體，肇始唐賢。"明月夜珠"之句，賞自昭容；"湘靈鼓瑟"之篇，衆稱神助。謝華啓秀，其來尚矣，歷代相沿。其體盛於館閣,本朝於鄉會歲科之試悉課詩篇,而後操觚之士無不肄業及之矣。蜀人素擅詞章,往時名輩接武。余於去年來守茲土,嘗以公餘至書院,考課生徒,則能文者甚多而工詩者絶少,豈古今不相及乎?抑無人導揚風、雅,遂致淩夷也乎?爰檢舊日鈔存同館先後輩試律之佳者,彙録百篇,以示諸生爲試帖之式。非敢云選也,偶鈔其篋中所存者云爾。重慶郡守吴郡石韞玉序。

詩龕銘并序

大司成梧門先生自署其燕居之室曰"詩龕",而徵不佞爲之銘。考《爾雅·釋宫》之文,曰宫,曰室,曰榭,曰簃,曰塾,無所爲龕者。龕之名蓋浮圖氏之辭也。先生方掌成均之教,國之貴遊子弟學焉。將以德行範圍一世於正誼明道之途,而禁其越思,闢其邪說,顧以浮圖氏之辭自名其居,我知其必不爾矣。龕者,受也,虛其中以受物也;抑安也,謂君子居之安也。古之賢士大夫夙夜在公,黽勉從事,不敢告勞。及其燕居也,則必有亭池之適、圖史之樂、花木竹石之娱以自逸,非玩物也。世累不櫻於内,塵囂不接於外,則心不與物爲緣,而萬物皆備矣。《書》曰:"君子所其無逸。"又曰:"心逸日休。"聖賢顧爲此矛盾之語耶?不可逸者其身,而不可不逸者其心。心者,神明之宰,逸焉而清虛之趣生矣。雖然,心逸矣,而不有所寄又不可以久也。古之通人往往有所嗜而終身弗替者,無他,心之所寄焉者也。若秋之奕、羿之射、僚之弄丸、昭文之鼓琴,劉伶、阮藉之飲酒皆寄也。先生于世俗之事無所好,一切博奕、絲竹、鷄狗之戲不接於耳目之前,唯日爲詩以自娱。且又喜徵索一時士大夫之詩以廣其苔岑之義,入其室,左右皆是也。先生豈有所癖哉?夫亦謂人情言之不足而長言之,抑揚反覆,其感人也易入。且天地之奥、古今之變、風雲月露之形、草木蟲魚之狀、忠孝節廉之迹、歡虞愁苦之情皆在焉。然則詩之益人也，所受不已廣歟？所受者廣，而皆足以成其自得之趣，非君子所爲居之安而資之深者歟？此龕之所以名也。既釋其義，且繫之以銘。其詞曰：

結繩既變聲畫興，以言協律詩乃鳴。風雕雅謝啓新聲，漢晉唐宋迭變更。今之騷壇誰主盟？堂堂我公世所型。揄揚元音調磬笙，陶鑄衆說咀華英。前唱後喁慶得朋，酸醎異味同成羹。瓣香在室烟篆青，伯仲王孟宗淵明。不爲怪奇誤後生，卓哉大雅消群争。詩龕受詩充兩楹，此投彼報皆瑤瓊。公居其中百慮清，蕭疏竹木環書櫺。掃除塵壒生虛靈，及公門者觀斯銘。

詩冢銘并序

梁溪顧晴沙先生集其鄉人之詩千有餘家，選而授梓行于世。其邑人賈崧乃聚其餘草，築冢于九龍山之麓以藏之。吳中文士會其葬者數十家，事既竣，賈君單車壯來，將徵詩于都門，士大夫多其好事，皆爲歌詩以酬其請。君不以余無文也而及之，余與兩君無平生之雅，未嘗握手接殷勤之歡，既未見其所刻何詩，其葬詩也又不悉其顛末，顧從而讚述其事，毋乃有未同而言之咎歟？雖然，空谷之間，人有聞足音而喜者矣。當世俗聲利之場，有人焉，以表章風雅爲事。不唯表章而已，又惜及其叢殘之草而斂之、瘞之、封之、樹之，若古人掩骼埋骴者然，此其高誼何如哉？昔番禺人魯脩喜爲詩，嘗聚其同社十人之詩葬諸芝山中，宋景濂銘其冢，其事與賈君相類。顧脩所葬皆其友朋之作，猶有苔岑之義存焉。今賈君所葬者乃自漢及今二千餘年之人，且多至千餘家，此其博愛爲仁較脩尤難得也。余既無應求之義，而又不獲已於言，則姑托志壙之詞以申好人所好之意云爾。銘曰：

龍山之麓，惠水清兮。詩人代興，淪性靈兮。荒古有作，始基漢京兮。歷二千祀，盛于今兮。風騷有壇，孰主盟兮。維老成人，懷典型兮。桑梓敬止，文獻徵兮。網羅放失，擁百城兮。如川注海，滿而不盈兮。千金之裘，集腋成兮。別裁僞體，留菁英兮。叢殘餘草，散零星兮。斫山爲坎，藉以香薪兮。黄綈作韜，瓦棺盛兮。崇封四尺，樹翠珉兮。英華銷歇，歸杳冥兮。蒸爲芝草，輪囷九莖兮。泄爲醴泉，潤澤群生兮。裔雲在霄，光氣騰兮。詩魂夜歸，鬼燐青兮。左林右泉，有勝形兮。風雲擁衛，山靈憑兮。滄海爲田，蓬嶠平兮。峨峨斯冢，常不泯兮。

送王惕甫之華亭校官序

嘉慶建元之歲，某自楚旋都。其五月，吾友王君惕甫將之華亭校官之任，都門士大夫爭爲詩歌以祖其行。或謂以惕甫之才、之品、之文學當在金門玉堂爲股肱耳目之臣，今浮沉京國，歲星周矣。累試輒躓，訖用無成。禄薄位卑，不副其望。以是爲惕甫惜。或謂華亭山水清淑，去鄉如咫。九峰三泖，地秀俗良。鱸肥蓴美，在官若家。禄薄足以養親，官閑足以著書。以是爲惕甫賀。或又謂師儒之官，地清道尊。英才所聚，可成可達。鴞音桑葚，樂我泮林。又以是爲惕甫勸且勉。余意皆不謂然，以惕甫之爲人，軒冕不加榮，布衣不加損，區區科第其得失也有幾？況惕甫初在江南，迎鑾獻賦，即邀帝鑒，拜文綺之賜。嗣於津門獻賦，遂登特進之科。以韋布諸生而兩受聖人特達之知，不可爲不遇矣。若夫地有湖山之美，官無簿領之勞，則畸人、漫士、嘉遯、甘節者之所爲，非有志當世之士所樂從也。蓋余交惕甫垂二十年矣，知之深，信之篤，故離別之感同而願望之情異也。

方我兩人束髮爲諸生時，年少氣盛，視天下事無不可爲。嘗酒闌燭炧，放言高論，考古今得失之林，輒縱橫俛仰，以爲士生天地

287

間，即不能爲孔孟、爲伊周，亦當以姚、宋、韓、范爲師法，一出一處，與天下安危治亂相關。當是時，抗心希古，不自禁其言之出也。及其壯也，與世侘傺，念修名之不立，而歲月之如馳，慨然各有四方之志。余旅食江淮間，凡所至，輒講求其關河夷險、都鄙沃瘠，與父老子弟所疾苦，竊自謂異日苟攝尺寸之柄，庶幾爲國家興革利弊，稗補萬分之一。而惕甫遂遨遊大都，作王侯上客，東出薊門，西越臺嶺，從灤水、蘭山之圍，周覽九邊形勝，思前代之所以失，本朝之所以興，與朝廷所以撫馭中外之要，目擊道存，亦往往作書告我。比歲余通籍升朝，于役閩、楚，去京四載，受替歸來。而惕甫適以宮學教習歲滿，叙勞拜官以去。由俗情視之，余方居清秘而惕甫偃蹇外僚，或悲惕甫之不遇，而幸余之遇。即儒者論之，惕甫膺師儒之寄，而余綴禁近之班。素位以行，皆可以報國。此二說非不近情，而其實皆目論也。今之翰林有制作之任乎哉？而今之校官有樂育之效乎哉？木天之署，荒如古刹。官無任使，尸位持祿。詢以朝常國故不知，訪以民俗吏弊不知。循資限格，荏苒以老。而一二躁進少年，甚且奴顏婢膝，以競尺寸之利。幸而轉一階、領一職，欣欣有自得之色，觀者亦動色生羨，以爲今人服官，道固應爾。如是累累若若，謂之不負朝廷，不可也。彼庠序之廢，何獨不然乎？學者不解經義治事爲何物，衿佩子弟有終歲不登博士之門者。而居此官者亦往往自托於古者抱關擊柝之流，苟以豢貧養老，其中有豪傑儁邁之士，耿介自守而已，不能有所爲也。而謂可以興賢育才，儲菁莪棫樸之選，能乎？雖惕甫賢能有文行，吾決其不能以自異也。不能自異而可守此以終老乎？造物生材，必有所用。

《易·蹇》之初六曰：“往蹇，來譽。”言君子脩德不終蹇也。《復》之六四曰：“中行獨復。”言時未至而理所當然也。惕甫毋謂世之不我知，而歲之不我與，正誼明道，藏其器以俟時，終爲國家有用之身斯可矣，區區聚散升沉之説，均不足道也。

傳

雪香翁家傳

翁姓余，名作梅，字清夢，閩之建寧人。初爲諸生，有文譽，應鄉舉者四，不售，遂絕意進取。所居雪香樓，讀書其中，故又自號曰"雪香翁"。翁生長素封家，不治生產，而輕財好施，晚歲家中落，布衣蔬食，晏如也。少習西江胡氏之學，釋經不專宗宋儒，博覽漢、唐諸家之説而折其中。其文章以性命彝倫爲歸，不襲詞華。家居泊然，體素羸，日者言其壽不過五十，及八十餘而神明弗衰。或叩其延年之術，翁曰："澹嗜慾，節飲食，不爲非分之想，自得其樂而已，無他術也。"閩俗剽悍，里巷雖睚眦之隙，輒聚衆爭鬥，甚者殺身破家。翁教子弟以謹愿敦厚，遇事排難解紛有權略。翁先世葬山中，術者以爲吉，其族人私以親骸葬其側，翁族衆知之，怒議將毁之。翁知不可以理説，則曰："毁之，誠是也。但在祖墓旁，必卜吉日乃可。"衆以爲然。翁隨榜於通衢曰："某月日當發私葬冢。"葬者聞之，乘夜發其骸以去，事遂解。族姓與人憤争，聚衆將鬥。翁僞曰："汝衆尚寡，未必勝。歸，吾將使健者助汝。"鬥者歸，則遣人告其敵曰："某畏汝，既遁矣！汝何爲？"於是兩家之争解。翁之有權略，善於排難解紛，大都類此。好爲詩，於古人猷喜陸放翁，著《讀陸評語》。明醫術，多活人。年八十八卒，臨終，賦詩付其子，有"冰淵惕慮完吾事，清白傳家望汝曹"之句，其風概如此。

論曰：閩俗尚文學，多窮經嗜古之士，濂、洛之緒，實傳斯土，非偶然也。翁中歲既棄舉1業，而讀書礪行，八十而弗衰，殆其性然耶！若臨事應變，片言息争，倘人人有此心，尚何悍俗莠民之慮哉？

祭文

祭張耐舫太守文

　　嗚呼我公，斯人典型。風裁竹柏，政教冰衡。朝常志績，輿誦騰聲。百行是備，五福斯膺。何圖瞬息，遽反杳冥。騎箕北陸，乘鯉南溟。維公世家，韋平閥閱。枕葄六經，金貂七葉。家有官箴，門多儒術。圭臬州閭，羽儀王國。公之始生，文端在朝。祥符麟定，慶衍椒聊。嘉名肇錫，德音孔昭。孫謀既遠，祖武非遙。尊甫爲郎，公從于邸。循陔賦詩，趨庭問禮。鶚薦已榮，鵬飛又止。勵志桑蓬，縈情菽水。公之筮仕，發軔遂平。吏畏而服，民懷而寧。訟庭花落，圜扉草生。嵩山比峻，伊水同清。公在山東，課最齊魯。公在湖北，風移荊楚。薦剡書屏，專城開府。性廉而貧，道亨而阻。衆慶彈冠，我思解組。萬里奔馳，六年羈旅。公之居官，曰忠曰誠。不徵小效，不務近名。案無留牘，室有鳴琴。淵魚匪察，風草何爭。公之居家，曰孝曰友。諸父諸兄，怡怡相守。蘭玉後先，壎篪左右。積厚流光，克昌其後。公之歸也，嘯傲林泉。讀書飲酒，以樂餘年。一門鼎貴，三鳳齊騫。次君尤傑，弁冕木天。蒙等都門，獲交仲子。世德餘慶，門才濟美。公之光儀，不遠伊邇。高山景行，今則已矣。公之令德，文翁有祠。公之惠政，羊公有碑。岷峨鍾毓，江漢謳思。銘旌著誄，靈兮有知。

祭楊荔裳方伯文

　　嗟昊天之不弔兮，驚哲人之已萎。慈雲倏其散彩兮，卿月闇其韜輝。感哀音於栖鵙兮，踐妖夢於燃犀。傅説騎箕而上升兮，令威化鶴而來歸。惟我公之生初兮，禀彼蒼之清淑。三鳳騫其聯翮兮，九龍蔚乎鍾毓。騰妙譽於雞碑兮，瀋靈思於鼠獄。羌出類而拔萃兮，信離群而立獨。初筮仕以立朝兮，當弱冠之妙年。耀鳳毛於池上兮，覲龍光於日邊。窮書倉於四庫兮，探學海於百川。入黃扉以視草兮，登紫閣以題箋。參樞廷之密勿兮，銜天憲以傳宣。知帝心之簡在兮，卜皇路之蜚遷。考西招之幅幀兮，去中國其萬里。循宗乘而轉輪兮，合衛藏以同軌。忽廓夷之不靖兮，怵班禪之將毀。帝命將以出師兮，公請纓以出塞。磨盾鼻以飛書兮，掃旄頭以奏凱。乃策勳而飲至兮，爰論功而賞行。分觸豸於外臺兮，載交龍於前旌。旋聞三苗之作孽兮，又命六師以遄征。維公贊襄於幕府兮，實展韜略於平生。冒行間之矢石兮，運胸中之甲兵。舞羽干而奏績兮，書旂常而策名。歷柏臺而薇省兮，移蘭州而錦城。召棠留蔭而勿剪兮，郇黍待澤而增榮。嗟蜀道如青天兮，憫潢池之赤子。紛弄兵以歷年兮，尚負嵎而不知止。將帥仗鉞以專征兮，士卒枕戈而忘死。伊士飽而馬騰兮，惟我公爲之綱紀。撫益州之四徼兮，古人謂之天府。沃野衍其千里兮，烟火聚以萬戶。嗟連年之兵燹兮，警軍符之旁午。幸田穀之順成兮，慶閭閻之保聚。孰救災而恤難兮，惟我公爲之鎮撫。念我公之才器兮，實熙朝之棟梁。考我公之學行兮，洵清時之圭璋。果修德者獲報兮，宜積善而餘慶。何梁木之忽壞兮，悵人琴之頓亡。大星已隕而成石兮，叢蘭方茂而經霜。寮寀望之而悽愴兮，道路聞之而淋浪。某等備員於斯土兮，仰典型而矜式。悲莊生之藏壑兮，痛榮公之撤瑟。薦明德於椒觴兮，銘幽光於文石。陳蕪詞以大招兮，庶靈軿其來格。

獨學廬二稿文卷下

跋

周宣王石鼓文跋

鳳翔獵碣，隋以前無聞也。唐初始有知者，宋時取至汴京，置禁中。金人破汴京，載之入燕。其後虞集爲大都教授，移置太學大成門下，至今守護無恙。皇上表章舊聞，集其殘字，編次成文，重鐫新鼓十枚，與舊鼓同列。於是藝林之士，無不知寶矣。此本有雪居士印、有漢陽太守印，考雲間孫克宏字允執，官漢陽太守，雪居士其別號也。此本係其家所藏，後又入陳眉公家，有糜公印，有晚香堂印，又有"清福"二字大方白玉印，亦眉公賞鑒之章。其他張公玉、周覲、朱簡、鄭炳宇、周衮度、蔡文陛、黃經、王廣、徐處柔、張糜、張翼、顧正調等賞鑒之印甚多，知其爲明時搨本，蓋二三百年以前物也。文字可辨識者尚有二百五十餘字，其剥蝕不全者又有數十字，雖不及《集古》、《資古》等書所錄字數之多，較之潘迪音訓時，尚存十分之七也。余舊著《石鼓文辨》，其流傳異同之處固已詳哉言之矣。茲得此佳本，亦文字因緣也，喜而不寐者累日。乾隆乙卯十月題。

漢隸西狹頌跋

此碑摩崖刻石,搴拓爲難,故尚完好。隸法古質,有麁服亂頭之妙,學唐人八分過於妍媚,當以此拙筆濟之,以存古趣。

漢樓壽碑跋

漢碑至宋時絕少完本,何況今日。此本雖微有剝蝕,而字畫清朗可辨,無少損缺,世間安得有此殊寶耶?其非元碑可知,即非元碑,亦足寶耳!碑內"不可營以禄"句,"營"字《隸釋》作"榮",《集古錄》作"營",此本亦作"營",與歐陽合。翁覃溪先生雙鉤本亦作"營",知此碑之可信。翁氏雙鉤本碑末有"貞明四年十二月廿四日偶因行過"十三字,此本無之,或爲裝者剪去,或元本無之,皆不可知。又翁本闕"先生起"至"不可"四十八字,所存字亦影嚮模棱,不甚可辨,益知此本之可寶,無論真贗也。吾鄉有顧鋐者,喜將漢碑翻刻,此碑不知即其所刻否?雙鉤本已不多得,何況真本所翻,要是藝林之妙品矣。

太學蘭亭序跋

嘉慶三年二月十三日,皇上臨雍釋奠,時韞玉備員翰林,當分獻於後殿。禮成之後,成、定二王在彝倫堂茶話,司成法時帆言及《定武蘭亭》石尚在太學,其背有趙臨《樂毅論》,因奉陪兩王審覽移晷。既而法司成拓本進二邸,因并惠及予濃、淡拓本各一紙及《樂毅論》,予因合裝爲一帙。考松雪所書《樂毅論》,臨本刻在《渤海藏真帖》,與此迥異。此刻不類趙書,而末有"孟頫"二字,不知其本末也。《蘭亭》則的係定武瘦本,余昨見定武舊拓,"少長"之"長"字作"長",末畫右短而一撇從上起,今此本原刻亦作"長",不知何時爲俗工將中畫刻通？今從紙背細審，尚有痕迹可辨。而姜白石《禊帖偏旁考》未之及也，故記於此，以資鑒古之助。此石明初得於天師庵土中，見王宛平《冬夜牋記》，不知即係薛紹彭所易之本否，未可知也。

焦山瘞鶴銘跋

此銘向在焦山之麓，夏水盛時，往往沒於江水中。風濤激盪，歲久剥蝕過半。書者有"華陽真逸"之號，《西清詩話》謂"陶隱居"號"華陽真人"，晚年又號"華陽真逸"，則爲"隱居"書無疑矣。此本完好者七十二字，其餘點畫僅存而不全者又有八字，是亦近來之佳本矣。

又

山谷曰："大字無過《瘞鶴銘》。"觀此本筆勢，古拙而飄灑，有出塵之致，山谷生平實得力於此。

又

此刻昔在江水中，康熙中，陳恪勤公彭年守潤州，升於山上，摹拓較易。然恐千秋秘迹忽出人間，將來不免零落剥蝕，轉不若在風濤之中可以永保無恙耳！

北魏張猛龍碑跋

書至晉而始盛，唐而大昌。然初唐之碑存者十一，六代之碑絶迹人間矣。此碑猶是北魏舊物，碑尾有正光三年字，則孝明帝九年所造也。碑有屬吏姓名，而無撰文及書者之名，尚沿漢世舊式。文雖磨泐不可讀，然成句尚多，若"體禀河靈，神資岳秀。若新蘅之當春，初荷之出水；如傷之痛無怠於夙宵，若子之愛有懷於心目。"文采不減徐、庾也。若其字法遒峭，正是北海先聲。今人知寶《雲麾》、《麓山寺碑》而不知寶此，未爲真鑑也。碑額十二字嶔崎歷落，迥超凡近，尤爲可愛。余屢摹此碑，輒興古今不相及之歎。北海有此峭拔，無此堅蒼，無論松雪以下矣。

北魏李仲璇碑跋

此碑雜篆、隸、真、行而成，於古碑碣中最爲怪誕。然其用筆婉逸，殊有古趣，亦不可無一，不可有二之品。

北魏懷令李超墓志銘跋

北魏志墓之石，聲畫皆不工。此志獨端好有法，字亦不雜僞體，殆當時名手也。

北魏楊大眼造像記跋

右碑楊大眼爲孝文帝所立碑，以孝文爲先皇，而碑末有一"武"字，當是立於武泰改元之歲，故欲題武泰年號而未畢者也。文既簡略，書亦拙謬。如以"含"爲"唅"、以"清"爲"彭"、以"分"爲"紛"、以"鯨"爲"鯏"、以"旅"爲"偨"、以"覽"爲"覽"。種種杜撰，而其中"揮光也存侍納"等語，尤不可解，足見爾時北方文學之敝。又稱孝文皇帝處，提空乃在孝文之下，皇帝之上，尤可笑。維時典午南渡，王、謝諸賢辭翰之妙复絕古今，而中原喬野若此，則板蕩之感又見於斯文之墜地矣。

隋姚恭公碑跋

歐陽率更書纖細，故易於磨滅，今所存者《醴泉銘》、《皇甫君碑》及此而已。乾隆乙卯年，余在長沙，有陝賈以此帖及《醴泉銘》來售，《醴泉銘》中字贗者十之三四，此碑則完然舊物，所闕無幾字，尤可寶也。一日而得古刻二種，良深忻然。

唐九成宫醴泉銘跋

此帖最著名。西安府學有翻刻横幅石本，無錫秦氏有壽山石聚珍本，一字一石，摹宋搨者也。而坊間磚刻、木刻不可勝數。此搨雖不甚佳，猶是當時原刻，所謂尚有典型也，故甚惜之。

唐尉遲敬德碑跋

此尉遲敬德碑在昭陵小陽村之北，許敬宗所撰，不著書人姓名。其立碑歲月剥泐不可辨，考趙明誠《金石録》知其爲顯慶四年三月所建。明萬曆間，趙崡訪碑昭陵，言出敬德碑於土中，了無一字。而此尚有完好者六百餘字，不知崡當日所見爲何也。凡碑皆上半易保，下半易毁，此碑未蝕之字皆在碑根，其理殊不可曉。

唐同州聖教序跋

褚登善筆意若瘦竹幽花，有奇秀之趣，不與凡艷爲伍。歐、虞有其骨而無其趣，北海有其趣而無其法，魯公有其法而無其韻。《畫史》謂逸品在神品之上，褚書亦書中逸品也。此碑有同州、長安二刻，皆爲絶品。今人但知寶沙門懷仁集字《聖教》而不知寶此，真厭家雞愛野鶩之識耳！

唐都尉李文墓志銘跋

此碑不著書人姓名，而筆意端勁清逸，全用褚法，蓋初唐人風尚如此，所謂經生都學褚河南也。宋歐、趙諸家皆未著錄，至顧亭林《金石文字記》始有之，蓋明時新出者。

唐阿史那忠碑跋

阿史那忠碑在昭陵西峪村，上元二年十二月所立。不知何人所書，端勁有法，與《尉遲敬德碑》絕相似。始歎唐人書學之盛，歐、虞、褚、薛而外，不少其人耳！

安刻孫過庭書譜跋

此帖揚州安氏所刻，係從真迹鈎摹者。考孫虔禮《書譜》，文氏停雲館曾刻之，亦精妙。然世有贗本混淆，不若此刻單行可信也。此本較文刻少一百九十六字，蓋停雲摹刻以後殘闕者。卷首曰"書譜卷上"，則原分二卷，今迷其迹耳。

唐明堂令于大猷碑跋

右《明堂令于大猷碑》，大猷係于志寧之孫，以文學世其家者也。碑在三原縣，其葬以聖曆三年，而碑中無武后所製字，蓋後時續爲之，非葬時所立也。碑不載書撰人姓名，猶是兩漢遺制。筆法清逸流麗，絕似褚登善。

唐周公祠碑跋

右碑在河南偃師縣。唐開元二年十二月立，撰、書人姓名俱不可辨。首有"周公祠碑"四字，今已全泐不可辨。碑文云："公字朝明，文王之子，武王之弟，成王之叔父也。"按周公之字於經傳未之，前間進士武虛谷《中州金石記》謂出後人附會之詞。余以爲不然，考"旦"字爲睿宗廟諱，此碑立於開元二年，撰碑文者不敢斥言"旦"

字，故以"朝明"二字代之，亦猶漢人以"秀"爲"茂"、以"莊"爲"嚴"之例耳，非真以"朝明"二字爲周公之字也。學者稽古人之事，所貴心知其義，是在善體作者之意而已。

唐雲麾將軍李思訓碑跋

《雲麾碑》下半甚剥蝕，上半甚完好，每行存者卅三字，今世所存本皆同。余舊在崑山王氏見一宋拓本，風神清逸駿爽，世不多見。"夫人竇氏""竇"字尚清朗可辨也。昨在都門見一明拓本，椎手不精，用墨太濕，轉不如近日所拓。蓋墨刻之佳醜，不可尚以時代先後論耳。

又

北海筆勢全法《蘭亭》，細玩碑中"將"字、"群"字、"長"字、"此"字、"事"字、"所"字、"和"字、"有"字、"時"字、"彭"字、"盛"字等可見。

又

余生平無所嗜好，惟喜蓄古人金石文，貪多務得，饕餮無厭。昨自京出守蜀中，時關、隴之間賊氛方熾，道路戒嚴，單騎樸被而行，筐篋一無所攜，日無聊賴，乃於西安市上得《雲麾帖》一册。此亦新拓本，然椎手甚精，神采奕奕，有轉勝於舊拓者。既抵成都，參謁上官訖，遂由水路順流之重慶新任。舟中無事，日對此帖展玩之，蓋一日數十次也。北海用筆幾及右軍，歐、虞諸公罕有及者。在李唐一代，或褚登善可與伯仲耳。不謂嫡嗣蕭條，唯有吳興松雪一人。董香光謂"右軍如龍，北海如象"，象何能神駿乃爾？《易》曰："雲從龍，風從虎"，王、李之謂矣。

唐高福墓志跋

此碑不多見，余得此本賈人，已裝潢成册，無書者姓名，未知碑本無之，抑裝者剪去。察其筆意，與北海書絕相肖。漢魏碑多不著書人，中唐以後碑無不著者。按福爲高力士之父，豈以爲奄人諛墓，故賢者諱之耶？

唐元宗青城山常道觀手敕跋

此敕在四川灌縣，乃開元中手敕。當時崇尚元教，故左袒道流。若此一僧、道攘奪寺觀，何煩廟堂鄭重如是耶？若其奎章雄杰，高出當時諸臣之上，而僻在荒陬，世不多見。吾友船山，蜀士也。攜此本相贈，其可寶爲如何？

又

此刻與鴻堂所刻《鶺鴒頌》神氣一絲不爽，而此尤淳古自然。蓋草敕時意不在書，天真爛漫乃爾。

唐思恒律師墓志銘跋

此志歐、趙諸家均未著録，蓋新出之本也。撰人姓常，名剝落，不可辨。然文中有"名願托勝因，思陳盛美"，則爲常名所撰矣。不知何人所書，筆意直追褚河南，亦善學褚法者也。唐刻中完好若此，真爲難得。

唐麓山寺碑跋

右碑北海太守李邕所書。麓山寺在長沙府城外，碑在寺左大路旁，有亭覆之。先年燬於火，寺僧慮石之不堅也，將碑嵌入堅壁中。碑陰有頌三段，亦邕書。又有米芾題名。余向在京師曾見搨本，今皆不可得矣。余督學楚南時，羅慎齋前輩邀遊岳麓山，曾至碑下拊覽移晷，椎搨數十紙，攜之巾箱中。後皆爲好事者取去，此本亦是彼時所搨，恐其終亦散失，故裝成册而弆之。碑首有"麓山寺碑"四篆字，陽文，極奇麗，世不多見也。

唐蘇靈芝鐵像碑跋

蘇靈芝書寬裕和暢，與明皇書絕相似。風行草偃之應，雖筆札微藝尚有感乎如此者，況其大焉者乎！

唐大智禪師碑跋

乾隆己酉夏間，在宣南市中得《大智禪師碑》殘帖，峭厲如新發於硎，惜其文斷闕不完，復購新搨本割補之。藻鑒者玩其殘字，著述者讀其全文，二者兩美而不傷，亦識者之所首肯也。唐人隸法不及漢人醇古，然循規蹈（距）〔矩〕，尺寸不踰，亦有不可及處。余所藏若《梁昇卿御史臺精舍碑》、《蔡有鄰元氏令龐君碑》、《徐浩嵩陽觀聖德頌》、《韓擇木葉慧明碑》，皆工妙絕倫，均在此碑之上，此碑稍肥重耳。

大智禪師碑陰跋

右《大智禪師碑陰》，下方作隸字，記一段。稍上畫一橫卧折枝菊花，又其上中央作一大"鳳"字，篆文甚瓌偉。旁列題名，皆不甚著名人。嘉慶己未春，余赴重慶太守之任，路出西安，觀此碑，獲見其陰，甚奇，因拓一紙攜歸，賞鑒家所未及也。

唐莒國公唐儉碑跋

此碑僅餘半截，不成文理，而完好之字風神尚在，其立碑歲月及撰書人姓名均不可考。據趙崡記云：此碑在小陽村之北，亦昭陵陪葬諸臣之一也。

唐雲麾將軍李秀殘碑跋

北海太守李邕所書兩《雲麾碑》：一爲李思訓，畫家所謂大李將軍者也；一則李秀，即此碑也。秀爲范陽人，碑立於今之良鄉縣。往時有儈父爲良鄉博士，碎碑以爲畔宮柱礎。厥後重脩其礎，棄瓦礫間。明嘉靖間，有宛平令李蔭者知之，輦致廨中，凡六礎，自題其室曰"古墨齋"。旋又移而之京兆少尹署，後有王少尹惟儉攜四礎之大梁。二礎僅存，亦無人知者。康熙三十一年，吾鄉吳涵爲少京兆，獲此二礎於廢圃蔓草中，將效李令甃諸官齋，而又懼後有人如王少尹者之負而趨也。國子監之右向有文信國祠，因移置祠内壁間，將冀此石之附於文山廟食以久存，其用心亦良苦矣。

余爲翰林時，曾聞此碑在京師，徧求之而不能得。入蜀後，讀《宸垣紀略》，始知是碑殘石在信國祠中。適同年陳笠帆觀察奉諱北旋，因托其尋訪。觀察拓此二紙相寄，并致吳涵《斷碑記》，遂知此碑顛末如此。按趙明誠《金石錄》言，此碑天寶元年正月立，則宋時尚完好，不知碎而爲礎，係何代何年之事？今不可考矣。昔人紀金石，謂碑不知何時入都。又曰宛平令掘地得之，疑以傳疑，皆未深考。歲月益深，其訛滋甚，而吳氏《斷碑記》士大夫又不能盡見也，故詳著之以告世之好事者。

唐中岳永泰寺碑跋

此刻完善，在唐碑中最難得者。書者爲穎川處士荀望，不甚著名。筆法淳古蒼堅，猶有初唐風格，與顏、柳以後迥異，詢乎有唐書人之多耳。

唐千福寺多寶塔碑跋

此畢秋帆中丞撫陝時所拓本。陝市所賣此帖，臃腫漫滅，不堪入目。公命良工以精紙佳墨加工椎拓，遂日光玉潔，若新發於硎。余家舊藏明本，後偶中"空王可托，本願同歸"八字尚完，然與此本相較，風神轉遜。乃知石刻不可但較年代先後，惟視妍醜何如耳。

唐懷素草書千文跋

此刻在湖南永州綠天庵。其書落筆堅蒼有法，略無放誕之迹，當是素師極用意之作，非山谷、枝山以下諸人所及。董思翁行草絶肖此種，當得力於此耳。

唐懷素律公帖跋

昨余得懷素《藏真律公帖》及諸賢跋語，既與東坡《歸來辭詩》合裝成册，今得此本，其紙墨摹拓之精遠勝前本，又以白金五星易得之，亦貪夫饕餮之意也。

唐無憂王寺真身塔碑跋

右碑楊行播所書，筆法甚瘦勁。唐碑大書深刻者磨泐幾盡，此以纖細獨存，由其所居僻遠，椎拓者稀耳。世之享盛名、膺高爵往往泯滅，而巖穴幽貞之士久而能顯，其理與此正一轍耳！

唐吴季子祠堂記跋

此碑不甚著名，諸家《金石錄》皆不載。惟朱長文《古今碑帖考》有之，亦不言碑在何處。據碑文，大率在潤州耳。碑甚完好，豈非不甚著名之故耶？惟碑根蝕一字，共闕十七字。文中十六字據

《唐文粹》以紅筆補之，銜名内"新拜"下闕一字，合是"尚"字，姑闕之。

又

此帖筆力堅蒼，非宋以後所及。

又

余前得此碑，其出處未考，昨檢《王慧音先生集》，謂"丹陽城西南六十里有延陵鎮，去鎮九里爲吳季子廟，有潤州刺史蕭定《脩廟記》，張從申書。"則此碑爲先生所親見，去今纔數十年，此碑當無恙。唐碑若此完好者絶少，此碑若新發於砢，豈非僻處荒村無人椎拓之故耶？古之君子歸真反璞，終身不辱，正此意耳。

唐景教流行碑跋

明崇禎間，西安守晉陵鄒靜長幼子殁，葬長安崇仁寺之原，掘地數尺，得此碑。按唐時鴻臚待西賓一支，特異他方，雜夷來者有摩尼、有大秦、有祆神。摩尼即末尼也，大秦即景教也，祆神即波斯也。貞觀十二年，太宗爲大秦國胡僧阿羅斯立波斯寺於義寧坊。天寶四載，詔曰："波斯經教出自大秦，將以示人，必循其本。其兩京波斯寺宜改爲大秦寺。"碑云："大秦國有上德阿羅本"，即阿羅斯也。其言貞觀中賜名大秦寺云云，乃胡僧誇誕之詞，非實也。大秦之教本不出於波斯，初假波斯之名以入中國，後乃改名以立異。《地理志》謂默德那爲回回祖國，其教以事天爲本，經有三十藏，西洋諸國皆宗之。今碑云："三百六十五種肩隨結轍"，豈非回回祖國之三十藏歟？總之三夷道皆外道邪見，所謂景教流行者，則夷僧之黠者稍通文義而妄爲之耳，其實與末尼、祆神無別，若今之所謂天主教者流亞耳！

唐武侯新廟碑跋

此碑唐貞元十一年所立，太常協律郎元錫書。不甚著名，然字畫醇古，結體平正，有齊、梁遺意。

唐靈慶公神堂碑陰記跋

右碑在解州鹽池。自"戶部"以下皆在碑陰，"蘇弁"等名在上方，"崔季常"等名在下方，"至元"二行在碑陰之左，"蘇之純題名"二行零二字在中左行。

唐大字陁羅尼經幢跋

此幢爲沙門契元書。考《楚金禪師碑》有表妹萬善寺上座契元，乃比丘尼也，疑即此人。《楚金碑》建於貞元廿一年，此幢建於會昌二年，相距卅餘載，前後正不遠。以尼僧而翰墨淳古若此，有唐書學之盛真超越今古矣。

遺教經不完本跋

昔人云：大字無過《瘞鶴銘》，小字無過《遺教經》，此固小楷中之神品也。頃在敗簏中忽得此帖，已殘缺不完。其所存字神采清朗，故佳拓本也。因付工重裝之，又可延數十年之壽。物之在世雖久暫不齊，而吾生有厓，聊以娛吾目前而已。

唐西域舅甥碑跋

右碑在西藏大招。大招者，喇嘛寺之名也。西藏有兩道場：一曰布達拉，譯華言爲普陀宗乘之廟，達賴喇嘛所居；一曰扎什倫布，譯華言爲須彌福壽之廟，班禪額爾德呢所居。此碑在布達拉之前，俗謂之前藏，古烏斯藏之地也。在漢時爲烏孫地，烏斯即"烏孫"轉音。烏斯者，"衛"字切音，猶華言"中"也。由中國至天竺印度，烏斯藏爲適中之地，故以"中"爲義耳。

此碑首稱"大唐文武孝德皇帝"，考唐諸帝徽號，太宗曰"文武大聖大廣孝皇帝"，肅宗曰"文武明德大聖大宣孝皇帝"，此碑建於太宗朝歟，建於肅宗朝歟？未有明文。碑載中國與蕃人盟好之詞，唐以公主和親，故唐稱爲舅，蕃稱爲甥也。其書法絕似北海太守李邕所作，考杜子美《八哀詩》，其述李邕曰"碑版照四裔"，或此碑果爲邕筆，未可知也。歐陽永叔、趙明誠廣收金石文字，而此碑不見於歐、趙二《錄》，蓋宋時幅幀狹小，西域不通中國，宜乎二公皆未見此碑也。碑在絕域遐荒，椎搨所不及，故閱世雖久，而文字可辨識者猶有十之六七。碑後具文武寮寀姓名，上列漢字，下列西番字，皆橫行，自左而右，蓋西番行文之制如此。其官爵名姓或二字爲一行，或三字爲一行，以便橫行，從西番字之制也。

近日沈縣丞硯畦從伊犁歸，以《漢燉煌太守裴岑碑》贈我，今又得此碑，絕域殊方之文字咸歸吾室，可以志同文共軌之盛矣。

經幢殘字跋

此碑在終南山內，不知何人所書。橫石鐫列，蝕泐殆盡。存字無幾，猶見唐人風格。

袁正己正書摩利經跋

按史有兩"乾德"：一爲王衍據蜀時僞號；一爲宋太祖紀元，其歷年皆六。此經刻於乾德六年，不知是蜀、是宋？此石在西安府學，而云京兆府國子監，漢、唐建都西安故謂之京兆，五代及宋則相沿其故稱云爾。

長沙鐵柱文跋

此刻在長沙城外鐵佛寺塔內鐵柱上。宋進士董護所書。柱分六段，回環刻之。其字係鑿成，故鋒鋩峭厲。古人謂金文款多識少，如此精好者尤難得耳。會溪銅柱文拙劣，不足貴也。

又

此碑在長沙城外，予初不知之。乾隆癸丑歲視學楚南時，同年陳君桂堂爲辰州太守，拓本見貽，殊完好。昔竹垞先生謂金文款多識少，惟唐睿宗《景雲觀鍾銘》最著於世。此刻楷法端好精妙，乃可與《景雲》一刻抗衡，而世無知者，顯晦之數，非人所爲。而職在掄才者欲野無遺賢，不亦難哉？

黃庭堅浯溪摩崖詩刻跋

山谷以崇寧三年竄宜州，携家南行，道出零陵。維時曾公卷坐鉤黨，先徙是郡。山谷盤桓逾月，詩酒留連，相率游浯溪，觀《中興頌碑》，賦詩、題名崖石，一時文采風流，寄于顛沛造次之間。余嘗親至崖下，摩挲其文而讀之。筆畫完好，千載如新，令人徘徊不忍去。按王明清《揮麈錄》言：山谷初列公卷名于詩序中，公卷曰：公詩一出，即日傳布。某方外流人，豈可出郊？公又遠徙，蔡元長當軸，安可不爲之防耶？山谷因闕曾名。詩云"同來野僧六七輩，亦有文士相追隨"，所謂"文士"，即指公卷也。宋時朝局反覆，士大夫憂讒畏譏，至姓名不可容於荒江斷崖之間，亦可悲已。公卷，文肅公曾布之子，當時號爲"空青先生"者。

元趙承旨書孫真人碑跋

松雪晚年有此一種純熟境界，遂開後人庸俗一派，殊不知此老筆下縱橫挑蕩，正是不凡。即如此碑，初視似乎恬熟，細尋其筆勢，翩翩若鳳翥鴻騫，絕肖褚登善用筆之法。珠圓玉潤之中，別有一種古趣溢出，此豈經生院體所能及耶？松雪得承旨年已六旬，正是暮年妙境，此固非皮相者所能知也。

乾隆五十六年進士題名碑跋

唐進士及第題名慈恩寺，所謂雁塔者是也。宋以後皆題名太學。乾隆五十五年，歲在庚戌，韞玉以第一人及第升朝。故事，《進士題名碑》即擇榜中善書者書之。余書不工，國子官謬推余書丹刻石，因拓本裝成册而藏之。

戲鴻堂法書跋

《戲鴻堂》殘帖二本（第二册、第十三册），庚戌秋七月，韓城孝廉李蓉所贈。按此帖初本係木刻，所搨無多，即燬於火，後乃翻摹勒石。余家素蓄石本，與此相較，迥乎弗逮，益信神明之技無可重僝者。此本的係木刻初搨，神采煥發，遠出石刻之上。如崋山、嶧山之碑，紙在而石亡，廬山真面不可多見，可弗寶諸？

快雪堂帖跋

此帖刻於涿州馮氏，後入閩中。裘文達公出使閩中，知之，歸言於朝，由是士大夫均知《快雪堂》之帖在閩。適閩督楊景素購得，遂列方物間以獻，自是《快雪》之石入禁中，而人間不可得矣。馮氏子孫有官太守者，今居京師崇文門外。余曾至其家，董香光所書

"快雪堂"之額猶存。

錢選花卉草蟲圖跋

右錢舜舉《草蟲圖》，見郎仁寶《七修類稿》中。蓋本餘杭人郁士端家藏之物，士端博雅好古，所藏《十愛圖》，此其一也。別有王維《輞川圖》，戴進《春曉圖》，皆不知何往。其《望雲正己》、《水天一色》、《城東別墅》四圖，則歸郎仁寶，所謂《凱風寒泉卷》者是也，今亦不知何在。予於丙辰在都門得此，及王維《江干雪霽圖》臨本，趙松雪《羅漢卷》，仇十洲《后妃蠶桑圖》，皆希世名筆，雖千金之寶不易也。但不識聚散之緣若何，能與吾終此殘年否？古人筆力如鐵，書畫皆然。試觀此卷，極纖細處皆如銀鈎鐵畫，於此可悟鑒畫之法與論書無二理耳。

文衡山虎邱圖詩卷跋

吳中文、沈二老皆得力於山谷，石田得其峭，衡山得其逸。余性喜山谷書，故於兩公若有神契。此卷余在重慶時，有鄉人携來，以十金易之。其畫不甚佳，二詩筆筆逋峭，真神來興到之作。偶展一過，即增人無量妙悟。古人得妙迹數行，便一生受用不盡，非虛語耳！

仇十洲漢宮圖跋

此卷乾隆癸卯歲余在玉峰縣齋曾見之，唯時賈人索值四十絲，予囊空不果得。其後十五年，在都門復見之於一滿洲故令家，以錢八千易之而歸。翰墨姻緣，亦遲速有時耶？唯初見時卷首尚有周天球"漢宮春色"四大字，今已無之，不知為何人割去？大約十五年中，此物已數易主矣。近日工筆畫皆托名於實父，此卷亦然。其實此卷設色古雅，尚非實父所能為，當是嘉、隆以前名手所作，識者必以吾言爲可信耳。

董香光行書寶硯誥卷跋

此思翁少作，印用太史氏，是其在詞館時也。與《正陽門關侯碑》相證，則爲真迹無疑。然筆意發揚蹈厲，纔及海岳藩籬，猶未立家，殊非佳品耳。

董香光山水詩畫卷跋

思翁書畫贗迹遍天下，真者十不得一也。此卷筆意清老，翛然塵俗之外，致爲難得。聖祖皇帝最愛董書，當時人間佳品，胥入内府。唯題"元宰"二字者，以上一字犯當時御名，臣下不敢進覽，故尚有流落世間者。如此卷則因畫中題字而不敢進者也。

董香光行草佘山詩卷跋

思翁書在世間僞者十居其九，此卷尚是真迹，不過一時率意之作，非神品耳。筆意摧鋒斂鍔，雖不能如晚年粹然如玉，已非復拔劍張弩之態，自是此翁在詞館時中年一段境界，有真鑒者自知之。此卷乃余官重慶時，別駕李君所遺。李君名在文，漢軍巨姓也。

董文敏行書百字令卷跋

此卷思翁行草書《百字令》，頗多累筆。余初以爲贗迹耳。及置案頭，時一展覽，覺其用筆運生澀於虚和之中，筆筆流暢，仍筆筆含蓄，似非倣者所能。翁嘗學柳誠懸書，始欲以拙破妍，殆即此中年一段境界。思翁一生書法凡數十變，不自立家。初學李北海，京師《正陽門關侯廟碑》是也。後學顏清臣，《清暉閣》諸帖是也。又學柳誠懸，又學二王，至六旬以外，鋒鍔盡斂，粹然如渾金璞玉，若

《如來成道記》一碑，是九轉丹成之人。古人一藝之長，亦日新月盛，與生俱盡，賞鑒家當知之。

王百穀詩卷跋

百穀以布衣提唱風雅於吳會間，垂三十年，是時正值文定申公告歸里居，頗相推重。此卷自辛丑至壬子，十二年間，除夕、元旦，百穀與文定投贈之詩。文定以神宗辛卯歲致政，至甲寅歲而薨于家，與百穀詩筒往來正此時矣。觀其除夕、元旦倡酬之作，幾乎無歲無之，當時壇坫之盛可知也。先是嘉靖甲子歲，百穀北游太學，時汝南方執政，閣試《紫牡丹詩》，百穀有"色借相君袍上紫，香分太極殿中烟"之句，汝南擊節，傳示詞館。然則百穀少作尚能傾動汝南如此，何怪乎晚節之爲文定推重弗置也。觀此卷，而前輩好賢之心與吾鄉風雅之盛俱可想見矣。又百穀爲當時搢紳推重，自宰相以下皆謙濟下交，講布衣之好。時人爲之語曰："天下歇家王百穀，山中驛遞趙凡夫"，蓋二君皆當時之通隱也。

城南雅遊圖跋

右《城南雅遊圖》一卷，圖中凡八人，圖成於乾隆甲寅歲。維時余方于役湘南，不及與斯會，第從穀人、惕甫兩君集中睹其所爲記，想見一時文酒風流之盛，以不得與爲恨事。不數年，今介夫已作古人；船山、澄齋皆奉諱還鄉里；惕甫赴華亭校官之任，朗齋從軍楚北，叙功爲州刺史，日盡瘁于羽書戎馬之間。所在京數晨夕者，時帆與研農、蘭士兄弟而已。圖藏於何氏，頃蘭士出以相示。卷中之人宛若平生，而歲月如流，聚散存亡之變有不勝其感者。蘭士寶而藏之，風雨雞鳴之夜，時一披展，是諸君子之風流長不泯也。

獨學廬三稿

獨學廬三稿詩卷一

晚香樓集一　古今體詩一百三首

七盤關感舊

秦山萬叠塞蒼冥,蜀道西來若建瓴。白屋數家成聚落,青天一障作藩屏。重經廢壘觀兵紀,曾踐危塗仗佛靈。問訊抱關人識否?棄繻客已鬢生星。

褒城驛叠己未舊作韻

十年詩句滿弓衣,湖海豪情老去微。山路春寒花信晚,潢池兵戢羽書稀。一溪水暖魚知樂,萬里風高鳥倦飛。誰識當時劉越石?夜深清嘯坐重圍。

潼關官舍題壁

馮翊古王畿,官衙向翠微。有秋田畯樂,無訟吏人稀。望嶽三峰近,臨河百雉圍。此邦風俗好,擬住十年歸。

喜吳生兼山來詩以贈之

無計求金學鑄顏,頻年車馬各閒關。家移蜀道青天外,客至秦風白露間。迤聽喜聞鶯出谷，倦飛常羨鳥歸山。蕭郎刻燭蓮花幕，百首新詩手與刪。

讀史有感二十絕句

約法三章漢業基，蓋公清靜亦堪師。千秋良史龍門筆，不錄長沙痛哭辭。

漢代文章首《過秦》，賈生才調軼群倫。豈無政事陳宣室？却向官家說鬼神。

城南金彈逐韓嫣，鄧氏銅山許鑄錢。可惜容華不敝席，也隨紈扇向秋捐。

漢皇置酒坐叢臺，倏覩熊羆出柙來。祇有婕妤當路立，六宮粉黛各徘徊。

經術為郎滿後塵，驥牙欲問更無人。公車枉費三千牘，止向金門作弄臣。

柏梁一炬本災祥，萬户千門又建章。何物濟南公玉帶，荒言傅會到明堂。

徐福求仙事已空，荊湖丹鼎竟何功？獨留五利文成輩，夜聽神君語帳中。

燕馬臨江欲渡時，謝家賭墅尚圍棋。八公草木供驅使，始覺書生却敵奇。

不見朝陽鳳有聲，兩行仗馬各爭鳴。却嗤修竹真無謂，故借甘蕉博直名。

大烹原出養賢懷，議蟹評羊話亦佳。一自堂餐尚蔬筍，百官多學太常齋。

盧杞姧回鬼蜮同，粗衣糲食亦清風。鳴鐘列鼎汾陽第，却奏唐家再造功。

繡嶺宮前百草芳，禊游士女蹋春陽。驪山樓閣連雲起，止爲蓮花第二湯。

孟嘗門下雍琴哀，風雅平泉又劫灰。何待胡椒八百斛，烟雲竹帛總生灾。

黃髮三公坐論臣，金甌卜相擇良辰。如何門下中書考，竟到滎陽歇後人。

衆鳥爭投一目羅，不求聞達亦名科。朝廷偶貢邱園帛，從此終南捷徑多。

金屋藏嬌鬥管絃，衲衣乞食送殘年。婦人醇酒歡娛事，輪到英雄劇可憐。

新莽談經漢社墟，熙寧拗相事棼如。通人欲廢周官法，兩度蒼生誤此書。

馬滑霜濃絶妙詞，何人傳到九重知。風流終讓開元主，容得新糚飛燕詩。

負乘曾聞致寇來，魏公心學世同推。六軍已化符離土，主將鼾聲夜若雷。

緣覺聲聞事漸訛，法輪徐轉到天魔。阿難不避摩登劫，佛國心傳秘密多。

古 北 口

兩崖闢如户，襟帶古長城。野水鉤盤曲，沙堤輦路平。連山淡秋色，落木起邊聲。聖世無中外，重關不禁行。

恭與中秋節內宴紀恩詩

禁門曉啓聽傳呼，中外千官夾道趨。舞到《象箾》知舜樂，親承葅脯出堯厨。簽名引對仙階近，鼎食分頒帝澤殊。疏逖小臣叨與

315

會，明良如覩古唐虞。

九松山寺和壁間諸公倡和韻

驂騑出塞偶停踪，閑款山門叩佛容。天外雲歸常戀樹，日邊人至欲登峰。客名新舊交題竹，世事榮枯尚夢松。襟帶三韓形勝在，蒼茫吟望獨支筇。

薊州旅店題壁

我馬從東道，青山繞塞垣。秋風灤水早，烟樹薊門繁。笙磬聞天樂，衣冠拜寢園。平生行役久，攬勝又今番。

偶　成

手采蘋花寄所歡，所歡家在碧雲端。秋河清淺纔如帶，咫尺相望欲渡難。

綠樹無窮雉堞西，畫樓高與碧雲齊。仙源故邈分明在，不見當時舊酒旗。

蘿莊圖爲蔣伯生少尹賦

讀罷新詩念古歡，參軍俊逸壓詞壇。碧山屋老牽蘿補，翠袖人歸倚竹寒。叵耐青齊多鈍士，竟教屈宋在衙官。即今朱邑桐鄉社，猶作元卿舊徑看。

咏　水　仙

山中芳草得春遲，欲採瑤華慰所思。冷艷不愁梅奪寵，幽香未許蝶先知。生成仙骨真無耦，願托微波定有詞。偏是歲寒能耐久，瑣窗風静月明時。

丁卯正月十七日，偕孫淵如、張萼樓兩觀察訪趵突泉之勝，追和趙松雪詩韻

印籛封時吏牘無，翠微佳處共携壺。夕陽瑣碎千波映，春氣昭蘇百草枯。地脉潛通豢龍井，泉聲清入濯纓湖。昔賢觴詠風流在，暇日登臨興不孤。

春日過田家

漸覺春寒褪，山花次第開。一林風解籜，三月雨迎梅。老屋多因樹，閒庭半著苔。忽驚車騎至，官爲勸農來。

木蘭從軍圖四首

何事嬋娟亦請纓，軍書卷卷有爺名。迷離不辨雌雄相，贏得歸家火伴驚。

戰伐河湟不計年，明駝千里凱歌旋。當時畫出傾城貌，應在凌烟將相先。

鐵衣脱却玉鞭停，諸將雲臺盡勒銘。幾許河山如帶礪，也應封拜到雌亭。

文武才難歎道窮，翻教巾幗著雄風。芳名合與黄崇嘏，同入辭人樂府中。

丁卯六月，緣事受替，將入都門。孫淵如觀察餞我於匯泉僧舍，即席賦別，並訂南歸之約

十年鞅掌苦勞薪，暫得今朝自在身。無恙雲林應住佛，有情魚鳥尚依人。霜前落葉先辭樹，風裏飛花不戀茵。話到故山松菊好，

歸田相約五湖濱。

至都後淵如和前詩見寄，再疊韻答之

館閣多才似積薪，逢場竿木且隨身。長安日近歸仙吏，笠澤書成屬散人。欲向明星祛貫索，曾經暢轂賦文茵。他時一榭園邊路，願駕蘭橈問水濱。

寄周素夫運判三疊前韻

文章契合火傳薪，曾識彭宣衆裏身。東海魚鹽容傲吏，南樓風月屬騷人。良朋祖帳陳瑶席，仙侶同舟接錦茵。俟我蒓鱸歸計穩，好音當報楚湘濱。

借居松筠庵四疊前韻

幽居花木未爲薪，彌勒同龕媿色身。彈指去來成小劫，驚心老病作陳人。暫依方丈安書策，欲假員蒲換繡茵。十二因緣皆幻相，不須多戀愛河濱。

引疾南歸五疊前韻

老學維摩示采薪，金剛不壞定中身。碧山久負三生約，黃土虛團六合人。祖帳東門車似水，班荆南浦草如茵。魚龍變化風濤裏，鷗鳥忘機自海濱。

到家六疊前韻

世事如棋問積薪，英雄顛倒百年身。山中藥有當歸草，嶺上雲無可贈人。自啓書倉尋蠹簡，閑攜釣竹坐苔茵。不須更索金門米，

手采蘋花到澗濱。

寄答蔣伯生少尹和章七叠前韻

廉吏兒孫幾負薪，當官不改苦吟身。碧蘿夢遠懷佳士，《白雪》歌清有和人。識字能名千日酒，談經欲奪五花茵。芳桐在爨終逢賞，豈許琴材老泗濱？

翁覃溪先生命題法源八咏詩畫册

不聽鐘聲已十年，重尋位業證諸天。閒拈枯管酬詩債，喜覩香林入畫禪。色界常留花供養，文人都結佛因緣。公門依舊彭宣老，點點霜華到鬢邊。

書梧門前輩畫扇三首

采采菱花寄所思，綠雲一朵墮湘湄。故人若問儂消息，笑指游魚上竹時。

綠蓑青笠古元真，誤向桃源一問津。滿地江湖歸未得，臨淵尚有羨魚人。

我本烟波舊釣徒，十年夢想在蓴鱸。秋光正好人猶健，一片歸心向五湖。

韓桂舲司寇五十初度，叠丁巳壽言元韻奉祝

大衍推初祜，群公會集仙。鶴觴千里醞，錦字九如篇。亥筭珠盤演，庚籌海屋搴。誦詩聞政早，讀律致君先。問竹仍三益，懸弧又十年。丹霄登益上，白璧礪彌堅。陳臬衡湘肅，開藩閩嶠專。拜恩彤闕下，掌禁白雲邊。盛代虞球叶，名家魏笏傳。析圭豐歲玉，作楫濟川船。門列于公駟，銘恭孔父甒。蕭齋爐茗箑，米舫聚雲

烟。陰德如鳴耳，貧交尚拍肩。椿枝欣永茂，瓜瓞祝新綿。佳客歡聯襼，良辰卜肆筵。廷評尊正鵠，士論佩韋弦。蘭契山陰謝，琴思海上連。勛華裴相重，廉讓范卿賢。贊化三台近，明刑五教宣。載賡介麋什，重寫衍波牋。

題法時帆先生玉延秋館圖

我聞古仙人，呼龍種瑤草。鍊氣服玉英，顏色常美好。又聞青城山，蹲鴟世所寶。山人餌爲糧，終歲坐安飽。詩龕有詩人，嗜好酸醎表。食古味道腴，清氣滿懷抱。新起玉延館，雲山四圍繞。分畦別縱橫，埋根任顛倒。修蔓綠雲紆，繁花白雪皜。種方邵侯瓜，獲等鄧人稻。堅白截肪同，方正割肉巧。烝雲竃守秘，和羹鼎取部。甘需蔗霜調，辛謝蠆白搗。入藥延頹齡，題饌補韻藻。釋名神農闕，擇術齊民討。匏庵吾鄉賢，與公有同好。築亭繪作圖，好事石田老。佳話在藝林，長老尚能道。孔食思匏瓜，曾嗜傳羊棗。哲人適其性，不學凡俗矯。芋分瓚師香，飯笑劉公皛。飲啄應隨緣，豈容世情擾？萬羊官厨多，半菽園叟少。豐儉各有時，達人任所造。寫生索迂倪，吟詩逼瘦島。試補食品書，攬者備稽考。

題宋香巖雙松書屋圖

鬱鬱蒼虯吼紫瀾，故家喬木惜摧殘。裁成梁棟材非易，特達雲霄願亦難。幸有春風常長養，應隨修竹報平安。賦梅吟杏緣何事？留取貞心證歲寒。

題張友樵竹笑蘭言圖

坐守圓蒲繡佛前，蘭言竹笑趣天然。偶因妙墨徵書聖，幻出幽樓入盡禪。蒼水使來傳秘錄，素心人在近斜川。太平草木閒驅使，補遍嫏嬛博物篇。

題陳潔夫道士畫真二首

幾載朝元侍玉晨，天生仙骨自超塵。真靈位業談何易，暫作青山獨往人。

移宮換羽十三徽，此藝知音世已稀。只恐碎琴人太激，獨尋山水弄清暉。

題故侍御孫頤谷先生深柳勘書像卷

平子歸田鬢尚青，幾人載酒到雲亭。湖山壇坫生菁草，奎璧文章帶柳星。地近癸辛耽著錄，日逢庚子拜遺經。故家大有書楹在，呵護天應敕六丁。

垂柳垂楊夾兩楹，春風鷗鷺舊同盟。一家文苑傳薪火，萬卷書城鬥墨兵。絳帳授經秦博士，青衿問字魯諸生。我今繼作西湖長，瞻望前旌欲問程。

寄懷餘杭令張蒔塘明府

十八年來宦轍分，重逢轉更惜離群。共驚鬚鬢經時改，却喜謳歌載道聞。百歲大椿多愛日，三春芳草企停雲。餘杭父老多藏酒，應解躋堂壽使君。

游理安寺訪寒石上人二首

繞寺松篁翠接天，緑陰小迳若螺旋。一輪月滿千波印，七佛燈明半夜傳。伏虎誅茅留古刹，呼龍咒盋出靈泉。上人夢想吳山好，倚杖行吟夕照邊。

儒門兼善佛門空，識得真如萬法同。問字人來梅熟後，談經客坐桂香中。半天花落心無染，千偈瀾翻辨不窮。諦聽龍吟枯木句，萬松巔上一龕紅。

湖上四首

迤邐湖南路，迴巒護古城。水光搖竹色，巖溜雜松聲。折柳閑調馬，携柑試聽鶯。相逢一片石，聊與證三生。

萬竹南屏麓，潛公古道場。鳥歸青嶂寂，鐘度白雲涼。一迳緣芳草，數峰留夕陽。三旬三度至，信美即吾鄉。

繫纜茅家步，祇園現化城。靈山天外落，神瀵石中生。洞古呼猿出，亭虛放鶴行。此間飲水客，冷暖向誰評？

問訊韜光院，雲林舊結鄰。尋春開士宅，説法宰官身。地僻雲藏屋，峰高月近人。山僧命名意，誓願隔紅塵。

韜光庵主屬題夢禪居士觀海圖二首

鷲嶺岩嶢若可攀，萬竿烟雨護禪關。華嚴樓閣莊嚴甚，只在文殊彈指間。

四十年華一刹那，尚留清夢在雲蘿。翩翩當日佳公子，畫到靈山鬢已皤。

題孫觀察景曾江湖高枕圖二首

知君宦海收帆早，風月平章到此時。我亦杭州買山住，秋湖同採綠蓴絲。

楚江一棹儘夷猶，回首湖湘憶舊游。最是岳陽風景好，白雲紅樹萬山秋。

題陳蓮夫進士倣王石谷山水爲楊補帆作

石谷畫山水，本朝第一手。楊子今畫師，心契蓋已久。此畫出陳生，規橅十得九。烟嵐萬千叠，頗自詡腴厚。豈以千金賞，自享貧家帚。弄斧公輸門，匠心定不苟。我不識陳生，楊則神交久。我與沈三白，六法有所受。後生張伯雅，暱我呼小友。兩人述楊子，膾炙不去口。芳聲耳焉熟，識面緣未偶。今來鳳山住，忽有款門叟。手持一軸畫，精神甚抖擻。口致主人詞，索我標其首。畫參南北宗，變化非墨守。邱壑惟心造，烟雲供驅走。張我虛堂中，如人入林藪。宜乎賞心人，寶藏若瓊玖。放言述顛末，蕪語愧蠻叟。

支硎山吾與庵圖卷爲寒石上人題

勝迹不在遠，所貴凡塵隔。城西不廿里，窈然靈境闢。莊嚴古道場，疇昔支公宅。其旁有茆庵，林麓更幽僻。上人今粲可，于焉托晨夕。空潭魚自行，嘉樹鳥非擇。人生宇宙間，去來元如客。心賞即此住，緣盡還他適。要知三生因，寒山問片石。

消寒雜咏九首

謝却門前長者車，翠微佳處一樓居。恨無廣厦棲寒士，幸有名山繞敝廬。采藥略通扁鵲術，藝花兼習橐駝書。行人指點前朝迹，道是嚴光舊住閭。

仙家樓閣迥超塵，問訊巢由許卜鄰。鏡裏烟霞都入畫，壺中歲月自長春。栽成柳樹將歸隱，悟徹桃花不問津。遙望滄江波萬頃，可能清似在山人。

歲歲樓船苦戰征，鯨鯢跋浪尚偸生。共嗤灞上如兒戲，忽報壺頭喪老成。諸路飛書稱斬馘，何人籌海計澄清。勞師糜餉終非策，應絕龜茲市舶行。

　　十五吳姬願有家，畫船簫鼓雜鳴笳。神娥誤入行雲峽，豪客常乘貫月槎。鳳水一軍方化鶴，錦帆千里自移花。摩登忽遇脩羅劫，誰與招魂到海涯？

　　息夫歷詆漢公卿，天道由來最惡盈。金穴藏身營不已，冰山彈指勢全傾。鷹鸇搏擊乘時起，豺虎貪殘自性生。十載光陰如轉燭，窮泉相見各吞聲。

　　積石洪流萬里馳，歸墟無路計焉施？欲拯魚鼈登安土，祇見金錢寫漏巵。瓠子防秋空聚訟，阿膠止濁孰能為？疏河弗及排淮策，都恐元圭奏績遲。

　　鄒衍談天述九州，慈悲兼愛墨家流。鐵圍三界輪常轉，金色千身道自修。執著磨磚難作鏡，悟時刳木即成舟。文人別有生天業，兔角龜毛不用求。

　　築室親題獨學廬，光陰分寸惜三餘。苦緣老至多忘事，愛讀平生未見書。萬卷經生空祭獺，三篋博士尚亡驢。文章經世元非偶，滿目粃糠孰掃除？

　　畢竟歸田寢食安，十年空戴遠遊冠。學成畫虎談何易，藝習屠龍試亦難。哀樂聲從琴上得，輸贏局向橘中看。此間佳趣誰能奪？繡佛蒲團坐歲寒。

題雪竹畫幀

　　閑向湖州問虀材，一竿斜倚玉塵堆。諸天法會多花雨，孤竹生年在墨胎。蘭草有情堪作媵，甘蕉無罪莫相猜。都緣畏署淇園長，故近袁安隱處栽。

嘉興楞嚴寺贈會一上人

　　世尊滅度幾千春，再見靈山結集人。千偈不窮瓶寫水，五燈無盡火傳薪。閑栽薝蔔成香界，静對芭蕉悟色身。導引群生修慧業，居然寶筏渡迷津。

畫　　鷹

繁林摇落爾安歸？勁翮思秋願已違。飲啄不隨凡鳥隊，網羅先避弋人機。一生擇木常孤立，萬里看雲早倦飛。記否將軍渭城獵，也曾衆裏著聲威。

偶　　成

築室吴山曲，幽棲玩物情。雙禽時並下，一竹自孤生。水鏡浮花豔，風琴倚石清。門多車馬迹，豈易説逃名。

趙訓導開仲，余老友也，今年七十，賦懷人感舊之詩一百四十章，中有見懷之作，未及寄而歸道山矣。其孤録示遺草，覽之嘅然，因和四律寄哀

卅年臭味喻蘭修，一夜深藏大壑舟。七十年華悲馬齒，二三朋舊失龍頭。將歸不忘平生契，垂老同驚歲月流。異日山陽感嵇吕，倚樓人向笛中求。

少歲相逢士禮修，澄江如練好方舟。芳聲不礙桐經纂，妙語能令石點頭。緑竹與人皆有斐，碧桃同社總名流。倚裳聯襼頻追逐，喬木空山鳥自求。

松陵酬唱古歡修，時繫滄浪載月舟。君自談經揮麈尾，我偏横槊掃旄頭。故人雨逐浮雲散，處士星隨大火流。却慟左思有嬌女，零丁今向夜臺求。先生季女，余之冢婦也，亡已十五年矣。

每學山陰禊事修，或因訪戴共扁舟。論文不讓猗玗子，置酒曾呼菊部頭。百首《竹枝》傳舊俗，一家鳳羽冠諸流。不將封禪留遺

草，衹有《潛夫論》可求。

奉和翁覃溪先生雲林寺題壁詩

先生手寫《金剛經》供養寺中，並屬以新刻詩集寄貯經藏。賦詩題壁，因和此篇，並邀陳桂堂同年同作。

手寫曇章付梵天，靈山結集舊因緣。護持法藏真如印，接引迷津大願船。古德莊嚴千劫在，新詩微妙一燈傳。他時同證菩提果，仍約皈依絳帳邊。

和韓昌黎城南詩，題陸耳山先生遺草

耳山先生和昌黎《符城南讀書》詩以示令子秀農，洎先生歿後，秀農繪《和韓遺訓圖》，徵詩，因賦此。

文章載道器，名亦德之輿。韓公斗山客，所業在儒書。讀書究三古，抗志立四虛。道闡二儀外，學衍九疇初。博麗宏兩京，哀怨追三閭。俯覽當世士，一切皆蔑如。篡言烏成馬，隸事獺祭魚。振奇入荒誕，愛博嗤空疏。文苑若聚訟，適供人軒渠。自矜冀北馬，終作遼東豕。無成等項籍，虛生類曹蜍。笑鵬齊二鳥，附蠅集三蛆。古今一邱貉，相士當以居。緬惟明德後，達者其誰歟？雲間陸士衡，胸次萬卷儲。機杼由己出，寧屑摭唾餘。游心姚姒代，賈勇弗次且。學術戒歧趨，非種必與鋤。陳言掃豽狗，高躅鳴金驢。手和《城南篇》，經訓闢新畬。古賢惜分陰，常恐歲月除。自樹士林臬，豈曳王門裾？有子習庭誥，蘭芽播令譽。書倉積高廩，學海宗歸墟。杜陵美驥子，陶令貴阿舒。哲人謀燕翼，善誨實愛諸。道岸登必先，勿使中路躇。

空　谷

空谷獨幽尋，孤筇訪道林。漸忘行路苦，不覺入山深。枯樹無生意，冥鴻有遠音。崢嶸歲將晏，風雪助愁吟。

人　日　雪

萬里同雲接混茫，六花飛灑遍江鄉。才高柳絮終無敵，春在梅花自有香。天上玉龍方戰鬥，世閒金虎已消亡。不能竟學袁安卧，寂寞題詩寄草堂。

春日過淨慈寺

蠟屐無端訪薜蘿，鐘聲遥度白雲阿。節過雨水春波長，地近雷峰夕照多。黄土摶人忘舜蹠，青山卜宅問羊何。鴻飛早向冥冥去，回首平原盡畢羅。

理安寺題壁

九溪環佛刹，猿鳥若爲鄰。澗放有源水，花開無量春。雲林千劫在，風月四時新。卻怪脩羅道，多生入轉輪。

世　事

世事浮雲變，天心皦日明。百花原共命，一鶚自孤鳴。舊雨方招隱，新田欲耦耕。海翁機已盡，鷗鷺近同盟。

山居漫與二首

歸田幸及聖明時，自斷行藏豈數奇？盤谷壽康從李愿，輞川清妙愛王維。淫聲解藉花奴鼓，危劫逃憑橘叟棋。野老不妨争席坐，肯教人誦《伐檀》詩？

山厨櫻筍好安排，處處尋春有客偕。水暖漸看魚潑潑，林深惟聽鳥喈喈。竹因醉日移常活，花到生朝賞更佳。十里蹋青湖上路，采茶新曲唱吳娃。

寒　　食

暖風吹綻海棠花，花外紅樓小玉家。清酒一尊寒食節，自翻新曲入琵琶。

題王藝芸遺像

萬竹緑如海，中有幽人居。幽人樂寂静，門無俗士車。爐香與盌茗，清供林中儲。石牀眠素琴，抗懷思黄虞。昭文雖不鼓，山水趣有餘。世無山嵇流，誰歟同居諸。

題胡秋白小檀欒室讀書圖

繞城無數碧芙蓉，偶有幽人駐瘦筇。夜静但依青嶂月，詩成時扣白雲鐘。華嚴樓閣空中現，摩詰烟雲畫裏逢。久別尚留清夢在，飛鴻印雪自留蹤。

戊　辰　述　夢

嘉慶歲丁卯，我尋遂初賦。心愛西湖佳，卜宅杭州住。有客邀觀潮，扁舟海寧去。海風寒中人，歸即呻吟卧。迷離夢境生，四山翠屏樹。中有古招提，宮觀莊嚴具。我現僧伽身，躑躅循崖步。少年一沙彌，執燈導先路。舉手向我言，此地公應駐。彼岸東南隅，林塾多幽趣。當有窣堵波，佛語親屬付。候公住此山，功德方完固。我時心思維，此舉非細務。四海大檀越，與我多親故。此緣尚易成，此果應無悞。心與口相商，囈語自宣布。家人各驚呼，吾亦豁然寤。異哉此夢境，幻相非吾素。事豈在後塵，抑或在前度？問天天不言,百年如旦暮。

陳竹崖觀察鑑舟圖

民鑑原同水鑑清,元龍湖海舊知名。人經蓬島桑常變,舟在堂坳芥自輕。舉眼江山窮萬里,隨身琴鶴證三生。急流進退誰能主?且向風波少處行。

西湖泛月圖爲董瑞峰太守作,
時太守將入都,即以送別

平湖十里鏡函空,觴詠良宵有客同。山水詩人比西子,文章太守又蘇公。萍踪離合真如海,花命升沉總是風。此去朝天卜新寵,野夫逖聽在蘆中。

雙 旌 謠

雙旌搖搖辟路人,白面少年乘朱輪。道旁觀者屏氣立,云是中朝執法臣。去年治獄河南道,太守郊迎先進寶。河隄使者禮貌輕,一紙封章達天表。財入縣官身戍邊,草索牽連及襁褓。今年星軺臨濟北,守令聞聲齒先擊。但願使君勿作威,不惜兼金萬千鎰。城西車馬喧如雷,騶卒傳呼使節來。肥甘充庖馬盈廐,百官旦夕趨行臺。守令入門望塵拜,小大之獄評價賣。大獄論萬小論千,聽者遵依不敢懈。執法之臣善弄法,睚眥必報心始快。濟上人家閥閱門,仙李千年子姓繁。富者守財貧者怨,訟牘到臺達九閽。米鹽淩雜家人事,曲直亦煩使者論。使者巡方訪風俗,心知此家頗饒足。弟兄通籍在金閨,庫有金銀倉有粟。事權在手令便行,兩造銀鐺同坐獄。膏粱子弟習宴安,誰料一朝遭僇辱。人道使君折獄明,使君獄憑金重輕。匹夫無罪懷璧罪,至此須令谿壑盈。谿壑雖深填尚易,使君大慾殊難遂。十萬不足五萬餘，方保兩家各無事。兩家無事各無言，使者歸朝報至尊。封疆大吏多闒茸，微臣所讞民無冤。天子臨軒賜顏色，舉朝若箇如卿直。宮中府中積弊多，百事皆資卿整飭。從古強梁有盡時，高高上天聽則卑。譖人在位千夫指，中外籍籍多微詞。禍機一發不可避，露雷無私待時至。時至回天技亦窮，百口流離五刑備。緹騎到門妻子散，狼藉金繒堆滿地。內而臧獲外田園，一物以上皆入官。哆囉呢積一千版，他物稱是不待言。天子臨軒親決問，問汝讞張實可恨！平時歷詆衆公卿，汝身何自干國憲。褫去朝衣赴東市，朝士咨嗟國人喜。乃兄乃父皆賢良，何緣出此不才子？十載君恩忍負心，家破身亡竟如此。我聞韓城王相國，曾言此人心叵測。青蠅所集白璧傷，不宜聽在君王側。太平宰相善知人，將欲進賢先屏慝。惜哉相國老歸田，坐使衣冠容鬼蜮。御史大夫尚風采，漢廷頗重周昌在。追鋒車出比匪人，牽率老夫如傀儡。當時冰炭不相能，此日飲章同得罪。有司簿錄饋金人，重戍邊關次鬼薪。豈無彌縫漏網者？依然正色列冠紳。

獨學廬三稿詩卷二

晚香樓集二　古今體詩九十七首

觀阮芸臺中丞靈隱書藏，賦此奉簡三首

龍威靈寶杳難求，別有嫏環福地留。積古似開群玉府，崇文不讓百城侯。心追白傅同千古，志在班生集九流。此地天龍森護衛，不虞帝敕六丁收。

開府文章許與燕，清才盛事領時賢。鄴侯架插籤三萬，崔氏書鈔紙八千。講藝曾窺石渠秘，談經嘗借竹林禪。風流再作西湖長，共説當今玉局仙。

覃溪夫子魯靈光，手寫金經貝葉香。學坐蒲團依繡佛，寄將詩卷到雲房。著書同享名山壽，韞櫝無煩汲冢藏。異日湖壖徵故實，恍疑天禄覷琳琅。

題汪氏六息齋印稿

書契代結繩，勒銘遍鼎鐘。防僞作符璽，法沿斗檢封。嬴劉肇刻印，紫泥錯丹彤。厥後嗜古家，摹畫追前蹤。奇字象蟲鳥，古制蟠夔龍。腕力露巧拙，心畫呈纖穠。塗酥白玉琢，撥蠟黃金鎔。異文汗簡討，利用昆刀劃。窈窕辨款識，行列分橫縱。夢英十八體，繆篆世所宗。嘗讀印人志，妙手嗟難逢。汪子工鐵筆，識字師冰

邕。書成籛花格，斤運刻楮鋒。圓轉珠在握，光怪星羅胸。灼灼春林花，鬱鬱秋澗松。上者卿相佩，次亦文房供。琳琅積成帙，璨若群玉峰。著書寄商榷，不遺菲與葑。我少習鄙事，愛古忘愚惷。窮年琢山骨，臚列同璜琮。不辭嘲石癖，稍異供書傭。撫此觸素好，恍聞谷音跫。珍如金萬鎰，襲以錦十重。豈云雕蟲技，壯夫所不容？

讀任昌運廣文香杜草書跋二首

儒雅風流古鄭虔，新詩一卷萬人傳。鶯聲睍睆猶求友，鶴壽迢遙不計年。博物磨穿青鐵硯，懷賢咏到白駒篇。廣文已是神仙職，況在真靈大滌天。

讀罷新篇餘味長，彥昇才調壓齊梁。八千書紙心常醉，七十年華鬢未蒼。詩骨直隨梅共瘦，官聲真與藻同芳。素心更有張京兆，<small>謂蔣塘。</small>樽酒論文興不忘。

六如詩

夢

古來六夢掌周官，一枕黃粱日未殘。道在莊生嘗化蝶，春生燕姞亦徵蘭。蟻封安國寧能久，鼠穴乘車自覺寬。多謝春婁今喚醒，何當圖象傅巖看。

幻

西域傳聞有幻人，每從妄處故求真。魚龍曼衍曾逢怒，猿鶴飛騰自入神。二士蓮花空縶舌，一軍藕孔穩藏身。橘中更有觀棋客，會向瀛洲賭玉塵。

泡

法性如回大海瀾，循環生滅總無端。乍疑珠相圓明現，不比萍踪聚散難。潑剌戲魚閒吐沫，喧豗激石驟生湍。幾時水静流波息，共作虛空粉碎觀。

影

蜩翼虻蚹苦自封，行行止止渺無蹤。日宮忽掩脩羅掌，石窟常留悉達容。陶令賦詩空致問，李生舉酒若相從。燈前畫理誰參悟，夜坐蕭齋一笑逢。

露

金莖沆瀣降三霄，呼吸潛通帝座遥。漢室上林方獻瑞，秦風秋水尚相招。有時天澤霑行葦，無量君恩到蓼蕭。富貴功名都若此，須臾一點草頭消。

電

豐隆精鋭走雷霆，法界淫裔列缺熒。玉女投壺天自笑，金蛇繞斗帝常靈。縱饒鞭策能爲用，都恐光明不久停。碧落黃泉争激射，陰陽相薄本無形。

鳳凰山館圖爲楊補帆題

太息楊瘋子，風流古鄭虔。吾吾常暇豫，我我獨周旋。蚤咏從軍樂，相傳入幕年。掃門曹相貴，設醴穆生賢。畫品神兼逸，詩才鬼亦仙。執冰勛未錄，磨盾檄曾宣。迹托西湖長，名争北苑先。依劉江上賦，訪戴剡中船。喬木三遷遂，浮家十載延。乍營因樹屋，自辦買山錢。種竹蘄千畝，誅茅受一廛。盤飱忘市遠，枚餅補天穿。掃徑元卿喜，連墻禦寇便。鵲聲當户報，鶯語比鄰傳。花氣通屏幛，琴心答澗泉。元戎方握髮，小阮適隨肩。室本能生白，亭應號草元。盈樽陶令酒，壓架鄴侯編。座映冰壺月，牀鳴錦瑟絃。讀書今有子，歸計尚無田。差喜江山助，俄成翰墨緣。衡門開秀野，佳客至蟬嫣。水石師王宰，雲峰逼巨然。乃賡招隱曲，聊和卜居篇。

客饋金鯽魚，以盆蓄之，而志以詩

始焉圉圉少洋洋，尺水依然蘋藻香。蒙叟自能知逸樂，校人何苦太侜張。城門失火殃差免，滄海乘風意未忘。却笑連鼇任公子，幾曾安坐在濠梁？

柴門臨水稻花香圖卷爲何秋濤題

白沙翠竹遠周遮，閒坐柴門數落花。禦寇愛依田更宿，蘭成亦號野人家。村無吠犬風斯古，樹有鳴蟬日欲斜。我亦蘇臺同井客，寄將閑話問桑麻。

更生居士挽辭

丈夫不虛生，各尋不朽事。其事非一端，要有孤行意。昔聞洛陽生，孝文世方治。忽陳痛哭詞，讀者心欲悸。吾友更生翁，平生好岸異。官爲柱下史，封章無路致。手草萬言書，高論罔識忌。投諸執政門，藉達登聞使。上言補袞職，下言慎名器。臚列衆公卿，一一寓風刺。剖心志無他，批鱗視如戲。聖明日方中，處士敢橫議？緹騎晨在門，草索繫諸吏。國家有常刑，皋陶法當寘。欲殺非堯心，玉門姑投畀。萬里執殳行，十旬賜環至。狂言聖人擇，且作良規記。誹謗既無誅，芻蕘况弗棄。臣心天已鑒，露雷教同被。憶昔及第年，金門出連響。策名愧盧前，論交幸王次。百家方爭鳴，公獨樹一幟。家藏多秘書，客到問奇字。每矜意氣豪，頗受聲名累。著書長卿才，歸田平子志。仁粟分鄉鄰，智囊表童穉。知公篤於親，臨樂輒奔避。知公友于弟，解組敦風誼。公今歸道山，斯人不可二。既爲逝者傷，撫躬亦墮淚。芝焚蕙自悲，物性傷其類。

山行口號

湖上春歸噪百禽，六橋桃李自成林。却嫌花市繁華甚，閒向山中看緑陰。

題蔣于野水竹莊圖

何須避世住牆東，朝市山林吏隱同。自喜清涼成世界，不教熱惱到心胸。二分流水三分竹，四面垂楊一面風。欲識元卿舊池館，好從圖畫覓芳蹤。

題懶愚和尚面壁圖

達摩住嵩高，壁觀九寒暑。觀壁亦何爲？舉世無可語。我不著言説，不如且默處。上人天親流，寶林傳慧炬。八識辨覺知，四禪徵能所。偶作《面壁圖》，獨坐了無侶。澄心以觀空，萬象一心貯。觀空空亦空，六合曠無阻。人壁兩相忘，形忘迹不著。諸法皆歸空，大化不我圉。況此瓦甓等，道果在何許？非壁而云壁，斯義吾能舉。無相有相同，諸相總土苴。已得達摩髓，心印佛傳汝。若遇僧神光，且與安心去。

初　　夏

門前萬木緑成行，燕子歸來舊草堂。謝豹啼時春事盡，王瓜生後夏畦忙。野禪亦得安心法，耄學終無煮字方。山静日長經過少，閒扶藜杖看斜陽。

對　雨　二　首

麥秋纔過雨連緜，十日成霪古諺傳。竹下徑荒方却掃，葦間舟小更延緣。一江漸入無邊海，萬室同居有漏天。尺宅寸田吾未有，癡憂還賦《憫農》篇。

靈山大士主陰晴，處處慈悲救苦聲。卧榻頻移防屋漏，行潦繼長與階平。望霓不解憂時抱，引蟻聊抒濟物情。豈是司空有佳語，門前真見大河横。杭人禱雨祈晴，必請天竺觀音入城。

齊北瀛編修惠琉球竹簟，
楊補帆爲我作翠微圖詩以謝之

卜宅吴山第一峰，小樓深隱翠微中。邦人唤我西湖長，不讓苕溪桑苧翁。

當代丹青楊補之，此心解與白雲期。二豪盤薄高樓上，正是山中話雨時。

客自琉球國裏回，寄將小扇當瓊瑰。清涼絶勝龍皮扇，如挾風濤海上來。

蔣生炯約遊大滌洞天，余不果赴。其歸也，
言石壁題名有宋人與余同姓名者，因賦詩寄之

有客親探大滌春，歸來與我話良因。卧游秀樂天中境，坐證莊

嚴劫外身。小字分明題石壁，幾生旋轉入風輪。湘東試補同名錄，都恐傳疑誤後人。

叙永周司馬六十壽言

檢點金蘭夙昔緣，同官同里使君先。書升自注陽城考，撫字曾調蜀國絃。爵向武功登後顯，名從文學紀中傳。執冰親肅容刀隊，磨盾飛馳露布牋。鐃吹競廣《朱鷺》曲，藝林爭録碧雞篇。繡衣佩玉章身艷，翠羽影縹耀首鮮。帝錫頭銜曹署貴，吏遵尾諾郡符專。營邱報政方三載，棘道回車已十年。千里蒓羹歸計穩，四圍竹色隱居聯。謝莊風月堪名子，何允山林自樂天。雅管風琴娛晚歲，義漿仁粟遍同廛。共推繞膝僧虔慧，更喜齊眉德耀賢。禮渥朋尊嘉有穀，恩流簋室信無偏。君方息軌空山裏，我亦收帆大海邊。璧水一池偕釣月，瑤田十畝助耕烟。元卿竹徑尋詩近，迂叟雲林讀畫便。郊外品花過北里，窗前剪燭話西川。盛顏釁鑠因餐菊，華冑迢遥繼愛蓮。紅豆徵歌聽宛轉，紫囊賭墅坐流連。乍扶鳩杖鄉閭敬，並看魚軒笑語闐。弧矢早酬男子志，璣衡漸度老人躔。鶴知周甲添珠算，龍集先庚卜錦筵。椒酒上尊稱壽愷，霓裳小部演胡旋。昌辰况值千秋節，永慶依光似偓佺。

簡山陰蔣光弼明府，即以贈別

纔樹風聲轍已環，此邦父老恨緣慳。元卿竹徑尋詩地，内史蘭亭問政山。百日治成書上考，一州斗大畫中間。謝家子弟真如玉，愧我無功未鑄顔。

無題四首

金屋銀環競弄姿，珊珊仙骨故差池。楚竪善詈原無怒，殷妹遲歸自有時。與我周旋甘獨處，爲郎憔悴耻通辭。牽蘿倚竹空相憶，

337

日暮風寒翠袖知。

　　一斛珍珠訂久要，漫將羅綺鬥春嬌。天邊明月圓時少，海上仙山望處遙。衣敝捲還秦女手，帶寬瘦盡楚宮腰。三秋三歲都虛語，寂寞空山自采蕭。

　　静掃蛾眉坐繡幃，無端謠諑忽乘機。謗多慈母猶投杼，寵極私夫亦賜衣。貧女此心憂漆室，良媒何路問桃斐。黃金不買文園賦，自倚長門看落暉。

　　良宵風月可憐多，靜裏書空喚奈何。合掌虔心誰識我？畫眉微罪更無他。花中空置婁羅歷，海內徒傳得寶歌。疇昔容輝今已減，那堪吉士再婆娑。

讀半山集書後二首

　　共道荊舒誤國臣，平情尚論要求真。黃扉伴盡中書食，任事如公世幾人？

　　斯人不出奈蒼生，仰止東山素抱縈。何事宦成身退日，一抔黃土亦爭名。

畫屏四詠

羅敷採桑

　　使君五馬枉踟躕，爭奈羅敷自有夫。鳴雉有求嗤衛俗，寄貑無術避秦誅。水邊芍藥心空許，山下蘼蕪計已愚。留取芳名在彤管，肯隨靜女向城隅。

韓文靖夜宴

　　江左君臣幕上禽，台衡無復守官箴。衣香霧散珠簾薄，燭影風搖畫閣深。遇主非時終落拓,畏人失計蹈荒淫。直教乞食歌姬院,始識英雄末路心。

張果老移家

仙翁策蹇入雲霞,孺子偕行艷若花。蝙蝠成精猶度世,鴛鴦得耦便爲家。敢辭負戴勞筋骨,獨抱神通換齒牙。不作金仙公主婿,道人心自厭繁華。

陶穀掃雪烹茶

將軍羔酒錦幃中,學士高寒趣不同。雪壓玉堂天自碧,茶香石鼎火初紅。端知柳絮才無敵,重續鸞膠句已工。他日撰成《清異錄》,好將佳話補談叢。

秋懷雜感十七首

堂堂歲月自消磨,潘令閒居髩漸皤。花似麗人傾國少,山如名士過江多。西山朝霽仍青靄,南浦秋深尚綠波。欲反淮王《招隱》曲,連蜷桂樹滿陵阿。

結廬依倚古城隈,巢許比鄰意罔猜。雀喜閑門羅未設,犬嗔俗士駕難迴。花開自製移春檻,筆倦思尋避債臺。參得莊生齊物旨,不知雁木孰爲才?

濯纓湖水靜無波,繡斧當年彼土過。祇解當官先弊吏,郉知學道竟逢魔。地肥食盡身光減,城旦書成目論多。莫訝庭堅偏執法,殲除貪墨未曾苛。

頹俗俯張不可磯,出門一步即危機。道人共慶先登岸,處子常留未嫁衣。誰解夜行禁犬吠,却因秋老慕鴻飛。卜居最是江潭好,蓴熟鱸香稻蟹肥。

製就新詞和《惱公》,人生原是可憐蟲。雲邊卿月終生魄,竈下奴星怎送窮？白馬共知言泛濫，黃雞空復唱玲瓏。龍伸蠖屈紛紜態，總在風輪旋轉中。

庾信傷心賦《小園》，桑麻不數武陵源。雨添曲沼魚招膳，風遠平疇稻有孫。有酒且判今日醉，無求轉覺布衣尊。室中萬卷能銷日，經史旁行左右繙。

楚國騷人愛問天，鴻濛高處怎投箋？跕鳶水險公無渡，負黍山深僕請前。韞櫝自忘和氏璧，碎琴安問伯牙絃。司空自愛王官谷，不待城南二頃田。

陸氏莊荒尚有因，不圖著論到錢神。問狸豺虎常當路，護鼠鴟鴞善嚇人。每訝鋒車時揭揭，那堪黨論更頻頻。王陽梜阪歸來後，甘作荊蠻老逸民。

老至光陰擊電過，歡場百戲總譊訛。琴當入破聽常倦，棋到將殘劫轉多。畫鬼難窮吳道筆，撥雲誰奮魯陽戈？吹笙衣錦當時客，簡簡書空喚奈何。

草堂深處絕移文，鶴怨猿驚若罔聞。風起林間無靜木，日高山上有閒雲。重施斗帳留香母，小置團焦對墨君。却怪劉安不仙去，塵中雞犬太紛紜。

山公醉唱白銅鞮，晚入閒閨婦子携。遠志怕成出山草，幽居無復憶雲泥。隍中妖夢渾忘鹿，窗下清談只聽雞。屈指同時金紫客，幾人投老玉門西。

一紙封章百爾驚，風聲羅織太無名。吹毛自詡鷹能擊，投骨原知狗必爭。若遇吉人辭合寡，幸逢明主政方平。誰能大計籌軍國，始信朝陽有鳳鳴。

治朝平典絕虛誣，聖主哀矜似有虞。由獄險夫誇執法，寢門冤鬼訴無辜。纔看繡斧臨江上，旋報蒠靈反海隅。不見漢庭于定國，常留餘慶到遺奴。

悲風蕭瑟夕陽亭，歷歷衣冠此處經。楊子逐貧終自誤，柳生乞巧竟何靈。數奇百戰無茅土，道廣千秋仰德星。清酒如泉人似玉，醉鄉風月任消停。

擁書欲傲百城侯，奚事車前羨八騶。肯以雞豚煩孟蕨，任教牛馬喚莊周。靈和柳昔舒青眼，度朔桃今駐白頭。自掛衣冠神武後，逍遙蹤迹遍林邱。

烓黃粱卵象通神，筮得天山遁有因。每恐獵纓逢賈誼，却教鼓枻悟靈均。白雲不速常過我，碧樹無情亦昵人。婚嫁隨緣惟早畢，怕將兒女累清貧。

紅樹青山不我猜，幾番欲出又低徊。明知束帶腰曾折，無奈彈冠心已灰。窺日自驚駒隙晚，畏人兼恐鶴書來。孤山三百梅花在，冒雪凌霜次第開。

蘭溪舟中

古驛溪山好，扁舟風月清。野黃知稻熟，潭碧見魚行。急景催年矢，孤蹤憚客程。塗人頻問訊，無計可逃名。

曉達鳳山門

一夜乘潮下，勞人倦欲休。近關頻問路，望塔喚停舟。築圃吳農樂，浮家越女謳。此鄉多稻蟹，生計最宜秋。

生日漫成十二首

堂堂歲月苦頻增，幸藉尊鱸慰季鷹。老去行藏當自斷，病餘述作已無能。紫雲善度無愁曲，黃菊真成耐久朋。兒女癡心祝多壽，綵絲爭買繡然燈。

一尊椒酒慶芳辰，釧動花飛四座春。德耀未衰先棄我，舒祺最少似成人。自知才拙辭官早，敢謂年高見道真。傳得蘇公三養訣，舉家安樂不憂貧。

老學還求智慧增,歸山身似脫韝鷹。閒思客踐尋花約,老喜人諛健飯能。僧設香花祈佛祖,婦調湯餅會親朋。讀書更愛新涼好,挑盡幽窗一盞燈。

佳節纔過落帽辰,秋宵風月勝如春。會稽山好堪辭世,靈寶經傳欲度人。豹隱霧中猶善變,鴻飛天外始全真。納楹萬卷藏書在,料想兒孫不患貧。

華年有減更無增,坐看鳴鳩又化鷹。水鏡清談思樂廣,風簷妙義闡盧能。達觀早悟生如寄,老學仍期壽作朋。識得本來真面目,一燈無盡即千燈。

玉堂天上舊星辰,自別承明兩度春。風月且談今夕事,湖山欲傲故鄉人。客知送酒陶元亮,帝許歸田賀季真。有屋可居書可讀,不將餘蓄累清貧。

白髮星星兩鬢增,何當索馬更求鷹。六州聚鐵愁成錯,八月觀濤病未能。學道胸中消妄想,論交方外絶淫朋。掃除十種仙人業,但守楞嚴第一燈。

無妨磨蝎守生辰,幸値清時樂壽春。賈島鑄金呼作佛,女媧弄土戲搏人。早辭魏闕聊藏拙,小築衡茅自養真。但願世爲清白吏,何妨曲逆竟長貧。

洛陽紙價爲誰增?筆健秋宵學習鷹。直是愛閒兼善病,敢言少賤故多能。南宮石癖招偕隱,東野詩鳴慶得朋。祈我華年宜此酒,夜闌吹笛更呼燈。

行樂須知貴及辰,林塘花月一家春。鑑湖帝許容狂客,笠澤天生是散人。計拙自藏龜手藥,心癡頻寫虎頭真。綠蔬紅稻山中足,大塊由來善饋貧。

酒債書逋莫不增,欲驅鵞雀苦無鷹。臨淵頗識游魚樂,伏櫪難言老驥能。散木扶疏應不夭,大樽瓠落本無朋。近因結集華嚴藏,如向昏衢獲智燈。

江鄉搖落感蕭辰，誰折梅花寄小春。居室苦求錢使鬼，臨池甘受墨磨人。靈機變化枯棋活，妙語縱橫贗鼎真。藉得監河常餉粟，也愁無濟漆園貧。

孤雁二首

慈恩塔下舊知聞，萬里扶搖意始勤。霄漢將翀旋失路，羽毛自愛欲離群。曾傳塞上三秋信，空帶衡陽一片雲。寥廓冥冥無處所，弋人何事苦紛紜。

鴛鴦爲耦雉爲媒，怪爾孤飛響特哀。八陣風雲空想像，萬重關塞獨歸來。須知遠舉終无咎，未必能鳴便是才。久欲懺除文字習，尚留一點近三台。

落葉三首

歎息淮南木落初，秋聲蕭瑟滿林於。心追夏綠渾成夢，指望冬青願已虛。括地疾風誰護汝，空山明月更愁予。西窗獨有讐書客，一度思維一掃除。

騷人蕉萃楚江頭，溝水東西一葉流。自與哀蟬同寫怨，都緣病樹不禁秋。丹黃糅雜仍爭艷，風雨漂搖始欲愁。桂柏淩寒知已晚，荒林何地可埋憂。

萬綠凋傷霜露寒，后皇嘉樹惜摧殘。世間木德成先退，天外風災避最難。百丈歸根如有約，三年刻楮太無端。婆娑生意今銷歇，權向蘭成賦裏看。

周廉堂少宰使院觀劇有感二首

曼衍魚龍祖傴師，人情好怪類如斯。雪車冰柱徵詩苦，露犬紞牛入畫奇。香捲白波行酒客，光搖紅燭出門時。都緣公瑾如醇意，香爐燈殘坐不辭。

紞紞畫鼓報轅門，秩秩賓筵笑語溫。自昔逢人常說項，即今送客尚留髠。狂來吞海心猶在，興到談文舌莫捫。却念種桃前度客，雞竿曾否沛新恩。金門宮保方在請室，故云。

讀李墨莊員外詩卷書後四首

江上秋山接翠微，使君於此駐驂騑。路人尚識當年貌，曾著麒麟一品衣。

朱邑桐鄉念未休，錦江消息每沈浮。無人可話巴山雨，讀子新詩當臥游。

零落長安舊酒人，山邱華屋各沾巾。忽驚鶴化秦川客，但願耿蘭報未真。詩中有哭楊蓉裳之作，不知日月，猶冀其訛傳耳。

神武歸來歲兩更，鏡中勳業歎無成。西湖儘有閑風月，留我相羊過此生。

題楊補帆仿王石谷吳江秋色圖卷二首

萬里山川意倦游，歸來高臥舊林邱。愛君筆墨蕭疏甚，畫出垂虹一段秋。

三王妙迹冠東南，謂烟客、圓照、麓臺。石谷清奇更出藍。董巨替人今不遠，雲容石色許窮探。

孟冬之晦大雪，寒石上人折柬相招，山樓信宿，即事成篇二首

萬里同雲望轉遙，六花飛舞碎瓊瑤。將從謝客尋詩去，忽報林公折柬招。鶴語荒寒心自訝，虎潛幽隱氣彌驕。香南雪北靈山在，

静夜挑燈話寂寥。

　　天工游戲本無猜，花雨彌空四面來。大地化成銀世界，靈仙常住玉樓臺。田間占歲應宜麥，林下尋春未見梅。一片清涼真淨土，問從何處著塵埃？

煮　雪

　　誰道紅爐點雪奇，儒冠粱肉本非宜。乍携箕帚循墙角，不假瓶罍向井眉。瀲乳茶香生齒頰，鏤冰風味沁心脾。南朝更有燒銀客，舉示貪夫亦療癡。

賞　雪

　　煮酒蒸羊事已麤，山家風味與人殊。豐年價等千金璧，豪客歌償一斛珠。佳日晴時思内史，小樓聽處問凡夫。聰明應遇知音賞，夢見神僊冰雪膚。

詠　雪

　　漠漠銀雲萬里同，仙心白戰錦囊中。尖叉韻鬥蘇公險，團散歌傳申叔工。郢客落梅方刻羽，謝庭飛絮妙因風。晚來更覓詩中畫，蓑笠孤舟獨釣翁。

泛　雪

　　蓬艒窸窣糁瑶塵，夜靜天寒孰問津。兩岸微茫鴻印爪，一舟搖盪鶴隨身。江干畫本臨摹得，剡曲風流想像真。却羨苕溪蓑笠客，蘆花深處獨垂綸。

夜宿理安方丈呈寒石大師

　　學佛先尋出世因，茫茫六合一微塵。觀河迅速徵賢劫，指月清

345

凉悟色身。説法游魚常出聽，忘機猛虎自能馴。即今彌勒同龕住，幾度拈花笑向人。

聞劉金門遣戍黑龍江，賦詩奉寄，兼懷邱芝房六丈二首

歎息人間磊落材，文章聲價在鸞臺。每因疾惡招蜚語，誰料憐才釀禍胎。士論共明懷璧罪，主恩早卜賜環回。白山黑水窮邊地，幾輩南冠向此來。

塞外交游更有誰？江南才調憶邱遲。蓬山作賦知名早，瘴海從軍奏績奇。墨吏攫金偏有術，書生毀玉竟無辭。清時頻聽雞竿詔，何日恩波及海湄。

僧舍探梅

十笏茅庵枕水濱，冰霜深處可尋春。佛爲大衆慈悲父，花似空山寂寞人。吠犬迎門驚客至，游魚生釜識僧貧。曾經薝蔔林中住，觀色聞香不著塵。

題莀香小影兼調伯冶二首

鏤窗開處一輪圓，記得吳剛入月年。共道鳳凰曾此宿，桐花竹實尚依然。

風流獨有張京兆，畫出新眉十樣工。問訊錦屏人妬否？平添采伴入門中。

韓桂舲中丞過杭見訪率賦，并懷張菊溪尚書

旄節花開到澗槃，野人久脫遠遊冠。劇憐鐵券功名大，稍覺珠崖道路難。澤國有戎偏伏莽，書生無策贊登壇。尚書今春曾折柬相招，余

病，不能赴也。樓船將士同袍在，何日蒼黎衽席安。

圭峰圖爲顧景岳太守作

幽人愛住湖山曲，萬緑中間拓茆屋。特開講肆在名山，書堂正對圭峰麓。執經弟子三百人，絳紗圍繞人如玉。先生心醉六經中，藝林拱手推尊宿。崔子手抄八千紙，李侯架庋三萬軸。更將餘事入吟牋，含毫日飲湖光緑。憶昔金門聯步年，曾校秘書坐天禄。三館人才誰最先？公是當今鄭與服。一麾出守向海南，歷盡大都與通谷。萬里歸來文益奇，搖筆珠璣即滿幅。世事白衣變蒼狗，廿載光陰如轉燭。公今移家住翠微，我亦城南成小築。每因問訊折疏麻，片片瑶華許相續。清游常拍洪崖肩，博聞共讓孝先腹。振衣亭子高入雲，烟霞供養平生足。安用車前擁八騶，山水友朋亦清福。

己巳除夕

爐中商陸送餘寒，又是光陰一歲完。竹火喧騰祛故鬼，桃符更换當新官。花飛小海應含笑，酒餉中山自合歡。卅載宦游今已倦，不須重整切雲冠。

獨學廬三稿詩卷三

晚香樓集三　古今體詩八十七首

庚午元旦

飲罷醦酥意圀然，平生行止總隨緣。於菟從政曾三仕，伯玉知非又五年。積雪農家占歲熟，新晴天氣得春先。老夫未讀書猶廣，賸取聰明更著鞭。

項秋子邀至甘遁村看桃花，舟中即席分韻得雨字

綠波如羅漲南浦，社燕初歸春卓午。幽人要我探花行，移舟同入桃花隖。桃花李花相間開，紆紅繚白滿園圃。路轉如穿九曲珠，船窗兩面花光聚。是時令節逢中和，一册農書進官府。且從同井問桑麻，恰值行厨設尊爼。村名甘遁遁者誰？此中倘有秦人伍。緣溪不遇捕魚翁，當筵自擊催花鼓。噉飯終愁悟道難，擘箋不憚吟詩苦。城中少年猶未知，一枝携取誇先覩。人生行樂要及時，明日亂紅飛似雨。

靈隱話雨圖爲顧星橋作

步出鳳山門，衆峰揖我前。二三素心侶，相約同逃禪。初參

慧理塔，乃登妙喜筵。洗心八德水，合掌九品蓮。白雲鐘方撞，緑雪茶已煎。是時當盛夏，晝日長如年。讀畫逢快雨，彈琴和鳴泉。或觀貝葉經，或讀山居篇。樂哉山中静，主客皆流連。偶與一夕話，亦係三生緣。有圖復有咏，共托名山傳。而我轉一語，天地風輪旋。四大偶和合，成此法界圓。空華倐生滅，萬物無完堅。掣電機易失，觀河境屢遷。世間有爲法，執著滋蟬嫣。譬彼春蠶絲，何苦多牽纏。吾生幾須臾，飄若火上烟。掃除一切净，覺海真無邊。

送夢芝隨高中丞之皖

廿年似影不離身，一旦驪歌逐去塵。從我移家胥水上，送卿問道皖江濱。龍媒骨自超凡馬，燕子心常戀故人。聚散隨緣休執著，絮飛萍住總非真。

陳古華太守五十學書圖

庖犧演一畫，筆植文字根。書取記姓氏，工拙安足論！靈光四目誕蒼頡，形聲相益字乃繁。佉盧沮誦先後作，儒書梵夾同根源。二篆八分恣變化，稽古賴有金石存。伯英草聖元常楷，孤行一意成專門。六書解散古意盡，筆陣乃讓山陰尊。《説文》上宗許叔重，《干禄》下采顔元孫。俗書姿媚出新態，古文穿鑿撼陳言。今妍古拙互長短，譬如北轍追南轅。晉賢格韻唐賢法，我昔約略闚其垣。論書卅篇揮麈説，非敢私意妄輊軒。公之書學天所授，舉筆早闖鍾王藩。初求平正繼險絶，手追心慕忘朝昏。有時大海飛鴻戲，有時流泉渴驥奔。即今人書已俱老，筆筆化作屋漏痕。我聞宣尼五十始學《易》，逹夫五十始學詩。豈其少壯不努力？至此乃是入妙時。聖賢造詣與年進，意公書學當如斯。公聞我言應莞爾，我之知公却勝公自知。

題滕澍蒼課孫圖

柏臺有樹聽鳴禽，其下賢人抱膝吟。教孝教忠名世業，讀書讀律致君心。甘分一味將娛老，學課三餘自惜陰。德似耳鳴人亦識，訟庭無訟落花深。

寄居孫氏一榭園，奉懷主人淵如觀察

蒼苔門巷少人經，偶爲尋春向此停。萬卷縱橫池北庫，雙鬟鼓吹竹西亭。三篙碧水縈衣帶，一桁青山入鏡屏。願與興公結隣住，移文先寄草堂靈。

拜于忠肅公墓

蕭蕭邱隴碧山阿，史册然疑論或訛。叔武立因全衛國，韓擒死定作閻羅。杭人祀公爲城隍神。青宮調護談非易，黄屋安危計若何。禍起宮鄰終古恨，辨誣奚止痛金陀。

題杜素芬憐影圖，即和卷中自題詩韻

芙蓉江上耐清寒，豔影亭亭鏡裏看。絮定不隨風上下，花嬌幸免雪彫殘。粉侯游戲成三絶，謂伯冶。瓊姊分飛是二難，謂畹蘭、小蘭。回首曲中諸采伴，玉壺紅淚幾人乾。

明周忠毅公玉印，爲廉堂少宰賦

公名宗建，天啓朝官御史，以劾魏璫死於詔獄。此印蒼玉獅紐，高一寸四，方六分，文曰"季侯"，公字也，柳葉朱文。

先正明清誓守官，觸邪不負惠文冠。窮泉藪血千年碧，密印傳心一寸丹。合浦攜歸珠並反，印亡已久，近日少宰之弟雲蟾在嶺南得之。崑岡焚過玉仍完。故家留得忠臣樣，好付雲礽百代看。

題沈三白琉球觀海圖

中山瀛海外，使者賦《皇華》。亦有乘風客，相從貫月楂。鮫宮依佛字，龍節出天家。萬里波濤壯，歸來助筆花。

韓雲溪登岱圖

自別齊州星四改，披圖重覯舊山川。峰留魯叟登高迹，樹紀秦皇拜爵年。滄海無邊看浴日，青雲有路欲捫天。向禽百慮消除淨，尚賸平生五岳緣。

石門顧仲歐山人以詩見投，次韻奉報

銅爐香清鼎茶熟，雪花如絲壓庭竹。伊人投我瑤華篇，跫然足音至空谷。世事迷離春夢長，白雲招我歸山速。老夫頹唐君莫嗤，自古散人如散木。

初春大雪，賈竹坪分司攜酒至吳山三茅觀招飲。楊子補帆繪圖紀事，漫題五絕句

博山爐內熾雕薪，酒綠鐙紅四座春。聽得靈臺頻報瑞，可知世有葛衣人。

當年風雪賦西征，身赴征西大將營。黑夜衝寒穿賊壘，短衣匹馬一書生。

如今高臥學袁安，幸有山梅共耐寒。獨立吳峰最高處，無邊清景儘人看。

學士烹茶趣自嘉,將軍羔酒亦豪華。世間一切隨緣好,纔別榮枯已涉魔。

山河大地杳無垠,萬里同雲黯不分。果否玉龍天上戰,醉中稽首問茅君。

夜臥聽雨

雄風雌霓滿塵寰,一片癡雲孃出山。休道雨工鞭不起,儘多膏澤在人間。

石屋洞訪聖庵上人,和壁間寒石大師詩韻

石室圓如卵,四山橫自陳。秋林松子熟,夜路藥叉巡。古衲常依佛,幽栖可避人。我思結茆住,當卜遠公鄰。

金華觀鬥牛歌

我生嗜奇樂異聞,採訪風俗心殷勤。金華之鄉牛善鬥,父老傳說都云云。涼秋八月爽天氣,一櫂夷猶至其地。廣場如砥十畝寬,田有沮洳發縱利。鳴鉦擊鼓聲如雷,東阡西陌群牛來。紅綃繫角金飾額,一一名字標英魁。植竿相對作鬥户,兩牛相逢怒如虎。進不能遂退不甘,觀者如牆色飛舞。萬人歡笑兩牛嗔,人謂游戲牛謂真。牴牾既久兩不下,解紛釋結還需人。嗚呼凡戲皆無益,季郈鬥雞竟成隙。金籠蟋蟀賈平章,玩物玩人均喪德。歲時洽比鄉鄰安,莫因好弄開爭端。賢相停車問牛喘,哲人所戒惟游盤。

爲韻卿書扇

沙棠之檝木蘭船,有客尋芳更覓緣。看到桃花三月閏,無邊春色是今年。

臘月十九日東坡生辰，項秋子招集
同人祀於西湖蘇公祠，賦詩紀事

靈均作《離騷》，庚寅述初度。生辰直南斗，昌黎鴻辭布。昔賢念始生，鄭重見章句。平生一片心，百世尚可溯。偉哉蘇長公，英才天所付。神峰五岳尊，學海百川赴。大聲金石鳴，小物蟲魚註。慧業四禪天，博聞九經庫。公年三十七，通守杭州住。官閑簿領稀，嘯傲謝塵務。心留風月談，邕領湖山趣。爐篆歲三改，移官高密駐。轉燭十三春，仕途屢顛仆。登朝掌兩制，讜言觸當路。再出守是邦，經綸仍布濩。班春巡四野，父老喜重晤。是時元祐初，執政國之蠹。直道身不容，蛾眉自遭妒。而公仗節來，吾自行吾素。勸課先農桑，拊循遍婦孺。論狀及西湖，經營濬潢汙。艱難小民依，仰向君門訴。六橋卧宛虹，萬井甦涸鮒。善政浹人心，千載如旦暮。即今孤山根，叢祠鄰白傅。牲醴歲時陳，薪木鬼神護。季冬月既望，風日甚和煦。適值公生朝，登堂瓣香炷。迎神復送神，飲福亦受胙。項斯風雅士，即事詩先賦。善歌多繼聲，壽陵共追步。維公初生時，仁皇方在御。景祐歲丙子，誕降謝庭樹。讀書窮萬卷，健筆妙陶鑄。帝曰宰相材，始進天已顧。何圖生不辰，群小輒乖忤。煌煌經國計，十事九逢怒。生既投窮鄉，死又黨人錮。彼蒼豈忌才？斯人乃不遇。倘因始生辰，命宮磨蝎故。子生亦丙子，宇宙微形寓。當世鮮樹立，撫躬多憂懼。稽古頗自傷，懷賢特傾慕。聊假文字緣，少寫烟霞痼。

白門感舊四首

少歲登臨地，征車又此行。江通桃葉渡，山繞秣陵城。寶劍匣中繡，薰風琴上生。岑公方坐嘯，桴鼓夜無聲。

客館栖遲地，經營手力勤。移花欣遇雨，養竹祝干雲。揩杖迎

353

朝爽，觀書到夜分。楊枝常在御，老去惜離群。

攬轡吾衰久，行藏感歲華。昔超青海駿，今聽白門鴉。世事雲無迹，鄉心燕有家。中年憂樂趣，陶寫仗筝笳。

花竹城南宅，秦淮舊板橋。畫船波上住，鈿扇酒邊邀。曲水嬉三月，殘山吊六朝。當時裙屐客，短鬢已飄蕭。

雲自在圖爲澹雲和尚題五首

十方行遍且歸山，擊電光陰彈指間。世事從今休再問，一猿一鶴守禪關。

上國看花趁馬蹄，已公茅屋在城西。廿年桑下曾三宿，鴻爪依稀印雪泥。

樹高百丈葉歸根，此是宗風不二門。萬里青天一漚似，白雲何苦更留痕。

賢劫安成法界基，世間兒女太情癡。祖師自有西來意，北秀南能總未知。

世緣興滅渺無踪，兩葉浮萍遇海中。留得此生緣不了，香南雪北再尋公。

和林和靖小隱之作

華髮初生半百年，幽居心愛在山泉。媿無籌策能匡俗，聊閉柴荆學避賢。峰繞一樓青杳靄，庭留十竹碧新鮮。還憎城闕囂塵近，時上西湖釣月船。

春郊踏青過結草庵

快雨初晴百卉芳，閒携童冠蹋春陽。經過柳市風尤軟，歸去桃源日正長。貧女賣珠猶待價，仙人煮石未傳方。朱櫻綠筍無消息，珎重僧厨粥飯香。

答　友

弧矢男兒事，吾衰可若何？行行憂患集，止止吉祥多。大地微塵合，流光擊電過。誰憐漢陰叟，垂老更婆娑。

采石山和林處士韻

萬木蒼蒼帶夕曛，翠螺終古枕江濆。谷音響答皆成籟，嵐氣晴蒸欲化雲。志怪聊憑犀作照，忘機直與鷺爲群。平湖一曲梅千樹，遥憶孤山處士墳。

太　白　樓

河岳英靈應運生，李侯佳句最知名。醉叫天子調羹賜，狂逐江斐捉月行。讀畫更推蕭尺木，品詩兼愛謝宣城。諸公零落人間世，此後風騷孰主盟？

林和靖有深居雜興詩十章，
愛其閒適，依韻和之

山家烟火日蕭然，煮韭烹葵當擊鮮。鶴與琴書成伴侣，竹因花月共嬋娟。三生石繡莓苔迹，八難爐蒸榾柮烟。椿壽菌殤隨物化，逍遥擬續漆園篇。

銅山金穴苦嫌腥，仰看焦明入杳冥。泉石一區容我老，風塵雙眼爲誰青。襄陽自著山林集，笠澤兼傳《耒耜經》。更愛顔公有家法，一篇遺誥在門庭。

不煩衮鉞辨賢奸，自守簞瓢樂鑄顔。畊笠每衝春雨出，釣船常趁夕陽還。野多滯穗翔禽下，巷少停車守犬閑。是處閉門塵境絶，

355

何須滄海問神山。

七里桐江繞釣臺，卜鄰有願乏良媒。竹能醫俗神仙餌，梅解和羹宰相才。擣嚌道真文自壽，屏除機事禍無胎。草堂猿鶴終相守，不放鳴騶入谷來。

敦經説史吾成癖，旁涉丹經及梵函。深巷時來載酒客，幽栖如傍積書巖。呼魚游泳分鱮鯉，種樹蒽蘢雜檜杉。却慕苕溪風景好，戲題桑苧作頭銜。

山林妄説布衣尊，此語人云我亦云。龍轙躋虛尋橘叟，桃符辟惡訪桐君。蓮開白社參新義，瓜種青門紀舊勛。班范文章姚宋業，古今陳迹總浮雲。

神武歸來便解巾，不關貧病故吟呻。園公去國仍憂主，巢父逢時亦避人。無術駐顔鬚鬢改，有詩言志性情真。山花山鳥皆吾友，共享雲林無盡春。

山池五畝趣多欤，營構無煩問藻兼。花發米囊紅滿逕，草生書帶碧侵簾。于茅幸免秋風敗，因樹聊消夏日炎。野老四時行樂慣，烟霞滋味幾曾厭。

自嗹曇章悟六如，雞鳴風雨守窮廬。違時甘作孤生竹，結習真同老蠹魚。轉眼事忘憂患減，知心人少唱酬疏。閉門重理經生業，惠子藏書富五車。

阮公嗜酒自沈淪，此意誰分幻與真？醉裏歡情聊玩世，狂來險語忽驚人。癡雲出岫終無著，老樹留花別有春。仕宦固佳耕亦好，力田孝弟是良民。

游石屋洞，留贈聖庵上人。時上人方讀《啓世經》

不學楞嚴十種仙，須彌直到最高巔。石爲露柱皆能語，風轉金輪豈得堅。世出世間空説法，想非想外更尋天。何因慈氏重多事，又結當來未了緣。

中秋與澄谷上人同訪天平山白雲泉之勝，黃子紹武即事成咏，偶步其韻三首

訪秋翠巖寺，滿院桂香浮。濟勝尊神足，觀文仰俊流。靈山雙樹老，芳草一庭幽。霜落尋紅葉，相期續後遊。

飛雲曾出岫，倦鳥樂歸山。客踐三秋約，僧分半日閒。茶甌香潑乳，苔徑繡成斑。不覺石頭滑，同參古德還。

積陰壓平楚，疏雨釀涼秋。倚杖柴門下，揚舲野渡頭。人隨飛錫住，地豈布金酬。近迹頻離合，真如不繫舟。

曹友梅山水畫卷爲沈綺雲題 綺雲，友梅之女婿。

曹霸丹青遠擅場，劉家小妹乍扶牀。楹書欲付童牙守，蓍策先占娣袂良。一幅雲山同蘊藉，兩家冰玉共芬芳。鷗波夫婦神仙侶，鄭重裝池付粉郎。結謂惕甫。

二　鳥

雁有奴，沙洲寂寞依寒蘆。終宵巡警不敢宿，他物一觸驚先呼。雉有媒，一雉鳴時群雉來。此身飲啄苟得所，不顧網羅同類灾。嗚呼，雁何忠，雉何黠！物類奸良原不一。主人蓄雉不蓄雁，物性因隨主心變。主心能變是凡禽，良禽至死不易心。試看鸚鵡能人語，一種聰明惜毛羽。繡閣文窗慘不歡，終向故山尋舊侶。豈等茆簷燕雀流，依人索食聲啁啾。

寒石上人歸吳中吾與庵，賦此奉寄

公辭方丈我辭官，懶散貪閒總一般。百歲盡時何物在？萬緣

空後此心安。須知法界同毫末，奚取機鋒在舌端。放倒刹竿燒却佛，世緣一切當魔看。

陳笠馼同年移任江西布政使，賦此送別

西川東海兩同官，聯襼捄裳念古歡。花命升沉終有定，萍蹤離合總無端。交游自惜停雲遠，仕宦原知晝錦難。折取一枝梅贈別，祝君同此耐清寒。

咏小忽雷

蓮龕觀察座上見古樂器，象軫檀槽，皤腹修頸，蛇皮蒙面，張以雙弦，似琵琶而差小，曰："唐宫小忽雷也。舊藏於孔東堂家。"考《樂府雜録》：唐文宗朝有内人鄭中丞善胡琴，内庫有二琵琶，號大、小忽雷，鄭嘗彈小忽雷。即此器也。因成四絶句。

驃國新聲久絶傳，梨園法曲化成烟。獨留一片無情木，經歷滄桑九百年。

雙弦挑抹響棙登，想見姸娥玉手憑。却怪人人吊青塚，無詩咏到鄭中丞。

鳳頭尺八紫檀槽，腰腹彭亨古錦韜。若譜唐宫新樂府，教人腸斷《水仙操》。鄭以忤旨被縊，投於河流出，再生，爲小吏梁厚本妻，故云。

象牙軫上蠅頭字，辨取云亭絶妙詞。不盡桃花亡國恨，更翻新曲度龜玆。

題長江放櫂圖爲陳生兆元作

金焦清霽海潮平，萬里乘風第一程。江上緑分山幾叠，雲中紅露塔孤撐。登樓我尚同王粲，擊楫君應羨祖生。花月秦淮春正好，

倚欄日日望行旌。

壬申花朝,與方葆巖尚書、孫淵如觀察、吳夢花文學同登清涼山江光一綫閣茶話,走筆成篇

大江滔滔界吳楚,兩岸名山不勝數。建康城北是鍾山,龍蟠虎踞夸今古。孫楚翩翩王謝流,招携同作清涼遊。清涼山勢翠宛委,傑閣巋然淩上頭。當關老僧拍手叫,紅梅一樹迎人笑。崇臺十笏淩虛空,近水遥山恣清眺。六代荒滛釀禍胎,臨春結綺皆成灰。惟有四禪清净地,人間風火不能灾。此地東南大都會,江光繞郭如衣帶。地僻全除市井囂,身高始覺乾坤大。座中有客多振奇,巢許夔龍共一時。吳生才語雲山助,方叔威名草木知。雲山草木常如此,百歲憂歡一彈指。纔信空門意味長,登臨不但江山美。請從方外結良緣,買取祇園一角山。手種梅花三百本,此間風月更無邊。

金陵隱仙庵有古梅一株,相傳齊梁舊物也。春分始花,即事成咏

芳華千歲故依然,地近金壇古洞天。此處風光偏畹晚,舊時月色尚嬋娟。紅羊劫後春常駐,翠羽聲中夢欲僊。任道根枝頑似鐵,品題終在百花先。

題師竹道人載鶴圖

昔爲山澤游,樣舟五湖濱。穹窿一山蠱,萬仞青嶙岣。乘興坐筍將,遝訪山中人。幽踪托泉石,高掌捫星辰。宿宿復信信,相與忘形神。名山不可留,一別今三春。披圖忽相見,聲欬若再親。扁舟小於葉,擊檝生漣漪。雙鶴作伴侶,四山如比隣。松聲滿阮谷,如聞天籟新。何必學禦寇,御風動經旬。何必學佐卿,驂鸞朝玉

京。但當謝世緣,掃却心地塵。寄形天地間,淡泊養其真。委心齊物我,便是無懷民。

潰川春泛圖爲馮秭生題四首

蘇臺西去接靈巖,春水方生映蔚藍。貌得吳山真面目,丹青能事顧敔庵。

討春有客共招邀,《水調》新聲和《踏摇》。十里館娃宮畔路,畫船簫鼓出斜橋。

緑楊紅杏滿山池,暢好春三二月時。碧甕載將陶令酒,紫囊同賭謝公棋。

牡丹開候鬥茶天,竹院逢僧結浄緣。恰遇留人三日雨,焚香參盡畫中禪。

夜游白雲泉圖爲觀性上人作

客秋山澤游,策杖天平麓。天平多奇石,萬笏雲中矗。一徑兩崖間,危磴古苔緑。百步達山巔,豁然開心目。乳泉生石罅,清響雜琴筑。山僧結茆庵,牢置懸崖屋。手酌白雲泉,飲我滌塵腹。是時秋正中,叢桂方吐馥。恍坐祇樹林,繞室飄金粟。兹游倏經年,光陰若轉燭。忽然披此圖,舊境復振觸。卷中列三人,兩未接芳躅。懶師曾識面,蕭灑拔塵俗。舉一知三隅,高蹤應可矚。荒言鴻無範,信手已滿幅。

題比邱尼韻香空山聽雨圖四首

曾過梁溪畫舫停,九龍山色向人青。真仙未證無生果,且築山中寫韻亭。

解作簪花結墨緣,由來慧業易生天。脩成六甲靈飛術,便列楞嚴十種仙。

修竹幽蘭妙寫生，風神瀟洒自天成。緣知畫理通禪理，蘭共芬芳竹共清。

坐斷空花歲月深，不須枯木聽龍吟。讀殘暮雨瀟瀟曲，也識蓮花不染心。

錢清蓮總戎畫像四首

不須陳篋覓《陰符》，遁甲開山別有圖。傳得穀城書一卷，由來名將即名儒。觀書

一派宮商指下生，此心早與鶴同盟。泠泠山水清音在，不作胡笳塞上聲。撫琴

劉秩原稱曳落河，十年一劍手親磨。平生若箇知心友，不是龍泉即太阿。看劍

軍令常如酒令嚴，奚煩龍豹作韜鈐。哨壺枉矢尋常設，共識將軍禮數謙。投壺

送尹蕉園方伯入都述職

漢室金張是世卿，三年屏翰福星明。相逢傾蓋論心久，此去朝天報政成。吳語妖浮原積習，丙侯寬大見平生。繡衣但祝公歸早，旌節花開一路迎。

王西莊先生桐涇草堂圖卷四首

問訊城西路，名賢有故廬。庭留顏氏訓，壁守伏生書。老學忘才大，文言卜慶餘。當時問奇客，門外競停車。

光禄聲名久，吾衰歎道窮。敦經中壘並，貞疾左邱同。蛾術因時進，鴻文就範工。生天公太早，不及見張融。

平子歸田後，游心翰墨林。青箱江左學，《白雪》郢中吟。健筆追班馬，名山托向禽。至今通德里，行者輒沾襟。

室邇人今遠，懷賢意悵然。苔岑同輩少，薪火後昆延。室有傳家笏，書貽泊宅編。群公逢阿大，才語自蟬聯。

金梅尹畫像

少游童子科，囊筆逐儕偶。君抱軼群才，裒然獨舉首。彈指四十年，風塵各奔走。即今歸家巷，皤皤成兩叟。少年同學人，十已亡八九。誰與寫君真？獨坐曠無耦。邈若有所思，一卷書在手。此豈萬言書，匡時志不朽。抑探五經庫，彝訓謹墨守。他心予忖度，含意可代剖。新著《潛夫論》，寄興在林藪。問君然不然？君乃莞爾受。閒居有拙政，孝乎惟孝友。

戲作藏頭詩

廿年仕宦苦風塵，鹿鹿簪裾迹已陳。東海釣鼇曾待賈，西山攜鶴好尋春。人間散木材終棄，世外浮雲味最真。八座三公何所取？一麈且自息勞薪。

和答黃紹武表弟，兼訂消寒之會二首

年華彈指過，世事放眉看。白屋將歸老，青氈自耐寒。靜觀雲變幻，幸守竹平安。窗外梅花發，清芬到筆端。

親戚多情話，交游念古歡。高年同輩少，禮數野人寬。舉酒消寒會，呼燈卜夜闌。山廚無過菜，蔬筍即盤餐。

沈古心松間對酒遺像

世人多壽即神仙，對酒何須問聖賢？幸有松風清俗耳，終無藥草駐積年。幽棲享盡平生福，净業應歸兜率天。不及識公真面目，我非生晚爲緣慳。

壬申除夕

堂堂歲月住山林，漸見霜華向鬢侵。身外一琴常在御，宅邊五柳始成陰。也燒爆竹袪窮鬼，自祭詩篇慰苦心。却笑燈前小兒女，乍歸猶未習鄉音。

獨學廬三稿詩卷四

晚香樓集四　古今體詩七十二首

癸酉元旦

老至携家竟入林,肯容世慮久相侵。無官自比魚歸壑,有子何嫌鶴在陰。學佛非爲求福計,健忘不廢讀書心。閉門賀歲人來少,静聽園禽弄好音。

花朝試筆二首

春光觸處吐靈苗,一氣能傳六合遥。二十四番風次第,總歸此日是生朝。

芳菲百卉鬭精神,辨色聞香即起塵。識得一花一世界,千紅萬紫總同春。

寒石和尚七十壽言

靈山何處問宗風?前是林公後是公。法性證明三寶下,詩名合附九僧中。心同指月光常滿,面喻觀河壽不窮。休道年華古稀有,文殊得果尚稱童。

和寒石和尚七十自壽詩

閒裏吟詩倚瘦藤，静中起定對明燈。悟時寶向龍宮得，迷處車探鼠穴乘。六識心生降伏久，四分律在受持能。我從聽法猊牀下，早作人間有髮僧。

舟中口號二首

人家比屋多臨水，路出橫塘始見山。楊柳未青梅未白，春光尚在有無間。

古來梅信先春至，近歲春分始作花。應爲清寒難久守，要隨紅杏共繁華。

奉題明虞部郎葉天寥先生戴笠像卷

古來列宿應郎官，何事圖中戴笠看。陶令生涯原落寞，蘇公丰骨最清寒。高山仰止傳聞久，滄海橫流出處難。莫怪風儀野人似，早從神武掛朝冠。

癸酉上巳，廖復堂轉運招集題襟館修禊，與吳穀人、洪桐生、江易堂、貴中孚、張船山諸君子分韻得聊字

舊日題襟地，重開景物饒。花邊設尊俎，竹下集賓寮。館並翹材闢，人因禊事邀。畫圖商粉本，言論聚儒梟。飣坐筵初列，和羹鼎自調。瑞占紅藥藥，芳動綠楊梢。衙鼓應官晚，雲林遠市囂。山梅留夕秀，庭草發春韶。歸燕尋巢至，流鶯出谷嬌。開軒霏絳雪，題壁護丹綃。良會徵詩紀，餘寒藉酒消。燃燈時卜夜，分韻字拈聊。促膝忘年輩，盟心訂久要。光陰一百五，令節正今朝。

感春四首

生世真如旅，卑喧欲避難。燕歸知社近，花謝惜春殘。鹽績貧家課，榆羹儉歲餐。舉頭看太白，彈鋏自汍瀾。

稼圃非吾事，中藏體物心。槿朝頻易蕤，竹歲即成林。助長田同石，居奇粟勝金。世情多作輆，久道是良箴。

小園春正好，稚子戲無端。削竹爲騶走，持荷作鏡看。石麟非世出，蠟鳳歎才難。天遠誰能問？榮枯付達觀。

衡門無健僕，百事總因循。老馬常留棧，驚厖亂吠人。衣裳空在笥，甑釜欲生塵。安得逢摩勒，重敎氣象新。

題吳枚庵畫像

我年十有八，始游青衿隊。誦法魯叟書，束髮從先輩。維時摻瓠家，相尚事藻繢。萬口同一聲，粃穅不可耐。延陵有君子，翛然塵埃內。精心力稽古，當世曠無對。書宗文董儔，詩別金元代。餘技戲水墨，亦與倪黃賽。篆刻名一家，古趣出鼎彝。事事可我師，傾心奉清誨。壯游歷湖湘，扁舟書畫載。抗禮公卿間，耿介表風采。我方典文學，欣逢素心在。歲時接居遊，坐閱春秋再。一別十七年，溯洄苦靡逮。忽聞簷鵲鳴，跫然足音賚。於我十年長，絕少龍鍾態。將母在高堂，常盡慈烏愛。當今天爵榮，如公應無配。茲因贊公像，長言述梗槪。

食瓜偶成

種瓜老叟不憂貧，滿擔團欒露氣新。市上舉肥嗤俗士，座中感舊慟賢人。青門怕說封侯事，碧玉仍留待字身。一味清涼除熱惱，讀書還可鎮心神。

孤竹圖爲王生秋濤題

亭亭孤竹谷中萌，道是仙翁咒筍成。若使化龍天上去，儘多霖雨到蒼生。

裴夫人壽言 故中丞宗錫之室。

高門秦國系，今日壽星躔。荀母從官久，成侯受詔先。二郱華胄遠，八座起居專。教子三遷善，宜家百祿全。親因魏舒貴，婿識韋皋賢。班史摻觚續，周官隔幛傳。午橋晉公第，亥字絳人年。酒取蘭生侑，籌憑鶴笇綿。釀桃秋未老，攀桂月將圓。蟠木榮芳圃，鳴鳩祝綺筵。蘐庭花似錦，芝所玉生烟。遜聽群仙會，遙陳戩穀篇。

六 月 寒

昨夜雨滂沱，簷溜聲如瀑。晨興御絺衣，四體意瑟縮。涼風東北來，發發振茆屋。天氣冷如秋，當暑人思燠。敝袍欲裝棉，雞犬攣下宿。我聞山東人，饑饉苦相續。男女論斤賣，藜藿不果腹。于今已三年，行者聞野哭。何以拯斯民，歲豐五穀熟。似此六月寒，逢年未可卜。彼蒼心仁愛，斯民禍何酷？安得鄒生律，吹氣回黍谷。舉眼視蒼蒼，心憂如轉轂。

題江水月道士畫真卷

世外多清福，山中養大年。閒尋白雲侶，載咏紫芝篇。寶籙名先列，金丹秘不宣。神鋒歐冶劍，古調蜀琴絃。適我春携屐，因師夜泊船。倚松當雪裏，剪韭話燈前。杖履留真相，雲岩入盡禪。風雷生氣象，翰墨締因緣。樂大原天士，張筠是地仙。禁方能煮石，慧業早忘筌。道自聞香悟,齡非餌藥延。庚申常坐守,甲子任推遷。瑤草呼龍易,瓊禾飼鶴便。拈花時莞爾,對酒亦陶然。抱朴稱同輩,傳薪屬後賢。詩成遙寄與,夢想到林泉。

和李長吉惱公詩五十韻

芳草難延綠,繁花易落紅。光陰三月暮,婚宦百憂叢。煮字人無術,澆愁酒不濃。夢持丹漆器,詩秘碧筠筒。棄置同菅蒯,飄零等藻蘋。徒夸不羈馬,終作可憐蟲。楊柳舒青眼,菖蒲茁紫茸。桃蹊思李廣,雀桁困王融。既失金張寵,聊賡鄭衛風。魏收驚蛺蝶,謝朓秀芙蓉。辛苦魚升竹,優游鳥出籠。荒林癡待兔,故紙快鑽蠢。丰采看容與,文章闢晦蒙。策名先魏闕,籌筆在羌寶。妙手矜驅鱷,雄心學射熊。承符揮黑稍,作奏謝彤弓。嶰谷音諧鳳,崑岡氣吐虹。移旌纚渤海,倚劍久崆峒。畚計求鴞炙,迷途入蟻封。歸如丁令鶴,好異葉公龍。身守千金璧,心堅百鍊銅。肯循三穢迹,欲繼兩疏蹤。八襫單衣敝,三隅冷竈烘。金錢揮赤仄,寶樹蔚青蔥。燕岫新抽桂,吳江舊染楓。脩蛇奔大壑,健隼集高墉。清福誰分汝,閒情合讓儂。狂奴仍故態,婐女陋諸馮。挽鹿依皋廡,求凰引蜀桐。春風調笑近,秋水溯洄從。蜥蜴滻丹井,鴛鴦護翠櫳。投瓈娛歲晚,種玉祝年豐。鼎試春前茗,盤羞夏末菘。論文尋白嫗,草約敕楊僮。隱羨南山豹,歡逢北塞驄。吉祥知止止,巧令薄容容。帶愛忘腰適,弁疑逼耳充。鶴經陳席上,鷺羽植房中。點鼠衣穿祴,靈蛇髮縮鬆。忘憂護樹背,扶老竹名邛。綵筆殷勤寄,幽房宛轉通。公卿常脫略,草野恕疏慵。豈羨群居慧,惟虞惡客逢。有情常繾綣,無累莫惺忪。道混儒仙佛,占无悔吝凶。避囂愚曳谷,持戒梵王宮。挫銳師黃老,全真仗碧翁。年華歷桑海,生事托章縫。懷抱消冰炭,聲聞念鼓鐘。古今誰不朽?萬類遜虛空。

蒼聖祠

苞符啓元化，一畫成羲爻。佉盧與蒼頡，兩聖生同胞。彼作梵王筴，千佛妙義包。頡乃造六書，點畫形聲交。中國有文字，斯實開前茅。吾鄉多秀民，尊經習弦匏。崇祀以報本，卜築城西郊。巖巖鐵花岩，窈窕山之坳。喬木森鬱律，廣廈臨呀庨。葩華麗藻井，翠蕤曳雲旓。靈光燿四目，恍惚神來教。嬴氏燔六經，淫威恣焱烋。兩京采遺籍，萬手迭傳抄。魯魚與帝虎，安得免溷淆。所貴識字人，特出警惛恔。形如范金鑄，聲若吹管嘐。務令衣珠授，勿類瑟柱膠。仁義當安宅，禮樂充繁殽。神功被萬葉，不讓燧與巢。

山居十五咏

鶴壽山堂

茅堂新築小山幽，此日歸潛願始酬。宜拙早同黃鵠舉，心閑久爲白雲留。簾中絲竹供行樂，壁上川原當卧遊。清俸寫成書萬本，傳家端不羨封侯。

獨學廬

門因謝客晝常關，孤陋無聞亦等閒。當世何人知畏壘，著書曾夢到娜環。學成隱几師南郭，草就移文付北山。解讀《離騷》能飲酒，此心常在聖賢間。

舒咏齋

文章結習我生初，坐擁琳瑯向此居。上客談經爭奪席，後生問字輒停車。何緣豪傑思投筆,始信神仙愛讀書。珍重河間獻王迹,常留光寵在蓬廬。齋額,成親王所題。

晚 香 樓

男兒墜地萬緣牽,草草勞人五十年。識破浮生同旅寄,營成樂國號梯仙。妄思壽世留詩草,稍喜傳家有硯田。一壑一邱天許我,梅花看到菊花天。

五 柳 園

小築衡茅爲養真,百年喬木狀輪囷。申公因樹先成屋,陶令歸田且卜鄰。黃犬衛人常警夜,倉庚求友自鳴春。却嫌車馬門前客,偏向花源數問津。

花 間 草 堂

學築盧鴻舊草堂,階前桃李儼成行。春歸楊柳風三面,秋到蒹葭水一方。社後烏衣猶茸疊,曲終紅豆自盈箱。紙屏木榻香山樣,不假莊嚴七寶裝。

滌 山 潭

閒坐苔磯理釣綸,芳潭春到綠生鱗。瀠洄恰映三分竹,清净寧沾一點塵。依草落花無定相,化萍飛絮識前因。衡門自足洋洋樂,肯向河干更伐輪?

微 波 榭

幽室如巢楊柳陰,每逢避暑一登臨。出泥花有超塵相,在沼魚無上竹心。鍾子審音調《白雪》,浪仙得句鑄黃金。蒹葭秋水分明是,欲問靈修路轉深。

花 韻 庵

蕭齋十笏向陽開,叢桂連蜷手自栽。曾在玉堂呼供奉,又將金粟謚如來。清言對客揮松麈,綺語移人費麝煤。老學維摩常宴坐,不知天女散花回。

夢 蝶 齋

斗大新齋號小眠,一場春夢笑當年。臥游疑在和神國,定起無忘化樂天。每患花迷妨入道,不須羽化便登仙。靈光養得心同月,肯爲香薰又破禪。

瑶 華 閣

璅窗高啓竹西偏,六尺匡牀適小眠。三面疏欞花作幛,一區芳草石如拳。曾聞樂府歌瓊樹,又説仙人耨玉田。不及羅浮清夢穩,舊時月色對嬋娟。

歸 雲 洞

一片雲飛六合間,不成霖雨且歸山。幾看變化同蒼狗,稍喜消摇伴白鷴。有路通時花氣度,無人行處蘚痕斑。經營好作藏書洞,分付龍威謹閉關。

臥 雲 精 舍

洞天常閉古藤陰,幽徑還須掃葉尋。黏紙壁間成雪竇,安絃石上作風聲。擁花不覺衣裳冷，對月翻嫌院宇深。敢道商聲出金石，偶因懷古一長吟。

連 理 桑

墻下柔桑勢屈蟠，結成穠綠覆簷端。枝生連理逢時瑞，根遠周行擇地寬。食葚有懷廣《魯頌》，原蠶何事禁《周官》？閑閑十畝吾非侶，試作《豳風》畫裏看。

在 山 泉

貪廉何苦妄爭名，水在山中性自清。顏子一瓢知道味，蘇公萬斛喻文情。養花有術能薰髓，潤物無功且濯纓。願與堯民同飲此，耕田擊壤過今生。

賦得春來遍是桃花水，和菊溪相公憶武陵舊游之作，與吳生兼山同賦

秦人故洞路無差，曾駐征驂玩物華。幽鳥驚窺行役客，暖風吹放及時花。千竿竹箭環丹嶂，兩岸峰巒積翠霞。波上畫船歌款乃，鏡中芳樹影夭斜。叢祠共覯衣冠改，野叟初逢笑語啞。始覺羲皇留太古，不知魏晉是誰家？忽傳綵筆詩爭豔，遙望仙源夢已賒。此日問津凡幾輩？此將舊事說長沙。

喜同年張船山太守卜居吳門

釋褐升朝二十春，與君衆裏最相親。暫游吳市花驚目，並坐蕭齋酒入脣。醉對雞豚呼佛子，狂將奴僕命騷人。夢中忽有神來告，決計辭官作逸民。

答張蒔塘大尹

坐看富貴逼人忙，始覺山林日月長。摩詰幽栖名竹里，仲卿遺愛在桐鄉。傳家蠹簡縻清俸，醫國龍宮授禁方。仰屋不知問生產，近聞門戶付諸郎。

飲酒莫愁湖上，醉中走筆成篇

龍蟠虎踞吳故都，山川雄秀天下無。老至筋骸不濟勝，姑携尊酒臨平湖。湖邊草木連平楚，烟光一片秋模糊。漁翁漁嫂湖上住，歲入官府輸魚租。當年靜女居城隅，莫愁爲字家姓盧。鬱金作堂香遍滿，珍珠狼藉紅氍毹。春秋代謝日月逝，綵雲易散瓊樹枯。芳魂欲招渺無迹，荒涼滿目生菰蒲。英雄昔稱孫伯符，孤軍一旅成伯圖。伯圖未成將星落，幽房空閉喬家姝。蕭家寶卷樂屠沽，香車繡幰迎玉奴。巍巍青樓夾大道，倏忽荊榛塞路衢。黃奴燕樂狎客俱，膝上常擁張嬪娥。北兵一朝渡濡須，六宮粉黛成囚俘。臙脂故井不知處，行人訪古空踟蹰。六朝轉轂幾須臾，此侯彼虜交相瘉。不及茲湖一勺水，風流終古稱名區。會稽太守真好事，重新舊迹山之嵎。湖上水榭爲李松筠先生守郡時所建。紙窗木榻屏丹臒，閑携賓客追清娛。朱軒一去不復反，人世光陰如白駒。今朝風日正清美，携具到此開行厨。蘆芽蕨筍有至味，安用炙鴰烹鳧雛。主人絮羹客祭酒，對景不辭傾百觚。城樓啞啞啼暮烏，雲房梵唱集苾蒭。夕陽在山人影散，明月如鏡當歸途。我持尊酒向空酹，英雄兒女同嗟吁。

揚州遇沈星槎秀才賦贈

昔我識君時，君年方十六。我叨一歲長，里巷相徵逐。常披董生帷，屢看元卿竹。鑿壁一鐙明，臨池千管禿。君紉空谷蘭，我采中原菽。一別四十年，光陰如轉轂。今朝在蕉城，兩葉浮萍觸。執手各听然，髮容已非俶。昔爲不羈馬，超騰千里足。今作社中櫟，擁腫而卷曲。皤然兩禿翁，蟬聯歷信宿。主人若鄭莊，愛客傾醽醁。開筵集紅妝，彈箏復擊筑。折俎薦雞豚，雕盤雜殽蔌。陳娥與毛女，身披五銖服。當筵角明瓊，纖纖手如玉。酒至發清謳，明珠聲絶續。懽樂興未央，卜晝繼以燭。我醉發狂言，聽者耳而目。世事如浮雲，呼吸現榮辱。白衣化蒼狗，六合無定躅。不見東方生，手草三千牘。漢皇作弄臣，寶劍空割肉。又如揚子雲，清静習符籙。事急不聊生，奮身別天禄。高軒羨鶴乘，衡木苦牛牿。忽忽白髮生，忽忽黄粱熟。行藏當自斷，安用問龜卜。君復向我言，近頗厭塵俗。皈心空王法，少欲因知足。宴坐常觀心，飽食自捫腹。世間六種塵，無一非酖毒。善哉夫君言，至理異蒙瀆。歧路已亡羊，安問臧與穀。飛鴻雲中翔，狡兔草間伏。一步觸危機，百方不能贖。萬事不如歸，故山清且淑。與君卜鄰住，常守松與菊。

隨園看牡丹，追懷簡齋先生二首

妙相莊嚴若自持，蒼靈雨露豈無私。玉樓名好春何晚，金屋妝殘寵欲移。紅藥心甘充近侍，黄花生恨不同時。穠華特出群芳上，不許尋常蜂蜨知。

繡幕金鈴謹護持，主人愛養若爲私。倚欄不覺天香發，張蓋頻隨日色移。地僻自含山澤氣，歲深看到子孫時。謫仙草就《清平曲》，小技曾邀國士知。

秋日遊西山，和黄蕘圃韻八首

行迹遍天下，言旋歸故山。獨學寡儔侶，寂寥常閉關。祇林有開士，近在咫尺間。幽人邀我去，林麓同躋攀。松下叩荆扉，相見禮數删。問以無生法，導引心不慳。階前十竿竹，新筍已成斑。乘除悟物理，所貴在心閒。

山僧愛禪寂，閉門無客至。與我獨有緣，經時必馳思。文殊與維摩，論法原不二。每聞空谷音，輒復迎門遲。扶老倚瘦藤，嘗新薦芳芰。説法無異趣，論詩有同嗜。坐待東山月，夜深不肯睡。萬籟皆寂然，遥鐘起鄰寺。

黃子清興發，奮筆導我前。新詩若韋孟，澹泊追前賢。即事啓妙旨，當筵聳吟肩。因兹一夕話，結此三生緣。憶昔昌黎翁，蹤迹比大顛。亦有陶士行，手酌菩薩泉。儒墨同一本，何處分媸妍。且結方外交，脱略消殘年。

穹窿西山勝，一歲兩至此。山泉滌塵襟，松風清俗耳。仙佛無兩端，至道本如是。白雲入疏櫺，青峰映棐几。鄭侯亦山人，樂大即天士。誰與注真文，我思浮邱子。掃淨秋空雲，不留太清滓。山中鐵竹僊，有客懷芳趾。

世界大如此，中有傀儡棚。嗟彼一孔儒，昭昭侈小明。漢世朱翁子，摻術工逢迎。一朝典鄉郡，錦衣當晝行。至今讀書處，水木含餘清。譬諸古瑞室，作頌煩鍾嶸。好事都元敬，鑿石手題名。硯田可逢年，稽古勝力耕。

野人罌筍將，彳亍下山麓。路過拈花寺，廟貌甚清肅。近有樂餘翁，伻來獻圖卜。山門久荒頹，溪水空淫鬻。偶發菩提心，勢易如破竹。化城輪奂新，静室栴檀馥。福田種善緣，君子貽有穀。僧厨粥飯香，門外有眠犢。

心似已灰木，身如不繫舟。善哉坡公語，毘盧頂上頭。山溪有蘋藻，可爲王公羞。書倉擁萬卷，不讓百城侯。眼中吾老矣，時作汗漫游。徜徉山水間，聊以忘我憂。不爲朱紫客，俯仰得自由。何以娱晚歲？一壑與一邱。

停雲藹空中，令我思親友。披卷讀君詩，紛綸積八首。有如大小珠,歷落盤中走。我欲步後塵,輸攻墨能守。雲龍好追逐,駸駸互先後。雲霞與日新,松柏得天厚。同聽上方磬,共傾中山酒。終期德有隣,豈謂物無耦?

題子婦慧文三十學書圖卷有序

余年十四五時,觀先輩所作八分書,輒見獵心喜,每遇淨几廢縑,塗鴉不已,然無所師承也。既壯,宦游四方,廣收漢唐碑碣,每獲一通,即臨摹數十過,於是稍知古人運筆之意。漢人以解散六書為工,然字今而趣古。唐人以參用二篆為貴,然字古而趣凡。此惟深思好學者知之,非可以口舌宣也。余筆法無所授,授之於子婦慧文。竊惟右軍之學授子獻之,中郎之學授女文姬,古未有婦事舅而傳其業者,有之,則自慧文始,他日藝林又當多一故事矣!慧文近作《三十學書圖》,余為題幀首,復繫以詩二章。

我家萬卷是良田,筆末偏憑子舍傳。三十學書殊未晚,由來金石最長年。

漢唐碑碣今多有,能益多師盡我師。却笑鴻都寫經客,未將心畫授文姬。

六梅閣觀梅圖為穹窿道士作二首

一枝香雪倚闌干,常共仙翁伴歲寒。我獨無緣花下住,瓊姿只向畫中看。

曾向瀛洲賭玉塵,百花頭上報先春。分明一枕游仙夢,歸卧空山看月輪。

題孫淵如畫真

宦海抽身世幾人?使君與我竟全真。名山歲月原無盡,壽者鬚眉別有神。每假園林同嘯傲，更容兒女附婚姻。相期不問人間事，但向清時作幸民。

楊樹堂聽松圖

有客髯如戟，相逢圖畫中。淵明樂泉石，宏景愛松風。道德師黃老，行藏聽碧翁。西湖好山水，清景與誰同？

閒步小園口號

閒巡老圃問秋容，叢菊雕殘露氣濃。莫道此花真殿歲，要留青眼看芙蓉。

暮秋感事五首

老至光陰料有涯，百憂無策可安排。尸居甘作麒麟楦，肉食偏持玳瑁齋。老馬齝齟依棧豆，舊人零落念蒼釵。忽聞蟻賊驚三輔，獨立西風一愴懷。

帝澤如春遍兆民，何緣灾祲歲相因。頻年浲水漂南國，一夕妖星孛北辰。幸仗銀槍充宿衛，郵知金虎在宮鄰。諸公久享昇平福，早定訏謨答聖人。

比户瘡痍大小東，關心常與夢魂通。催科吏報田多稼，保障人忘莽伏戎。共道穿墉多黠鼠，却憐鳴澤有哀鴻。談兵但説劉中壘，聊藉蒼頭奮擊功。

秦楚烽烟靖十秋，倏驚枉矢又西流。潢池有寇探丸起，帷幄何人借箸謀。平衍地應先壁壘，拍張士可換兜鍪。匣中繡澀吳鉤冷，卧看招摇咏四愁。

天心人事兩悠悠，有客言愁我亦愁。門外裴休思作佛，帳中李賀夢封侯。探丸斫吏成兒戲，杖策臨戎聚道謀。草野屢聞哀痛詔，

377

封疆誰解廟堂憂？

穹窿道士王秋谷一邱一壑圖

山虛水深，風高木落。此中有人，遺群立獨。蒼崖插天，上有飛瀑。流泉在山，不染五濁。綠草如茵，左右脩竹。抱膝無言，翛然意足。萬物芻狗，百年風燭。攦嚌道真，歸於太樸。

松桂讀書圖爲同年王珠潭大尹題

官舍清如水，公餘且讀書。青箱王氏學，綠野晉公居。喬木龍鱗古，新茶雀舌初。風流兼吏隱，夢想寄匡廬。

客舍偶成二首

旅寄鍾山麓，開門對翠微。戍樓依樹立，樵擔帶花歸。峰似三叉髻，田如百衲衣。竹間聞犬吠，有客款柴扉。

公瑾道南宅，吾家八口容。芳林清入鏡，小石秀成峰。冒雨秋尋菊，因風夜聽松。野人樂安隱，睡起日高舂。

題周勗齋載菊圖卷四首

山人費盡買山錢，解組歸來已十年。一片秋心何處寄？西風親駕載花船。

陶令移家入翠微，柳陰深處啓柴扉。髟頭童子迎門候，知道先生載菊歸。

野水瀠洄漾碧波，愛花心事入秋多。蕩舟人亦如花艷，解唱巴渝水調歌。

萬山蜀道放歸橈，與子同歸慰寂寥。秋色正佳人正健，世間清福最難消。

送周廉堂大司空入都

司空拜命轉朝端，暫駐征驂慰古歡。課士共傳文似錦，逢人常覺臭如蘭。青雲故舊中年少，白首分離後會難。要識潛夫今伏處，恕無消息到長安。

獨學廬三稿詩卷五

晚香樓集五　古今體詩一百一首

晚香樓守歲作

　　神武歸來久乞骸,幽居謝客閉蕭齋。扶牀笑說嬰兒長,解橐憐無老婦偕。鵲語報人新歲喜,梅花助我小園佳。側聞河朔烽烟淨,手酌屠蘇一放懷。

菊溪相公遣人饋歲,賦詩寄謝二首

　　昨歲烽烟起定陶,相公持節自賢勞。策勳剖竹登麟閣,愛士頒金到馬曹。料敵頻揮諸葛筆,誅奸親試呂虔刀。近聞露布傳河朔,想與三軍解戰櫜。

　　軍中籌策想勞神,尚折疏麻遠饋貧。捆載重煩千里騎,罏陳頓助一家春。師貞早聽鐃歌奏,才大仍調玉燭新。聞道八騶將述職,寇公終乞借吳民。

送陸婿卓夫入都赴春官之試四首

　　蚤從總角識韋皋,我若傳衣定汝曹。官職聲名皆有數,不須辛苦《鬱輪袍》。

文章最是雅馴難，莫把波旬當佛看。都爲韓門尚奇怪，妖廉鬼賀滿詞壇。

聞道靈臺已偃兵，公車且與計偕行。萬言儻有逢時策，應矢忠貞答聖明。

欲折疏麻寄日邊，公卿姓字總茫然。老夫自脱朝衫後，不看除書已六年。

讀蔣心餘、彭湘涵、郭頻伽詞草，各繫一詩

詩到西江氣象新，元卿才調軼群倫。銅琶鐵板麃豪甚，要與蘇辛作替人。

龍堆馬邑數經過，曾和天山《敕勒歌》。萬卷紛綸奔腕下，從來名士患才多。

新聲宛轉譜紅牙，姜史傳薪又一家。但有井華堪汲處，無人不解唱頻伽。

初春至鳳巢訪會一上人，雪中呵凍，録成二十四韻

此山名鳳巢，何年曾巢鳳？群峰迥鬱蟠，一徑直鴻絅。道人避塵嚻，縋幽更鑿空。小築精伽藍，木石自斲礱。移樹嶽神臨，散花天女奲。平臺若建瓴，幽壑如入甕。荒庭水平堦，虚閣雪停棟。斷澗鳴冰澌，長林隱煙霧。我生愛幽討，望雲輒佺倐。一意竟孤行，三人亦成衆。穿林尋梵唄，策杖却驦哄。入門妙香聞，開窗空翠貢。緣牆艾蒳乾，綴簷冰箸凍。石泉助茗戰，松風和琴弄。道人古神秀，逸材脱羈鞚。頻繙貝葉文，永絕藕絲痛。四分律自持，萬轉經常諷。習静觀久空，參禪機亦中。心遠百魔除，道高四流控。山疑鷲嶺飛，僧學虎溪送。蒼涼文殊臺，莊嚴善財洞。高峰堯峰間，有此可伯仲。青天留鴻迹，丹穴求獅潼。聊偷半日閒，且結三

生夢。

春中得朱晉階中丞陝中消息，書以志事

終南山色翠如屏，神寶能消殺氣腥。驛信到時梅蕋白，征夫行處柳條青。中丞畫戟新開府，諸將雲臺舊勒銘。軍政由來威克愛，勿容鼠雀吏逃刑。

默堂小飲既醉，秉燭夜歸

携筇間訪習家池，大小游仙寄所思。深巷綠莎花下屐，畫屏紅豆酒邊詞。傷離不忍攀楊柳，垂老何心食蛤蜊。惆悵玉梅漸零落，我猶曾及未開時。

樂餘老人八十壽詩

又對南山頌有臺，卅年杖履數追陪。身傳抱朴延齡術，家有庭堅邁種才。<small>謂禹三大司寇。</small>積善自能徵五福，放生兼可避三灾。仲春逢閏天增壽，佇看恩光日下來。

和寒石大師

山容常入畫，泉響似鳴琴。偶示維摩疾，猶賡支遁吟。菜香留客便，竹色閉門深。詩思清如雪，無慙孟與岑。

寒石師新得怪松一株，植於披雲堂前，名之曰"曲壽"，即莊生所云"不材之木"以天年終之意，賦詩見示，依韻奉酬

聞說支離叟，空山獨耐寒。壽同龍樹老，聲當海潮觀。定起焚

香對，吟餘倚杖看。請如童子竹，日與報平安。

小園即事二首

東風吹暖入銀屏，春氣催花不暫停。昨夜池塘微雨過，萬條枯柳一齊青。

日日春寒禁小梅，一朝暖氣爲催開。夜來又値風和雨，狼藉殘香滿碧苔。

春日招兼山小飲，以詩代簡

燕居無客可招攜，報罷晨雞又午雞。月到柳梢如有約，詩留竹上半無題。元卿開徑花頻掃，列子連牆酒自提。新綠四圍成帳幄，早來並坐聽黃鸝。

紙鳶二首

一舉翀天不可尋，崚嶒瘦骨異凡禽。春來日日風和雨，閒煞雲霄萬里心。

青天疑可歷階升，手握絲綸氣便矜。一落雲霄忽千丈，始知風信本無憑。

假館孫氏五松園，和唐陶山太守題壁詩韻三首

宦海無邊各引身，巖居風景四時新。地當鍾阜多林壑，客就龐公忘主賓。金谷園中閒歲月，玉堂天上舊星辰。萬間容得寰區士，何況梁鴻是故人。

蕭齋如坐古香林，游嶽何須學向禽。燕子定巢原旅寄，鼠姑拂檻又春深。松間風響能清耳，嶺上雲歸自息心。猿鶴同盟應共守，不容俗士更相尋。

草堂無異綠莎廳，偶爾因緣此暫停。設棘安籬成小隱，藝花蒔竹夾長汀。也隨農圃營生計，聊假琴書瀹性靈。誰道戴筐皆將相，其中今有少微星。

門有車馬客行，送張古餘太守入都

仲春風日好，桃李滿園開。當關報有客，五馬從西來。客本金閨彥，胸藏濟世才。十年典大郡，報政尚書臺。班荊欣道故，春江綠如醅。共尋金蘭契，弗假羔雁媒。歡笑不終日，鳴騶當路催。憶昔初相見，傾蓋蕪城隈。維時淮南北，浲水方爲災。窮黎失衽席，膏壤成汙萊。都君善輯寧，噢咻如嬰孩。懸鏡獄不留，吞舟網亦恢。即今遺愛在，一路甘棠培。皇朝方求賢，經綸笙雲雷。寶玉不韞匵，龍驥皆呈材。夫君入承明，應有交章推。天衢近若咫，行矣莫徘徊。

謝　　客

當歌對酒儘盤桓，無奈衰年意興闌。豈有公卿能脫略，況逢絲竹動悲歡。迷離倦眼看花懶，零落殘牙食肉難。惟愛山厨蔬筍味，養生真率易加餐。

小遊仙詞八首

銀箋一卷錄雲仙，箇箇真靈慧業傳。却怪淮王丹熟後，止携雞犬共昇天。

碧城十二與雲齊，自古雲心亦憶泥。贏得態盈娘子轍，躋虛不用上天梯。

銀河欲渡苦無橋，雲裏僊人翡翠翹。竊得靈簫好名字，私來塵世魅弦超。

瑶池遠在白雲鄉，消息傳來郭蜜香。多少靈飛微妙訣，一時傾倒付劉郎。

百尺瑶臺可避風，世間亦有廣寒宮。嫦娥自餌長生藥，雙鬢蕭疏住月中。

廣寒宮殿正秋清，厥利維何顧兔迎。借問吳剛緣底事，不教桂樹得長生。

天上婚姻亦論財，黃姑曾賣聘錢來。憐他選作天孫婿，也似黔婁百事乖。

滄波幾度看揚塵，海上麻姑雪鬢新。却怪鍾離都散漢，無端領袖列仙人。

夜宴即事

高宴開三昧，華燈燦九微。蔬香登澗藻，花氣襲林菲。鹿角筝人爪，岑牟鼓史衣。驪歌門外動，坐客醉忘歸。

初夏歸家

一聲鵲語噪簷牙，稚子迎門喚阿爺。桃萼絢春餘綠葉，菜根藻夏作黃花。鴻都人去空留藥，龍井僧來特餉茶。笑我故園翻似客，年年蹤迹寄天涯。

江　上

萬嶺綠參差，舟行若馬馳。幀因歡笑墮，枕爲卧游欹。江闊鷗飛倦，天寒麥秀遲。祖生曾擊楫，此意竟誰知？

庭前牡丹盛開

百寶欄前風日清，一叢紅豔壓群英。玉樓共識非凡品，金屋深藏過此生。俄頃繁華原似夢，當時顏色獨傾城。錦幛翠被空相擬，都恐燕支盡不成。

對　　雨

雨勢鳴簷急，風聲撼樹狂。雷霆方破柱，螻蟻自緣墻。消暑神先爽，逢年意未忘。蒼生常在宥，蹤迹自滄浪。

館娃宮四首

姑蘇臺畔百花叢，一朵芙蓉近日紅。回首苧蘿諸女伴，凄凉采葛滿山中。

靈巖別館出雲端，越女如花壓上闌。誰説君王真好色，一錢便許市人看。

鴛鴦湖上語兒亭，此事無稽亦妄聽。他日五湖偕隱去，雲鬟可似舊時青。

鴟夷三徙爲逃名，湖上移家一舸輕。爵禄可辭金可散，最難抛撇是傾城。

悼船山同年三首

靈運生天竟我先，空傳詩卷五千篇。世間緣盡應分手，地下才多孰比肩。肆志英雄都縱酒，慧心文字總通禪。清談從此無人會，每拊流波輒泣然。

才似張衡信絶倫，即論爲政亦超塵。幽蘭竟作當門草，老桂終成抱火薪。直道不容寧悔拙，急流能退已如神。君恩祖德皆難負，何苦脂韋誤四民。

與君離合太無端，坐看榮枯到蓋棺。八口零丁歸未得，一官落拓棄非難。中郎有女終誰適，伯道無兒死更安。今日寢門將卒哭，此生何地再追歡。

題船山遺墨

劍外張郎絕世才，一朝御辨出塵埃。即看鼠嚙枯藤意，想見懸崖撒手來。

杏花白燕圖爲蔣伯生大尹題二首

社日歸來雪滿衣，舊時王謝故人稀。珠簾盡棟無棲處，姑向山林自在飛。

坐看瓊林十度花，羽毛自愛玉無瑕。竹中三徑元卿宅，不是尋常百姓家。

楊雪湖先生遺像先生名秋，字碩父，瞿稼軒之客也。

桂林烽火接南邕，將相艱危百戰中。憂患餘生忘主客，神仙結習本英雄。西臺慟哭吟詩苦，東海逃名歡道窮。不與令威同化鶴，天留遺老説孤忠。

將赴維揚，舟次和子鐵、秋陶、小松聯句之作四首

草草勞人聚，高歌行路難。烟花吟杜牧，鹽鐵論桓寬。對面山如畫，同心客似蘭。縱譚天下事，露坐不知寒。

霖雨久不作，征夫舟楫遲。偶然共行役，先自定歸期。坐合青雲客，行吟《白雪》詞。風濤忘險阻，忠信是吾師。

挂席金焦下，名山可卧遊。道場雙樹在，江月一樽酬。寫怨吟芳草，忘機釣直鉤。江鄉方望歲，秋色使人愁。

淮海維揚郡，繁華舊俗傳。珠簾仍映月，瓊樹已成烟。綠野彈丸小，黃河帶水聯。地肥民自瘠，誰解萬夫懸？

387

諸子繼作，叠前韻和之

客思家食好，老識世途難。風月隨身近，江山放眼寬。有懷陶令柳，無價謝庭蘭。松柏知非易，相觀在歲寒。

士貴修名立，由來大器遲。目無餘子在，心共古人期。賈董逢時策，齊梁絶代詞。兼收華與實，萬卷益多師。

總爲飢驅去，非關我好遊。亡書三篋補，妄語一縑酬。士苦多於鯽，人甘屈似鉤。近來商女曲，不止唱無愁。

河廣同舟濟，書多副墨傳。癡心争鼠璞，倦眼謝雲烟。筆賭生花艷，牀因話雨聯。名山無盡藏，終古一燈懸。

邗上贈龔平甫即題畫像

傾蓋相逢見性情，廿年湖海舊知名。班超用世方投筆，賈誼匡時正獵纓。叠石藝花成小築，引杯看劍罄平生。凌烟畫像尋常事，萬卷先教傲百城。

廖復堂轉運新築歸鶴亭，賦詩落之

偶向蓬壺汗漫行，歸來仍對主人鳴。堂前燕賀新居好，江上鷗聯舊日盟。趙抃當官琴共載，鮑昭拈韻賦先成。羽毛自愛平生志，回首雲霄萬里情。

食車螯作

蛤蜊種非一，種種觀我頤。車螯亦其類，地僻世罕知。珍異抗海錯，滋生在江湄。内無知覺運，外有文采施。每隨潮上下，亦與月盈虧。賦形殊混沌，辨種靡雄雌。非箝常守口，無竅安施眉。聊勝坐井蛙，妄擬測海蠡。嘗新美無度，飽食秋爲期。自矜藏身固，誰料棄甲危。今年蕪城住，有客頻見貽。不憑門生議，直付烰人治。傾筐市非遠，挂席拾罔遺。徵名蟹胥類，肖形姹女私。捉同跛足鼈，蛻似剝腸龜。烹專屬爨婢，捕不需罟師。鏗鏗羹欒釜，滴滴膏流匙。初疑乳成酥，旋覺膚凝脂。江瑤乃族類，海蜇匪等夷。質應由雀化，力不勝鷸持。寧方瓦楞賤，稍遜珠胎奇。袪冷紫薑末，受辛青蒜絲。滑膩雜湯餅，芳鮮佐酒巵。鄙人忻果腹，演此車螯辭。

題孔夫人畫像二首

憶昔扶風問字年，後堂絲竹接彭宣。烏衣子弟都零落，咏絮惟推道韞賢。夫人爲徐寧遠先生之女。

左家嬌女解吟詩，曾見扶牀學繡時。今日黃堂尊命婦，起居八座鬢成絲。

重九日偕張蒔塘入鳳巢，訪會一上人

秋色城西路，清游又此番。青山開士宅，黃葉夕陽村。道樹元無種，靈泉必有源。華嚴深似海，妙舌總瀾翻。

贈柏庵沙彌

柏有後凋姿，徵名汝善思。花當新好候，日在可中時。世諦風輪轉，禪心露柱知。我無金布地，法喜筭檀施。

倪高士竹石圖

町畦脫盡見天倪，此事元非肉眼知。識得雲林真秘密，百年惟有謝滄湄。謝名淞洲，吾鄉人，仿雲林書畫可亂真也。

重過鳳山小隱

昔我曾棲此，重來似故鄉。佛因三宿戀，人苦百年忙。庭列新生竹，山圍舊講堂。不知王謝燕，幾度話斜陽。

夜坐吟

寂寞金堂夜蟲語，仰看繁星實如雨。豐隆揚枹天鼓鳴，靈臺太史奏偃兵。蒼鳥群飛孰爲紀，欲射貪狼手無矢。一星倏度天河西，流光燭人如白蜺。

秋燕

秋燕辭巢去，誰家畫棟棲？風光無上下，溝水有東西。萍化難還絮，雲飛尚憶泥。城南天咫尺，夢似楚山迷。

張友樵六十壽言

衡門東接鄭公廬，三世相依比屋居。愛古自成名世業，尊生兼習活人書。淮王煉藥升雞犬，楊子雕蟲辨虎魚。綠鬢交遊到黃髮，杖鄉先我一年餘。

猛虎行

悲風起林壑，猛虎突然來。欲逃苦無路，百獸心肝摧。虎乎虎乎爾何求？虎與百獸非有讐。皇天畀予殺人性，逢肉不食涎先流。吁嗟百獸心勿疚，我有一言爲汝剖。世間灾福事乘除，豐草長林汝樂久。騶虞麒麟不世生，牛哀物化怒未平。狐狸假威犬助虐，百獸有寃何處鳴？

秋興八首和少陵韻

悲哉秋氣滿園林，頌到金天意鬱森。屈子卜居行澤畔，王家誓墓住山陰。觀河自惜將衰齒，匪石能持不轉心。江北江南衣帶隔，百端愁緒觸鳴砧。

素屏圍菊影橫斜，一種芬芳殿歲華。詩瘦欲追丹篆客，酒行更勸碧山槎。江間夜色催征櫂，城上秋聲入戍笳。塵世榮枯忘已久，宵燈何事忽生花？

山中百草戀春暉，推測機祥到少微。晉國五蛇升復墜，宋郊六鷁退仍飛。萬言經世心常在，一畫先天道不違。束髮本無溫飽志，肯從華膴鬥甘肥。

疏簾有客坐圍棋，勝敗循環意可悲。老子踞觚常獨笑，野人爭席已多時。守株待兔謀方秘，見彈求鴞慮尚遲。欲向楸枰分黑白，當師行父再三思。

中年解組便歸山，回首功名顯晦間。一障乘邊通蜀道，二陵守險在秦關。豈無鐘鼎酹韓范，那有簞瓢樂孔顏。誰道書生多落拓，幾人珥筆陟華班。

浮家來去大江頭，雙鬢蕭疏對晚秋。聊假蠹編銷壯志，偶持醇酒祓清愁。一枝易息啁啾雀，萬里難馴浩蕩鷗。淪落天涯誰比似，青衫紅淚老江州。

清商摯斂告成功，萬寶盈虛視此中。碩鼠在郊夸樂土，哀鴻滿澤哭秋風。衣穿八襫霜初白，竈冷三隅火不紅。共道救荒無善策，采詩應問石壕翁。

淮南江北路透迤，銷盡錢刀彼澤陂。貉聚一邱真有類，烏飛三匝已無枝。荒唐海客虛成市，耿介山靈自勒移。廣廈萬間原不易，書生大願只空垂。

和菊溪相公瓜步舟中之作二首

筮逆龜從孰是非，哲人言出繫樞機。浮雲萬變終無定，窮鳥三年倦未飛。比屋蕭條逢歲祲，當官憂患在民依。石壕猶有催租吏，雞犬搜牢不肯歸。

古賢五十早知非，四海勞薪願息機。赤子豈忘慈母愛，白雲只近故山飛。平湖水静魚常樂，喬木陰多鳥自依。却爲魯人苛似虎，斯民齊向召公歸。

京口舟中感事，偶成四首

秋潮不盈尺，萬艦守江潯。荷鍤千夫集，徵金百吏瘖。虬荒行雨職，豕阻涉波心。誰解籌溝洫，司空似有箴。

水驛三千里，東南轉漕難。農夫祈樂歲，河使責安瀾。令長逋頻積，租庸力漸殫。因時憑計相，何策善更端。

稼穡蒸民寶，其如鹵莽何？有人能治水，無地不宜禾。田賦遺經在，河渠舊志多。《豳風》如可繪，六合總同科。

寂寞蘆中士，憂時轉鬱陶。開倉思汲黯，饋食仗黔敖。粟似量珠貴，金同沃雪消。近來賢者意，百計在搜牢。

讀彭甘亭廢畦、斷橋二詩，感而賦之

蓼辛茶苦境全空，一片寒蕪夕照中。舊井禽來招不下，枯株兔去守無功。瓜當抱蔓通侯死，菜欲尋根計相窮。賸得場師雙鬢白，鶉衣憔悴立秋風。

兩厓相望阻長汀，欹柱危欄失舊形。阮籍途窮空有淚，馬卿官貴已無銘。一川寒碧從中瀉，千里飛黃到此停。亭父尚知前度事，盡輪繡幰幾人經。

枕上口占

碌碌浮生爲底忙，壯夫垂暮亦殨唐。世間何事堪娛老？只有溫柔與醉鄉。

書逋日積，賦此自嘲

朝朝染翰夜燃脂，黃素堆床困不支。倦腕欲師投筆客，癡心翻慕結繩時。中書已禿如毛穎，精衛難填是墨池。但覺日遭需索苦，幾曾狗惠與酬知。

揚州作二首

瓊樹珠簾艷舊聞，風流不見杜司勳。文章江左禾三變，賓客淮南貊一群。公等因人終碌碌，近來餘子益紛紛。梅花嶺上春如海，尊酒先酹閣部墳。

不是笙簫即綺羅，萬家衣食仗熬波。達官對客如鷟傲，游士登門似鯽多。詔笑夏畦逢病鬼，迷離春夢喚癡婆。閉關自作空山想，祇怕荒傖觸熱過。

寄懷么姬

六十年華老病增，有人百事意先承。殢他同夢呼么鳳，勸我歸田學季鷹。對酒解調中婦瑟，讀書知續少卿燈。尋常行住如形影，此日孤篷思不勝。

抱膝吟八首

路入桃源忘遠，門對桑陰自閑。三月烟花南國，十年絲竹東山。少年射策亦中，今生讀書已遲。識字恒河沙數，評詩明月雪時。

393

百歲有身如寄，九州何處非家。此日逝同流水，他生修到梅花。
詩教温柔敦厚，琴心澹泊和平。蓋公清静常樂，莊叟荒唐自鳴。
世事桑田滄海，人生華屋山邱。笑爾非熊非虎，任他呼馬呼牛。
公卿守官非易，子弟讀書便佳。但與二豪盤礴，莫逢兩狗嗢柴。
軍中磨盾草檄，林下彈琴咏詩。一生行藏自斷，六爻動静皆宜。
半點半癡成性，一邱一壑安身。不與韓非同傳，且向許由卜鄰。

袁浦除夜作

敝衣破帽忽衝寒，風雪淮陰歲又闌。老至忽忽驚節序，旅居草草到杯盤。椒花有頌懷人遠，葦索無靈辟鬼難。六十平頭良不易，一枝桃杖詰朝看。